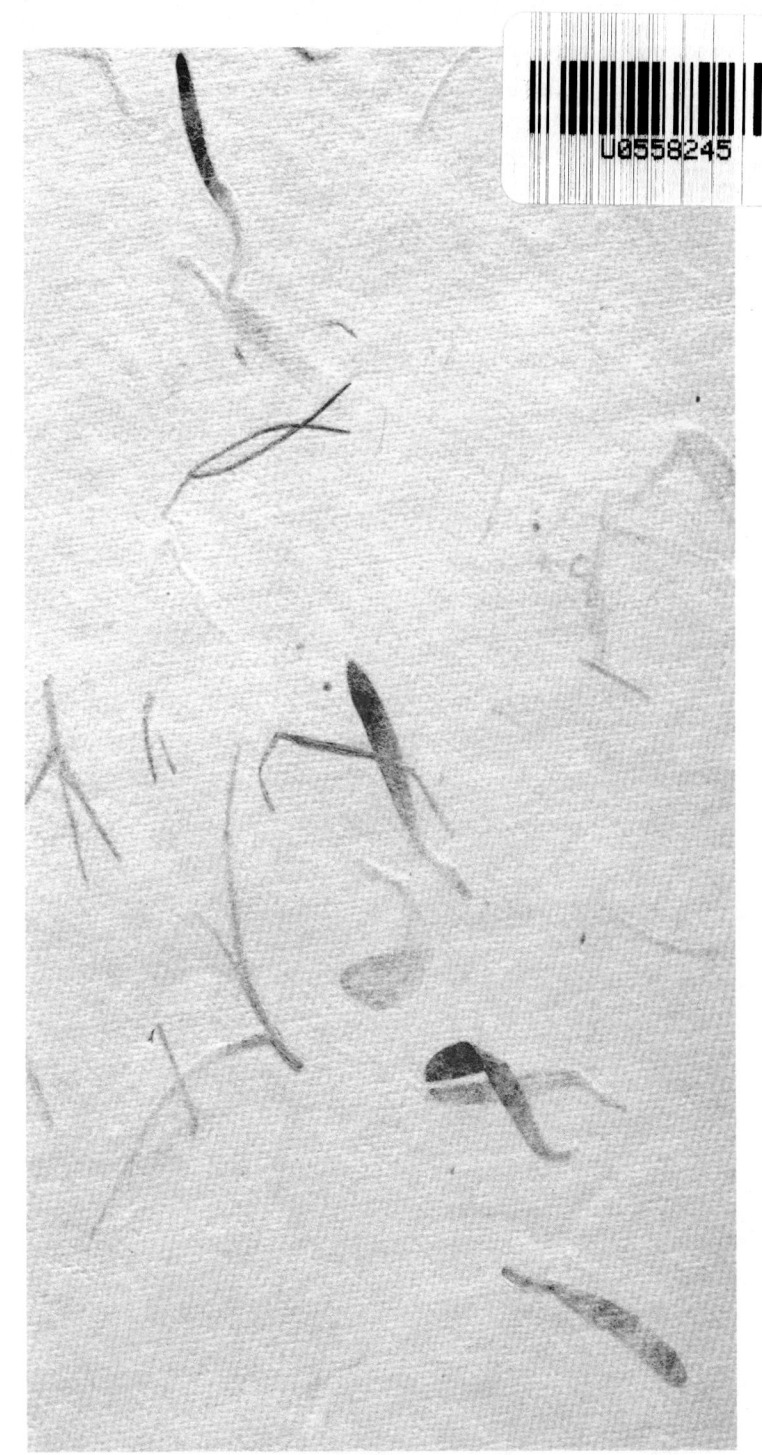

《经》评点史

张洪海 ◎ 著

上海社会科学院出版社
SHANGHAI ACADEMY OF SOCIAL SCIENCES PRESS

目 录

前言 / 001

第一章 《诗经》评点与传统《诗经》学概说 …………… 001
第一节 《诗经》评点的界定与版本 / 004
一 评点 / 005
二 注解 / 007
三 传统注解与评点内容、形式之区别 / 011
四 传统注解与评点的优缺点 / 015
五 评点与传统诗评 / 018
六 评点与高头讲章 / 020
七 《诗经》评点诸版本 / 020
第二节 传统《诗经》学概说 / 026
一 古代传统《诗经》学的经学性质 / 026
二 先秦《诗经》学 / 030
三 《诗经》汉学时期 / 036
四 《诗经》宋学时期 / 039

第二章 晚明《诗经》文学评点的发生及成因 …………… 043
第一节 《诗经》文学评点发生的思想文化动因 / 043
第二节 《诗经》文学评点发生的科举文化动因 / 050

第三节 《诗经》文学评点发生的其他动因 / 062

第三章 《诗经》评点的来源分类 …………………………… 069
第一节 原创评点 / 069
第二节 转录评点 / 070
第三节 嫁接评点 / 075

第四章 《诗经》评点的方式和内容 …………………………… 078
第一节 历史批评（推源溯流论）/ 079
 一 诗体之源 / 082
 二 命意之源 / 085
 三 诗境之源 / 090
第二节 比较批评 / 092
 一 比较之范围 / 093
 二 比较之范畴 / 098
第三节 形象批评 / 113
第四节 本事批评 / 118
第五节 引申批评 / 125
第六节 诗法批评 / 133
 一 字法、句法的分析和总结 / 134
 二 篇章结构的分析和总结 / 139
 三 具体诗法的总结 / 140
 四 修辞的揭示和总结 / 144

第五章 明代《诗经》评点肇始期 …………………………… 148
第一节 《诗经》评点初始 / 150
 一 安世凤《诗批释》/ 150
 二 孙鑛《批评诗经》/ 160

三　黄廷鹄的《诗经》评点 / 169
　第二节　《诗经》评点的"诗活物"说——钟惺《评点诗经》/ 174
　　一　版本情况 / 174
　　二　"诗活物"说 / 182
　　三　关于评语 / 188
　第三节　《诗经》评点的文学审美情境与技巧——戴君恩《读风臆评》/ 191
　　一　撰述、刊刻及研究现状 / 191
　　二　关于评语 / 193

第六章　明代《诗经》评点发展期 ································· 202
　第一节　带有科举烙印的《诗经》评点 / 202
　　一　徐奋鹏《毛诗捷渡》/ 202
　　二　陈组绶《诗经副墨》/ 213
　第二节　明末《诗经》辑评 / 219
　　一　凌濛初《言诗翼》/ 219
　　二　张元芳、魏浣初《毛诗振雅》/ 224
　　三　陈鸿谟《诗经治乱始末注疏合抄》/ 225
　　四　徐奋鹏《诗经删补》/ 226

第七章　清代前期《诗经》评点 ································· 229
　第一节　储欣与何焯《诗经》评点 / 232
　　一　储欣《诗经》评点 / 233
　　二　何焯《诗经》评点 / 241
　第二节　牛运震《诗志》和李九华《毛诗评注》/ 242
　　一　牛运震《诗志》/ 242
　　二　《诗志》的转录本——李九华《毛诗评注》/ 248

第八章　清代中后期《诗经》评点 ………………………… 251

第一节　陈继揆《读风臆补》/ 251

第二节　邓翔《诗经绎参》/ 264

第三节　"独立思考派"的《诗经》评点 / 275

一　姚际恒《诗经通论》/ 276

二　方玉润《诗经原始》/ 282

第四节　清末《诗经》评点 / 290

一　徐玮文《说诗解颐》/ 290

二　张芝洲《葩经一得》/ 296

三　胡璧城《诗经》评点 / 299

第五节　王闿运《诗经》评点 / 300

第六节　桐城派《诗经》评点概况 / 303

一　吴闿生校辑桐城五家《诗经》评点本 / 304

二　姚鼐《诗经》评点 / 313

第九章　清代《诗经》集评本 ………………………………… 321

第一节　徐与乔《诗经辑评》/ 321

第二节　其他辑评本 / 334

一　孙凤城《诗经》辑评 / 334

二　王晋汾《艺香堂诗经集评》/ 342

三　无名氏《毛诗揭要》辑评本、铁保《诗集传》辑评本 / 343

四　祝起壮《读冢诗溯》/ 344

五　何道生《诗集传》辑评本 / 344

六　无名氏《诗集传》辑评本 / 345

余论　《诗经》评点的价值 …………………………………… 346

参考文献 …………………………………………………………… 352

前　　言

　　《诗经》评点是附着在《诗经》正文中的文学批评，有别于传统的《诗经》经学范畴的注疏，其旨归在对《诗经》文学性的阐发。当前所见最早的《诗经》评点文本出现于晚明，比南宋正式出现的诗文评点要晚得多。从晚明至清末，《诗经》评点活动是不容忽视的文学现象。

　　对于《诗经》评点的研究，现在才刚刚起步。2001年，商务印书馆出版了刘毓庆的著作《从经学到文学——明代诗经学史论》，其中有一节专门探讨了明末《诗经》评点家的著作，但对于个别评点本的作者归属问题值得商榷。2002年，华东师范大学龙向洋的博士学位论文《明清之际诗经评点研究》以《诗经》评点为研究对象，但涉及的评点古籍较少，且有相当一部分属于非评点著作。2004年，中国台湾政治大学侯美珍博士在林庆彰的指导下完成学位论文《晚明诗经评点之学研究》，对孙鑛、钟惺、戴君恩三位评点家作了详尽的研究论述，惜其以点代面，研究的评点著作太少，难窥《诗经》评点之全豹。从目前国内外的研究状况来看，《诗经》评点这一领域，还有极大的研究空间。

　　《诗经》的经学研究主导古代《诗经》研究两千多年，却很少涉及诗的文学内涵。明代开始出现的《诗经》文学评点是《诗经》研究史上的重要现象，是对《诗经》全面而系统的文学解读。但《诗经》评点又不完全是文学的，它还受到经学的影响和渗透。经学是中国传统文化中极其重要的一部分，而《诗经》的文学价值及其文化影响又不可估量,因此,对于《诗经》研究组成部分的《诗经》评点的研究,有较大的文化整理价值,对于中国传统文化的传承与发扬也有一定的作用。《诗经》评点是一种在最大程度上以读者为本位的批评形态,它的发生、兴盛,根本因素在于其传播价值。就内在形态而言,评点本身在欣赏层面对读者阅读《诗经》能起到影响和指导作用;就外在现象而言,评点也促进对《诗经》的传播和普及。因此,从传播学的角度探讨《诗经》评点,是学术新视角,有利于开拓《诗经》接受史的研究。

明清《诗经》评点本身不具备清代乾嘉学派所表现出来的接近于现代科学的严谨朴学性质,而是传统经学与文学研究的杂糅,且具有由互渗到交融的过程。明清两代的《诗经》评点属于明清《诗经》研究史上的重要一部分,其研究内容的着重点和研究方法有别于《诗经》经学。《诗经》评点的特点一方面表现为文学性批评的凸显;另一方面为评点内容上一直受传统经学研究的惯性影响。而这两方面的内容特点又有一个由相互冲击影响到互渗交融的过程。其采用的批评方法则更为全面,要而言之,有历史批评、比较批评、形象批评、本事批评、引申批评、诗法批评等,这些批评方法对于中国批评方法有借鉴作用。

第一章
《诗经》评点与传统《诗经》学概说

"诗三百"虽然在其产生之初(诗乐一体)和产生之后的两千多年中(经学与文学一体)是一个复杂而综合的文化载体,并非只属于文学范畴(当今研究古代文学的学人较一致地认为《诗经》属于文学的范畴),但是由于《诗经》评点主要是从文学的视角来审视并赏析《诗经》文本,因此,本书也从文学本位的视角对《诗经》约4个世纪的评点历史作出梳理和评价。

朱东润曾说:

> 吾国文学导源于《诗》三百五篇,不知诗三百五篇者,不足与言吾国文学之流变。然就汉、宋诸儒之说《诗》者观之,其书累十百万言,益以后人所著,为数又不下此,所论往往为圣哲之遗训,儒先之陈言,又称述旧籍,皆以《诗经》为名。诗既进而称经,于是说者知有经而不知有诗,于诗人作诗之意,宜其有未尽矣。①

朱东润在这段话中既肯定了《诗经》的文学源头地位,又指出了

---

① 朱东润:《诗三百篇探故绪言》,见朱东润:《诗三百篇探故》,昆明:云南人民出版社2007年版,第1页。

《诗》称《诗经》之后其文学命运之偃蹇,即"圣哲之遗训,儒先之陈言"这种身外附加的"经"的元素几乎完全掩盖了自身"诗"的属性,这对于诗人作诗的本意,相去不知几许?《诗》的传播因为主要依赖于口耳相传,所以秦火之后得以完整保存,此其大幸。但是,由于大小序的附加以及汉儒的传笺章句,《诗》竟然被演绎为儒家万古不移的道统典册,使得后世"经生治诗,知有经而不知有诗",[①]以"经"解《诗》成为整个传统解读《诗经》的主流,文学作品仅仅作为神圣的典谟教义而存在,似乎神圣高贵,实则离本性越来越远,这可算是文学史上的一个怪现象!

儒者认为经的作用在于"参物序,制人纪"(刘勰《文心雕龙》语),因此《诗经》经学,即所谓的以"经"解《诗》,就是把《诗经》当作能够"参物序,制人纪"的《圣经》,即作为政治和伦理的载体,进行牵强附会的解释。《诗经》的这种经学研究,在很大程度上是以曲解为能事、以附会为手段、以说教为目的的阐释,其阐释的内容则主要集中于对儒家思想的发挥。我们且不管其他经书到底有没有"参物序,制人纪"的效用,单就认为《诗经》有这样的效用并加以挖掘来说,其实就是一种误读(尽管在接受美学这一文学观点中误读并非全无价值)。

综观汉代以后的《诗经》研究,可以用戴震评说经学历史的话来概括:"汉儒训诂,有师承,有时亦傅会,晋人傅会凿空益多,宋人则恃胸臆以为断,故其袭取者多谬,而不谬者反在其弃。"[②]整个的《诗经》经学的历史,多存在比附书史、穿凿附会、为宣扬教化而曲解诗义的弊病,无论古文经、今文经,无论汉学、宋学、清学,只有程度不同,而无本质之别。

针对以上传统主流《诗经》学之弊病,朱东润从文学的角度对《诗

[①] 朱东润:《诗心论发凡》,见朱东润:《诗三百篇探故》,昆明:云南人民出版社2007年版,第95页。

[②] [清]戴震:《与某书》,见《戴震全书》卷六,合肥:黄山书社1995年版,第495页。

经》研究所应采取的态度和取向进行了探讨:

> 《诗》三百五篇之结集,在二千五百年以前,吾人于时代悠远之诗歌,得此时代悠远之集本,且其结集之日,上去古诗流传之时不远,其中且有一部,为当时初成之作;及至此书结集而后,流传至于今日者,其中篇什,固不免有若干错简亡失之遗迹,而其大部犹是当日之完本,斯则吾侪居二千五百年之后,可以窥见二千五百年前作者之用心,《诗》三百五篇之所以为吾国文学之瑰宝者在此。读此书者正当于此究心,以求吾国文学递迁之迹,以求吾国后代诗人与古代诗人心心相绍之理,其它皆不可论也。吾尝以为治《诗》三百五篇者,当知有诗而不必知有经,至若鸟兽草木、史传地理、典章制度、文物礼教之学,此皆学有专攻,蔚为绝艺,非治《诗》者所必知也。①

其时,《诗经》的这一文学研究取向,从明代发端的《诗经》评点就已经开始了。文学评点是以文学趣味为旨归,以感悟共鸣为准则,以传达内心感受和审美愉悦为目的的,运用在《诗经》的研读上,正是这一取向的积极践行。清代评点家陈继揆在《读风臆补》目录之后的识语中就说过:"《诗》之为经,夫人知之矣。然而以'经'读《诗》,不若以'诗'读《诗》之感人尤捷也。"这就是评点家重视《诗经》文学特质的明证,这在尊崇经学而轻视文学的时代无疑是一种与旧传统相对抗的宣言。它向当时的《诗经》读者宣称:把《诗经》当作诗来读,才能更快捷地在读者和诗人之间架起"心心相绍"的桥梁。

《诗经》的评点,虽然也残存着经学的痕迹,但其主体则是对于

---

① 朱东润:《诗三百篇探故绪言》,见朱东润:《诗三百篇探故》,昆明:云南人民出版社2007年版,第1—2页。

"知有经而不知有诗"的反拨,不再着力"鸟兽草木、史传地理、典章制度、文物礼教之学",其取向正是"知有诗而不必知有经",所"究心"者乃窥"二千五百年前作者之用心",以独特的文学批评方式,致力于"以求吾国文学递迁之迹,以求吾国后代诗人与古代诗人心心相绍之理"。因此,在传统《诗经》学的主流中逆流而上的《诗经》评点,愈发显示出它的难能可贵。

第一节 《诗经》评点的界定与版本

《诗经》评点借助评点这一中国自宋代以来特有的文学批评方式,于明清两代取得较大成绩,绽放出异彩,因此,我们需要对评点的形式有一个清晰完整的认识。朱自清认为:"评点大概创始于南宋时代,为的是给应考的士子揣摩;这种选本一向认为陋书,这种评点也一向认为陋见。可是这种书渐渐扩大了范围,也扩大了影响,有的无疑的能够代表甚至领导一时的风气,前者如宋末方回的《瀛奎律髓》,后者如明末钟惺、谭元春的《古、唐诗归》。文学批评史似乎也应该给予这种批评相当的地位,才是客观的态度。"[①]的确,评点,尤其是涉及科考的评点,自然有其腐气存在,但却不能一味抹杀其存在的价值。不仅如此,我们还应充分发掘其有益的元素,为文学批评的领域淘出有价值的"金子"。除此之外,我们也应认识到,评点是古人研读文章的一种重要方式,并且是文本传播的一种重要方式。它的性质与其他的文学批评著作一样,是对于具体文学作品进行的评论或批评以及由此而引发的文学理论阐述。

但时人常常混淆评点与注解、评点与评论的区别,甚至专家学者也会有这种误区。针对这种现象,本节试对评点、注解、诗文评这三

---

① 朱自清:《诗文评的发展》,见《朱自清古典文学论文集》,上海:上海古籍出版社 2009 年版,第 548 页。

种文献形式略作梳理并加以区别。

一 评点

评点最早是在南宋出现的,起初用来评选诗文。"这种样式,可说是一种具体的、实际的批评,具有很强的实践性,体现了我国古代文学批评的特点和优点。"① 但是,这种具有民族特色的批评方式运用在儒家经典上,却要到很晚以后的明代后期。评点的出现虽然与注解(经学传统上一般称"注疏")密切相关,但又有根本的区别。《诗经》的评点却是在儒家经典的评点出现时而出现的,它的出现一开始就有着深深的经学烙印,与一般文学性诗文有所区别。

《诗经》评点无论从内容还是形式上都有自己的特质。但由于语言自身的不确定性,现今"评点"一词多被泛化地理解为"评论"或者错误地理解为"笺注"。正如朱自清所云:"文学批评里的许多术语沿用日久,像滚雪球似的,意义越来越多。沿用的人有时取这个意义,有时取那个意义,或依照一般习惯,或依照行文方便,极其错综复杂。要明白这种词语的确切意义,必须加以精密的分析才成。"② 以下分别从评点与注解、诗文评、高头讲章等文献形式的联系与区别诸方面界定评点的实际内涵。

"评点"一词本来有两个含义:一为评论圈点;一为评论比量。前者为原初义,是指在文本上圈点评批;后者为原始义和衍生义的聚合义,是广义,此广义甚至扩大到了文事之外的人事。③ 如果取广义,那么一切针对作品的意见都算,那么就过于宽泛,和评论等义,也就失去了这个词特有的意旨。大凡研究,应取其精确和深层义,因此,这

---

① 杨明:《〈文选〉评点研究序》,见赵俊玲:《〈文选〉评点研究》,上海:上海古籍出版社 2013 年版,第 1 页。
② 朱自清:《朱自清古典文学论文集》,上海:上海古籍出版社 2009 年版,第 548 页。
③ 可以清代朱彝的一句话作为证据。他在《北窗呓语》中说道:"《水浒》一书,有天罡地煞之目,后人仿之以评点人物。"

里我们取前者作为研究对象。

考察"评点"的原初义,大致为古人读书时,随手在字里行间写上一点体会、感受,对精美的句子加圈点,称为评点。明瞿佑《归田诗话·还珠吟》云:"乡先生杨复初见而题其后云:义正词工,使张籍见之,亦当心服。又为序其编首,而百篇皆加评点。"清黎庶昌《续古文辞类纂叙》云:"宋、元、明以来,品藻诗文,或加丹黄判别高下,于是有评点之学。"

因此,评点的文本存在形式和一般的文学批评形式有所不同:一般的文学批评著作可以单行,而文学评点相对于文学作品的纸本即物化形态却只能如影随形。这一点跟文本的注解是一致的,即无论是评点还是注解,都要依附在作品文本上。评点者在文学作品原文上或点(、·)或圈(○△◎●),以此配合对于文学作品原文的评论文字。评论文字一般手写在书页的天头、行间以及每篇的篇前、篇后,形成眉批、旁批、章评、篇前评、篇后评等(小说评点中往往称回前评、回后评、总评等)。还有一种夹在文学作品正文之中的,这种评点往往是在手抄作品原文的时候同时进行的。关于这种性质,可以参考谭帆对于评点的界定:

> 一、评点是中国古代文学批评的一种重要形式,与"话""品"等一起共同构成古代文学批评的形式体系。这种批评形式有其独特性,其中最为重要的是批评文字与所评作品融为一体,故只有与作品连为一体的批评才称之为评点,其形式包括序跋、读法、眉批、旁批、夹批、总批和圈点。
>
> 二、正因为评点与所评作品融为一体,故带有评点的文学作品成了一种独特的文本形式,这种文本一般称之为"评本"。"评本"是文学作品在其传播过程中一种特殊的文本形态,而非"文学形态",这种文本形态对中国文学批评史的研究和中国文学传播史的研究有重要价值。

三、评点在总体上属于文学批评范畴,是一种对文学作品的评价、判断和分析。但在古代文学批评史上,评点在俗文学领域如戏曲和通俗小说则越出了文学批评的疆界,介入了对作品本身的修订和润色,这是一个特例,但也是一个不应忽视的现象。①

这一界定,包括了对"评点"的形式、"评点"的文本以及"评点"所属范畴的概括说明。具有极强的指导意义。《诗经》的评点,除了不具备"介入了对作品本身的修订和润色"外,其他特点完全具备。但鉴于《诗经》经学的文化现象、《诗经》文本的特殊性以及时人对《诗经》评点含义的各种误解,有必要从评点与注解、传统诗评、高头讲章进行对比分析,以突出其文本特点。

二 注解

《诗经》评点,要和汗牛充栋的《诗经》注解区别开来。

注解有很多种类,如《十三经注疏》中存在的传、注、笺、疏、正义、集解、注疏,都属于注解。另外,还有音义、章句、补注、集传、集释、序、解故、说义、解、集注、义疏、讲疏、索隐、直接、述、疏证、通释、举要、正读、译注、新注、纂义、今诂、解诂、通笺等名目,有的有区别,有的区别不大,有的虽然名称不同,其实就是同一种。这些注解都可以归为注解一类,但又并非和当前注释的含义完全一致,因为现代学术著作规范中的注释一项还包括引文出处的标注,这在注解的各项功能中是没有的。这林林总总的注解方式,在两千多年的《诗经》研究中表现得最为全面。

汉朝的注解一般称传、注、笺、章句、故(诂)、训等,《汉书·艺文志》著录的著作名称中还出现过解、说、微等。这些类目其实大致相

---

① 谭帆:《中国小说评点研究》,上海:华东师范大学出版社2001年版,第6页。

同,比如《毛诗故训传》的书名就包含了"故""训""传"三种,但三者其实还是略有区别的。

"故"亦作"诂",陆德明《经典释文·诗·周南·关雎诂训传第一》音义曰:"诂训,旧本多作故,今或作诂。"《尔雅·释诂》邢昺疏曰:"诂,古也。古今异言,通之使人知也。"《说文解字》云:"诂,训故言也。"《毛诗正义·周南关雎诂训传第一》孔颖达疏曰:"诂者,古也,古今异言,通之使人知也。"以上均意谓用通行的话解释古代语言文字或方言字义。《汉书·艺文志》著录鲁、齐、韩今文三家《诗》类著作,每一类都有"故"若干卷。比如《鲁故》二十五卷、《齐后氏故》二十卷、《齐孙氏故》二十七卷,《韩故》三十六卷。

"训"是解释的意思。《尔雅·序篇》:"释训,言形貌也。"《毛诗正义·周南关雎诂训传第一》孔颖达疏曰:"训者,道也,道物之貌,以告人也。"所谓"言形貌""道物之貌"都指对言语词汇所指称的事物进行描绘和说明,泛指一切解释。如东汉高诱注解《淮南子》,每篇标题下都标一"训"字,如《览冥训》《本经训》。汉代还有谢曼卿《毛诗训》,今佚。[1]

"传",《经典释文》:"谓传述。"《毛诗正义·周南关雎诂训传第一》孔颖达疏曰:"传者,传通其义也。"即转述解释以阐明经义的意思,主要目的在于传述义理,有如孔子的"述而不作"。相传《春秋左氏传》以《春秋》为纲,就是传述解释《春秋》的。而《春秋公羊传》和《春秋谷梁传》也是转述解释《春秋》的,只不过和《左传》不同的是,它们的侧重点在于阐释《春秋》的"微言大义"。"传"又有不同的名目,有"内传""外传""补传""集传"。《汉书·艺文志》著录的《诗》类著作,除《毛诗诂训传》以"传"命名外,《汉书·艺文志》著录的《韩诗内传》《韩诗外传》等也是以"传"命名的。除此之外,汉代以"传"命名的

---

[1] 此种《诗》类著作名据刘毓庆《历代诗经著述考(先秦—元代)》,北京:中华书局 2002 年版,第 53 页。

《诗》类著作,据刘毓庆《历代诗经著述考(先秦—元代)》所录,还有原题端木赐述《诗传孔氏传》《楚元王交诗传》《鲁诗传》《齐诗辕氏内传》《齐诗辕氏外传》《齐后氏传》《齐孙氏传》《郑众毛诗传》《贾逵毛诗传》《马融毛诗传》《荀爽诗传》等。

综上所述,"传"是阐明经义的,是形而上者;"故""诂"是解释古语词的;"训"是解释物之形貌的。但故或诂与训有时连用,称故训或诂训,亦或训诂。除这三种最古的注解以外,较早出现而影响力较大的还有"说""笺""章句""注""集解""义疏""疏""正义"等。

"说",也是汉代出现较早的注解名称。"说","犹解也"(郑玄注《礼记·檀弓下》)。《墨子·经上》:"说,所以明也。"由此看来,"说"就是说明解释的意思。"说"和"故"词义相近,但还是有所区别,因此《汉书·艺文志》著录《诗》类著作中有《鲁说》二十八卷,同时又有《鲁故》二十五卷;有《韩说》四十一卷,又有《韩故》三十六卷。以"说"命名的汉代《诗》类著作,除《鲁说》《韩说》外,刘毓庆《历代诗经著述考》还录有伏黯《齐诗解说》《吕叔玉诗说》。

"笺"在古籍的注解中是非常重要的一种,是东汉郑玄最早使用的,而且在郑玄《毛诗笺》之后,后代《诗经》类著作就几乎没有以"笺"命名的了。所以给《诗经》作笺,既是郑玄的开创,又是郑玄的专有。但"笺"这种注解名称和方式,却极其广泛地用在了后世《诗经》以外其他古籍的注解著作中。古人注解古籍,对前人说法加以引申阐发,大都称作"笺",可见影响之大。郑玄注解《诗经》,是在《毛诗故训传》的基础上阐说的,对于毛传简略隐晦的地方加以阐明补充,同时,提出与传不同的见解,所谓"郑以毛学审备,遵畅厥旨,所以表明毛意,记识其事,故称为笺"(孔颖达《毛诗正义》)。郑玄在注解《诗经》的时候,把自己的解说标明"笺",表示不与毛传相杂,便于读者识别,成为一种独创的体例。而郑玄对于其他儒家经典的注解由于不具备这种体例,遂名为"注",而不称"笺"。

"章句"之名,是离章辨句的省称。作为一种注释,章句不像传注类注释那样以解释词义为主,而着重于逐句逐章串讲、分析大意。汉儒用章句讲经,大都支离烦琐,故被斥为"章句小儒",这种研究方法被称为"章句之学"。一般人"羞为章句",故自汉以后,章句日渐亡佚。刘毓庆《历代诗经著述考》著录《诗》类以章句命名的著作有韦贤《鲁诗韦君章句》、许晏《鲁许氏章句》、伏理《齐诗伏氏章句》、《伏黯改定齐诗章句》、伏恭《删定齐诗章句》、《薛夫子韩诗章句》、薛汉《薛氏韩诗章句》、杜抚《删定韩诗章句》、张匡《韩诗章句》等。

"注",狭义上是注解体例的一种,广义上也可包含所有的注解体例。已知最早以"注"命名的《诗经》类注解著作应该是由魏入晋的王肃开始的,其书称作《毛诗注》二十卷,已佚。唐孔颖达《毛诗正义》谓:"注者,著也,言为之解说,使其著名也。"可见其含义和作用比较宽泛。

"集解"是魏晋时出现的注解体例。张舜徽先生谓:"当两汉博士之学盛行的时候,学贵专门,不相通假。所为传、注,不出一家之言,到魏晋时,便出现了'集解'的体例。""后世集解、集注、集释、集说这一类的体裁,日出不已,都是沿着这种体例向前发展的。"①刘毓庆《历代诗经著述考》所著录的《诗经》类著作在三国晋南北朝期间以"集解"或"集注"命名的有顾欢《毛诗集解叙义》、齐伏曼容《毛诗集解》、崔灵恩《毛诗集注》。

"义疏",其名源于六朝佛家解释佛典,后来泛指补充和解释旧注的疏证。"有如皇侃《论语义疏自序》所说:'引取众说,以广异闻。'那么,它和集解体例大致相同,不过更为详尽罢了。"②义疏体之所以出现在六朝,皮锡瑞曾有概述:"汉学重在明经,唐学重在疏注;当汉学已往,唐学未来,绝续之交,诸儒倡为义疏之学,有功于后世甚大。"③

---

① 张舜徽:《中国文献学》,上海:上海古籍出版社2005年版,第142页。
② 张舜徽:《中国文献学》,上海:上海古籍出版社2005年版,第143页。
③ 皮锡瑞:《经学历史》,北京:中华书局2004年版,第130页。

刘毓庆《历代诗经著述考》所著录的《诗经》类著作仅三国两晋南北朝期间共同以《毛诗义疏》命名的就有十三家之多。义疏还有许多别称，如疏义、义记、义章、义宗、传义、章疏、讲疏等。

"疏"跟"义疏"有所区别，"疏"是"正义"的别称。"正义"的名称起自唐贞观年间。唐太宗诏孔颖达与诸儒择定五经义疏，敷畅传疏，谓之"正义"，后来通谓之"疏"。孔颖达等调和毛郑两家之说，作为《诗经》的注。又以刘焯《毛诗义疏》、刘炫《毛诗述义》为底本，再加疏解，撰成《毛诗正义》。南宋以前，《五经正义》五种单行，至绍熙开始将十三经之汉注与唐疏合刊，"注疏"之称才流行开来。

综上所述，"注疏"是注和疏的并称。"注"是对文本字句的注解，包括传、笺、解、章句等；"疏"是对注的注解，包括义疏、疏义、正义等。后来注疏的名头极响，成为各种注解体式的代称。当然，时人也有把笺注当作所有注解体式的概括名称的，在这一层面上，注疏和笺注的含义是一致的。

三　传统注解与评点内容、形式之区别

传统《诗经》注解与《诗经》评点有本质上的不同：首先，《诗经》注解的本质是经学的，《诗经》评点的本质是文学的；其次，二者的表现形式不同，《诗经》注解是繁琐的，《诗经》评点是简明的；再次，二者的语言特征和语言系统不同，《诗经》注解的语言表达方式以说明为主，《诗经》评点的主要语言表达方式是议论、描写、说明相糅杂。再从内容和功能上看，区别更大，可分别观之。

以《诗经》的历代注疏而论，其内容关乎经籍中文字正假、语词意义、音读正讹、语法修辞，以及名物、典制、史实等，一般不出以下几种功能：

第一，扫除文字障碍，用通行的语言解释古字、古义，并对难字注音。此类著作常以"某某音义"或"某某注"题名。

第二，揭示篇章要旨，串讲句意。此类著作常以"某某章句""某

某解"题名。

第三,考证文本词语的出处(语典)和故事来源(事典)。此类著作常以"某某注""某某笺"题名。

第四,补充史料,考证史事。

第五,阐发文本深层的思想意义,阐述注者本人的见解。

第六,对前人对同一文本所做的多种注解进行系统总结与梳理,间附按语表明己意,或不发表己意。

由此可见,传统注疏的内容很少涉及《诗经》文本的文学批评范畴,而大致属于语言文字、音韵、历史、伦理、民俗、政治范畴的内容。

再看《诗经》的评点,则不外乎这样几种功能:

第一,揭示诗歌体式、命意、题材、诗境方面的开创性及其影响后在诗歌的表现;

第二,与其他在体式、命意、题材、诗境方面相近的诗或诗句进行比较,以显示其优长,用于对比的诗歌范围不限于《诗经》;

第三,用另一种形象化的语言来形容比拟所评点诗句的意境或风格,使读者的感性理解更加准确;

第四,揭示诗背后的本事(此点与注疏内容有相同处);

第五,对诗义进行引申,借以阐述批点者个人的思想见解和感受(包括政治、伦理、社会、人生等,这一点跟注疏内容也有交叉);

第六,示以文章规矩,即对所评点诗或诗句所涉及的诗法进行分析和总结,包括字法、句法、结构、修辞及其他具体诗歌创作手法(注疏也偶有涉及诗艺的著作,但比例极小,一般像朱熹《诗集传》那样只标明"赋也""比也""兴也"等,基本不做具体评述);

第七,为读者点明诗篇精彩之处,当然有时也会点明败笔;

第八,偶尔也涉及训诂内容,但不占主流。

由此可见,《诗经》评点的内容多属于文学批评范畴,而很少涉及文学之外的内容。《诗经》评点的内容特点是,以批评的随意性取代笺注的严肃性,以句法的点拨和分析取代本意的探讨,以艺术的鉴赏取代语词的训释,不太留意史实的钩沉和本事的索隐,总体上以文学的鉴赏、艺术的分析为要务。

综上所述,《诗经》评点与注疏有本质上的区别。第一,《诗经》评点侧重评析与鉴赏,从思维方式上看偏感悟性评论;《诗经》注疏侧重训诂与串讲,从思维方式上看偏理性说明。第二,从语言表达上看,评点语言形象,多情感倾向的评价,偏文学性,可读性较强;注疏语言抽象,多不厌其烦的说明,偏学术性,可读性较弱。当然,注疏语言并非一味枯燥无味,比如郦道元《水经注》,注文文字清美,富于文学价值。再如方玉润《诗经原始》的许多注文也形象具体,朗朗可诵。但这是不多的现象。今人谈及评点,有误以笺注为评点者。为示以区别,黄永武对此有详细的说明:

> 圈点批评与笺注是有所不同的:圈点批评是较为主观的,而笺注则较为客观;圈点批评可与作者为敌,指出诗中的缺点,而笺则不得恣伐非毁,宜守"尊题"的原则;圈点批评可以全出个人的爱憎,而笺注则在考订翔实,须有证据。又评诗者可以就全集中选评若干首,全首中选评若干句若干字,作为批评对象,而笺注则务求详备完整。①

黄氏此论,移用于区别《诗经》的评点与笺注,也是恰当的。

另外,《诗经》评点与注解有完全不一样的习惯性用语和术语。

涉及训诂的注解术语一般有如下几种:

第一种是用于注音的,有"音某""某某反""某某切""读为""读曰""读若""读如""如字"等。如《诗经·卫风·氓》"淇则有岸,隰则有泮",郑笺:"泮,读为畔。"

第二种是用于释义的,有"某,某也""某某曰某""某某为某""某

---

① 黄永武:《中国诗学——考据篇》,台北:巨流图书公司 1977 年版,第 75—76 页。

某谓之某""某,言某也""某某之言某""某某之为言某""某,谓某某""某,犹某某"等。如《诗经·周南·芣苢》"采采芣苢,薄言掇之",毛传:"掇,拾也。"再如《诗经·魏风·硕鼠》"逝将去女,适彼乐郊",郑笺:"郭外曰郊。"再如《诗经·召南·殷其雷》"殷其雷,在南山之下",郑笺:"下,谓山脚。"

第三种是用于表示词的某种性质或状态的,有"某某,某某貌",相当于现代汉语中"……的样子"。如《诗经·卫风·氓》"桑之未落,其叶沃若",朱熹《诗集传》:"沃若,润泽貌。"

第四种是用于串讲句意的,有"言""谓"等,相当于现代汉语中"说的是……"。如《诗经·邶风·谷风》"凡民有丧,匍匐救之",郑笺:"匍匐,言尽力也。"再如《诗经·郑风·野有蔓草》"野有蔓草,零露漙兮",郑笺:"蔓草而有露,谓仲春之时,草始生,霜为露也。"

第五种是用于指明虚词的,有"某,词也""某,辞也"。如《诗经·周南·汉广》"汉有游女,不可求思",毛传:"思,词也。"再如《诗经·周南·芣苢》"采采芣苢,薄言采之",毛传:"薄,辞也。"

以上这些传统注疏里的术语,在《诗经》评点中是极少存在的。《诗经》的评点术语自有其特有的面貌,一般有这么几种:章法、字法、句法、起、分、合、聚、散、妙于……不一而足。而评点最重要的特点是有很多形象化的评论语言,如邓翔《诗经绎参》对于《泉水》一诗第一节的眉批:

> (邓眉)如山川出云,嫋绕摇扬而起。言水尚知归,地难缩短也。"亦"字见深情。《柏舟》章"亦泛其流",正兴也;此章"亦流于淇",兼反正两兴。唐诗"人心胜潮水,相送过浔阳",又从此诗翻出一步。

既然《诗经》现在已经公认是性质为文学的诗歌总集,那么也有必要把《诗经》的评点跟集部的笺注做个比较,作为《诗经》评点跟经学注疏区别的一个补充。朱自清说:"原来对于集部的工作,大致有两个方向。一是笺注,是求真;里面也偶有批评,却只算作笺注的一部分。《楚辞章句》里论《离骚》,似乎属于这一类,又如《文选》里左思《魏都赋》张载注,论到如何描写鸟将飞之势,如何描写台榭的高,比较各赋里相似的句子,指出同异,显明优劣,那更清楚的属于这一类。"①

四 传统注解与评点的优缺点

注解的功用,主要在于使得古代文本的语言、名物、制度、本事、故实、思想、意念更清晰地表现出来,其价值自不必多言,但其对于诗歌所描写的形象、意境、诗法、风格、结构等艺术层面的问题却呈失语状态,这不能不说是种遗憾,而这种遗憾,恰有评点来为它弥补。其实,《诗经》的传统注解除了很少涉及文学评述这一缺憾,还存在其他弊端。如冯元仲于《孙鑛批评诗经·诗经叙文》中指出:"余窃怪古今博士家言,徒向注脚中研讨,而于经章法、句法、字法,割裂颠倒,移眸在鼻,无处识其本来面目,则宋人以训故解诗而诗晦,今人以时文说诗而诗亡也。"

细究传统经学注解的弊端,主要有三个方面:一是考证繁琐;二是穿凿附会;三是语言酸腐可厌。

早在东汉时期,作为史学家的班固就已经深切认识到经生解经的虚妄,并对此现象提出了严厉的批评。他说:"后世经传既已乖离,博学者又不思多闻阙疑之义,而务碎义逃难,便辞巧说,破坏形体,说五字之文,至于二三万言。"②桓谭和王充对经生解经有所批评和诘责,如《汉书·艺文志》颜师古注曰:"桓谭《新论》云秦近君能说《尧

---

① 朱自清:《朱自清古典文学论文集》,上海:上海古籍出版社2009年版,第548页。
② [汉]班固:《汉书·艺文志》,北京:中华书局校点本,第1723页。

典》,篇目两字之说至十余万言,但说'曰若稽古'三万言。"①

这种现象的产生,究其原因,盖经生在"经"这一"帽子"的预设重压下,在读诗之时,丝毫不敢怀疑所谓的经典篇篇具有微言大义,缺乏自由之思想、独立之精神;且又不明了诗心曲直、匠心所在,读而不知其意,于是妄加臆测,附会圣王贤妃,以至于酸腐可厌。王充讲到"儒者说五经,多失其实。前儒不见本末,空生虚说;后儒信前师之言,随趣述故,滑习辞语"。这种现象,到了后来,在政府的提倡和科举的催化之下,越发荒谬可悲了。

陈继揆在其《诗经》评点著作《读风臆补》的目录后之识语中对于《诗经》的经学注解提出了批评。他说:"故诗可意会而不可以言传。何则?传之于言,笺疏愈烦,性情愈晦;会之于意,性情既通,笺疏可废。"而评点正是读诗时"会之以意"的批评方法,故而评点与笺疏各不相侔。

对于经学注疏酸腐可厌、冗长无趣的语言表达习惯,钱锺书在《管锥编》中进行过令人解颐却发人深思的讽刺:

闻寓楼庭院中六七岁小儿聚戏歌云:"一二一,一二一,香蕉苹果大鸭梨,我吃苹果你吃梨。"又歌云:"汽车汽车我不怕,电话打到姥姥家。姥姥没有牙,请她啃水疙瘩!哈哈!哈哈!"即若前举儿歌,苟列《三百篇》中,经生且谓:盖有香蕉一枚、苹果二枚、梨一枚也;"不怕"者,不辞辛苦之意,盖本欲乘车至外婆家,然有电话可通,则省一番跋涉也。②

另外,繁琐的训释也会遮蔽诗歌固有的抒情或叙事的文学本质,

---

① [汉]班固:《汉书·艺文志》,北京:中华书局校点本,第 1724 页。
② 钱锺书:《管锥编》(第一册),北京:中华书局 1979 年版,第 64 页。

其训释本身也是非常迂阔可笑的。郑振铎称这种繁琐的训释为"重重迭迭的注疏的瓦砾"。①

而对于评点，杨明先生认为：

> 过去一些学者，往往轻忽评点，究其缘故，主要是两点：一是以为评点层次低，只不过便于初学，难登大雅之堂；二是因明清评点每多讲文脉、章法，受八股影响，八股文既被否定、排斥，则评点也受其累。其实层次之高低，主要取决于评者的眼光、见解，而不在于形式。评点虽显得零碎，也难于发表理论色彩强烈的高言谠论，但从具有真知灼见、艺术感悟的片段之中，正可以归纳、概括出评点者的观点、倾向，而且有血有肉，更为准确。至于讲究意脉、章法，正是我国古人为文的一大优点。不信笔所之，以锤炼求自然，以约束求放达，古代有那么多脍炙人口、流传千古的诗文，与这样的好传统大有关系。②

过去学者确实往往轻忽评点，比如笔者很尊敬的蒋天枢先生，就认为吴闿生《诗义会通》中注文及按语中偶附的评语，"可认为是'八比文'施用评点的一种陋习"。③ 轻视归轻视，蒋先生同时也认为这些评语"对读者理解文理不无小助"。④ 而随着近年来学界对评点的关注，这种轻视态度已大为改观。

---

① 郑振铎：《读〈毛诗序〉》，见顾颉刚编：《古史辨》（卷三），上海：上海古籍出版社1982年版。
② 杨明：《〈文选〉评点研究序》，见赵俊玲：《〈文选〉评点研究》，上海：上海古籍出版社2013年版，第1页。
③ 蒋天枢：《〈诗义会通〉出版说明》，见吴闿生：《诗义会通》，上海：中西书局2012年版，第2页。
④ 蒋天枢：《〈诗义会通〉出版说明》，见吴闿生：《诗义会通》，上海：中西书局2012年版，第2页。

当然，评点的缺点也是显而易见的：一是支离破碎，不成体系；二是点到即止，不能深入。因此，对于评点的总结和研究，既要沙里淘金，不厌其烦，还要由表及里，在其点明精彩的地方深入探讨。

五 评点与传统诗评

"评点"一词，在当下流行语中含意比较宽泛。大众对于所有的有针对性的评论性文字或口头讲的话语几乎都称为"评点"或"点评"。这本也无可厚非，但对于评点这一特殊的文学批评方式或是批评文体，却有必要在概念上进行严格界定。需要指出的是，当前学术界竟还有不少论者把一些离开原文单行的短章的文学评论也称作评点，这其实是对于评点概念的一种错误理解。如有论者就把脱离《诗经》原文的不具备评点形式要素的徐光启《毛诗六帖》、何大抡《诗经主意默雷》、万时华《诗经偶笺》、贺贻孙《诗触》等定为《诗经》评点著作进行研究论述。尽管这些著作中有些评论也是针对《诗经》的文学性质而发，但它们在文本形态上并没有依附作品文本，因此不能称为评点。文学评点是文学批评的一种，虽然我们在广义上可以称它为文学批评，但是我们却不能把一般的文学批评称作文学评点。把二者等同起来就犯了逻辑错误，混淆了一般和个别，把物属等同了物种。其实，文学评点是一种特别的文学批评形式，正如同词是一种形式特别的诗一样。广义上我们可以说一首词就是一首诗，却不能反过来说一首诗是一首词。同理，广义上我们可以说一种评点著作就是一部批评著作，却不能反过来说一部批评著作就是一种评点著作。传统诗评，包括诗话、诗纪事、序跋、书信等都不能叫作评点。

另外，《诗经》评点之所以和一般的《诗经》评论不同，不仅仅因为评点和被评点文本如影随形的关系，还因为《诗经》的评点是对阅读《诗经》的介入。周兴陆认为：

> 评点是对阅读的介入。评点的文本形式是随文笺评，

评点文字附着于文本,并行于世。因此,与现代的学术论文最大的不同是,评点没有代替读者的阅读,而是介入阅读,参与读者的阅读活动。在读者与作者之间,评点"通作者之志,开览者之心",是二者的桥梁。优秀的评点是作者的知音,同时也是一盏明灯,引领读者的阅读。当然,浅薄或者迂阔的评点则是对阅读的干扰。与评点相比,任何学术论文,都是越俎代庖,研究者以自己的身影遮挡了读者直接去获得审美直感。[1]

虽然此处对比的是评点与现代学术论文,但也同样适用于评点与一般诗文评的比较。

如果单从形式而言,《诗经》评点与《诗经》传统诗评的区别在于:诗评有评论无圈点,且独立于《诗经》文本之外别自为书,篇幅相对较长而集中;而评点一般有评有点(有些刻本或刊落圈点,只保留评的部分),且附着在《诗经》文本之上,篇幅相对简短而零散。另外,从语言上看,评点语言比诗评语言更随意和口语化。

《诗经》评点同其他文学作品的评点一样,还具有读者与文本的互动性,这是其他文学批评样式不具备的,不管是"话"还是"品"还是"论"。因此它展现一定的灵活性和灵动性:一方面,评点者写下批语,是与文本的互动,使诗作者千年之下情思再现;另一方面,读《诗经》评点本的读者与作诗者的文本和评点者的文本互动,譬如一人听两人晤谈,细辨雌黄,别有乐趣。这是中国传统批评的贡献,它使得评论不再道貌岸然,而是具有了活泼泼的面目,应该引起世人的关注与珍惜。

---

[1] 周兴陆:《应该加强文学评点研究》,见《诗歌评点与理论研究》,南京:凤凰出版社2011年版,第235页。

六　评点与高头讲章

高头讲章是明清时期书肆中泛滥成灾的为迎合科举而编制的"教辅材料",其书籍形式以天头所占比例极大为主要特点。书籍册页上端所留的空白俗称天头。为学习科举时文八股或经筵进讲而编写的"五经""四书"的讲义,主要印制在天头部分,和经书正文不用翻页即可进行比对。这些在经书正文上端所预留的较宽空白处所刊印的讲解文字,当时被称为"高头讲章",后来泛指这类格式的所有经书。因为《诗经》评点也有列在书籍天头的眉批,乍看似乎和高头讲章的形式相似,但其实内容上有本质的区别。

《诗经》作为科举指定教程之一,也衍生了数量庞大的高头讲章。《诗经》的高头讲章对于《诗经》评点从内容和形式上都有直接影响,这从高头讲章和评点混合纠缠在一起的几种著作就可以明显看出来。如明崇祯间张元芳、魏浣初的《毛诗振雅》刻本,天头所录,俱为大段冗长之高头讲章,中间为《诗经》正文,最下一截为钟惺的初评本《批点诗经》。还有清代祝起壮所辑《读冢诗溯》,为旧写本,三色,上下两栏,宽度相同。经文在下,有红笔旁批指示关键。上栏主要以红笔书写,分章述义,间有训释内容,并偶尔引用前人(如孙鑛)的评点。有少数诗篇的上栏也偶有墨笔批语。下栏每篇经文之后有墨笔小字,乃删减朱熹《诗集传》而成。这种高头讲章,实为举业而发。纯粹的高头讲章当时多有,但因为此类书籍没有什么创见和价值,纯为功利,因此绝大多数现已湮没不存。

七　《诗经》评点诸版本

据笔者查寻整理,共发现《诗经》评点本三十种左右(因有重复和残缺者,故不容易确定确切数字),可据为写作本文的第一手资料。本文引用到的评点文字主要出自以下评本(文中引用时仅在句前标明简称,特此说明):

第一章 《诗经》评点与传统《诗经》学概说

（一）［明］安世凤《诗批释》四卷，明万历二十九年商丘安氏原刻本【简称"安眉"】。

（二）［明］孙鑛《批评诗经》，又题《孙月峰先生批评诗经》，四卷，明万历三十年天益山三色套印本【简称"孙章评""孙篇前批""孙篇后批"等】。

（三）［明］戴君恩《读风臆评》不分卷，明万历四十八年庚申乌程闵氏朱墨套印本【简称"戴眉""戴旁""戴篇后批"等】。

（四）［明］钟惺评点《诗经》不分卷，明泰昌元年吴兴凌杜若刊朱墨套印本【简称"钟红眉""钟红旁"等】。

（五）［明］钟惺评点《诗经》四卷，小序一卷，明泰昌元年吴兴闵刻三色套印本之蓝色批语【简称"钟蓝眉""钟蓝旁""钟蓝篇后批"等】。

（六）［明］凌濛初《言诗翼》七卷，附诗传一卷，全称《孔门两弟子言诗翼》，明崇祯三年乌程凌氏刻本【简称"翼章评""翼篇后批"等】。

（七）［明］徐奋鹏《毛诗捷渡》四卷，全称《新镌笔洞山房批点诗经捷渡大文》，明天启中金陵王荆岑刻本【简称"捷渡眉""捷渡旁"等】。

（八）［明］徐奋鹏《诗经删补》不分卷，全称《采辑名家批评诗经删补》，清文奎堂铜板刊本，羊城天禄阁梓行【简称"删补眉"】。

（九）［明］陈组绶《诗经副墨》不分卷，明末光启堂刻本【简称"副墨眉"】。

（十）［明］黄廷鹄《诗冶》二十六卷之《诗经》部分，明崇祯九年东善堂刻本【简称"黄评"】。

（十一）［清］储欣《诗经》评点本。此本以崇祯十四年毛氏汲古阁所刻《诗集传》为底本，朱笔手批而成【简称"储眉"】。

（十二）［清］刘大櫆《诗经读本》不分卷，清抄本【简称"读本眉批"】。

（十三）［清］牛运震《诗志》，嘉庆五年空山堂刊本【简称"牛章评""牛篇后批"等]。

（十四）[清]姚继恒《诗经通论》，道光十七年丁酉韩城王笃刻本【简称"通论眉""通论篇后评"等】。

（十五）[清]方玉润《诗经原始》，同治十年陇东分署刻本【简称"方眉"】。

（十六）[清]铁保评本《诗集传》（只《周南》《召南》部分有批语）【简称"铁眉"】。

（十七）[清]徐与乔《增订诗经辑评》四卷，乾隆乙未友于堂刻巾箱本【简称"辑评眉""辑评篇后批"等】。

（十八）[清]王晋汾《艺香堂诗经集评》，清嘉庆二十三年抄本【简称"艺眉""艺篇后批"等】。

（十九）[清]孙凤城《诗经》辑评本。此本以钱澄之所著《田间诗学》清康熙二十八年钱氏斟雉堂刻本为底本手批而成【简称"凤城眉"】。

（二十）[清]张芝洲《葩经一得》，清道光三十年何氏梦约轩藏板【简称"张眉""张夹"】。

（二一）[清]邓翔《诗经绎参》四卷，清同治六年孔氏刻朱墨套印本【简称"邓眉"】。

（二二）[清]陈继揆《读风臆补》十五卷，清光绪宁郡述古堂刊本【简称"陈眉""陈旁""陈篇后批"等】。

（二三）[清]徐玮文《说诗解颐》不分卷，清光绪九年刊本【简称"徐眉""徐旁""徐章评""徐篇后批"等】。

（二四）[清]胡璧城《诗经》评点本。此本以清李光明庄重刊慎诒堂本朱熹《诗集传》为底本墨笔手批而成【简称"胡眉"】。

（二五）[清]姚鼐、曾国藩、吴汝纶、吴闿生四位桐城派散文家的《诗经》评点，题名《诗经》二卷，清末都门印书局铅印本【简称"桐眉"】。

（二六）[清]王闿运《诗经》评点本，题名《诗经》，牌记题名《湘绮楼毛诗评点》,民国二十四年成都日新社铅字红印本【简称"王夹"】。

（二七）[明]陈鸿谟《诗经治乱始末注疏合抄》,旧抄本【按:具备评点形式,内容却非评点】。

（二八）[明]张元芳、魏浣初辑《毛诗振雅》六卷,明天启四年版筑居写刻朱墨套印本【按:此本评点内容全部移录钟惺的评】。

（二九）[清]何焯《义门读书记·诗经》,光绪六年重修五十八卷本。

（三十）李九华《诗经评注》,民国铅印本【按:评点部分系全部转录牛运震《诗志》】。

（三十一）[清]祝起壮辑录《读冢诗溯》,旧写本【按:已脱离《诗经》原文,不再具备评点形式】。

（三十二）[清]何道生辑录《诗经》评点,手批在一部清初函三堂刻朱熹《诗集传》之上,共八卷六册,题名《诗经》。

（三十三）无名氏辑录《诗经》评点,手批在一部清同治五年金陵书局刻朱熹《诗集传》之上。

为便于观览,特列表如下(仅列重要评点本):

序号	评点者	书名及卷数	版本	公元纪年
01	安世凤	《诗批释》四卷	明万历二十九年商丘安氏原刻本	1601
02	孙鑛	《批评诗经》四卷	明万历三十年天益山三色套印本	1602
03	戴君恩	《读风臆评》不分卷	明万历四十八年庚申乌程闵氏朱墨套印本	1620
04	钟惺	《诗经》不分卷	明泰昌元年吴兴凌杜若刊朱墨套印本	1620

续表

序号	评点者	书名及卷数	版本	公元纪年
05	钟惺	《诗经》评点四卷,小序一卷	明泰昌元年吴兴闵刻三色(朱、墨、蓝)套印本	1620
06	凌濛初	《言诗翼》七卷,附诗传一卷,全称《孔门两弟子言诗翼》	明崇祯三年乌程凌氏刻本	1630
07	徐奋鹏	《毛诗捷渡》四卷,全称《新镌笔洞山房批点诗经捷渡大文》	明天启中金陵王荆岑刻本	
08	徐奋鹏	《诗经删补》不分卷,全称《采辑名家批评诗经删补》	清文奎堂铜板刊本,羊城天禄阁梓行	
09	陈组绶	《诗经副墨》不分卷	明末光启堂刻本	
10	黄廷鹄	《诗冶》二十六卷之《诗经》部分一卷	明崇祯九年东善堂刻本	1636
11	储欣	《诗经》	以崇祯十四年毛氏汲古阁所刻《诗集传》为底本朱笔手批而成	
12	刘大櫆	《诗经读本》不分卷	清抄本	
13	牛运震	《诗志》	嘉庆五年空山堂刊本	1800
14	铁保	《诗经》	以《诗集传》之《周南》《召南》部分为底本手批	
15	徐与乔	《增订诗经辑评》四卷	乾隆四十年乙未友于堂刻巾箱本	1775

续 表

序号	评点者	书名及卷数	版本	公元纪年
16	王晋汾	《艺香堂诗经集评》	清嘉庆二十三年抄本	1818
17	姚继恒	《诗经通论》	道光十七年丁酉韩城王笃刻本	1837
18	孙凤城	《诗经》辑评	以钱澄之《田间诗学》清康熙二十八年钱氏斟雉堂刻本为底本手批而成	
19	张芝洲	《葩经一得》	清道光三十年何氏梦约轩藏板	1850
20	邓翔	《诗经绎参》四卷	清同治六年孔氏刻朱墨套印本	1867
21	方玉润	《诗经原始》	同治十年陇东分署刻本	1871
22	陈继揆	《读风臆补》十五卷	清光绪宁郡述古堂刊本	
23	徐玮文	《说诗解颐》不分卷	清光绪九年刊本	1883
24	胡璧城	《诗经》	以清李光明庄重刊慎诒堂本朱熹《诗集传》为底本墨笔手批而成	
25	姚鼐、曾国藩、吴汝纶、吴闿生	《诗经》二卷	清末都门印书局铅印本	
26	王闿运	《湘绮楼毛诗评点》	民国二十四年成都日新社铅字红印本	1935

按：本表所列为主要评点者和评点版本，情况较复杂者未列入，下文将述及。

第二节 传统《诗经》学概说

关于传统《诗经》学的发展历史,近代以来研究《诗经》的学者已有许多论述,故本文此处的概述只是《诗经》学在这两千多年中持续发展的大致轮廓,仅作为后几章《诗经》评点史叙述的引子。历史上和学术界讼纷纭的学术论争问题,比如《诗序》的作者问题、孔子是否删诗问题、今古文《诗》的传承问题等,本文不再赘笔介绍,因为要充分叙述这些问题需要比本文多得多的篇幅。此处仅对《诗经》的阐释历程略作重点性提示。

一 古代传统《诗经》学的经学性质

回顾明代以前《诗经》学的发展,我们既要肯定以注疏为主的《诗经》经学阐释学在语言、文化、历史等方面的研究成就,又要清醒地认识到《诗经》经学政治中心论与实用主义观的特点及其弊端。

《诗经》的三百零五篇诗歌作品,大致可分为三大类,即宗教颂赞祷祝类、政治叙事类、言志抒情类。《颂》诗及《大雅》的一部分属于第一类,这一类文学性较弱,对于这一类诗的研究,古今性质无甚差异,古人不把它们当作文学对象对待,今人也很少从文学角度着眼对其进行研究。《大雅》的大部分和《小雅》的小部分属于第二类,这一类可说是文史不分,因此无论从历史政治的角度还是从文学的角度都可研究,宋代以前的《诗经》学则主要停留在历史政治的探讨方面。《小雅》的大部分和《国风》的全部属于第三类,本质上讲应该是文学的,但明代以前的《诗经》学却严重偏离了文学的视角,文学的阐释微乎其微,这不能不归咎于此一漫长时期的政教本位思想,它极大弱化甚至取消了《诗经》的文学独立性。如仅从文学史的发展着眼,可以说这并不是一种健康的现象。

《诗经》既经编订并在古代社会中被广泛应用,就开始被曲解。春秋战国时代各诸侯国的外交使节在宴会上的"赋诗陈志"已经显示出这种"非文学"附会的端倪。毕竟,在那个久远的时代文学作品是没有文学独立性质的,《诗》毕竟是和礼乐多位一体的。从汉朝开始,儒家独尊,《诗》也被奉为经典,于是看似幸运实则不幸的《诗经》在"经师"们凿空推索和迂腐传注之下,诗歌本来姣好的面目被蒙上了重重叠叠的灰尘和瓦砾。也可以说,在现代意义上的文学概念尚未确立之前,《诗经》作为一部典籍,其敦厚的诗教作用远远超过了其愉悦的审美作用。所谓诗教,也可以说就是《诗大序》中所说的"先王以是经夫妇,成孝敬,厚人伦,美教化,移风俗"。而这种对于《诗经》的价值判断,在先秦两汉已经形成并根深蒂固了,其对于后来两千多年的消极影响是非常严重的。

关于古代传统《诗经》学聚讼纷纭的大致情形,《四库全书总目》于经部诗类提要有所概括:

> 诗有四家,毛氏独传,唐以前无异论,宋以后则众说争矣。然攻汉学者,意不尽在于经义,务胜汉儒而已;伸汉学者,意亦不尽在于经义,愤宋儒之诋汉儒而已。各挟一不相下之心,而又济以不平之气,激而过当,亦其势然欤?夫解《春秋》者,惟公羊多驳,其中高子、沈子之说,殆转相附益,要其大义数十传自圣门者,不能废也。《诗序》称子夏,而所引高子、孟仲子乃战国时人,固后来搀续之明证。即成伯玙等所指篇首一句,经师口授,亦未必不失其真。然去古未远,必有所受。意其真赝相半,亦近似公羊,全信全疑,均为偏见。今参稽众说,务协其平,苟不至程大昌之妄改旧文,王柏之横删圣籍者,论有可采,并录存之,以消融数百年之门户。至于鸟兽草木之名、训诂声音之学,皆事须考证,非

可空谈。今所采辑,则尊汉学者居多焉。①

无论传统《诗经》学的门派意见如何纷繁复杂,都属于经学的范畴。朱维铮这样定义经学:"它特指中国中世纪的统治学说。具体地说,它特指西汉以后,作为中世纪诸王朝的理论基础和行为准则的学说。"同时,必须具备三个条件:"一、它曾经支配中国中世纪的思想文化领域;二、它以当时政府所承认并颁行的标准解说的'五经'或其他经典,作为理论依据;三,它具有国定宗教的特征,即在实践领域中,只许信仰,不许怀疑。"②对于《诗经》,主流经学家认为它是用来"观治立教"③的,这一点是一致的意见,因此,《诗经》研究的历史其实就是经学历史的一支。

关于经学史按时间分段的传统划分,一般分为三个阶段:汉学(汉唐)、宋学(宋元明)、清学(新汉学)。《诗经》学作为经学的重要组成部分,这一划分对其同样适用。关于绵延两千年的经学,不仅可以从时间上划分不同时期,还因其延续性,在汉朝以后每个时间段都可以分为不同的派别,这些派别同时存在。周予同分经学为三大派:西汉今文学、东汉古文学和宋学。当然这三个派别几乎贯串整个皇权时代,而并不仅仅分别存在于西汉、东汉和宋朝。关于这三派的区别,周予同认为:

> 今文学以孔子为政治家,以六经为孔子致治之说,所以偏重于"微言大义",其特色是功利的,而其流弊为狂妄。古文学以孔子为史学家,以六经为孔子整理古代史料之书,所以偏重于名物训诂,其特色是考证的,而其流弊为繁琐。宋

---

① [清]纪昀等:《四库全书总目》卷十五《诗类》,北京:中华书局1965年影印版。
② 朱维铮:《中国经学史十讲》,上海:复旦大学出版社2002年版,第9—10页。
③ [明]安世凤:《诗批释》,明万历二十九年(1601)商丘安氏原刻本。

学以孔子为哲学家,以六经为孔子载道之具,所以偏重于心性理气,其特色是玄想的,而其流弊为空疏。①

无论哪一派,都是以孔子为招牌,其弊端都是丧失了诗的自然本性,归于墨守。用戴震评说古代经学的话来概括:"汉儒训诂,有师承,有时亦傅会,晋人傅会凿空益多,宋人则恃胸臆以为断,故其袭取者多谬,而不谬者反在其弃。"②在戴震眼中,就经学的角度看,无论哪一派那一时期,问题都很严重,要么附会,要么凿空,要么武断。陈组绶认为:"夫诗后有序,序后有传,传后有诂,诂后有笺,笺后有疏,疏后有正义,正义后有集注,各自以其意言诗,而诗人性灵噫籁,日以其所习之训词,所便之格调,所易索之字句,归之墨守,丧其自然。"③在这重重遮蔽之下,诗人的性灵噫籁,何时才能重见光明?

《诗经》作为先秦的儒家经典之一,在两千多年的研究历史上,经历了漫长而逐渐演变的历史——从歌到诗、从经学到文学的过程。但在这个过程中,文学的阐释一直以来都是细流,一直都作为附属存在着。但是,这种情况从明末开始有了变化,《诗经》文学阐释这股细流开始慢慢变得宏大起来。这种变化的产生,评点无疑是贡献颇大的。为了更好地探讨《诗经》评点在这一演变过程中所起的作用,我们有必要对《诗经》的阐释和研究历史进行简单的回顾。按照夏传才的主张,《诗经》的研究大致上可以分为五个时期:④先秦时期、汉学时期(汉至唐)、宋学时期(宋至明)、新汉学时期(清代)、五四以后时期。因为《诗经》的评点出现在明代后期,因此,我们简单梳理前三个时期,以之为《诗经》评点的论述前提。

---

① 周予同:《〈经学历史〉序言》,见皮锡瑞:《经学历史》,北京:中华书局2004年版,第3页。
② [清]戴震:《与某书》,见《戴震全书》卷六,合肥:黄山书社1995年版,第495页。
③ [明]陈组绶:《诗经副墨·序言》,明末光启堂刻本。
④ 参见夏传才:《十三经概论·诗经》,天津:天津人民出版社1998年版,第196—198页。

二　先秦《诗经》学

刘毓庆认为,先秦两汉是《诗经》由"诗"而"经"而"经学"的发展过程,包括四个阶段:"第一阶段是'赋诗言志',即诗以文学的灵动性出现在会盟燕享的春秋时代。""《诗》学发展的第二个阶段,是由'诗'而升为'经',并肩负起传承礼乐文化的使命,广泛地渗透于儒学理论架构的时代,即战国时代。""第三个阶段是《诗》之经学研究启动并逐渐经术化,即周秦之际至西汉宣帝前的一段时间。""第四个阶段是经学的极盛与成熟,这主要指元、成之后的汉代经学。"[①]这种以《诗经》性质的演进为划分标准的分期是合乎《诗经》学的自身发展实际的,也的确勾勒出先秦两汉时期《诗经》的应用、传播、接受与阐释的演化脉络。我们此处仅就重要的关乎《诗经》阐释的方面略作回顾。

《诗经》中的诗篇自产生之时就意味着其自身被研究的开始,不待结集为"诗三百篇"。当然这种研究是广义的,或者更准确地说,应该是接受。《汉书·艺文志》云:

> 《书》曰:"诗言志,歌咏言。"故哀乐之心感,而歌咏之心发。诵其言谓之诗,咏其声谓之歌。故古有采诗之官,王者所以观风俗,知得失,自考正也。

也就是说诗的最早接受方式在民间是发抒情绪的,而在官方那里是为了纠正政策,是实用的。在作为最高统治者治国工具的性质弱化之后,诗的接受转向了另一种实用,即赋诗言志。先秦《诗经》学以致用为根本是学界共识,赋诗言志和断章取义即致用的主要方式。《左传》引《诗经》一百八十多条,其义多不合《诗经》之本旨。引《诗

[①] 刘毓庆、郭万金:《从文学到经学——先秦两汉诗经学史论·序》,上海:华东大学出版社2009年版,第2—5页。

经》者主要是为了政治、外交或伦理的需要而断章取义。

其实真正意义上的对于《诗》的研究应该溯源到孔子及其弟子。据现有文献记载,孔子对于"诗三百"的重视程度是很高的。《汉书·艺文志》云:"孔子纯取周诗,上采殷,下取鲁,凡三百五篇。"《论语》中也记载了他晚年的自述:"吾自卫返鲁,然后乐正,雅颂各得其所。"可见孔子对于诗乐的整理曾经下过很大力气。

除了整理之功,孔子对于诗的总体认知和具体阐释也影响深远。《论语》中孔子说《诗》的内容,比说《书》、说《礼》的内容都要多。例如:

> 小子何莫学夫《诗》?《诗》可以兴,可以观,可以群,可以怨。迩之事父,远之事君。多识于鸟兽草木之名。(《论语·阳货》)
>
> 诵诗三百,授之以政,不达;使于四方,不能专对;虽多,亦奚以为?(《论语·子路》)
>
> 不学《诗》,无以言。(《论语·季氏》)

但总而言之,孔子这些言论都是强调从事父、事君、言语、政事等传统的伦理范围出发来对待"诗三百",集中体现了孔子对待《诗经》学以致用的主张和对其社会功用的认识。

> 兴于诗,立于礼,成于乐。(《论语·泰伯》)

这涉及社会人格(或人性)的形成教育问题。"孔子所言的人性教育乃礼乐塑造人,即使人成为仁者。它包括这样一个过程:'兴于诗,立于礼,成于乐。'其中,诗是开端,礼是中间,乐是完成、'圆融'。三者共同构成人性塑造的整体,缺一不可。"[1]

---

[1] 董玲:《孔子论诗的三个世界》,《湖北第二师范学院学报》2008年第10期。

具体到对于诗篇诗句的阐释,现有记载主要体现在孔子和弟子的切磋学问方面。如:

> 子贡曰:"贫而无谄,富而无骄,何如?"子曰:"可也。未若贫而乐,富而好礼者也。"子贡曰:"诗云:'如切如磋,如琢如磨。'其斯之谓与?"子曰:"赐也,始可与言诗已矣!告诸往而知来者。"(《论语·学而》)

> 子夏问曰:"'巧笑倩兮,美目盼兮,素以为绚兮。'何谓也?"子曰:"绘事后素。"曰:"礼后乎?"子曰:"起予者商也!始可与言诗已矣。"(《论语·八佾》)

子贡及子夏跟孔子的对话,原本是在讨论做人的问题,可是两位弟子都想到了"诗三百"中的诗句,突破了《诗经》在产生时原有的文学属性。

子贡提出的"贫而无谄,富而不骄"指的是一个人的外在表现,达到这种人生修养境界,仅如同对玉石的表面进行切和磋这两道工序,只停留在粗加工的状态;而孔子提出的"贫而乐,富而好礼"则是一个人的更高一层的内在修养境界,这种境界的达致就好比对玉石的雕琢和打磨这两种工序的完成,焕发出艺术之美。

硕人美丽动人的笑靥、流动善睐的眼波,是与她整个人的天生丽质的天赋条件联系在一起的,就如同有了一张很好的白纸,才能画最新最美的图画。子夏马上联想到做人上来:一个人外在的礼仪应在有了内在的忠信之后才能形成。

这两位弟子的思维都得到了老师的极力赞赏,是因为他们善于想象和联想。子贡由做人而联想到了诗,子夏由读诗联想到了做人。但不管怎样,都已经离开了文学的诗之本义,引申到致用方面去了。

> 诗三百,一言以蔽之,曰"思无邪"。(《论语·为政》)

孔颖达《论语正义》中说:"思无邪者,此诗之一言,《鲁颂·駉》篇文也。诗之为体,论功颂德,止僻防邪,大抵归于正,故此一句可以当之也。"①

从以上可以看出,孔子并不把《诗经》看成是文学作品,在他眼中,当然也还没有"文学"(literature)的概念。他是从哲学和伦理道德观念出发,把《诗》作为宣扬其儒家思想的说教工具了。但有一点还是值得肯定的,就是孔子说《诗》突破了《诗》的第一义,进而向第二义探求,乐于推求诗外之意。这一点对于后世文学思想的影响是极大的,而在明代开始出现的《诗经》评点中,也有许多类似的文学观点出现,应该说这种观点并非没有渊源,如徐与乔就在其《诗经辑评》的《卷首》中明确提出"善观诗者当推求诗外之意",并列举了孔子、子夏、子贡、子思、子路、左丘明、祭父、孟子、记礼者等数人的观点,赞成他们不"分别所作之人、所采之诗",只要能"推诗外之意"、"或达诗中之理"、"或取一二言为立身之本",都是善于读诗的表现。歌咏之文并非实录,"后世欲求歌咏之文太过,直以史视之,则非矣"(郑樵语)。诗歌不能落实,一落到实处就失去了诗歌固有的多义性和丰富的诗意空间。

但其缺点也是明显的。他们的用诗方法和春秋战国时代流行的赋诗言志在方式上是一致的,都有断章取义的毛病。正如顾颉刚所言:"他们对于诗的态度,只是一个为自己享用的态度,要怎么用就怎么用。但他们无论如何把诗篇乱用,却不预备在诗上推考古人的历史,又不希望推考作诗的人的事实。"②当然,话又说回来,当时人这样用心里也是心知肚明的,知道自己只是把诗当作工具而已,"所以虽是乱用,却没有伤损《诗经》的真相"。③

---

① [宋]邢昺:《论语注疏》,《十三经注疏》,北京:中华书局1980年版,第2461页。
② 顾颉刚:《〈诗经〉在春秋战国间的地位》,见《中国现代学术经典·顾颉刚卷》,石家庄:河北教育出版社1996年版,第160页。
③ 顾颉刚:《〈诗经〉在春秋战国间的地位》,见《中国现代学术经典·顾颉刚卷》,石家庄:河北教育出版社1996年版,第160页。

先秦对于《诗经》研究贡献最大的第二人是孟子。他也是有别于时代断章取义的以诗致用方式，而致力于研究诗篇原旨的第一人。孟子提出的理解《诗经》的方法是"以意逆志"和"知人论世"，这相对于孔子的推求诗外之意是另一种完全不同的文学批评方法。

孟子提出这种观念的契机是这样的。《诗经·小雅·北山》云："陟彼北山，言采其杞。偕偕士子，朝夕从事。王事靡盬，忧我父母。溥天之下，莫非王土；率土之滨，莫非王臣。大夫不均，我从事独贤。"咸丘蒙不从全诗的整体含义出发，而是断章取义地提出："《诗》云：'普天之下，莫非王土；率土之滨，莫非王臣。'而舜既为天子矣，敢问瞽瞍之非臣，如何？"瞽叟是舜的父亲，而舜是天子，既然说天下人都是天子的臣子，那么瞽叟和舜的关系就有些复杂了。咸丘蒙认为，舜既然已经做了皇帝，而他父亲瞽瞍又不是他的臣民，这岂不是和《诗经》中这几句话的意思矛盾了吗？但孟子听了他的想法后批评他说："是诗也，非是之谓也，劳于王事而不得养父母也。"孟子给咸丘蒙解释说，《北山》反映的是诗人对劳逸不均的不满情绪，如果像咸丘蒙那样，只从字面上去理解，那么，《诗经·云汉》中的"周余黎民，靡有孑遗"，岂不是要理解为没有人幸存了吗？所以，孟子提出了他的理解诗的方法："故说诗者，不以文害辞，不以辞害志；以意逆志，是为得之。"

孟子并不反对断章取义的赋诗、用诗方法，但却不同意断章取义地去理解诗旨。"赋诗却往往断章取义，随心所欲，即景生情，没有定准……断章取义只是借用诗句作自己的话。所取的只是句子的文义，就是字面的意思，而不管全诗用意，就是上下文的意思。"[1]这种赋诗是外交活动实用的工具，自然是可以的，孟子也用，但孟子不允许用同样的方法去理解一首诗完整的意义。孟子的"以意逆志"就是强

---

[1] 朱自清：《诗言志辨》，见《朱自清古典文学论文集》，上海：上海古籍出版社2009年版，第208页。

调对诗歌的理解不能只从字句表面意思上去理解,而是要从全诗的基本思想出发去领会字句的含义。"以意逆志"的"逆"是"迎合、揣摩"的意思,"志"是指诗人写诗的目的意图,"意"是指读诗人的意。朱自清在《诗言志辨》中总结"以意逆志"是"以己之意'迎受'诗人之志而加以'钩考'"。① 又说:"以意逆志是以己意己志推作诗之志;而所谓'志'都是献诗陈志的'志',是全篇的意义,不是断章的意义。'不以文害辞'、'不以辞害志',是反对断章的话。"② 这种观点被后世所继承,如汉代赵岐注《孟子》中说:"人情不远,以己之意,逆诗人之志,是为得其实矣。"朱熹《四书集注》说:"当以己意逆取作者之志,乃可得之。"都强调读诗人必须全面领会诗篇之含义,有了正确的认识方可得作者之志。这真是孟子的大发明,正如朱自清所云:"这是一个新态度。春秋赋诗,虽有全篇,所重在声,取义甚少……到了孟子,才有意的注重全篇之义。"③孟子自身也是把以意逆志的方法运用在解诗中:"他和咸丘蒙论《北山》诗,和公孙丑论《小弁》《凯风》的怨亲不怨亲(《告子下》),都是就全篇而论。"④

而"知人论世"恰恰就是"以意逆志"的前提,把二者结合起来,才是对待《诗》的"志"即主旨思想的正确态度。王国维《玉溪生诗年谱会笺序》是这样总结的:

> 善哉,孟子之言诗也,曰:"说诗者不以文害辞,不以辞害志;以意逆志,是为得之。"顾意逆在我,志在古人,果何修

---

① 朱自清:《诗言志辨》,见《朱自清古典文学论文集》,上海:上海古籍出版社 2009 年版,第 259 页。
② 朱自清:《诗言志辨》,见《朱自清古典文学论文集》,上海:上海古籍出版社 2009 年版,第 213 页。
③ 朱自清:《诗言志辨》,见《朱自清古典文学论文集》,上海:上海古籍出版社 2009 年版,第 259 页。
④ 朱自清:《诗言志辨》,见《朱自清古典文学论文集》,上海:上海古籍出版社 2009 年版,第 259 页。

而能使我之所意，不失古人之志乎？此其术，孟子亦言之曰："颂其诗，读其书，不知其人可乎？是以论其世也。"是故由其世以知其人，由其人以逆其志，则古诗虽有不能解者寡矣。汉人传诗，皆用此法，故四家诗皆有序。序者，序所以为作者之意也。毛序今存，鲁诗说之见于刘向所述者，于诗事尤为详尽。及北海郑君出，乃专用孟子之法以治诗。其于诗也，有谱有笺。谱也者，所以论古人之世也；笺也者，所以逆古人之志也……信乎论世之不可以已也。[1]

王国维认为通过知人论世之途径，可以达到以意逆志之目的。受孟子这一治诗理论影响而论诗者代不乏人，影响是巨大的。

孔子的弟子很多，传授《诗经》学的不止一人，历来以子夏为孔门传授《诗经》学贡献最大的人物。《汉书·艺文志》说："毛公之学，自谓子夏所传。"据说子夏和毛公之间还有好几代传承关系，其中最引人注目的是荀子。不管真实情形如何，《荀子》一书引用《诗》的句子特别多也是事实。

三 《诗经》汉学时期

秦代，《诗经》遭焚毁，但由于学者之间的口耳相传，至汉代得以继续流传，出现了四家《诗经》。《汉书·艺文志》云：

> 孔子纯取周诗，上采殷，下取鲁，凡三百五篇。遭秦而全者，以其讽诵，不独在竹帛故也。汉兴，鲁申公为《诗》训故，而齐辕固、燕韩生皆为之传。或取《春秋》，采杂说，咸非其本义。与不得已，鲁最为近之。三家皆列于学官。又有

---

[1] 王国维：《观堂集林·玉溪生诗年谱会笺序》，见《王国维遗书》第二册，上海：上海书店出版社1983年版，第577—578页。

第一章 《诗经》评点与传统《诗经》学概说

毛公之学,自谓子夏所传,而河间献王好之,未得立。

汉代齐、鲁、韩、毛四家《诗》的陆续出现及兴盛,是汉代《诗经》学的最大现象。夏传才这样总结了汉代的《诗经》研究:

> 汉代的《诗经》研究是当时学者对《诗经》所作的解释和论述。他们从口述传写、搜集整理、简单的解说开始,经过四百年的时间,各代各家各派无数学者努力研究,内容不断丰富,"有无到有,由简到繁",经过反复比较、删除、补充、修改,完成了比较完善的注疏传本。他们对前人有继承,主要是继承孔子和先秦儒家的诗教理论,在他们时代的历史条件下,用经过改造和发展了的儒学,对三百篇的内容进行解释和发挥。他们的诗说虽有一部分对前人的继承,但更多的是汉代《诗经》学者的解释。①

此处夏先生简要概括出了汉代《诗经》学的发展、成绩以及主要内容。这主要是从正面进行的评价,对其负面意义,夏先生也进行了概括:

> 汉代的《诗经》研究就是汉学的《诗经》研究。它不是把《诗经》当作文学作品,分析作品本身的思想性和艺术性,而是通过对《诗经》的解释和论述,附会引申儒家的教义,把一部古代的诗集,变成封建政治伦理的教科书。汉代的《诗经》学,奠定了封建社会两千年《诗经》研究的基础。②

夏传才批评了汉代《诗经》学的封建政治伦理教科书化的解读倾

---

① 夏传才:《诗经研究史概要(增注本)》,北京:清华大学出版社2007年版,第58页。
② 夏传才:《诗经研究史概要(增注本)》,北京:清华大学出版社2007年版,第59页。

向,认为其附会引申儒家的教义,逾越了《诗经》的文学范畴。在这方面,顾颉刚的论述颇为详细。他在《秦汉的方士与儒生》中这样评述汉儒以通经致用的目的曲解《诗经》:

> 诗是主于发抒情感的,情感与理智常常不容易得到平衡,所以这三百五篇里有的愤怒,有的颓废,有的浪漫,本来不尽可作道德的规律看。就是第一篇《关雎》,原是一首单相思的情诗,何曾和后夫人配至尊发生关系。但那时的经学家要求"通经致用"着了迷,一定要用了道德的观点把全部书拉到一种训诫的目标之下,以便做他们的谏书的材料。所以他们对于理智的作品(像《雅》《颂》里的赞美文王、武王),就以为这是太平盛世的榜样,孔子选进去作鼓吹之用的;碰着了情感的作品(像《国风》里的数十篇情诗),就曲解为"思贤才",或径说为孔子特地留着做炯戒的。他们为要劝导君主,又把任何私人的喜怒哀乐之情都说成了君主的善恶的感应,以致人民只成了木偶。大家如去一读东汉初年卫宏作的《毛诗序》,就可知道一部活泼泼的《诗经》已如何被他生吞活剥地谏书化了。①

顾颉刚的这段话,可以说把汉人解释《诗经》的弊端总结得非常清楚了。

魏、晋、南北朝、隋时期,郑玄《毛诗传笺》独盛,三家《诗》渐趋式微。《诗经》学主要是沿着《毛传》《郑笺》的路子发展,侧重于诗旨阐发、礼教宣扬、训诂、博物等,是《诗经》"汉学"的延续,所以依然属于《诗经》汉学时代。

唐代出现的《毛诗正义》,可以说是《诗经》汉学的集大成之作,同

---

① 顾颉刚:《秦汉的方士与儒生》,上海:上海古籍出版社1998年版,第68—69页。

时也是《诗经》汉学的最后辉煌。《四库全书总目》说:"其书以刘焯《毛诗义疏》、刘炫《毛诗述义》为稿本,故能融贯群言,包罗古义,终唐之世,人无异词。"可见其影响之大。然而,虽然唐之后一直到清朝《毛诗正义》的影响都存在,但宋朝至明代,却已经不再是汉学的天下了,《毛诗正义》的影响也成残烛之光。汉学到了宋代开始式微,宋学取而代之。

四 《诗经》宋学时期

周予同认为:

> 今文学以孔子为政治家,以六经为孔子致治之说,所以偏重于"微言大义",其特色是功利的,而其流弊为狂妄。古文学以孔子为史学家,以六经为孔子整理古代史料之书,所以偏重于名物训诂,其特色是考证的,而其流弊为繁琐。宋学以孔子为哲学家,以六经为孔子载道之具,所以偏重于心性理气,其特色是玄想的,而其流弊为空疏。①

无论是哪一派,都以孔子为招牌,《诗经》宋学也不例外,而《诗经》宋学的特色也是把诗义跟义理相结合。宋儒解《诗》虽然不再迷信汉代旧说,打破了《小序》不可移易的神话,但却塑造了另一种神话,让后世读书人去笃信。后世读诗者要么宗汉,要么宗宋,分门别派,墨守一家,依然背离《诗》的文学阐释路途。胡薇元云:"唐宋以降,说诗者未能仆以数。自朱子与吕东莱相竞,舍《小序》而从郑樵,遂以门户之见,七百年来各相出入。"②姚继恒《诗经通论·自序》曰:"予谓汉人之失在于固,宋人之失在于妄。"

---

① 周予同:《〈经学历史〉序言》,见皮锡瑞:《经学历史》,北京:中华书局2004年版,第3页。
② [清]胡薇元:《说诗解颐序》,见[清]徐玮文:《说诗解颐》,清光绪刻本。

宋人有怀疑精神,王柏《诗疑》对前人旧说尤其是《诗序》大胆质疑,甚至提出删诗的主张。王质、郑樵、朱熹、程大昌、杨简等人也都否定《序》的价值,攻击《诗序》,主张去《序》以说诗。朱熹《诗集传》影响最大,因为是后世读书人童而习之的书,故成为后来说诗者尊《序》废《序》两派辩论的焦点,影响极大。对于宋《诗经》学的这种趋势,郑振铎总结得最为简要:

> 传诗者汉时本有四家,其后三家之书皆佚。毛传得郑玄辈之力,独传于世。宋以前,无对毛传致疑者。韩愈、成伯均虽略有辩诘,而无甚影响。到了北宋,欧阳修、苏辙才对他发生疑义。郑樵、程大昌、王质、朱熹、杨简、王柏继之,大倡废序说诗之论,而所收的结果始大。在《诗经》研究上,竟开辟了一条光明之路。同时,吕祖谦、范处义、戴溪、段昌武、严粲诸人,则出而为拥护《诗序》的运动。但他们的声势,终不如废序派的浩大。[①]

可以这样说,宋元明的传统《诗经》学的发展,主要受到了理学发展的影响。

朱熹认为,读"诗三百"应该只把《诗》当作当下的人写的诗来看待,比如让别人诵读一篇诗,自己在旁边聆听,如果有听不懂的地方,再去搜检相关的注解。经常不断地诵读诗的文本,所谓书读百遍,其义自见,由此便能发掘出诗的语脉所在。当然,了解诗的音韵、训诂、文体等基本知识也是理解诗义的前提。

朱熹《诗集传》的特点在于,他在书中说道理的地方很少,释义简洁明了,但缺点是把男女相悦的诗说成是淫,道德评判意味过浓。

姚继恒《诗经通论·自序》云:

[①] 郑振铎:《关于诗经研究的重要书籍介绍》,《小说月报》1927年中国文学研究专号。

自宋晁说之、程泰之、郑渔仲皆起而排之。而朱仲晦亦承焉,作为《辨说》,力诋《序》之妄,由是自为《集传》,得以肆然行其说;而时复阳违《序》而阴从之,而且违其所是,从其所非焉。武断自用,尤足惑世。因叹前之遵《序》者,《集传》出而尽反之,以遵《集传》;后之驳《集传》者,又尽反之而仍遵《序》;更端相循,靡有止极。

这段话指出了朱熹研究《诗经》的《诗辨说》和《诗集传》对后世《诗经》研究所产生的巨大影响。安世凤《诗批释》肯定了其积极影响:"若紫阳《集注》,力正古《序》,破讲师之惑,有功于诗甚大。"孙鑛《孙鑛批评诗经·诗经小序》指出了朱熹对于古说的大力反拨:"说《诗》者率祖《小序》,至晦翁乃尽黜之。间有袭者,只一二耳。"这都能看出朱熹的《诗经》研究对《诗经》评点者的影响。尤其是明末的孙鑛,他对于《诗经》主题的观点偏于朱熹《诗集传》的看法,而不满于《小序》的论断。为了验证《小序》的"难通","因摘《序》首句,标于各篇上,用以相证"。① 这可算作是朱熹影响《诗经》评点的明证了。

元代《诗经》学没有什么创建,几乎都是对朱熹《诗集传》的疏证和发挥,学者大多以朱熹《诗集传》为宗主,如刘瑾《诗经通释》。而明代前期跟元代没有多少差别,也宗朱熹。明代《诗经》学的主要情形也可以用郑振铎的话来概括:

明初尚仍元代之风,对于《诗集传》极为崇信。胡广等奉敕撰《诗经大全》,即以朱熹之说为主。及李先芳、朱谋㙔、姚舜牧、张次仲、何楷诸人的著作相继而出,研究的趋向才为之一变,非朱宗毛与折衷毛、朱的人才渐渐地多起来。他们比元人的眼光已经广大得多;于宋人以外,知道还有汉

---

① [明]孙鑛:《孙鑛批评诗经·诗经小序》,明万历三十年天益山三色套印本。

儒。但大抵无甚新解。所有的见解，都不能超出于毛序、朱传之外。只有异军突起的丰坊，能稍跳出他们的范围。丰坊的影响也颇大。如凌濛初，如张以诚，都是相信他的话的。当时的刻书家且竞传其书。这可以算是明代《诗经》研究中的一支别派。①

应该是受了王阳明心学思想的影响，在他提出的"六经皆我注脚"的口号下，一些学者研究、注疏《诗经》常常另立新意，但往往随心所欲，流于荒诞。难怪姚继恒《诗经通论·自序》会说："又见明人说《诗》之失在于凿。"

《诗经》的古代研究历程大致如此，如上所述。《诗经》文学研究的主力——《诗经》文学评点，乃是这一长河中的一支细流，出现在晚明。

---

① 郑振铎：《关于诗经研究的重要书籍介绍》，《小说月报》1927年中国文学研究专号。

第二章
晚明《诗经》文学评点的发生及成因

探讨《诗经》评点的发生，大致从产生的思想环境、明代科举的影响、出版印刷条件等几方面进行考察，涉及经学弊端、心学盛行、八股文评点为主的程墨泛滥、套印技术的出现及出版业的繁荣，还有戏曲小说评点等等。本章拟分别论述之。

第一节 《诗经》文学评点发生的思想文化动因

《诗经》的传统解读方式是注疏，属于经学的范畴。《诗经》的经学研究主导了古代《诗经》研究两千多年，却很少涉及诗的文学内涵。这一局面到了晚明《诗经》文学评点的出现被稍稍打破，从此在《诗经》的研究中，文学的阐释也成了一股不可忽视的力量。《诗经》的文学评点是《诗经》研究史上的重要现象，是对《诗经》全面而系统的文学解读。《诗经》作为中华元典之一，处于至高的儒家经典地位，以诗文和戏曲小说的批评方式对其评点，实在是一件有意味的文化现象。而《诗经》的评点之所以迟迟在晚明才出现，与当时的社会思潮和文化现象密切相关。

对于晚明开始出现的施之于儒家经典的评点现象，学界少有论及。郭绍虞曾把孙鑛（字月峰）评点经书的发生归结为"清代人对于六经看作都是史，那么明代人也不妨把六经看作都是文。六经皆文，所以不妨加以批评。这正是明代学术自然的趋势,所以能成为一时风气"。① 但这样讲未免简单化了。清代人把六经看作史和明代人把六经看作文之间并没有逻辑关系,也缺乏可比性,当然谈不上"不妨",也谈不上"是明代学术自然的趋势"。如果是"自然的趋势",这"自然的趋势"自应有它内外之因。郭绍虞在《中国文学批评史》的初版中则着重说明了"何以孙氏会注意到评经,何以评经会成为一时风气"。他所总结的原因有两点,一为受茅鹿门"宗经"主张的影响,一为"七子"复古文论的影响。这自有其合理的成分,但精彩处实为最后一段:

> 明人于文,确是专攻。任何书籍,都用文学眼光读之。所以以唐诗的手法读《诗经》,而《诗》之味趣更长;以《史》《汉》的笔路读《尚书》,而《书》之文法愈出。以视唐、宋人之于诗文,或偏于讲关键,讲式例,或偏于讲道德,讲经济,确是更高一着。然而眼光只局限于文章,毕竟所得有限。月峰《与赵梦白论文书》云:"念古人虽广搜博取,然所得力者不过一二种,若子厚之于《国语》,永叔之于韩文,明允之于《孟子》皆是也。"(《月峰集》九)所以他也想得此等一二部以涵咏讽诵之。他的目的,只想对于经书涵咏讽诵之后,而于文事方面有所得力。②

此段有两点值得注意:一、明人以文学眼光读书,是孙氏评经的前提;二、"于文事方面有所得力",是孙氏评经的目的。虽然这前提和目的只是针对孙氏而言,但却具有普遍性,这"以文学的眼光读书"和"于文事方面有所得力"也是时代文化思想变迁的结果,构成了经

---

① 郭绍虞:《中国文学批评史》,上海:上海古籍出版社 1979 年版,第 447 页。
② 郭绍虞:《中国文学批评史》,天津:百花文艺出版社 1999 年版,第 263—264 页。

书评点的必要条件,但却并非经书评点的根源所在。

《诗经》的评点,虽然也包括在经书评点之列,但性质上又不同于其他经书评点。虽然《易》《书》《礼》《左传》也有文学成分,但它们的首要属性并非文学,而《诗》的首要属性却是文学。评点对象性质的不同也就决定了评点本身性质的不同。因此,《诗经》评点的发生,应该也有别于郭绍虞先生所说的"一时风气"。实际上,明末开始出现的《诗经》评点,无论在内容还是形式上,都是对于传统《诗经》阐释与接受的有力反拨。这一文学现象的产生,与当时整个社会文化思潮密切相关,同时也受到评点这一批评文体的全面成熟与流行的推动。除此之外,还受到当时八股时文点评、通俗文学的创作与评点、刻板印刷业的发达、文学的世俗化等因素的刺激。本节即着重探讨晚明社会文化思潮与《诗经》评点产生的关系。

明代的哲学思想出现了一个新的转折,那就是正德以后心学的风靡一时及相伴而来的禅悦之风的兴起。宋代以还,居于官方统治地位的哲学思想一直是程朱理学。理学属于后起的新儒学,它援佛入儒,重义理而轻事功,带有内省的倾向。心学是理学的别支,其要义即王阳明倡导的"致良知"之说,认为"心即理""吾性自足,不假外求"。① 心学的兴起,对于传统经学影响甚巨,所谓"嘉隆之间,心学盛而经学衰"。② 经学衰微,无非也如四库馆臣所总结的那样:"马、郑、孔、贾之学,至明殆绝。研思古义者,二百七十年内,稀若晨星。迨其中叶,狂禅澜倒,异说飙腾,乃并宋儒义理之学亦失其本旨。"③ 在这种趋势下,对于经典的阐释,多随心率性而为,被指责为"自明正德、嘉靖以后,其学各抒心得,及其弊也肆"。④ 虽然语带贬义,但"其学各

---

① [明]王守仁:《传习录》,《王阳明全集》,上海:上海古籍出版社 2011 年版,第 7 页。
② [清]纪昀等:《四库全书总目》,北京:中华书局 1965 年版,第 275 页。
③ [清]纪昀等:《四库全书总目》,北京:中华书局 1965 年版,第 274 页。
④ [清]纪昀等:《四库全书总目》,北京:中华书局 1965 年版,第 1 页。

抒心得"倒也点明了特点所在。而此时开始出现的《诗经》评点,其区别于传统《诗经》阐释的主要特点之一,就是"各抒心得"。刘毓庆先生曾论及心学对于明代《诗经》文学研究的影响,他说:"阳明心学对明代《诗经》学发展有积极影响。明代前期《诗》学,衍义《朱传》,殊少新意;阳明心学兴起之后,形势大变,新见迭出。尽管阳明心学对文献研究曾有过不良影响,然其影响于《诗》学,则使新《诗》著、新见解、新流派大量涌现,且亦促成了《诗经》学由经学向文学的转变,开辟了一个新的《诗》学时代。"①而《诗经》评点又是《诗经》文学性研究的重要组成,那么,《诗经》评点的产生自也与心学的影响密切相关了。

　　心学思想及在其影响下形成的禅悦之风反映了当时新兴市民的意识情趣和审美态度,被称作市民思潮。这些流行思想对于文学的批评发生了许多影响,不仅表现在心学一派的文学批评中,也表现在与心学无干,甚至对心学持批评态度的人的文学批评中,显示出时代共有的特征。这一点与《诗经》评点的产生相关。前面已经说到,在传统的《诗经》研究中,研究者由于受传统经学思想的束缚,看重的是附着于诗的本文之外的政治、伦理、社会的教化功能,而于诗作者的真正的自我之内心毫不理会。其实无论诗所表达的感情到底怎样,哪怕真是所谓的"淫",那也是发之于诗作者内心的"真",而"真",恰恰是"善"的前提。《诗经》中那些被道学先生所指责的"淫",尽管以"存天理,灭人欲"的观点来看是不合伦理的,但在产生《诗》的时代,或许就是非常合乎伦理轨范的极正常的行为。后世道学正是由于认为它们不正常,所以昧心地掩盖这层真,明明是爱情的记录、渴求或颂歌,却说成是刺淫奔。王国维《国学丛刊序》中提出的原则精神是可贵的,他说:"事物必尽其真,而道理必求其是,凡吾智之不能通,而吾心之所不能安者,虽圣贤言之,有所不信焉;虽圣贤行之,有所不慊

---

① 刘毓庆:《阳明"心学"与明代〈诗经〉研究》,《齐鲁学刊》2000年第5期。

焉。"①而一味空谈社会伦理的价值,正是"吾智之不能通,而吾心之所不能安者",是一种追求外在附加层面的猜测和比附,是与内心的自省和探求相背驰的浅层次行为,是一种伪善。对于这种伪善,通人自然早就鄙其固执了,即便是中智以下的人,也对这种支离破碎的经学心存疑惑,但又都不好反对,因为坚守传统的经生开口不离忠孝名节、礼乐制度,而这些又都是圣贤的人伦大道理,谁敢反对?而王阳明则提出大胆的怀疑:"夫学贵得之心,求之于心而非也,虽其言之出于孔子,不敢以为是也,而况其未及孔子者乎?"②这种大胆怀疑的态度,动摇了朱熹学派在思想界的长期统治,打破了束缚世人身心的教条,给明末乐于求真的文人以极大鼓舞,促进他们内心的自省,增强了反对的底气。这种改变影响到《诗经》的研究上,无疑会促使一种不同于传统解读方式的求真倾向出现,这种倾向则有助于还原诗歌原来的文学本性,而还原文学本性的评述用评点的形式来进行再适合不过了。评点之学以文学趣味为旨归,以一己之感悟为准则,以传达内心感受为目的,算得上是一种侧重内心探求的批评方式。因此,当在市民思潮的影响下文学批评呈现侧重于内心探求的特点时,评点便有了应用到作为"五经"之一的《诗经》之上的可能性。评点经书的作用,诚如徐奋鹏在《诗经删补序》的《笔峒子自叙》中所说:"于是乎泳之游之,绅之绎之,为之铲其剧蔓,为之补其漏略,为之疏其理脉,为之畅其论说,为之浃其筋髓,为之足其意趣,毫不敢忤其原旨,毫不敢哆其浮靡,直以一生性灵,偕紫阳公寄傲风雅之林。"③虽然借重紫阳公朱熹说事,但"直以一生性灵"无疑宣告了以内心自我为一切铲、补、疏、畅、浃、足之评点工作的立足点。在传统经生眼里,评点

---

① 王国维:《观堂集林(外二种)·观堂别集》,石家庄:河北教育出版社2003年版,第701页。
② [明]王守仁:《传习录·答罗整庵少宰书》,《王阳明全集》,上海:上海古籍出版社2011年版,第85页。
③ [明]徐奋鹏:《诗经删补》,清文奎堂铜板刊本。

与治学无关,一般是不入流的,应用到戏曲小说上,倒也无伤大雅;应用到诗文上,就有些过分,更不用说施加于圣人用来垂教后世的经书上了。徐奋鹏正是因为《诗经删补》的撰写遭人告发,差点丢掉性命。因此,传统经生不能容忍对经书随意圈点涂抹、品头论足的态度也就可想而知了。如《四库全书总目》对于戴君恩《读风臆评》的提要就充满了鄙夷的态度:"是书取《国风》加之以评……纤巧佻仄,已渐开竟陵之门,其于经义,固了不相关也。"①因此,把评点这一文学批评手段应用到《诗经》上,须具有很大的勇气。明代之前,儒家经典没有评点出现;只有到了明代,当倾向于向内心探求的文学批评风气与求真的勇气相鼓荡时,才使得评点这一批评文体终于突破了传统的局限,打入了传统说经的阵营。在这种情形下,《诗经》评点的出现毫无疑问与这一求真而内省的文学批评风气相关。

市民思潮对于文学批评的第二点影响为尊情的倾向。出于对理学的批判,文学批评中出现了与重理相对立的尊情的主张。同时,随着明代中后期市民思潮的勃兴,尊情的主张也越来越带有新的与礼教相悖的异端色彩。言情本是《诗经》的文学本质之核心,魏源《诗古微》谓:"作诗者自道其情,情达而止,岂有惧、愉、哀、乐,专为无病代呻者耶?"②即深合文艺以达情的本旨。其实,在魏源之前二三百年,钟惺、戴君恩等已在《诗经》评点中以尊情为研《诗》之关键了。所谓"情",乃指广义的"情性",尊情即重视一己之真性情、真趣味。尊情的主张,其实质是反理学的,包括心学这一理学的别枝,所以从逻辑上说,尊情的主张在内容上并非是受了心学的影响,因为尊情是无关圣学的。但是,尊情也是以个体的内省为前提的,因此,尊情在思考的方法上受到了心学的影响,在某种意义上可以说心学催生了尊情的主张。明确标榜情感在诗歌中的作用,尽管很早之前就被认识到

---

① [清]纪昀等:《四库全书总目》,北京:中华书局1965年版,第140页。
② [清]魏源:《诗古微》,清光绪杨氏重刊本。

了,但"止乎礼义"的过分强调,最终遮蔽了更接近诗歌本质的"发乎情"。尤其是《诗经》的阐释与接受,只看到了王化与忠厚,全没有一些对于情感的休认与共鸣。诚如叶嘉莹所说:"如果我们撇开了诗歌中发自于真诚纯挚之心灵的感发生命不予重视,而去空谈社会伦理的价值,那么,在作者与读者之间便会造成一种伪善的连锁反应,表面上所倡言的虽然似乎是善,而其实却养成了一种相欺以伪的作风,如果就其对读者所造成的影响而言,则堕人志气、坏人心术,可以说是莫此为甚。"①况且,"诗歌中这种感发之生命,原来也可以具有一种超越于外表的是非善恶之局限以外而纯属于精神本质上的伦理价值存在。这种本质方面的价值,第一在其真诚纯挚的程度,第二在其品质的厚薄高下,而并不在于其外表所叙写的是何种情事。"②明代以还,文学批评中尊情的倾向加强了。如李梦阳强调作诗要"以我之情,述今之事";③李贽标榜"童心说",倡导真情;袁宏道宣扬发抒情性的"性灵说",反对以理抑情;汤显祖解释"诗言志"云:"志也者,情也。"④并宣称:"情不知所起,一往而深,生者可以死,死者可以生。生而不可以复死,死而不可以复生者,皆非情之至也。"⑤冯梦龙则称赞"借男女之真情,发名教之伪药"⑥的山歌。其他如焦竑、徐渭也有关于尊情的论说。凡此种种,都分明有与传统礼教唱对台戏的意味。这种思潮对当时社会风气影响巨大,可谓文学批评的一

---

① 叶嘉莹:《迦陵论词丛稿》,上海:上海古籍出版社1980年版,第363页。
② 叶嘉莹:《迦陵论词丛稿》,上海:上海古籍出版社1980年版,第362—363页。
③ [明]李梦阳:《驳何氏论文书》,《历代文论选》(第三册),上海:上海古籍出版社1980年版,第46页。
④ [明]汤显祖:《董解元西厢题词》,《历代文论选》(第三册),上海:上海古籍出版社1980年版,第152页。
⑤ [明]汤显祖:《牡丹亭记题词》,《历代文论选》(第三册),上海:上海古籍出版社1980年版,第151页。
⑥ [明]冯梦龙:《序山歌》,《历代文论选》(第三册),上海:上海古籍出版社1980年版,第231页。

股洪流。而文学评点的一个特色就是以感性为特点,其中多有率情直说的话语。如钟惺的《诗经评点》①中多有以"情"说诗的片言只语,都是读诗时有感而发,如"此诗情至处生出义来,发情止义说不得"(《载驰》眉批)对"发乎情,止乎礼义"的诗教提出质疑;再如"情语到至处,不论邪正,动人则一"(《采葛》眉批),这无疑具有如叶嘉莹所说的"一种超越于外表的是非善恶之局限以外而纯属于精神本质上的伦理价值",是"有见于诗歌中感发之生命在本质方面的需要,而不是从外表的社会伦理来作肤浅的判断的"。② 但从为文形式上来说,这种尊情的话语如果放在儒家典籍的传统笺注解说中是很不方便的,难以即情而发、畅情而论,但在评点的体例中就自由多了,因为评点多为读书时在正文空隙或天头地脚随时记下自己的感受,不需要的严肃的立论和缜密的演绎,有则说,无则略,任由性情,无所依傍。对《诗经》这种经书有不同于传统理解的人,正苦于无法表达申说,而评点这种自由的方式恰好给了他们以便利,于是对于《诗经》进行评点也就顺理成章了。试想,像"朱注痴甚"这种有感而发、任情直说的话语放在《诗经》的评点中毫不奇怪,但要放在当时所谓严肃的经典诠释中该是多么格格不入。因此我们可以说,《诗经》评点的出现,也与这一时期尊情的文学批评风气相关。

第二节　《诗经》文学评点发生的科举文化动因

明清两代取士之法大致有四种途径,即学校、科目、荐举、铨选。其中科目即所谓科举,实际上是最主要的途径。荐举和铨选只处于

---

① [明]钟惺:《诗经评点》,明泰昌元年闵刻三色套印本。文中引用的钟惺评点皆出此书,余不出注。
② 叶嘉莹:《迦陵论词丛稿》,上海:上海古籍出版社1980年版,第362—363页。

第二章 晚明《诗经》文学评点的发生及成因

辅助地位,而学校不过是"储才以应科举"①罢了。

科举是以研习"四书""五经"为基础的,为了博得前程,科举时代读书子弟自小就要进行训练。为了使训练更加便捷有效,所用"四书"及其他相关文章的读本多为批抹过的评点本,关于这一点,中国台湾侯美珍博士所言较详:

> 《分年日程》卷一谈到儿童八岁入学之后要用"黄勉斋、何北山、王鲁斋、张导江及诸先生所点抹四书例"读书。卷二为学子所设的以六日为一周期的《读看文日程》中,有三日的功课含"夜钞点抹截文"。十日一周期的《读作举业日程》中有"以九日之夜,随三场四类编钞格料批点抹截"。可见,对于经书、文章、科举用书的"批点抹截",是基础学习和科举备考过程中的重要一环。在《分年日程》中,还教人如何使用材料制作圈点用的"点子"。②

在所有与科举相关的因素中,对《诗经》评点的产生影响最大的,应是八股文的评点。明清两代的科举主要是以八股取士,因此,八股文在明代的盛行,犹如诗在唐代的盛行,其影响,渗透到了读书人生活的方方面面。八股文的异名甚多,如称"四书文""经义文""制义""制艺""时文"。关于八股文,《明史·选举志二》说:

> 科目者,沿唐、宋之旧而稍变其试士之法,专取四子书及《易》《书》《诗》《春秋》《礼记》五经命题试士,盖太祖与刘基所定。其文略仿宋经义,然代古人语气为之,体用排偶,

---

① [清]张廷玉等:《明史·选举志一》,北京:中华书局标点本,第1675页。
② 侯美珍:《晚明诗经评点之学研究》,台湾政治大学博士论文,第30—31页。

谓之"八股",通谓之"制义"。①

这段话从科举制度方面交代了八股文的产生由来,并讲到了八股文的两个特点:一为代古人语气,一为体用排偶。排偶就是所谓的"股",而"八股",则以顾炎武《日知录》所说较为明了:

> 经义之文,流俗谓之"八股",盖始于成化以后。股者,对偶之名也。天顺以前,经义之文不过敷演传注,或对或散,初无定式,其单句题亦甚少。成化二十三年会试"乐天者保天下"文,起讲先提三句,即讲"乐天"四股,中间过接四句,复讲"保天下"四股,复收四句,再作大结。……每四股之中,一反一正,一虚一实,一浅一深,其两扇立格,则每扇之中各有四股,其次第之法亦复如之,故今人相传谓之"八股"。若长题则不拘此。嘉靖以后,文体日变,而问之儒生,皆不知八股之何谓矣。②

顾炎武这段话基本上把八股文结构说清楚了。接着,他便谴责了这种八股取士之体制的弊端:"今之经义策论,其名虽正,而最便于空疏不学之人。……此法不变,则人才日至于消耗,学术日至于荒陋,而五帝三王以来之天下,将不知其所终矣。"③这段沉痛的话,如果用《儒林外史》来作注脚,就再直观不过了。

我们一方面要持批判态度对待八股文,同时也应重视它对于文化乃至文学的影响。虽然八股文总体来说无甚文学价值,但其历经五六百年,倒也自有名篇,代有名家。尤侗曾作过颇为有趣的出自

---

① [清]张廷玉等:《明史·选举志二》,北京:中华书局标点本,第1693页。
② [清]顾炎武:《日知录》,上海:上海古籍出版社2006年版,第91—92页。
③ [清]顾炎武:《日知录》,上海:上海古籍出版社2006年版,第91—92页。

《西厢记》的八股,题为《怎当他临去秋波那一转》,相传还得到了当朝天子的赞赏。孔尚任《桃花扇》中也有杨龙友作的"冰绢汗巾"的破承题,这些应该可以作为八股文影响力的旁证了。八股文与文学的关系,以钱锺书先生在《谈艺录》中的分析最为精彩:

> 宋人四书文自出议论,代古人语气,至杨诚斋方始。及明太祖乃定代古人语气之例。窃谓欲窥见孔、孟情事,须从明清两代佳八股文中求之,真能栩栩欲活。汉宋人四书注疏,清陶士征"活孔子",皆不足道耳。其善于体会,妙于想象,故与杂剧传奇相通。徐文长《南词叙录》论邵文明《香囊记》,即斥其以时文为南曲,然尚指词藻而言。吴修龄论八股文为俗体,代人口气,比之元人杂剧。袁枚《答戴敬咸论时文书》,说八股通曲之意甚明。《焦理堂易余》以八股与元曲比附,尤引据翔实。张诗舲记王述庵语,谓平生举业,得力于《牡丹亭》,读之可命中。而张氏自言得力于《西厢记》,亦其证也。①

钱先生既谈到了八股文代古人口气而"善于体会,妙于想象"的特点,从而影响了戏曲的创作,也谈到了优秀的戏曲作品给予八股文写作的借鉴,说明八股文"故与杂剧传奇相通"。而明清两代文学名家,也多有兼为八股名家者,如汤显祖、唐顺之、归有光、方苞。刘大櫆的弟子吴定撰有《海峰夫子时文序》一文,称扬其师之时文云:"其为时文也,神与圣通,求肖毫发,不增一言,不漏一辞,臭味色声动中乎古,远出国朝诸贤意向之外。上以是求,下以是应,可无憾矣。"②刘氏本人也有称扬八股的论述:

---

① 钱锺书:《谈艺录》,北京:中华书局1984年版,第33页。
② 转引自郭预衡:《中国散文史》(第三册),上海:上海古籍出版社1986年版,第649页。

夫文章者，艺事之至精，而八比之时文，又精之精者也。立乎千百载之下，追古圣之心思于千百载之上而从之。圣人愉，则吾亦与之为愉焉；圣人戚，则吾亦与之而戚焉；圣人之所窈然而深怀、脩然而远志者，则吾亦与之窈然而深怀、脩然而远志焉。如闻其声，如见其形，来如风雨，动中规矩。故曰：文章者，艺事之至精，而八比之时文，又精之精者也。（《徐笠山时文序》）①

刘大櫆对于《诗经》的评点今可见者尚有两种：一为清钞本，题名《诗经读本》，现藏上海图书馆；一为清末都门印书馆铅印的吴汝纶汇评整理本的相关部分，题名《诗经》。虽难以指出其评点与其时文创作的具体关系，但也不难推断，他关于时文的方法经验，必然会渗透进对于《诗经》颇有心得的评点中。

还有许多文人，即便不是八股名家，也大都经历过科举一途，受过八股文写作的训练。文人对于八股文的渗透几乎无一能够避免。郭绍虞在论及公安派文论与时文之关系时说："然而，时文在明代文坛的关系，则我们不能忽略视之。正统派的文人本之以论'法'，叛统派的文人本之以知'变'。明代的文人，殆无不与时文生关系；明代的文学或文学批评，殆也无不直接、间接受着时文的影响。"②郭此处侧重从八股文对于文论中"法"与"变"的影响方面指出文坛与八股文的关系，可谓精当。

在现存《诗经》评点本中，有一些评语浸染了八股语气，可以明显看出八股行文之法对于《诗经》评点的影响。徐奋鹏的《毛诗捷渡》③

---

① 刘大櫆：《刘大櫆集》，上海：上海古籍出版社1990年版，第93—94页。
② 郭绍虞：《中国文学批评史》，天津：百花文艺出版社1999年版，第238页。
③ ［明］徐奋鹏：《毛诗捷渡》四卷，全称《新镌笔洞山房批点诗经捷渡大全》，明天启金陵王荆岑刻本。

中就有大量八股气的评语,如《日月》第二节"日居月诸,下土是冒。乃如之人兮,逝不相好。胡能有定? 宁不我报?"的眉批:

> 斯人之不古处也,不知胡时能有定乎? 使其有定,宁终弃我而不顾也。三节言惟不定则我不能忘也。明时有定乎? 使我可忘而放心也。末言惟不定而报我不述耳,胡时能有定乎? 而岂有待我如是之不循理也。"有定"字重。

类似的评语几乎篇篇都有。除《毛诗捷渡》外,像于光华《增订诗经辑评》[①]及同类辑评中也多有此类评语。这是八股文影响于《诗经》评点的内证。盖《诗经》是科举考试的内容之一,塾师多以八股文语气对其章节进行串讲,学生也多模仿而习作八股。受此潜移默化,从学堂成长起来的评点者在对《诗经》进行评点时就不易摆脱八股习气,这是较为自然的事情。

除了八股文本身对于《诗经》评点的影响外,八股文的评点对于《诗经》评点的影响更大。由于八股文乃是仕途敲门砖,导致指导科考的八股评点类书籍,像科举程墨(考试卷子)的选本,在明清两代大量问世,所谓"时文选本,汗牛充栋",[②]所谓"坊间刻本,如山如海"。明凌濛初《言诗翼·凡例》云:"若为举业发者,则他说书充栋。"[③]可见当时此类书籍之多,令人惊叹。而究其原因,无非"科场之文,万喙相因,词可猎而取,貌可拟而肖"。[④]而逐利之书商更乐于刊刻此类书籍。这类程墨选本大多由一些精于此道的人受书坊雇用编选而成,不仅提供"优秀"的范文,而且大都附有阅卷官的批注,以及选家对所

---

① [清]徐与乔:《增订诗经辑评》四卷,乾隆乙未友于堂刻巾箱本。
② 商衍鎏:《清代科举考试述论》,北京:三联书店1958年版,第227页。
③ [明]凌濛初:《言诗翼》七卷,附《诗传》一卷,全称《孔门两弟子言诗翼》,明崇祯三年乌程凌氏刻本。
④ [清]龚自珍:《文体箴》,见《龚自珍全集》,上海:上海人民出版社1975年版,第344页。

选八股文的圈点评论,点明选题命意、起承转合、脉络结构,一如现代中学生的作文选,除了每篇之后附有一段指导老师的所谓的"点评",还在作文之中加上波浪线之类符号标明精彩句子。

曾国藩认为"评点之学"起源于"制艺家之治古文",王定安《求阙斋弟子记》卷二十二《文学下》引曾国藩语云:

> 自有明以来,制义家之治古文,往往取左氏、司马迁、班固、韩愈之书,绳之以举业之法,为之点、为之圆圈以赏之,为之乙、为之鐵圈以识别之,为评注以显之。①

曾氏在《经史百家简编序》中又说:

> 自六籍燔于秦火,汉世掇拾残遗,征诸儒能通其读者,支分节解,于是有章句之学。刘向父子勘书秘阁,刊正脱误,稽合同异,于是有校雠之学。梁世刘勰、钟嵘之徒,品藻诗文,褒贬前哲,其后或以丹黄识别高下,于是有评点之学。三者皆文人所有事也。前明以四书经艺取士,我朝因之,科场有勾股点句之例,盖犹古者章句之遗意。试官评定甲乙,用朱墨旌别其旁,名曰"圈点"。后人不察,辄仿其法,以涂抹古书,大圈密点,狼藉行间。**故章句者,古人治经之盛业也,而今专以施之时文;圈点者,科场时文之陋习也,而今反以施之古书**。末流之迁变,何可胜道?②

尽管曾国藩批评评点之学是末流,是古人治经之学的章句与诗文圈点的混杂,但八股文评点却是一种值得关注的有历史影响的现

---

① [清]王定安:《求阙斋弟子记》,见《续修四库全书》第551册,第530页。
② [清]曾国藩:《经史百家简编序》,见《经史百家简编》,南宁:广西人民出版社2007年版。

象。甚至曾国藩本人,也评点了《诗经》。这种指责评点的言论和躬行评点的矛盾举动,真是一个值得探求的现象。王定安还引《曾国藩文集》语曰:

> 窃尝谓古人读书之方,其大要有二:有注疏之学,有校正之学。……逮前明中叶,乃别有所谓评点之学。盖明代以制艺取士,每乡、会试,文卷浩繁,主司览其佳者,则圈点其旁以为标识,又加评语其上以褒贬,所以别妍媸、定去取也。濡染既久,而书肆所刻四书文莫不有批评圈点。其后则学士文人竞执此法以读古人之书,若茅坤、董份、陈仁锡、张溥、凌稚隆之徒,往往以时文之机轴,循《史》《汉》、韩、欧之文。虽震川之于《庄子》《史记》,犹不免循此故辙。又其甚则孙鑛、林云铭之读《左传》,割裂其成幅,而粉傅其字句,且为之标目,如郑伯克段、周郑交质,强三代之人以就坊行制艺之范围,何其陋与!我朝右文崇道,巨儒辈出,当世所号为能文之士,如方望溪、刘才甫之集,与姚姬传氏所选之古文词,亦复缀以批点。贤者苟同,他复何望?盖习俗之入人深矣。①

曾氏一方面点明了圈点形式的流行与制艺取士的密切关系,一方面揭示了制艺圈点的影响,从四书的批评圈点,到《史记》《汉书》《庄子》《左传》的批评圈点,甚至清代方苞、刘大櫆的文集与姚鼐的《古文辞类纂》也依时文之法加以评点。评点者包括茅坤、董份、陈仁锡、张溥、凌稚隆、归有光、孙鑛、林云铭等文坛名家。由此可以看出制艺评点的影响之巨。而热衷于以制艺之法评点古书的名家,如孙鑛、凌稚隆,还曾亲自评点过《诗经》。而《诗经》又是科举出题所据经

---

① [清]王定安:《求阙斋弟子记》,见《续修四库全书》第551册,第530页。

典之一,则对它的评点与制艺评点的关系可想而知。

　　古书的评点且不说,单是八股时文的选评,就不能不说是明清两代非常值得注意的现象。当时,一方面,试官对于大量八股文"评定甲乙,用朱墨旌别其旁";另一方面,由于市场的需求,坊间模仿考官评点的时文选本更是大行其道。对这种评点工作的情形及其在当时社会盛行情况之形象的认识,我们可以从《儒林外史》中对马二先生、匡超人、蘧公孙等"选家"的描叙里得到。这些八股文的"选家",同时也是八股文的评点家,他们的评点影响到了当时各种文体的评点,在文学评点史上不容忽视。各体文学评点中或多或少带有八股评点痕迹,即都侧重于精神、辞法、关节、眼目,当时人称之为"八股手眼"或"时文手眼"。正如明末张萧所说:"文章家每于神清气定时,将先辈程墨细批细玩,何处是起,何处是伏,何处是实,何处是虚,何处是转折,何处是关锁,何处是提挈,何处是咏叹,看其一篇是何成局,伏习众神,后来自然脉脉相接也。"①此类八股选评本之著名者,如吕留良所选评之艾南英的时文《艾千子先生全稿》,圈点抹批一应俱全。不过由于这种选评本实用性、针对性太强,因此时移事迁,留存至今者已不多。不可否认,诗文评点自宋代以来已经得到较大发展,较为成熟的诗文评点必然会在批评样式和惯用评点术语上影响八股文的评点,但我们也应看到,应市场需要而迅速壮大的八股文评点也必然会反过来影响传统诗文的评点,这是不言而喻的。《诗经》的评点既然较为晚出,在这种大环境下,不仅是程度上受到影响而已,可以说它的出现本身也是八股文评点影响的结果。其他史、子、集三部的评点虽然未必一定受到科举、诗文评点的影响,但《诗经》却由于属于科举指定内容这一特殊性而必然使它的产生与科举用书的评点联系在一起。我们不能说每一部《诗经》评点本的产生都与八股文评点有关,

---

① [明]张萧:《论文三则》,见叶庆炳、邵红辑:《明代文学批评资料汇编》,台北:成文出版社1981年版,第277页。

但至少可以说八股文评点刺激了许多种《诗经》评点的产生。至于具体如《诗经》评点中"八股手眼"的痕迹，则比比皆是，举不胜举。其影响显著者，如徐奋鹏的《毛诗捷渡》、陈组绶的《诗经副墨》。① 而其他《诗经》评点本中大量对于诗篇命意、结构、字法、句法等技巧的分析以及整套评点符号的建立与逐步完善，则无不与八股文评点有着血缘关系。

明清两代服务于科举的书籍，除了程墨（八股选本评点）外，还有用于科举解经的讲义。这种讲义大致分为两类形式，一为脱离经文的单纯讲义；一为附着于经文的高头讲章。明代既然以"五经命题"进行八股取士，《诗经》则为科举必读书。于是，大量《诗经》讲义便应运而生。这些以《诗经》串讲为主的参考书，内容不外集录《诗集传》《诗经大全》等注解，或点或评，以蝇头小字敷衍经义，来指导应试者写作时文。现存《诗经》类书籍中有大量讲义类著作，脱离经文的单纯讲义有：明孙鼎《新编诗义集说》（宛委别藏影印明正统十二年刻本）、明何大伦《诗经主意默雷》（明末友石居刻本）和《诗经心诀》（明天启丁卯刻本）、明戚伸《帝乡戚氏家传葩经大成心印》（明崇祯三年刻本）、明魏浣初《诗经脉讲意》、明杨守勤《新刻杨会元真传诗经讲意悬鉴》（明万历中书林熊成冶刻本）、徐奋鹏《诗经主意约》（明万历丙辰刻本）等。其中《新编诗义集说》汇集了包括《诗经旨要》《诗经主意》《诗义发挥》《诗经断法》《诗义衿式》等科举用解《诗》之书。这些科举用书，虽然谈论以《诗经》诗句出八股题目时的写作构思，功利性十足，但由于八股文需要相当高的写作技巧，故其中也涉及了大量艺术手段的分析，而这些分析又都是紧扣《诗经》原文的，故而把《诗经》的艺术分析和八股文的做法混在一起，甚至有时难分难解。而且，由于八股文是代圣贤立言的，需要揣摩经义，这就促使这类用于科举的《诗经》解析能从《诗经》的内在意义入手，体会其中的情味，潜心腔

---

① ［明］陈组绶：《诗经副墨》不分卷，明末光启堂刻本。

内,遥体人情,更易体会到诗人的心灵世界。而无论是艺术手段的分析,还是深入的揣摩体会,都与《诗经》评点的主体内容相近。如明代孙鼎《新编诗义集说》对于《七月》一篇的分析:

> 此题平作,上股言衣,下股言食。衣食者民生日用之所系。上股是先时而有备,则在己者可以无忧;下股是因时而用力,则在上者见之而喜。大概归重于先公风化。上股就"无衣无褐,何以卒岁"上发意,下股就"田畯至喜"上发意。则于周公戒成王有情,写出当时豳民勤苦之意以为戒。此是一诗总括处。①

此种《诗经》讲义影响《诗经》评点最明显的例子当属徐奋鹏的《诗经主意约》。徐氏另有《诗经删补》②及《毛诗捷渡》,其中《毛诗捷渡》是形式和内容上都符合体例的评点著作。天启五年刊刻的《毛诗捷渡》中有些评语明显取自万历四十四年刊刻的《诗经主意约》,如《捷渡》于《大叔于田》之眉批云:

> 此连上篇皆是私情相誉。首节方猎而夸其才力之勇,二节当猎而夸其射御之精,末节无事而夸其整暇之能,有以无伤作主者亦好。

而《诗经主意约》云:

> 首节方猎而夸其才力之勇,二节当猎而夸其射御之精,末节无事而夸其整暇之能。

---

① [明]孙鼎:《新编诗义集说》,宛委别藏影印明刻本。
② [明]徐奋鹏:《诗经删补》不分卷,全称《采辑名家批评诗经删补》,清文奎堂铜板刊本。

对比之下可以断定，前者乃增改自《诗经主意约》。

陈组绶《诗经副墨》是比较特殊的一部《诗经》评点。从名称上来看，"副墨"，即科举考试程墨之辅助，其性质即当时科考的教学辅导材料，但此书又有部分评点的体例和内容。

此书体例比较特别，每篇先列经文而无篇名，经文之后，皆低一格并列《集传》《小序》之文，而以《集传》居《小序》前。然后为"章意"（以一篇为一章），即全诗总说，其次为"节意"（以一章为一节），即对于该诗每章的解说。经文和"章意""节意"的文字都有圈点，经文用双圆圈，"章意""节意"文字用单圆圈或中空逗点。天头处有眉批而量少，系杂采前人论诗语句，中以钟惺《批点诗经》最多。"章意""节意"乃讲义类，为制艺而作，等于是把高头讲章由经文上方挪到了经文之后，多迂腐陈套之说。虽然如此，却又有采自前人评点著作的句子，也以钟惺评点为明显。所以说这种书是一种讲义与评点的杂糅。

对《诗经》评点有直接影响者，还有《诗经》的高头讲章，这从高头讲章和评点混合的几种著作就可以明显看出来。如明崇祯间刻张元芳、魏浣初的《毛诗振雅》，天头所录，俱为大段冗长之高头讲章，中间为《诗经》正文，最下一截为钟惺的初评本《批点诗经》。还有清代祝起壮所辑《读冢诗溯》，旧写本，三色，上下两栏，宽度相同。经文在下，有红笔旁批指示关键。上栏主要以红笔书写，分章述义，间有训释内容，并偶尔引用前人（如孙鑛）的评点。有少数诗篇的上栏也偶有墨笔批语。下栏每篇经文之后有墨笔小字，乃删减朱熹《诗集传》而成。这种高头讲章，实为举业而发。而纯粹的高头讲章则当时多有，因其无甚创见和价值，绝大多数湮没不存。

还有一种用于科举的《诗经》衬解体，也可以算是传统说《诗》向《诗经》评点过渡过程中派生的特殊文本样式。最典型的可以《诗经衬解》为例。

清何容德所撰《诗经衬解》,①眉框内有眉批,上有高头讲章,字句有旁训,句中有双行衬解文字。所谓衬解文字,就是《诗经》正文中双行夹批的最后一字往往能与诗之正文连读,给诗句像曲词一样加衬字,同时不影响全句的通顺流畅。为直观起见,择录一首为例:

绿兮_{言绿兮同色}衣兮黄_{正色},绿衣_以黄_为里_{贵贱易而名分非矣},心之忧矣,曷维_其能已_耶?

绿兮_方丝兮_{色已可爱},女所_{经纶}治兮_{则益显矣,是妻方},_{以治兮少,而汝又变之,然}我思古人_{亦有处此变者,}俾无訧兮。

与此书相似者有清代林锡龄辑《诗经审鹄要解》六卷,为上下两截刊本,上截高54厘米,主要内容为经文的大旨和疏解,下截135厘米,为典型的衬解体。这类衬解《诗经》类著作还有一些,如清代杨文秋《诗衬解》一卷(清末杨氏稿本)、清朱榛《遵注义释诗经离句衬解》八卷(清末同文堂刻本)。

第三节 《诗经》文学评点发生的其他动因

中国印刷术经历代发展,"至明而达于极盛"。②《诗经》评点的产生和发生影响也有赖于印刷技术的发达和印刷业的兴盛。《诗经》评点的雏形是与传统《诗经》注疏体例或科举用经书的高头讲章体例密不可分的,因此版面往往分为上下两截,又因为上截眉批常用细密小字,下截有双行夹批、旁批、圈点等版面形式,要求的刻板技术难度就比前代高出许多。印刷业的兴盛使得各种评点书籍大量出现,从小

---

① [清]何容德:《诗经衬解》,乾隆五十一年有恒堂刻本。
② 参见周心慧:《明代版刻述略》,见周心慧主编:《明代版刻图释(一)》卷首,北京:学苑出版社1998年版,第1—38页。

说、戏曲,到史、子、集各部,再蔓延到经部,从而也带动了《诗经》评点的刊印出版。最能体现《诗经》评点与印刷业关系的,是晚明套版印刷的出现。据考古发现证明,元代中国就已经发明了套版印刷术,"到了明末,湖州闵、凌两家才把这种印刷技术发扬光大,由两色而发展为三色、四色,甚至五色,这在色印史上是一大进步"。①

这种套印的评点本,"斑斓彩色,娱目怡情,能使读者精神为之一振"。② 而闵、凌两家所刻版式特征大致相同,王清原先生对此进行过总结:

> 闵、凌刻书绝大部分是套色印刷,其版式、特征也大致相同,如:一、四周单边,中间无竖直界行;二、评者只一人的,朱黛分之,评注有多人者,以颜色区分评家;三、汇集各评家之本,以主要评家为一色,其他个评家为一色;当然,也有个别套色印本评家诸多,不明其分色的意义;四、正文一律用仿宋印刷体,规格工整;评语、旁注用手写体,版面疏朗、悦目;五、版书多为半叶八行、行十八字或半叶九行、行十九字,但也有少数例外者。③

当然,这种套印本的出现是以印刷业的发达为前提条件的,而且也要有雄厚的资本来支撑,如叶德辉所说:"然刻一书而用数书之费,非有巨赀大力,不克成功。"④套印这种形式,虽然一般认为起源于元代,但直到明代前期,都一直极少用于刻书业,如明代前期徽州就有套印技术,但一般都用于版画刻印。真正使这一先进技术大量运用于刻书业的,实自吴兴闵、凌二家。周兴陆《明代吴兴闵凌套印与诗

---

① 张秀民:《中国印刷史》,上海:上海人民出版社1989年版,第449页。
② [清]叶德辉:《书林清话》,北京:中华书局1957年版,第215页。
③ 王清原:《武进陶氏藏闵凌刻套版书源流考(代序)》,见王荣国、王筱雯、王清原编:《明代闵凌刻套印本图录》卷首,扬州:广陵书社2006年版。
④ [清]叶德辉:《书林清话》,北京:中华书局1957年版,第215页。

歌评点的传播》一文除了详细考察了吴兴闵、凌二姓关系外,首先理出了吴兴评点刊刻之兴衰:"万历初期,吴兴凌氏刊刻'评林'系列;万历后期至天启年间,吴兴闵、凌竞相出版套印本,形成出版高潮;天启末崇祯初,吴兴刻书戛然而止。"然后,文章具体论述了吴兴闵凌套印的诗歌评点本的特点、传播价值,得出结论:"吴兴套印本重视集部的刊刻,汇辑诗话、笔记、选本、专批等众多评语","闵、凌搜集稀见的孤本、手批本、抄本,将之套版印刷,流通于世,对于诗歌评点的传播具有重要的价值;甚至于李梦阳、郭正域等一些评点名家是与吴兴套印联系在一起的,其评点本因吴兴套印才流传后世。"作者在这些梳理的基础上说:

> 评点,起于宋而兴于明;套印,起于元亦兴于明。前者是一种独特的文学批评样式,后者是一种独特的刊刻印刷形式,它们之所以能在万历时期共同走向兴盛,实得益于二者的结合,评点因获得套印这种载体形式而显得粲溢精彩,套印因运用于评点这种灵活的文学批评形式而销路广开,日臻精美,风火互助,相得益彰,成为明代后期的文化盛事。①

至于《诗经》的评点本,多有出自闵凌二家刻印者,如明万历天启年间凌杜若刻朱墨套印本钟惺《批点诗经》、明泰昌元年闵氏刻三色套印本钟惺《批点诗经》、明万历四十八年闵氏刻朱墨套印戴君恩《读风臆评》、明崇祯三年凌氏刻《孔门两弟子言诗翼》。② 目前能见到的

---

① 周兴陆:《明代吴兴闵凌套印与诗歌评点的传播》,此文系"现代视野下的中国古代文学与文论国际学术研讨会"提交论文。
② 《孔门两弟子言诗翼》,《四库全书总目·存目类提要》谓刻于崇祯年间,虽列有评点,但已不是套印本,没有凌濛初序,刊刻地点不详。闵、凌两家刻本的区别是,闵刻本多署明确的刊刻时间,而凌氏刻本绝大多数都不署刊刻时间,即使有凌氏的跋语,也多是不署刊刻时间的。

六种明末出现的《诗经》评点套印本,有三种就是闵、凌两家所刻。套印技术也并非闵、凌两家独有,如更早的孙鑛三色套印本《批评诗经》即为明万历三十年天益山所刻。而以上所列,都是《诗经》评点中最早而又最有影响力的几种,因此可以说,印刷业的进步和繁荣无疑为《诗经》评点的产生提供了技术和传播上的条件。还有一点不容忽视,那就是商业上的营利目的是印刷业和《诗经》评点相结合的一个很重要的动因。闵、凌所刻之书籍,在当时是非常有名且受欢迎的,甚至有"天下无不知有凌氏书"①的说法,"吴兴朱评书籍出,无问贫富好丑,垂涎购之"。② 由此可见市场需求是很大的,这是套印书利润的泉源。《诗经》作为最有影响力的书籍之一,必然在刻书业的规划之内,而与套印形式相配合的最佳内容无疑是评点,所谓"经传用墨,批评以朱",那么刻书者和评点者的联手就是顺理成章的事情了。可以说评点的最早出现纯是有感而发,顺手而成,不存在功利甚至商业的目的,但《诗经》评点的出现却是例外,因为它的出现是在明末,正值刻印评点书籍牟利成风的时代,必然会受到时代环境的影响,与刻书业的发展密切相关。

借助刻书业的发展,评点的体例较成形之初的南宋更加完备,这对于《诗经》评点无疑也有影响。晚明是评点之风盛行的时代,文人读书,多有以评点佐其学习者,如孙鑛就习惯于读书时加以评点,他在《与吕甥玉绳论诗文书》中道:"看必动笔,如此不惟心细所得深,且异日足有所考也。闻之昔人云,再看时,别换一色笔。如此,亦自一法。"③这也可以从习惯性这一视角来理解孙氏遍评群经的行为。

晚明小说、戏曲等通俗文学的评点非常盛行,这对于《诗经》评点

---

① 宗源瀚:《湖州府志》卷七十五,中国方志丛书本,台北:成文出版社1970年版。
② 陈继儒为闵振业所刻《史记钞》所作序。
③ 孙鑛:《月峰先生居业次编》卷三,见《四库禁毁书丛刊》(集部第126册)影印明万历四十年(1612)吕胤筠刻本,第51页。

的产生也有刺激作用。谭帆《中国小说评点研究》附录《20世纪中国小说评点研究总目》共提供了220多种小说评点,可见小说评点的兴盛。很多小说家或小说评点家本身也评点过《诗经》,这一点在凌濛初身上表现得较为显著。他既是小说家,创作了"二拍",又是评点家,评点过戏曲和《诗经》,还是出版家,在多色套印方面做出过贡献。其实晚明由于出版印刷的催生,不仅通俗文学的评点大行其道,传统诗文的评点也大量出现,一时间评点行为汇集成可观的大潮。这种潮流所过之处,《诗经》岂能不被裹挟其中?

晚明社会还有一个因素也对《诗经》评点的产生起了推波助澜的作用,那就是文人的市场化行为。究其原因,也与心学影响下的社会思潮相关。心学不仅使得时代思潮有了求真和尊情的趋向,也使得文人在内心的自省探求方面往往有矫枉过正的情况出现,派生出重视享乐和实利的心态,可以称为"俗世情怀"。因为重视实利,就促使文人开始走向市场,竞逐物质利益,爱物爱财不再是文人以为羞耻的字眼。加之当时商品经济的发展提供了一些必要的条件,文人卖文取利的现象便大量出现。明代文人别集中一个突出的现象就是墓志、碑铭、行状、上梁文、寿序、送行序、家谱等俗礼应用文章的大量出现。而且时间越晚,此一特征就越明显,名气大的文人此类文章也相对更多。如万历年间汪道昆的《太函集》,这类文章就有六十二卷,几乎占了三分之一。朱彝尊《静志居诗话》卷十三"汪道昆"条记曰:"闻伯玉(汪道昆字)晚年林居,乞诗文者填户,编号松牌,以次给发,享名之盛,几过于元美。"[①]求文都到了排队等候的境地,可见风气之盛。关键是这种文章并不是义务付出,而是有偿劳动,收取的费用当时称为润笔。李诩《戒庵老人漫笔》卷一有一条记载颇能说明当时润笔的风行:

---

① [清]朱彝尊:《静志居诗话》,北京:人民文学出版社1990年版,第391页。

嘉定沈练塘龄闲论文士无不重财者，常熟桑思玄曾有人求文，托以亲昵，无润笔。思玄谓曰："平生未尝白作文字，最败兴，你可暂将银一锭四五两置吾前，发兴后待作完，仍还汝可也。"唐子畏曾在孙思和家有一巨本，录记所作，簿面题二字曰"利市"。都南濠至不苟取，尝有疾，以帕裹头强起，人请其休息，答曰："若不如此，则无人求文字矣。"马怀得言：曾有人求文字于祝枝山，答曰："是见精神否？"曰："然。"又曰："吾不与他计较，清物也好。"问何清物，曰："青羊绒罢。"①

这段记载谈到的桑思玄、孙思和、都南濠、祝枝山等人，都可谓学林名士，却已丝毫没有重义轻利的传统儒家君子作风，毫不掩饰对于金钱的欲求，这在前代是少见的。除了这种变相的卖文以外，文人的市场行为更重要的是与出版商的结缘，甚至文人自身兼作出版商。出版商为了增加图书销量，应市场需要，雇请许多文人对前人著作进行评点，如吴兴闵氏、凌氏两大印刷家族，都组织过大量的图书评点或辑评工作。目前《诗经》评点中最有影响的钟惺《评点诗经》两家都有刊刻，戴君恩《读风臆评》也是闵氏刻印，甚至凌濛初本人也有《诗经》的评点，即《孔门两弟子言诗翼》。而这几种评点本都是《诗经》评点中最早且最有影响的成熟评本。这些评本都或多或少与文人的求利行为相关，这种文人的"俗世清怀"正是主要在心学影响下形成的社会思潮的产物。

综上所述，经书的评点、心学思想、市民思潮、文人市场化行为等这些社会文化思潮的各种因素，都对晚明《诗经》的接受产生过大的影响。一方面，催生了《诗经》文学性评点这种《诗经》学上新的批评方式；另一方面，也影响了批评内容本身。

---

① [明]李诩：《戒庵老人漫笔》，北京：中华书局1982年版，第16页。

总之,在《诗经》评点的发生和发展中,一方面,晚明的新思潮为其提供了精神层面的支持,使其有突破传统局限的可能,形成重视情感和内心感悟的批评特质;另一方面,科举制度的种种因素,又对其造成了形式方法及市场需求的影响,使其烙上了科举和市场的印记。除此之外,印刷的发达和评点体例的完备从硬件和软件上提供了条件,评点风习又浸润始终。因此,《诗经》评点的产生,是多方面因素的合力造成的。这种合力是复杂而独特的,它们有机地结合在一起,无法割裂。

第三章

《诗经》评点的来源分类

《诗经》评点自明末开始出现，形成了诸多评本，经查考，目前所存明末以来的《诗经》文学评点本有三十余种。如果按评点的来源分类，大体有三种，即原创评点、转录评点、嫁接评点。这三种来源，大致可以说的诸种版本间交错复杂的关系。以下即对此三类评点分别加以简要说明。

第一节 原创评点

所谓原创评点，指评点者直接对《诗经》原文进行评点，发表自己的见解，进行艺术分析，指导鉴赏方法。这类《诗经》评点，据笔者所见，明代有安世凤《诗经批释》、孙鑛《批评诗经》、钟惺《批点诗经》、戴君恩《读风臆评》、徐奋鹏《诗经捷渡》、黄廷鹄《诗冶》有关部分，清代有牛运震《诗志》、邓翔《诗经绎参》、姚际恒《诗经通论》、方玉润《诗经原始》、陈继揆《读诗臆补》、胡璧城评本、何焯《义门读书记》有关部分、王闿运《湘绮楼说诗》等。从理论建树和社会功用上来讲，原创评点当然是最为重要的，这部分可以说是评点的主体。但由于古代刻书业的特殊性质，转录评点和嫁接评点也非常兴盛。而由于各种社会的、自然的原因，原创评点的刻本或抄本，有一些往往佚失而不复存在，而另外一些却由于转录评点书籍的存在而部分或完整地被保存了下来。

在原创《诗经》评点中,还有一种评点情况比较特殊,这种评点在原稿中以评点形式存在,既有圈点评语,又和《诗》正文相结合,但由于后来在转抄或刊刻时,出于方便的原因,被抄写者或编辑人作了处理,结果是《诗》的正文被删除或刊落了,圈和点自然也就不存在了,只保留了评语部分,其外在文本形式发生了改变,我们把这种评点权称作"剥离式评点",其性质应为原创评点形式上的变体。如清代何焯的《诗经》批点,原本与《诗经》正文相配,所谓"义门读书,丹黄并下,随有所得,即记于书之上下方及旁行侧里",可说是具备了评点的形态。但其批点内容后来被蒋维钧辑入《义门读书记》,定名《读诗记》,而由于受《义门读书记》"卷帙既多,本文不能全载"的体例所限,舍弃了《诗经》原文,"用经疏之例,仅标章句"。① 虽然这种文本所辑录的评语已经与《诗经》正文分离,如果以我们的评点本定义来看,是不具备评点形式的,但是它的原初形态是评点,我们要依早不依晚,按照原初形态来对待,依然定其为评点。这种评点除《义门读书记》外,著名的还有明代何元瑆的《读诗偶笔》刻本以及清代王夫之被辑录进《姜斋诗话》中的《诗绎》部分。

第二节 转录评点

所谓转录评点,即一本书上的评点内容不是本书编者自己所作,而是转录了原创评点的内容。这种转录的情况又分为两种。一种是径直把一种原创评点原原本本地移录过来而不加任何改动或删减,并且不指出原创评点作者为何人。例如,明末张元芳、魏浣初的《毛诗振雅》和民国李九华的《诗经评注》,前者直接移录了钟惺对《诗经》

---

① 蒋维钧:《义门读书记凡例》,见何焯:《义门读书记》,北京:中华书局1987年版。

第三章 《诗经》评点的来源分类

的初评本内容,即闵氏刻三色套印本《批点诗经》中的蓝色评点内容,①后者直接移录了牛运震的《诗志》;前者是刻本,后者是铅印本。这种情况还有以抄本形式出现的,如钱仪吉、钱泰吉在一本清同治五年金陵书局刻印的朱熹《诗集传》上以朱笔手录的批点,除有限几条属于二人自己所评外,都径直移录了孙鑛《批评诗经》的内容。

第二种情况出现在辑评或集评本上,特点是原创评点有选择地被转录过来,被转录的许多内容,有时在一条之中还要进行删减、补充、改动。比如,《召南·羔羊》"羔羊之革,素丝五紽。退食自公,委蛇委蛇"一句戴君恩的原创评点为:

> (戴篇后批)"退食自公""委蛇委蛇",分明画出朝廷无事光景,犹唐诗"圣朝无阙事,自觉谏书稀"意也。宋人从"羔羊""素丝"见他节俭,遂执定节俭正值对看。不知"羔羊"二句但指其人耳。真皮相可笑。○合观《芣苢》,想见二南朝野气象。

刘海峰评本、孙凤城评本、铁保评本三个转录本分别为:

> (读本眉批)"退食"二句,分明画出朝廷无事光景,合《芣苢》观之,想见二南朝野气象。
>
> (凤城眉)分明画出朝廷无事光景,犹唐诗"圣朝无阙

---

① 明代钟惺的《批点诗经》版本目前所见主要有三种,其中内容最完备的版本为明泰昌元年(1620)闵刻三色套印本。此本五册,前四册有评点,第五册为《小序》,无评点。评点分为红色和蓝色两种:红色评点与另一种刊刻时间同为明泰昌元年的吴兴凌杜若刊朱墨套印本内容、数量相同;蓝笔评点与现藏国家图书馆的《新刻占魁高头提章诗经》的评点内容、数量相同,而后者刊刻时间为万历四十年(1612),那么该本蓝笔评点所据底本的写成时间至迟不超过万历四十年(1612)。这一时间早于朱墨套印本的刊刻时间,由此可以推测蓝色评点所据底本可能为初评本。

事,自觉谏书稀"意也。合观《茉苢》,想见二南朝野气象。

（铁保墨眉）"退食自公,委蛇委蛇",分明画出无事光景,犹唐诗"圣朝无阙事,自觉谏书稀"。合观《茉苢》,想见朝野气象。

三者除了个别字句以外,基本如出一辙,系剪辑戴评而来,而三者的剪辑方法又完全一样,说明三者必然有一个共同的底本来源。只是限于文献的不足和各本评点作者题名的缺失,无法进一步判断。

这种辑评本在转录的时候,一般选择两种或两种以上的原创评点进行辑录,但不说明原作者为谁。除此之外,转录者在一些地方,往往也加上一些自己的评语或注解,但由于几乎所有评点条目都不署撰人,因此有时很难区分到底哪些是转录的,哪些是后加的。转录人后加的评点,虽然可能确实出自己手,但由于并非独立对《诗经》加以点评,因此不能算作原创。如徐与乔的《增订诗经辑评》,采录了部分三色套印本钟惺《批点诗经》的红、蓝两种评点以及部分戴君恩的《读风臆评》,并加以删减、添加和改动,并间下己意,但如果不去和钟惺、戴君恩的原本进行比勘,很难分清楚作者归属。如同样是对于上面《羔裘》一诗的评点,此本于诗后总评云:

（辑评篇后批）羔裘以素丝为组,施于缝中以为英饰,其界有緎有缝,其别有紽有聚有总。首章言皮,有毛故称皮;次章言革,毛去而革存也;三章言缝,革蔽而缝见也。缝之突兀,谓之紽;有界限,谓之緎;合而为一谓之总。皆言五者,皮小则合缝多,而用丝烦,只用五,见其皮之大,皮大则贱,表其俭也。"退食自公""委蛇委蛇",分明画出朝廷无事光景,犹唐诗"圣朝无阙事,自觉谏书稀"意也。合观《茉苢》,想见二南朝野气象。

自"退食自公"以下为同样采录自戴君恩《读风臆评》的内容,而"退食自公"以上却不明来源,或为徐氏自加也未可知,但同样能看出部分评语与其他转录本有一个共同的来源。这种辑评本或集评本,也有刻本和抄本两种形式,而笔者所见以抄本为多。刻本如《艺香堂诗经集评》,抄本如徐与乔《增订诗经辑评》、刘大櫆《诗经读本》。

需要指出的是,转录评点往往和嫁接评点羼杂在一起,这无疑增加了探究的难度,但通过比勘,我们还是能够找出它们的来龙去脉。在现存评点著作中,钟惺《批点诗经》和戴君恩《读风臆评》影响最大,被转录的次数最多,其次是孙鑛的《批评诗经》和牛运震的《诗志》,虽然转录次数不多,但被全文转录。由于这四种著作时间上较早(四者之中最早的孙氏《批评诗经》,据书前《小序》交代作于万历寅壬年;最晚的牛氏《诗志》,当不晚于牛氏所生活的康熙时代),而且对于文学性的解读又比较集中,对于以后的《诗经》评点起到了开启风气的作用,因此只要理清这四种著作在后世被转录的情况,那么对于掌握整个《诗经》评点的现象和过程就能起到提纲挈领的作用。我们通过下面的图表,大体上能对五个影响较大的评点本被转录的情况有所了解:

	孙鑛《批评诗经》	钟惺蓝评《批点诗经》	钟惺红评《批点诗经》	戴君恩《读风臆评》	陈继揆《读风臆补》	牛运震《诗志》
凌濛初《言诗翼》		√	√	√		
张元芳、魏浣初《毛诗振雅》		√				
王晋汾《艺香堂诗经集评》		√	√	√		

续 表

	孙鑛《批评诗经》	钟惺蓝评《批点诗经》	钟惺红评《批点诗经》	戴君恩《读风臆评》	陈继揆《读风臆补》	牛运震《诗志》
徐与乔《增订诗经辑评》		√	√	√		
徐奋鹏《诗经删补》		√	√			
陈组绶《诗经副墨》		√	√			
储欣《诗集传》评本			√		√	
何道生《诗集传》评本			√			
孙凤城《田间诗学》评本		√	√	√		
无名氏《诗集传》评本			√			
无名氏《毛诗揭要》		√	√	√		
钱仪吉、钱泰吉《诗集传》评本	√					
李九华《毛诗评注》						√

※凡纵横交叉处打√处,指纵向所对应的原创评点被横向所对应的评点本转录。

从上表可以看出,钟惺《批点诗经》和戴君恩《读风臆评》是诸多原创评点中影响最大的两家。

通过比较发现，许多辑评本具有在现存原创评点之外的同源现象，比如陈组绶的《诗经副墨》和徐与乔《增订诗经辑评》有些评语完全相同，而这种相同的评语又不见于任何原创评本，即二者之间有排他性的交集，则说明二者的部分评语有同源关系。现举一条《小雅·天保》中针对首章的评语为例："（副墨眉）（辑评夹）诗人尔其君者，盖称天以为言。"这句评语在《诗经副墨》中为眉批，在《增订诗经辑评》中为双行夹批，而在其他任何现存原创评点中均未发现，但二书此条评语明显有共同来源。当然这种情况也会同时存在于三种或更多种评本中。

第三节　嫁接评点

所谓嫁接评点，即评点本上的一些评点内容，来源于非评点本上的评论《诗经》的文字，也就是说这些文字内容原本不是以评点的方式出现的，但由于辑录者将其以评点的形式再现出来，这些内容也就成了评点。这种评点现象，笔者姑且借用植物学的术语来为其命名。植物学上的嫁接是指把不同性质但属于同一科、属的植物进行接植；非评点著作中的文字，由于和文学评点共有的文学赏析、评鉴功能，因此被辑录者赋予新的形式，新瓶装旧酒，虽然内容没有改变，但由于文本形式的变化，所针对的读者和所起的作用也就发生了些许变化，也就顺理成章地成了文学评点。而那些虽然同属文学评论鉴赏的著作，由于没有经过这一番形式上的改变，也就不能称其为文学评点，即使这些著作中部分内容被嫁接成文学评点，而原著作本身整体上依然不能与评点著作等同。嫁接评点一般也出现在辑评或集评中，刻本如凌濛初的以评点面貌出现的《言诗翼》，就不但转录了钟惺的《批点诗经》，还把另外五家本不属评点本的著作中具有文学评论鉴赏性质的内容加以选择收录，使其具备了文学评点的形式要素。

这五种著作分别为徐光启《毛诗六贴》、陆化熙《诗通》、魏浣初《诗经脉讲意》、沈守正《诗经说通》、唐汝谔《诗经微言》。而此五种著作存在于《言诗翼》的部分，当以《言诗翼》的面貌呈现时，就理所当然的是《诗经》评点了。还有一些评语录自其他非评点的著作，本身也不具备文学评鉴的性质，可以看作是经学研究影响的结果，如《增订诗经辑评》出现的大量的此类评语。这些评语之前大都冠以"张氏曰""沈氏曰""朱氏曰""王氏曰"等，为其明显的标志。在此，我们不妨把这种来源于传统经学的评点称为"嫁接性亚评点"。

嫁接评点既然出现在集评中，就往往和转录评点混杂在一起，如上面提到的《言诗翼》转录评点和嫁接评点的眉目就比较清晰，其中所辑徐光启《毛诗六贴》、陆化熙《诗通》、魏浣初《诗经脉讲意》、沈守正《诗经说通》、唐汝谔《诗经微言》五种明显属于嫁接评点，而所录钟惺《批点诗经》和戴君恩《读风臆评》就明显是转录评点，由于凌濛初不知后者为戴君恩所作，所以转录的每段《读风臆评》之前均注"无名氏曰"。这种混杂的情况还有很多，如清代的《艺香堂诗经集评》、徐与乔《增订诗经辑评》、徐奋鹏《诗经删补》、陈组绶《诗经副墨》、储欣在《诗集传》上的批语、何道生在《诗集传》上的评语、孙凤城在《田间诗学》上的批语、铁保在《诗集传》上的批语、无名氏在《诗集传》上的批语、桐城派的《诗经》评点、无名氏《诗经揭要》，都既有大量的嫁接评点，又有许多的转录评点。嫁接评点而能够注明评语来源的，为进一步的考辨和研究提供了许多方便，如陈继揆明确在《凡例》中说："引用书籍自钦定《诗经传说汇纂》外，如《读诗记》《诗总闻》《诗集传》《诗缉》《续读诗记》《诗说》《诗经义疏》《诗经疑问》《诗义通释》《毛诗稽古编》《世本古义》《诗所》《朱子诗义补正》《诗类考》《毛诗写官记》《初学辨体》《毛诗日笺》《诗正解》《毛诗名物图说》《诗序广义》《琅嬛体注》《诗经精华》《毛诗序说》《诗缉补义》等书凡数十种，皆经学也。只采其引证诗赋及有关文妙者，稍涉训诂，不敢羼入，故郑笺孔疏鲜所取焉。外此若《骚经》《易林》《文心雕龙》《昭明文选》《通志》《困学纪闻》《升庵外集》《诗法火传》《诗学指南》《艺苑卮言》《艺林粹言》、顾氏《日知录》《选诗论定》、宋元来各家诗话及汉魏六朝唐宋元明迄国朝诸家诗，偶得一二，即为引证，最后得鄞邑前辈陈余山大令仅《诗诵》一书，乃未刊本也，颇多采入以为是书之一助云。"而也有许多嫁接评点并不注明出处，则为我们的研究带来许多麻烦，需要慎重对待，实在不能辨明出处的，只能存疑。

转录评点和嫁接评点由于很多以集评、辑评的形式出现，其本身也体现了独有的选择标准和审美倾向，从而具有了特殊的价值和意义。需要指出的是，三种来源常常并不是独立出现的，而是经常交错混合在一起，如《言诗翼》就既有凌濛初本人的原创评点，又有录自戴君恩《读风臆评》的转录评点，还有录自徐光启《毛诗六帖》等非评点著作的嫁接评点。这种现象增加了梳理《诗经》评点的难度。

以上三种评点现象，大致概括了现有《诗经》评本中评点的所有来源，但无论哪种来源，只要具备了文学评点应有的要素，都应作为《诗经》评点来研究。

第四章
《诗经》评点的方式和内容

《诗经》评点以批评的随意性取代笺注的严肃性,以句法的点拨和分析取代本意的探讨,以艺术的鉴赏取代语词的训释,不太留意于史实的钩沉和本事的索隐,总体上以文学的鉴赏、艺术的分析为要务。其作用于读者的主要功能有领会要归、表彰性情、摘发字句,标示指归。其主要内容是:一、谈诗的艺术风格;二、谈诗的艺术手法;三、谈诗的主题;四、谈诗的章法、句法、字法;五、谈诗的流变及影响;六、谈诗的引申义。

冯元仲云:

> 月峰孙公,举《诗》《书》《礼》鼎足高峙,点注判断,爬搔抉剔,无入不微,无出不悍,其于诗人之神情骨髓,须麋眼目,无不照以□成,剡以青睐,贯以电影。其气严冷,不为世混;其骨孤峭,不随世,不媚世,不俯仰世。其标置如老吏断狱,一字不可增减。此吾夫子删定后第一神剂霞浆也。(冯元仲《孙鑛批评诗经·诗经叙文》)

这是对于《诗经》评点及其他经书评点的高度评价,跟当时轻视经书评点的风气完全相悖。评点是中国传统文学批评的一种形式,这一形式中包含了多种方法。综观所见各家《诗经》评点,于批评方法上多广泛涉及并能综合运用,体现了评点这一形式在批评方法上的兼容性和灵活性。本章对《诗经》评点中广泛运用的批评方法做一总结,分历史批评、比较批评、形象批评、本事批评、引申批评、诗法批评等,分别加以探讨。

第一节　历史批评(推源溯流论)

《诗经》评点的历史批评法,主要是指对于《诗经》"三百五篇"的艺术源头及其作用和影响予以揭示、评论。文学的历史不可割断,后代的文学创作总是在前代文学的基础上继承、变异和发展。叶燮云:

> 夫自《三百篇》而下,三千余年之作者,其间节节相生,如环之不断,如四时之序,衰旺相循,而生物而成物,息息不停,无可或间也。吾前言踵事增华,因时递变,此之谓也。故不读"明良""击壤"之歌,不知《三百篇》之工也。不读《三百篇》,不知汉、魏诗之工也。不读汉、魏诗,不知六朝诗之工也。不读六朝诗,不知唐诗之工也。不读唐诗,不知宋与元诗之工也。夫惟前者启之,而后者承之而益之;前者创之,而后者因之而广大之。使前者未有是言,则后者亦能如前者之初有是言;前者已有是言,则后者乃能因前者之言而另有他言。总之,后人无前人,何以有其端绪? 前人无后人,何以竟其引伸乎?[①]

欣赏评鉴文学作品尤其是诗歌,不能抛开文学本身的发展历史,因为"夫惟前者启之,而后者承之而益之;前者创之,而后者因之而广大之"。若不然,"后人无前人,何以有其端绪? 前人无后人,何以竟

[①] 叶燮:《原诗》卷二,见丁福保编:《清诗话》,北京:中华书局1978年版,第587—588页。

其引伸乎"？这种对待文学发展的通达态度，是非常难得的。《诗经》乃三千余年节节相生之诗歌发展中之首要环节，其对于后世诗歌发展的影响不言而喻。无论汉、魏、六朝、唐、宋、元，诗歌的内容、情感、意境、语言、手法等都或多或少受到《诗经》的影响。《诗经》对后世诗歌的源头意义，不用说其他，即使是用韵，就有足够的变换技巧可资后人借鉴。如钱基博就曾在《现代中国文学史》中说道：

> 《诗》三百之用韵，于不规律中渐有规律，而为后世一切诗体之宗，其用韵之法有三：首句、次句连用韵，隔第三句而于第四句用韵者，《关雎》之首章是也，凡汉以下诗及唐人律诗之首句用韵者源于此。一起即隔句用韵者，《卷耳》之首章是也，凡汉以下诗及唐人律诗之首句不用韵者源于此。自首至末，句句用韵者，若《考槃》《清人》《还》《著》《十亩之间》《月出》《素冠》诸篇，又如《卷耳》之二章、三章、四章，《车攻》之一章、二章、三章、七章，《车发》之二章、三章、四章、五章是也，凡汉以下诗，若魏文帝《燕歌行》之类源于此。自此而变则转韵矣。①

还有对于《诗经》总体艺术手法特点的总结，并点明其对于某些后世诗歌创作手法的源头指导意义之所在。如《读风臆补总评》云：

> 诵诗难，诵风诗尤难。陈余山谓："风诗一路旁说泛说反说譬说借说，直赶到末句，轻轻一拍，令人自悟。后人咏史感遇诸诗，法皆从此出。并有只以一字点睛者，草草读过，直不知其命意所在矣。"

---

① 钱基博：《现代中国文学史》，上海：上海书店出版社2004年版，第13—14页。

因此,揭示《诗经》具体篇章的诗歌源头意义,揭示后世诗歌对于《诗经》的继承和发展,对于认识诗歌发展的历史,都是非常有意义的。

这种注重不同时代作家、艺术家彼此关联,揭示前世影响后世、后世承续前世的历史批评法,按照中国的传统,又可叫作推源溯流法。推源溯流的历史批评法有其独特的作用,章学诚指出:"论诗文而知溯流别,则可以探源经籍,而进窥天地之纯,古人之大体矣。"①至于《诗经》评点中时用导源推流之法显现某家诗特点,反映出评点者继承了《诗品》开创的文学批评考镜源流的传统,别具史家的眼光,因此可称之为《诗经》评点中的历史批评。《诗品》的推源溯流,主要是沿波讨源,明其影响所自;而《诗经》评点的推源溯流,主要是从《诗经》这个固定的源出发,顺其波而究其流,主要明其影响所达。还有一点不同的是,《诗经》评点所考察的对象,并非一位诗人,而是具体的一种作品或一类作品。

溯源中对两种偏颇应该有清醒的认识。如果认为每个诗人或每首诗歌只有一祖一源的单线关系,那就把艺术的继承和创造看得过于简单化了。其实《诗品》专讲诗人之诗出自某某的溯源法,就有这样简单化的弊病,因为诗歌的源流和诗人的师承都是复杂而多方面的。如果简单地说一位诗人,或一件作品,或一种手法,或一种意境,都只有一个来源,那么就很难谈得上变化,即便有所变化也不过刻鹄画虎罢了。其渊源少者也一定变而不化。杜甫的"别裁伪体亲风雅,转益多师是汝师"才是创新变化的正途。如若抓住一点迹象,就认定为源之所在,那就未免有盲人摸象的嫌疑了,此其偏颇之一。溯源的前提条件是后世某一作品受《诗经》某一首诗或某一类诗的影响应该有很清楚的线索可以寻绎,否则即便相似也不过是暗合,而这种偶然的暗合是不能为之辗转攀附的,而《诗经》评点中却有不少明显溯源

---

① 章学诚:《文史通义》卷五《诗话》,北京:中华书局,1985年版,第559页。

牵强而无确切根据的,此其偏颇之二。谈论文学作品的渊源,应当慎重周密,不宜轻下雌黄,因为其间的相互影响因时而变,常常是很微妙的。有时看似相关,却实风马牛不相及;有时看似无涉,却暗里相关。明乎此,则可以说,《诗经》评点中的历史批评虽然存在偏颇,但并不影响溯源推流法的可取性。具体而言,《诗经》评点中所溯之源有诗体之源、命意之源、诗境之源、风格之源、诗法之源等,以下择要论述之。

一 诗体之源

诗的体制和格律是不断发展而越来越严密的,而后世很多诗体、诗律上的格式和要素都能在《诗经》中找到它的源头,《诗经》评点对此多有揭示和总结。如戴君恩《读风臆评》评《关雎》曰:

> (戴篇后批)《缁衣》《伐檀》等篇,短长杂奏,为后世杂言之祖。

《缁衣》的句式,有"敝""还"的一言句,有"缁衣之宜兮"的五言句,有"予授子之粲兮"的六言句。《伐檀》则于一章之中采取了"五、六、六、四、七、四、八、四、四"的句式。可以说这两首诗在以四言为主的《诗经》中是句式变化较多的,故而戴氏称其"短长杂奏,为后世杂言之祖"。

陈继揆的《读风臆补》探讨格律源流的评语最多,如:

> (陈篇后批)古诗之四言,犹后人之五言、七言,其定体也。然有不拘拘每句四言者。汉人为之,则一字不敢增减矣。唐人惟杜甫不为四言。李白一流宗汉道,元结一流宗《三百篇》,然有合有不合,亦唐之四言耳。总而论之,有《三百篇》而四言之能已极,汉以后其余波也。试观此诗描写曲

至处，后人更能学步否？一章起二句连用韵，凡汉以下诗及唐人律诗之首句用韵者源于此。二、三章四句一转，凡古诗转韵之法源于此。顾亭林曰："《三百篇》之诗，句多则必转韵，魏晋以上亦然。宋齐以下，韵学渐兴，文人趋巧，于是有强用一韵到底者，然终不及古人之变化自然也。"（《关雎》）

这则评语前半段对于四言诗的演变做了总体回顾，认为《诗经》已经把四言体发挥到了极致，汉代的四言诗创作只是它的余波，汉代以后则以五言、七言为主，四言诗的时代已经结束。后半段认为唐代律诗首句用韵的押韵法，古体诗的转韵法，都源于《关雎》，并引用了顾炎武的话作为参证，说明不顾前人经验强用一韵到底的做法有失自然。《读风臆补》中的批语涉及诗句字数及用韵的，还有一些，如：

（陈篇后批）"胡瞻尔庭有悬貆兮"，八言之祖，亦如李长吉诗"酒不到刘伶坟上土"之类，不过一二句而已，并不用长句成篇也。（《伐檀》）

（陈篇后批）三句成章，连句用韵，后人《大风歌》以下皆出于此。五古如《华山畿》"不能久长离，中夜忆欢时，抱被空中啼"。七言如岑之敬《当炉曲》"明月二八照花新，当炉十五晚留宾。回眸百万横自陈。"谢皋羽《送邓牧心》三句诗体，皆是。（《素冠》）

（陈篇后批）首章隔句用韵，凡汉以下诗及唐人律诗之首句不用韵者源于此。后三章自首至末，句句用韵，凡汉以下诗若魏文帝《燕歌行》之类源于此。（《卷耳》）

头一则说到《伐檀》"胡瞻尔庭有悬貆兮"是八言之祖，只是针对这一句而发，但又说李贺诗句"酒不到刘伶坟上土"只"不过一二句而已"，容易让人误解，因为《伐檀》每章里的八言句也只一句而已，全部三章加起来,八言句也只有三句,所以并不比李白《将进酒》多到哪里去。相比而言,戴君恩《读风臆评》称《伐檀》"为后世杂言之祖",说法更确切一些。第二则批语谈的是联句用韵法。《素冠》一诗,每章三句,每句末尾均有一"兮"字,而"兮"字前的字都是押韵的,如第二章为"庶见素衣兮,我心伤悲兮,聊与子同归兮",其中"衣""悲""归"押韵。这和刘邦的《大风歌》总共三句,每句分别用"扬""乡""方"押韵是一样的。所不同者,《素冠》"兮"字在句末,《大风歌》"兮"字在句中。因此陈继揆提到了最早与《素冠》用韵相似的《大风歌》。然后,陈氏又举了南朝宋代民歌《华山畿》和南朝陈代岑之敬的《当炉曲》、南宋谢翱的《送邓牧心》以相对比,至此,读者对于《素冠》一诗的用韵特点及其在后世的应用发展情况就了然于胸了。第三则揭示了《卷耳》一诗首章隔句用韵法和后三章句句用韵对后世的影响,有些牵强。再如:

(陈篇后批)诗有全篇连句韵,而中间忽有一二句不入韵者,如此诗"东宫之妹""大夫夙退"等语是也。东坡《芙蓉城》七古长篇,一句一韵,独以"俗缘千古磨不尽,忽然而去不可执"两句无韵,其法正从此出。(《硕人》)

这里指出《硕人》一诗在用韵法上对于后世诗歌创作的影响。虽然这种一二句不用韵其余全篇用韵的情况在二者只是巧合,未必就有后者祖法前者的事实,但批语至少指出了这一作法的相似,可以作为诗歌格律的一种现象引起读者的注意。还有的批语涉及对偶的发展,如:

(陈篇后批)"觏闵既多,受侮不少。"实后来骈骊之祖,无心属对,而对极流利。古诗:"胡马依北风,越鸟巢南枝。"工切语亦甚自然。六朝惟渊明得之,"芳草何茫茫,白杨亦萧萧"是也。(《邶风·柏舟》)

对偶是后世诗歌重要的修辞手段之一,在近体诗中更是不可缺少。而在格律诗形成之前,对偶却不那么普遍和规范,往往是出自不经意的偶对天成,《诗经》中的对偶就是如此。这则批语提到《邶风·柏舟》"觏闵既多,受侮不少"两句,确实是非常典型的例子。即使从后世的眼光来看,这两句也是极为工整的对偶,而且读来很顺口,所以说它"无心属对,而对极流利"。这种对偶在后代得到了发展,汉代"古诗十九首"中有所体现,陈氏举了"胡马依北风,越鸟巢南枝"的例子。接着又指出陶渊明是六朝唯一能做到这种不刻意为之却能属对自然的人。这里也暗含了陈氏自己的观点,其实后世属对巧妙自然的极多,陈氏只是特别强调对偶的自然性。《诗经》评点中除溯源对偶的造句法外,还有叠字法的溯源,如《硕人》"河水洋洋,北流活活。施罛濊濊,鱣鲔发发。葭菼揭揭,庶姜孽孽"一段,邓翔《诗经绎参》和胡璧城分别批云:

（邓眉）连用叠字法,后来惟"古诗十九首"中"青青河畔草,郁郁园中柳"一首从此化出,同用六叠字法,然句首、句末格局稍变,末句诎然而止。

（胡眉）李易安作《声声慢》词,推为绝唱,乃原本于此,古厚转折则非所及也。

两人均指出《硕人》所用叠字法对于后世诗歌的影响,而所举例证则有所不同,但都有一定道理。

总之,《诗经》评点在诗体的溯源上,既涉及诗句长短和用韵,又注意了对偶和叠字等造句法,其着眼处还是相当细致的。

二　命意之源

诗的命意,是指主题的设定、题材的选择以及整体的构思。说《诗经》是后世诗歌之源,命意的开创及影响力首当其冲。《诗经》评点多有对这一方面的提点。比如《卫风·伯兮》第二章曰:"自伯之东,首如飞蓬。岂无膏沐?谁适为容。"对于这四句,孙鑛《批评诗经》、陈组绶《诗经副墨》、邓翔《诗经绎参》、胡璧城《诗经》评点都有批语云:

> (孙章评)撰语绝工,运思绝圆妙,杜诗云:对君洗红妆。则未免滞拙。
> (副墨眉)懒为容貌,正唐诗所谓"欲妆临镜慵"也。
> (邓眉)起二句实情实事,缓声哀吟,得第三句一折,第四句一托,用意愈形沈挚。唐诗"自君之出矣"一首,杜诗"罗纨(襦)不复施,对君洗红妆"二句,皆本此意。
> (胡眉)千古思妇之作不能出此十六字范围。

《伯兮》一诗写思妇思念丈夫的心情,刻画形象,感人至深,对于后世闺怨思远之作影响很大。如杜甫《新婚别》"罗襦不复施,对君洗红妆",徐乾《杂诗》"自君之出矣,明镜暗不治",杜荀鹤《春宫怨》"早被婵娟误,欲妆临镜慵。承恩不在貌,教妾若为容",李清照《永遇乐》"如今憔悴,风鬟雾鬓",很明显都是从"自伯之东,首如飞蓬"化出。孙、陈二人都提及此点,但未明确指出所举唐诗诗句是从《伯兮》此章化出,而邓翔则明确指出是"皆本此意"。胡璧城观点最为坚决,认为这四句十六个字命意之高,使得后世此类诗歌不得不受其影响,以致难以突破。类似的批语还有很多,姑举几例以观其大概:

> (桐眉)旧评云:陶公《归去来》词从此衍出。(《十亩之间》)
> (桐眉)又云:此盖北伐振旅,侈陈军威以风蛮荆,刘向所谓"征狁犹而百蛮从"者是也。《毛传》:"言其强美,斯劣矣。"最得微恉。退之《平淮碑铭》仿此意也。(《采芑》)

(桐眉)姚云：后二章即屈原《渔父》《卜居》之权舆。(《终风》)

(陈篇后批)少陵《送贾阁老出汝州》诗："西掖梧桐树，空留一院阴。"盖亦从召伯《甘棠》脱来者。(《甘棠》)

(读本眉批)开杜陵《垂老》《新婚》诸别之先声。(《击鼓》)

(桐眉)旧评云：哀痛，少陵《垂老别》本此。(《击鼓》"于嗟阔兮，不我活兮。于嗟洵兮，不我信兮")

至于《诗经》在题材方面的源头意义，评点者也有所点明，如钟惺的评语：

(钟眉蓝)说来谡谡然，《楚辞·九歌》语意多本此。(《小雅·楚茨》)

这里是说《九歌》语意本于《楚茨》里讲祭神场面的一段，原诗句为："礼仪既备，钟鼓既戒。孝孙徂位，工祝致告。神具醉止，皇尸载起。鼓钟送尸，神保聿归。诸宰君妇，废彻不迟。诸父兄弟，备言燕私。"虽然《九歌》是一套祭祀神鬼的合歌辞、音乐与舞蹈的舞曲，二者题材相同，自有相似之处，但要说《九歌》语意本于《楚茨》，似乎有些武断。但评语客观上却指明了二者题材相同，达到了以《九歌》来说明《楚茨》语意的目的，倒也可取。

在诗歌整体构思上，《诗经》评点也指出了对于后世的影响，如：

(陈篇后批)托鸟言以自诉，长沙《鹏鸟》之祖，后人禽言诸咏之滥觞也。应场诗"孤雁鸣云中"亦宗此意。(《鸱鸮》)

(桐眉)旧评云：通篇哀痛迫切，俱托鸟言，长沙《鹏赋》之祖。(《鸱鸮》)

贾谊的《鹏鸟赋》向来以构思巧妙著称，整篇赋托为作者和鹏鸟的对答来抒发自己怀才不遇的情绪，但这种托以鸟言的构思其实在《诗经》里已有先例，那就是《鸱鸮》一诗。因此批语中点出《鸱鸮》诗影响了《鹏鸟赋》的构思，是毫无疑问的。再如方玉润《诗经原始》于《卷耳》末三章所作眉批曰：

> （方眉）下三章皆从对面着笔，历想其劳苦之状，强自宽而愈不能宽。末乃极意摹写，有急管繁弦之意。后世杜甫"今夜鄜州月"一首，脱胎于此。

《卷耳》采取了一种悬拟所思之人行动的方法，设想所怀之人登山饮酒、马病仆痛，构思巧妙，虽没有直写思念之情，而思念之情越见深长，所谓"强自宽而愈不能宽"。这种构思影响了后世的诗歌创作，如杜甫《月夜》、李白《寄东鲁二稚子》、柳永《八声甘州》、周邦彦《风流子》，均脱胎于此。批语拈出杜甫《月夜》，正是看到了此点。

这种命意的源流，在《诗经》中能够找出许多，大多数评点者只是点到即止，比较简短。而陈继揆《读风臆补》却分析细致，如他对于《东山》一诗的分析：

> （陈篇后批）《东山》一诗，乃后来《从军行》《出塞曲》之祖。如王涯"黄龙戍卒几时归"，即"我徂东山，慆慆不归"意也。杜少陵"青春作伴好还乡"，刘长卿"报国剑已折，归乡身幸全"，即"敦彼独宿，亦在车下"意也。高达夫"铁衣还戍辛勤久，玉箸应啼别离后"，沈佺期"可怜闺里月，长在汉家营"，贺朝"玉箸应啼红粉颜"，即"妇叹于室"意也。达夫"乡心正郁陶"，少陵"剑外忽传收蓟北，初闻涕泪满衣裳"，后山"住远犹相忘，归近不可忍"，即"我东曰归，我心西悲"意也。薛能"游子新从绝塞回"，即"我征聿至"意也。又"独怜幽竹

山窗下,不改清阴待我归",即"有敦瓜苦"四句意也。白乐天"料得家中深夜坐,也应说著远行人",即"自我不见"意也。老杜"夜阑更秉烛,相对如梦寐",即"其旧如之何"之意也。若《木兰词》"朔气传金柝,寒光照铁衣",于鹄"空山朱戟影,寒磧铁衣声",视"制彼裳衣,勿士行枚"夷险不侔矣。李太白"玉关殊未入,少妇莫长嗟",刘长卿"白日还家有几人",视"我征聿至"者欣戚异感矣。张仲素"万里犹防塞,三年不见家",视"瓜苦系于栗薪"悲喜顿殊矣。王烈"沙磧年年卧铁衣",太白"晓战随金鼓,宵眠抱玉鞍",视"独宿车下"安危异辙矣。然后来千百首《从军行》《出塞曲》,终不敌《东山》一篇曲尽人情也。即令归士自抒其情,恐未能到此耳。故越琐屑越真至,越平易越弥纶,即以诗论,那得不推元公为圣手耶!至其用韵处,或连句韵,或隔句韵,或促句换韵,参差错综,无规矩方圆之可寻,尤为妙绝千古。次章乃《废宅赋》也,鲍照《芜城》较此便多鄙言累句,那得诧云韬晦。"其新孔嘉,其旧如之何",唐人所谓"远将归,胜为别离时,在家相见熟,新妇欢不足"也。

陈氏对于《东山》诗的许多诗句,都一一点出其流脉余响,令人佩服。虽然并非全部准确,但这种努力却是可贵的。这种细致的评语在《读风臆补》中还有一些,由此可以看出陈继揆对于这种批评方法的偏好和熟稔。

命意涉及一些具体创作手法,这种创作的经验也是有其源头意义的,《诗经》评点中对此也有所揭示,如:

(陈篇后批)陈仅曰:起语极豪,下文乃步步怨恨,声声决绝,可以知其故矣。老杜《兵车行》全篇体格从此脱胎。(《击鼓》)

此则批语指出杜甫《兵车行》的整体结构脱胎于《击鼓》,主要是从语气上立论,并非无据。再如:

（辑评眉）沈氏曰:《鹤鸣》本以诲宣王,而拉杂咏物,意义若各不相缀,难于显陈,故以隐语为开道也。汉枚乘《奏吴王书》本此。(《鹤鸣》)

这则批语指出《鹤鸣》一诗用隐语谋篇,即通篇用"比"法的开创意义,是准确的。需要指出的是,这种比法与《鸱鸮》全篇用拟人的修辞方法并不相同。

《诗经》虽然在多方面为后世的诗文创作开辟了途径,但《诗经》评点在揭示《诗经》的艺术源头意义时常有牵强之处,这大概是由先验的宗经思想所致。发展到极致,便是生拉硬扯。如评《七月》云:"(桐眉)旧评云:《七月》篇生动处,太史公所本。"硬把《史记》的某些优点推源到《诗经》,无论如何也是牵强的。凡此种种,都是我们应该加以区别对待的。

三　诗境之源

诗歌的情境,往往会受到前人作品情境的影响,甚至有些作品在情境上刻意祖法前人,而《诗经》正为后世提供了丰富的可效法的情境资源。《诗经》评点屡有提及,如:

（辑评篇后批）宋玉《神女赋》云:"其少进也,皎若明月舒其光。"正用此诗"月出"之语。又云:"步裔裔兮曜后堂。"又云:"动雾縠以徐步。"即"舒窈纠兮"之意。(《陈风·月出》)

从所举句意来看,其所刻画之意境正是从《月出》一诗的意境化出。又如：

> （邓眉）杜牧诗云："狂风落尽深红色，绿叶成阴子满枝。"从此得意。（《桃夭》）

这则批语是针对《桃夭》"桃之夭夭，其叶蓁蓁"两句而发，所引杜牧之诗是形容繁花落尽、枝叶茂盛、果实累累的景象，而且蕴含了一种欣欣之意，这种情境和"桃之夭夭，其叶蓁蓁"的意象何其相似，由此化出，也未可知。再如《风雨》"风雨凄凄，鸡鸣喈喈"两句，营造了一种寒凉阴暗的情境，评点者评曰：

> （桐眉）旧评云："空馆相思夜，孤灯照雨声"二语祖此。

孤灯照雨，空馆相思，其情其景，与《风雨》所渲染的凄清孤寂情境何其相似，很难说没有受到它的影响。再如：

> （桐眉）旧评云："果臝"六句写凄凉景况，《芜城赋》之祖。（《东山》）
>
> （桐眉）旧评云：止极力赞孟姜，而刺忽意已跃跃言外。"将翱"句，《神女》《洛神》诸赋所祖。（《有女同车》）

前一则批语点明了《芜城赋》所描写的凄凉境况与《东山》第二章类似情境的承继关系；后一则批语则把《神女赋》《洛神赋》所幻想出的神女形象溯源到《有女同车》描写的孟姜形象，也有可信的成分。

在推源溯流的内容中，风格也是其中一项。只是风格的造成主要并非后天模拟所得，而得之创作主体禀赋者居多。但是具体到某首诗或某句诗的风格，以前人诗的风格为粉本，也并非全无可能，这一点，《诗经》评点也有涉及，略举几例如下以窥其一斑：

（胡眉）缠绵悱恻,张衡《四愁》所祖,然凄婉逊矣。(《木瓜》"投我以木桃,报之以琼瑶。匪报也,永以为好也")

（胡眉）风致在尘壒之外,渊明所祖。(《十亩之间》)

（桐眉）哀极艳极,《离骚》所祖。(《绿衣》)

（桐眉）阎生案：舂容大雅,《东都赋》所自出。(《车攻》"萧萧马鸣,悠悠旆旌。徒御不惊,大庖不盈")

（桐眉）旧评云：理极平实,文极鲜妍,《南华》之祖,柳州《送薛序》仿此。(《鹤鸣》)

（陈篇后批）雅淡似陶,《归去来兮》亦以此为粉本。(《伐檀》)

第二节　比较批评

比较批评的前提是,一方面,比较的对象之间在艺术上有或相同、或相通、或相似之处；另一方面,创作主体也具备"心理攸同"的心理普遍性基础,从而导致其创作往往无心而暗合。《诗经》评点之所以频繁运用比较批评法,其内在依据便是,后世诗歌同《诗经》有相同或相近的题材、情感、意境、风格,抑或写作方法,这也从另一角度说明,对于后世诗歌,《诗经》有着或显或隐、或密或疏的源头意义。

诗歌的比较批评也可以称为"以诗评诗",就是以另外的诗或诗句与本诗进行比较,验证对于本诗的阐释和鉴赏。以诗评诗是诗歌评点中常用的批评方式,而由于《诗经》的年代久远、文献不足征等特点,以诗评诗的批评方式在《诗经》评点中更显突出和重要。以后世诗篇或诗句与《诗经》诗篇和诗句相比较,能够直观地揭示诗旨、品味意境、指出创作手法,并说明其对后世诗歌创作的影响。正如《四库全书总目提要·优古堂诗话》所说："然互相参考,可以观古今人运意之异同与遣词之巧拙,使读者因端生悟,触类引申,要亦不为无益也。"这种从文学性阐释目的出发来品评《诗经》的手法也的确有其不可替代的长处:首先,它能够把一些只可意会不能言传的东西霎间传递给读者,使读者在对《诗经》篇章的解读中轻松地超越传统《诗经》学政治比附和道德说解的羁绊,达到与作者心灵契合的妙境;其次,《诗经》的许多篇章由于年代久远,给后人留下许多难解的题旨或含义,而后世诗歌相对较易理解和把握,因此,以诗评《诗》便产生了以易解难的效果,借用后世诗歌的易解性来解说上古诗由于年代久远而产生的隔膜的诗意,使原本晦暗的诗境变得明朗易懂起来。当然,以诗评诗的缺点也是显而易见的,因为在比较的过程中往往容易误入歧途,即批评者往往断定时代晚的作品师法了时代早的相似作品。《诗经》评点中确实存在这样的现象,明明只是暗合,却认定是取法,是模仿。这样一对一地拘其迹而绳之,把偶合当作祖述,其结果就是无中生有了。

一 比较之范围

以诗评《诗》主要采取对比的手段来对《诗经》之具体诗篇或诗句进行辅助性阐释,其对比对象的范围有二:一种为本诗与《诗经》中另一篇章的对比,一种为本诗与后世诗歌的对比。前者相对较少,但也可观。如:

(邓眉)《雄雉》英特自诩,其辞家也,未必如《击鼓》篇。执手吁嗟,而彼此赠言,谅所必有,故云"上下其音",珍重千万,归于保身。"实劳我心"直注章末。(《雄雉》)

(邓眉)言情写意,则语覆韵长,一唱三叹,风之体也。述德纪功,则铺张扬厉,典重高华,雅颂之体也。体制既殊,声韵自别,以《墙茨》《桑中》视此,盖判若天壤矣。《淇澳》之篇,风之似雅者;兹篇,风之似颂者也。(《定之方中》)

(孙篇前评)闳壮而精丽,气骨特雄劲甚,第比之《周》

《雅》,觉声色太厉耳,汉魏乐府诸奇陷调多本此。(《秦风·小戎》)

(桐眉)姚云:通篇皆写悲思,迫切之意,非实事也。情绪与《泉水》同,彼以委婉胜,此以英迈胜。(《载驰》)

(陈篇后批)陈仅曰:"《郑》之《丰》,男亲迎而女不行。《齐》之《著》,女行而男不亲迎。其事正相反,诗则俟我于堂,地相同也。褧衣褧裳,女子初嫁在途之服。充耳尚琼,男子初婚摄盛之仪。人相同也。《丰》章三句三"兮"字,《著》三章三"乎而"。《丰》两"俟我",《著》三"俟我"。章法、句法、调法无不相同。(《丰》)

第二种则数量极多,例证举不胜举,今仅以《诗经绎参》中《燕燕》"燕燕于飞,颉之颃之"的眉批为例:

(邓眉)杜诗云:"轻燕受风斜。"应从"差池""颉颃"四字得意。

以诗评《诗》的比较批评法在具体的评语中往往有大致固定的语言格式,今对其进行分类概括,大致有以下几种:

第一,直接列出后世诗歌题目,不加任何说明解释。如:

(戴评)《白头吟》《长门赋》。(《郑风·蘀兮》)

第二,直接列出后世诗句,不加任何说明解释。如:

(戴评)"寥落悲前事,支离笑此身。"(《卫风·氓》"三岁为妇……躬自悼矣")

"盈盈一水间,脉脉不得语。"(《卫风·河广》)

第三,以后世诗题解《诗》,略加说明,行文中大抵有"所谓""即如""即……耳""可与……参看""……正此意也""……似此"等字样。此类最多,如:

(捷渡眉)所谓"有约不来过夜半,闲敲棋子落灯花"。(《陈风·东门之杨》首章)

(孙篇前评)时盖偶有此事,而文人代为赋之,即如颜光禄《秋胡诗》之类,白太傅《井底引银瓶》,即此义疏耳。(《卫风·氓》)

第四,以后世诗歌与《诗经》诗句进行比较,以期分出优劣。如:

(孙章后评)撰语绝工,运思绝圆妙,杜诗云:"对君洗红妆。"则未免滞拙。(《卫风·伯兮》"自伯之东,首如飞蓬。岂无膏沐?谁适为容")

(戴评)顾况《日晚行》无此淡远。(《王风·君子于役》)

第五,指出后世某种诗或某人诗、某首诗以《诗经》某篇在立意、手法、风格等方面为源头或轨范。如:

(孙篇前评)辞气衰飒,以缠绵胜,然却只是平叙去,后曹王诸作,总不能出此范围。(《秦风·黄鸟》)

以诗评《诗》并不是在每种《诗经》评点著作中都均衡存在的,一个大致的规律是越早的评点本越少用这种方式。比如目前所能见到的最早的《诗经》评点本是刻于明万历二十一年(1593)至万历二十九年(1601)的安世凤《诗批释》,其中所能见到的以诗评《诗》的批语只有四条:

（安眉）先峻后缓，况味有余，太白"白发三千丈"是此法。（《郑风·叔于田》"叔于田，巷无居人。岂无居人？不如叔也，洵美且仁"）

（安眉）赋、比、兴杂错而出，盖情既迫切，而词复麤盬，千古绝调，可与《离骚》，与邹阳狱中上书参看。（《小雅·小弁》）

（安眉）清疏简贵，如霜月带星，晴峰竦日，陆士衡所拟十四首庶几家嗣耳。（《小雅·小明》）

（安眉）或以子建《赠白马》诗为效，此其辞之联络处相似，然此以法胜，彼以情胜，皆千古绝调也。（《大雅·大明》）

比安世凤《诗批释》晚一年刊刻的孙鑛《批评诗经》也没有在以诗评《诗》上用力，只有寥寥几条此类批语。这些评语涉及后世诗歌的目的，一是验证诗中所写事类的普遍性，并说明作者并非事件的参与者，而是代言人。如：

（孙篇前评）时盖偶有此事，而文人代为赋之，即如颜光禄《秋胡诗》之类，白太傅《井底引银瓶》，即此义疏耳。（《卫风·氓》）

二是为了指出《诗经》作为源头对于后世所产生的影响，并在一定程度上强调《诗经》作为文学经典对于后世是不能超越的最高标准和终极取法的圭臬。当然这并非全是正确的，是受到经学心理定式的影响而产生的盲目经典崇拜。但有一些还是说得较为符合实际而合乎情理的。如：

（孙章后评）撰语绝工，运思绝圆妙，杜诗云："对君洗红妆。"则未免滞拙。(《卫风·伯兮》"自伯之东,首如飞蓬。岂无膏沐?谁适为容")

(孙篇前评)闳壮而精丽,气骨特雄劲甚,第比之《周》《雅》,觉声色太厉耳,汉魏乐府诸奇咷调多本此。(《秦风·小戎》)

而钟惺(1574—1624)的《评点诗经》中以诗评《诗》的评语只有两条:

(钟眉蓝)汉乐府"鸡鸣狗吠,兄嫂当知之",即此意。(《郑风·将仲子》"将仲子兮,无逾我墙,无折我树桑,岂敢爱之?畏我诸兄。仲可怀也,诸兄之言,亦可畏也")

(钟眉蓝)说来谡谡然,《楚辞·九歌》语意多本此。(《小雅·楚茨》"礼仪既备,钟鼓既戒。孝孙徂位,工祝致告。神具醉止,皇尸载起。鼓钟送尸,神保聿归。诸宰君妇,废彻不迟。诸父兄弟,备言燕私")

徐奋鹏的《毛诗捷渡》中以诗评《诗》的评点文字也并不多,仅有几条而已。其中,有品味诗句情致意趣的,如:

(捷渡眉)"日之夕矣"句连上带下,予玩此句极有可味,唐诗"月明花落又黄昏",无限情致在此处。(《王风·君子于役》"日之夕矣")

(捷渡眉)所谓"有约不来过夜半,闲敲棋子落灯花"。(《陈风·东门之杨》首章)

有阐释句意的,如:

(捷渡夹)每末句正是"安得山中千日酒,酣然醉到太平时"句意,作欲死看,固哉!(《王风·兔爰》)

虽然徐奋鹏的评点非常细致,但以诗评《诗》仅此几条,可就是这有限的几条,也能体现他论《诗》看重文学性的一面,尽管他的整个评点还较深受到传统经学的影响。明代诸《诗经》评点本中,戴君恩的《读风臆评》以诗评《诗》的评点算是较多也较丰富的,因为数量较大,故不再一一罗列。到了清代,采用以诗评《诗》手法,在牛运震《诗志》里已明显增多,而尤以陈继揆《读风臆补》为集大成者。而清代其他评点本中以诗评《诗》的评语也都明显多于明代。

二 比较之范畴

《诗经》评点中的以诗评《诗》,其比较的范畴是多方面的,包括诗旨、句义、意向、意境、风格、创作手法、优劣等。下面分别举例说明。

(一) 以他诗义之显,彰本诗义之隐

利用对比批评法来解析诗义,是一种说诗的捷径,钱锺书先生在这一方面可说是达到了极致,如《管锥编》中《硕人》条:

"大夫夙退,无使君劳。"《笺》:"无使君之劳倦,以君夫人新为配偶。"按杜甫《收京》:"万方频送喜,无乃圣躬劳。"即此"劳"字。胡培翚、陈奂等皆驳郑笺,谓"君"即指夫人。实则郑说亦通,盖与白居易《长恨歌》"春宵苦短日高起,从此君王不早朝",李商隐《富平少侯》"当关不报侵晨客,新得佳人字莫愁",貌异心同。新婚而退朝早,与新婚而视朝晚,如狙公朝暮赋芧,至竟无异也。[①]

---

① 钱锺书:《管锥编》(第一册),北京:中华书局1986年版,第93页。

这种以他诗之义彰显本诗之义的方法,特点是以他诗之易解,解本诗之难解,以他诗意象之明爽,显本诗意象之暗晦。

在这种对比阐释中,用来与《诗经》篇、章、句进行比较的,或为后世之诗,或为《诗经》中其他篇章。前者如:

> (钟蓝眉)"适"字甚正,有"之死矢靡他"之意。(副墨眉)懒为容貌,正唐诗所谓"欲妆临镜懒"也。(《伯兮》"自伯之东,首如飞蓬。岂无膏沐?谁适为容")

后者如:

> (牛章评)"聊以行国",所谓"驾言出游,以写我忧"也,白描入神。(《魏风·园有桃》)

《诗经》之所以难解,一方面有历史久远语言演变的原因,另一方面是由于当时相关历史背景的记载不够详明。而后世的诗歌,由于时代较近,语言既易于理解,诗义又较为显豁,因此,以后世容易理解的诗句与《诗经》中难解的诗句比较,就能起到以易解难的效果。如徐奋鹏的评语:

> (捷渡夹)每末句正是"安得山中千日酒,酣然醉到太平时"句意,作欲死看,固哉!(《王风·兔爰》)

《兔爰》共三章,每章分别以"逢此百罹,尚寐无吪""逢此百忧,尚寐无觉""逢此百凶,尚寐无聪"结尾。《毛序》云:"《兔爰》,闵周也。桓王失信,诸侯背叛,构怨连祸,王师伤败,君子不乐其生焉。"《郑笺》于此句云:"我长大之后,乃遇此军役之多忧,今但庶几于寐,不欲见动,无所乐生之甚。"虽然毛郑之说并没有错,但解释得呆板,倒是方玉润解释得恰切:"无吪、无觉、无聪者,亦不过不欲言、不欲见、不欲闻已耳。"(《诗经原始》)而"安得山中千日酒,酣然醉到太平时",正是幻想中一种满足"不欲言、不欲见、不欲闻"心理的诗意的方式。引此句作解,立刻使得《兔爰》的主题及情感明白透彻,比起欲死不欲生的说法,自然圆活许多,毫无胶固之感。又如戴君恩评语:

(戴眉)"退食自公,委蛇委蛇",分明画出朝廷无事光景,犹唐诗"圣朝无阙事,自觉谏书稀"意也。(《召南·羔羊》)

朱熹《诗集传》云:"南国化文王之政,在位皆节俭正直,故诗人美其衣服有常,而从容自得如此也。"这种理解分明没有摆脱汉人解诗处处拘牵王化政治的思维定式,怪不得戴君恩说:"从羔羊素丝见他节俭,遂执定节俭正直对看,不知'羔羊'二句但指其人耳,真皮相可笑。"且不管《羔羊》作者主观倾向如何,其客观上是写出了太平日久,大夫优游自适的情态。岑参《寄左省杜拾遗》:"联步趋丹陛,分曹限紫薇。晓随天仗入,暮惹御香归。白发悲花落,青云羡鸟飞。圣朝无阙事,自觉谏书稀。"也是描写朝廷无事,大臣悠闲光景。所以二者相比对说明,倒也并不牵强,比起朱熹的理解,应该是灵活而实事求是得多了。再如陈组绶《诗经副墨》中于《考槃》"考槃在陆,硕人之轴"两句的眉批:

(副墨眉)"策扶老而流憩,时矫首而游观。景翳翳以将入,抚孤松而盘桓。"即"轴"字意。

以"轴"字今天的字面意思已经不能解释它在《考槃》中的含义了,这给后世读者理解诗句的含义带来了困难。轴,本义是车轴。《说文》:"轴,持轮也。"引申为盘旋。张彰曰:"言其旋转而不穷,犹所谓'游于环中'者也。"(方玉润《诗经原始》引)这种解释是正确的,但总不能给人一种形象的理解。陈氏所引陶渊明《归去来辞》的四句以典型的行动鲜明地刻画出一位怡然自得的隐士形象,而《考槃》是最早的隐逸诗,其"轴"字也是写隐士陶醉于自然而自得其乐,只不过字义的难解造成了后代人理解的隔膜。陈氏以陶渊明这四句形象化的辞句来作比,使"轴"字的内涵马上丰富起来,可谓最精彩的解说。相比之下,《毛传》《郑笺》《孔疏》对于"轴"字的训诂何其笨拙。[①] 类似这样以易解难的比较批评的例子在陈继揆《读风臆补》中更多。如:

（陈篇后批）古诗"良人惟古欢,枉驾惠前绥"亦得"雄雉于飞"之义者。"我之怀矣,自诒伊阻。""但愿在家相对贫,不向天涯金绕身。"跃然言外。(《雄雉》)

（陈篇后批）华谷谓"南山朝隮"乃樵者朝升于南山上而采草木也,似乎创解,然张子有诗云:"林木南山荟蔚时,工斤樵斧共朝隮。举知趋利青冥上,不念幽居季女饥。"乃知此说由来旧矣,附之以备一解。(《候人》)

（陈篇后批）王仲宣诗:"从军有所乐,但问所从谁。"即二章首句意。"爰丧其马",唐人所谓"去时鞍马别人骑"也。"执子之手,与子偕老。""握手一长叹,泪为生别滋。"更令人不堪卒读矣。唐人诗"醉卧沙场君莫笑,古来征战几人回。"即"不我活"意。"可怜无定河边骨,犹是春闺梦里人。"即"不我信"意。(《击鼓》)

而有些评语在指出前人权威注解之不确处时,因为借助了形象

[①] 《毛传》:"轴,进也。"《郑笺》:"轴,病也。"《孔疏》:"《传》:'轴,进。'《笺》:'轴,病。'《正义》曰:《传》'轴'为'迪',《释诂》云:'迪,进也。'《笺》以与陆为韵,宜读为逐。《释诂》云:'逐,病。'逐与轴盖古今字异。"

的说明,给人以驳斥有力之感。如:

> 《黍离》而后周无君矣,《中谷》之慨其《离骚》"美人"之悲乎?注却实认凶年饥馑室家相弃之作,是当与追蠡尚禹声者同一姗笑。其音节亦似《离骚》。(《王风·中谷有蓷》)
> 明是有情语耳,孟郊"欲别牵郎衣,郎今到何处?不恨归来迟,莫向临邛去。"正此意也。注乃以为弃妇之诗,觉直遂无味矣。

再如,关于《蒹葭》一诗的主题历来众说纷纭,《毛序》认为:"《蒹葭》,刺襄公也。未能用周礼,将无以固其国焉。"这样的解释,即使不是谬论,也是过度牵强,难以自圆。今人大多以为这是一首抒写思慕、追求意中人而不得的诗。而下面这则评语是这样说的:

> "溯洄""溯游",既无其事,"在水一方",亦无其人,诗人盖感时抚景,忽焉有怀,而托言于一方以写其牢骚邑郁之意。宋玉赋"寥廓兮羁旅而无友生,惆怅兮而私自怜。"即此意也。婉转数言,烟波万里,《秋兴赋》《山鬼》伎俩耳。(《秦风·蒹葭》)

"既无其事","亦无其人",解诗不坐实,其实就是最善解诗者,宋玉虽未必与《蒹葭》作者同一种惆怅,但与《山鬼》"若有人兮山之阿"却真是相似,一在水一在山,同一思慕之情。

还有一些批语,用后世诗句来解释《诗经》诗篇中的字词,也能收到较好的理解效果。如:

> (陈篇后批)唐人诗"纵听世人权似火,不能烧得卧云心。"亦得"永矢"之意旨。昌黎云:"终吾生以徜徉。""终"字

即"永"字义。又陶辞:"策扶老而流憩,时矫首而游观。景依依以将入,抚孤松而盘桓。"即"轴"字意。太白诗:"但得醉中趣,勿与醒者传。"亦即勿告意也。(《考槃》)

(陈篇后批)"击鼓""击缶",犹楚词所谓"扬枹兮拊鼓,疏缓节兮安歌"也。"值羽""值翿",犹楚词所谓"傅芭兮代舞,姱女倡兮容与"也。(《宛丘》)

以显彰隐,以易解难,这种比较批评之所以可行,是因为评点者对于《诗经》的深入了解和对于后世诗歌的广泛掌握,唯其如此,才能做到深入浅出,这也应该算作这种比较的前提条件。

(二)以他诗之意象、意境对比本诗之意象、意境

后世诗篇中的意象和意境,往往与《诗经》中各种各样的丰富意象和意境相似相通。究其原因,一方面是后世诗人有意借鉴的缘故,另一方面也缘于千古文心的默契暗合。《诗经》评点中以诗评《诗》的比较批评法,很多正是建立在这种广泛的相似相通基础之上的。用现成的诗句或诗篇,对《诗经》中诗歌的意象和意境加以衬托和深化,能给读者带来更为愉悦的审美体验,使之更容易凭借相似意象的对照进入《诗经》篇章营造的意境,从而使之对《诗经》的理解更加深入。这样的评语,在《诗经》各评点本中特别多。如:

(捷渡眉)"日之夕矣"句连上带下,予玩此句极有可味,唐诗"月明花落又黄昏",无限情致在此处。(《王风·君子于役》"日之夕矣")

虽然月明花落比起"日之夕矣"是增加的意象,但二者的情致却是相同的,而且用此增加了意象的诗句来说明"日之夕矣",无疑丰富了读者对于此四字的心理感受。又如:

（捷渡眉）所谓"有约不来过夜半，闲敲棋子落灯花"。
（《陈风·东门之杨》"其叶牂牂。昏以为期，明星煌煌"）

《东门之杨》是写男女约会久候不至的诗。首章为："东门之杨，其叶牂牂。昏以为期，明星煌煌。"此章以写景为主，前二句写所约之地点，后二句写所约之时间。借景物烘托情感，表现出一种期待的心理。这正如安世凤批语所说乃是"（安眉）不胜踟蹰翘企之思。""有约不来过夜半，闲敲棋子落灯花"是南宋赵师秀《约客》中的名句，把一种等待的心情表达成如许诗意的画面。二者都是以物象烘托心情，前者以明星，后者以灯花，不约而同都是取闪亮的物象，表达的又是相似的心情，果然意境可通。再如钟惺的评点：

（钟眉蓝）汉乐府"鸡鸣狗吠，兄嫂当知之"，即此意。
（《郑风·将仲子》）

《将仲子》第二章云："将仲子兮，无逾我墙，无折我树桑，岂敢爱之？畏我诸兄。仲可怀也，诸兄之言，亦可畏也。"而钟惺以汉乐府《有所思》中的"鸡鸣狗吠，兄嫂当知之"来点评，真是解得切当而生动。《毛序》云："《将仲子》，刺庄公也。不胜其母以害其弟，弟叔失道而公弗制，祭仲谏而公弗听，小不忍以致大乱焉。"这种努力比附政治的解诗法在一句乐府诗面前真是显得软弱无力。

在各种评本中，戴君恩的《读风臆评》中此类评点较多也较精彩，如：

（戴眉）诗贵远不贵近，贵淡不贵浓，唐人诗如"嫋嫋城边柳，青青陌上桑。提笼忘采桑，昨夜梦渔阳"，亦犹《卷耳》四句意耳，试取以相较，远近浓淡孰当擅场？（《周南·卷耳》）

在溶溶的春光里,采桑女子神情恍惚若有所忆,手提空篮,忘记了采桑,原来她在思念从军的丈夫。张仲素的这首《春闺思》用意与《卷耳》的确相似极了,但风格显然不及《卷耳》淡远。但《春闺思》的秀美意象及因果倒装所产生的鲜明诗境也自有所长。把两者进行比较,真是有裨读者多矣。再如:

(戴眉)"死别已吞声,生别常恻恻。"(《邶风·击鼓》"于嗟阔兮,不我活兮;于嗟洵兮,不我信兮")
(戴眉)老杜《垂老别》诸作便可不读。(《邶风·击鼓》)

此二条评使读者的思维由《击鼓》一诗跳跃到杜甫的凄怆诗作,倒回头来再读《击鼓》,就能强烈感受到其作为征战诗所含有的生离死别带给人们的刻骨之痛。再如:

(戴眉)"寥落悲前事,支离笑此身。"(《卫风·氓》"三岁为妇……躬自悼矣")
(戴眉)"盈盈一水间,脉脉不得语。"(《卫风·河广》)
(戴眉)"安边自合有长策,何必流离中国人。"(《王风·扬之水》)
(戴眉)"相逢方一笑,相送还成泣。"(《郑风·遵大路》)
(戴眉)"空馆相思夜,孤灯照雨声。"(《郑风·风雨》)
(戴眉)《白头吟》《长门赋》。(《郑风·蘀兮》)
(戴眉)《少年行》《塞下曲》。(《秦风·无衣》)

此六条批语直接引用要进行意象、意境对比的后世诗句或诗题,不加任何按语,却极贴切,胜过繁言赘语的长篇说解。

这种意象和意境的对比,相对来说,陈继揆的《读风臆补》运用得最多而且最细致。如:

（陈篇后批）"烟销日出不见人，欸乃一声山水绿。"《硕人》之境也。"桃花流水杳然去，别有天地非人间。"《硕人》之心也。陶诗："结庐在人境，而无车马喧。"是首句意。"问君何能尔？心远地自偏。"是次句意。"此中有真意，欲辨已忘言。"即三、四句意。唐人诗："纵听世人权似火，不能烧得卧云心。"亦得"永矢"之意旨。（《考槃》）

柳宗元的《渔翁》诗为人所熟知，尤其"烟销日出不见人，欸乃一声山水绿"两句最为人所称道，郝敬《批选唐诗》（明崇祯元年刻本）谓其"无色无相，潇然自得"，而这种意境和《考槃》隐居独乐的意境何其相似。《孔丛子》云："孔子曰：'吾于《考槃》，见士之遁世而不闷也。'"《考槃》在中国诗史上创造了一个清淡闲适的意境，而柳宗元《渔翁》所描写的，也正是这一意境。同样，《考槃》所透露出的诗人的心境，也正是"桃花流水杳然去，别有天地非人间"所加以表现的。至于引用渊明诗句一一比照，也颇能得《考槃》神理。

（三）以他诗之风格比照本诗之风格

《诗经》里的诗有许多风格，《风》《小雅》《大雅》《颂》各有其总体的主导风格，而具体到各篇，又有各篇的风格。《诗经》评点有很多批语对具体诗篇的风格进行了描述，有很多则采用比较的方法。如：

（安眉）清疏简贵，如霜月带星，晴峰竦日，陆士衡所拟十四首庶几家嗣耳。（《小雅·小明》）

此条是以陆机所拟"古诗十九首"中的十四首来比说《小明》清疏简贵的风格。《小明》是一位官吏自述久役思归念友的诗，而"古诗十九首"绝大多数是写漂泊在外的游子的思乡情结，如《涉江采芙蓉》的作者想念妻子，不能还归故乡而苦苦吟叹："还顾望旧乡，长路漫浩浩。同心而离居，忧伤以终老。"又如《明月何皎皎》的作者忧愁难眠、揽衣徘徊,深感"客行虽云乐,不如早旋归"。这与《小明》所言"昔我往矣,日月方除。曷云其还?岁聿云莫"的格调何其相似。又如:

> (桐眉)姚云:通篇皆写悲思,迫切之意,非实事也。情绪与《泉水》同,彼以委婉胜,此以英迈胜。(《载驰》)

此则评语所用以比较的诗篇,同出于《诗经》,一为《载驰》,一为《泉水》。虽然二诗所写情感都是悲思,但进行比较的却不是其同处,着眼点恰恰在风格的不同。《泉水》写自己思念家国,却心存畏惧,不能自主,只能凭借想象得到满足,其风格比较委婉。《载驰》则是许穆夫人回卫国吊唁卫侯,对许国大夫表明救卫主张,其风格沉郁顿挫,感叹唏嘘,但悲而不污,哀而不伤,一种英迈壮往之气,充溢行间。因此姚鼐会说"彼以委婉胜,此以英迈胜"。对照诗篇再读,则两诗风格之差别,了然于胸。

除了这种《诗经》中两诗互比的例子,还有以其他文体作品的风格与《诗经》诗篇风格相比较的例子。如:

> (钱眉)《甘泉赋》"腾清霄而轶浮景兮,夫何旒旐郅偈之旖旎也",神味当胎息此处。仪吉。(《出车》)

此则以扬雄《甘泉赋》中两句的风格来与《出车》风格作比。《出车》诗中有四句写建旗树帜,"设此旐矣,建彼旄矣!彼旟旐斯,胡不旆旆?"风飞旗动,翻飞不止,风格上正大庄严,反映出军容的雄壮与整肃。《甘泉赋》"腾清霄而轶浮景兮,夫何旒旐郅偈之旖旎也"两句同样写旗帜,也同样具有这样的雄壮效果。两者景象均宏大开阔,具有相似的阳刚之美。

> (陈篇后批)雅淡似陶,《归去来兮》亦以此为粉本。

(《伐檀》)

陶诗向来以雅淡著称,《诗经》中也有风格雅淡的诗篇,故而评点者加以比较,以提点读者。

这种风格的比较批评,其作用是明显的,因为风格有时很难用抽象概括的语言表达清楚,而借助于相近风格的诗篇进行对比,风格就容易为人把握。《诗经》评点中此类批语不算太多,但也值得注意。

(四)以他诗之艺术手法来说明本诗之艺术手法

艺术手法的分析和总结是评点的重要内容之一,《诗经》评点也不例外。《诗经》的评点在对艺术手法进行分析总结时,有时会与其他诗歌甚至其他文体作品的艺术手法加以比较,以使读者对本诗所采用或客观呈现的艺术手法有更加明确的认识。这种批语在《诗经》的评点中虽然比例较小,但也较为可观。如:

> (安眉)先峻后缓,况味有余,太白"白发三千丈"是此法。(《郑风·叔于田》"叔于田,巷无居人。岂无居人?不如叔也,洵美且仁")

此条是借李白《秋浦歌》总结《叔于田》的写作手法。《秋浦歌》开头即写"白发三千丈",可谓起势峻急,似有突兀之感,后半以问句收结,余味悠长,缓缓不尽。《叔于田》一诗开端即以三字句起势,节短调促,给人以匆迫之感,后半继以反诘,又以自答收结,音节趋缓。两相对照,都算得上"先峻后缓,况味有余",两者进行比较,不为无当。又如:

> (安眉)或以子建《赠白马》诗为效,此其辞之联络处相似,然此以法胜,彼以情胜,皆千古绝调也。(《大雅·大明》)

此条指出曹植《白马篇》与《大明》章法的相似以及侧重点的区别所在。《大明》一诗的重点是写武王伐纣，首章却以天命难测和殷商失国发端，二至六章转而叙述王季与文王的婚事，是铺叙闲文，而七、八章才开始叙述伐商而得天下，照应了首章。从结构上看，是很有特点的。而二、三章之间，六、七章之间，两处转折，而最后又首尾呼应。这要归功于"联络处"的巧妙自然。其"联络处"是指现在所说的顶针格，如第二章末句是"生此文王"，紧接着第三章首句是"维此文王"；第四章末句是"大邦有子"，紧接着的第五章首句则重复这句"大邦有子"；第六章末句是"燮伐大商"，第七章首句则曰"殷商之旅"。而曹植的《赠白马王彪》一诗也采用了这种顶针格的结构法，如第二段末句是"我马玄以黄"，第三段首句紧接以"玄黄犹能进"；第三段末句是"揽辔止踟蹰"，第四段首句紧接"踟蹰亦何留"；第四段末句是"抚心长太息"，第五段首句紧接"太息将何为"；第五段末句是"咄唶令心悲"，第六段首句紧接"心悲动我神"；第六段末句"能不怀苦辛"，第七段首句紧接"苦辛何虑思"。这样看来，这两首诗的确是"辞之联络处相似"。批语在指出结构上的相同点后，还不忘指出二者的不同：《大明》以法胜，即以结构胜，而《赠白马王彪》以情胜，都是千古绝调。

除章法结构的手法之外，还有批语比较了不同诗篇的用字方法，如《读风臆补》评《硕人》曰：

（陈篇后批）诗用叠字最难，顾亭林曰："此诗连用六叠字，可谓复而不厌，赜而不乱矣。"古诗："青青河畔草，郁郁园中柳。盈盈楼上女，皎皎当窗牖。娥娥红粉妆，纤纤出素手。"连用六叠字，亦极自然，下此即无人可继。（《硕人》）

《硕人》连用六叠字，指最后一章而言，诗曰："河水洋洋，北流活活。施罛濊濊，鳣鲔发发。葭菼揭揭，庶姜孽孽，庶士有朅。"这与《青青河畔草》的"青青""郁郁""盈盈""皎皎""娥娥""纤纤"六叠字真可谓不相伯仲,汉代以下,的确无人能继,李清照《声声慢》"寻寻觅觅,冷冷清清,凄凄惨惨戚戚"差能继武,但结构迥然。

《诗经》评点中还有一种艺术手法的比较是对《诗经》中不同的两诗进行比较。如《读风臆补》评《丰》曰:

> (陈篇后批)陈仅曰:"《郑》之《丰》,男亲迎而女不行。《齐》之《著》,女行而男不亲迎。其事正相反,诗则俟我于堂,地相同也。袈衣袈裳,女子初嫁在途之服。充耳尚琼,男子初婚摄盛之仪。人相同也。《丰》章三句三'兮'字,《著》三章三'乎而'。《丰》两'俟我',《著》三'俟我'。章法、句法、调法无不相同。国非一国,时非一时,人非一人,不图天壤间乃有此等印板文章,真奇事也。必欲释《丰》为淫诗,冤哉!"

指出《丰》和《著》两诗在章法、句法、调法好几方面的相似处,难怪临了还要感叹"不图天壤间乃有此等印板文章"。

还有用不同文体的创作手法与《诗经》创作手法相比较的。如《氓》第四章"桑之落矣,其黄而陨。自我徂尔,三岁食贫。淇水汤汤,渐车帷裳",安世凤《诗批释》评曰:

> (安眉)此与末章皆方叙情又插入景物,玲珑缥缈,转换惊人,《西厢》传奇中多得此法。

《氓》的第四章是在叙事中插入的一段景物描写,这种写法对于叙事是一种缓冲,《西厢记》中自不乏此等手法。但是把《西厢记》这种当时不登大雅之堂的作品拿来和儒家至高的经典相比较,这种做法本身就值得赞叹,金圣叹虽然迈出的步伐更大,但毕竟晚于安世凤多年。

(五) 两相对比,指出优劣

《诗经》评点中的一些评语,把后世诗歌与《诗经》诗章相比较,借后世诗篇某方面的逊色体现《诗经》所达到的难以企及的艺术高度。如《读风臆评》的几则批语:

(戴篇后批)顾况《日晚行》无此淡远。(《王风·君子于役》)

(戴篇后批)"有敦瓜苦"四句,老杜"夜阑更秉烛,相对如梦寐",差堪伯仲。若王建"家人见月望我归,正是道上思家时",以观"鹳鸣于垤,妇叹于室"二语,便露伧父面孔。

(戴篇后批)《静夜思》《玉阶怨》,殊不如也。

得出以上结论,固然是因为相比较的《诗经》篇目的确优秀,但也不排除戴君恩对于《诗经》的迷信心理。类似的批语还有一些,例如:

(储旁)"首如飞蓬",是闺怨正当语,若"腰肢损瘦"便是侠(狭)邪。(《伯兮》"自伯之东,首如飞蓬")

(孙章评)撰语绝工,运思绝圆妙,杜诗云:"对君洗红妆。"则未免滞拙。(《伯兮》"岂无膏沐?谁适为容")

(桐眉)旧评云:作文最忌平实,此篇"公之媚子""公曰左之""载猃歇骄"等句于无情致处写出情致,《长杨》诸赋徒觉冗长。(《驷驖》)

(桐眉)旧评云:英壮迈往,非唐人《出塞》诸诗所及。(《无衣》)

(储旁)"冕旒俱秀发,旌旆尽飞扬"不如此之肃穆。(胡眉)写狩猎渊懿如此,后世割鲜野食气象相去远矣。(《车攻》"萧萧马鸣,悠悠旆旌。徒御不惊,大庖不盈")

(陈篇后批)"燕燕"二语,深婉可诵,后人多许咏燕诗,无有能及之者。山阳潘德舆曰:"《六一诗话》谓谢景伯'池馆无人燕学飞'不如'空梁落燕泥'也。予谓不然,薛道衡句诚天然风韵矣,然宋诗如景伯语,又何少也。必取佳句而排挤之,则薛句能如'燕燕于飞,差池其羽'否耶?读'颉之颃之'句,觉'无数蜻蜓飞上下'便是老杜拙句。"(《燕燕》)

对于这些批语要有客观的判断,有的确实有理,有的则显牵强。其用来比较的诗文,大都是文学史上的成功之作,自有它们的优点,有时也不可如此轻易得出此不如彼的结论。而实际上,比较的双方各有所长,一味推崇《诗经》,无疑是厚古薄今的宗经思想在作怪。

在《诗经》评点中,历史批评法和比较批评法往往混杂在一起,交互使用。如陈继揆《读风臆补》于《邶风·谷风》评曰:

(陈篇后批)卓女之所以有《白头吟》也。"行道迟迟"二句,思致微远,《紫玉歌》所谓"身远心迩",《洛神赋》所谓"足往神留",皆祖此。中间说"甘""苦"二字,香山诗:"人生莫作妇人身,百年苦乐由他人。"正是此诗注脚。观此三章,知顾况《弃妇词》不足读矣。顾词云:"忆昔初嫁君,小姑才扶床。今日君弃妾,小姑如妾长。回头语小姑,莫嫁如兄夫。"忿恨决绝,岂若《谷风》妇人虽见弃而犹顾家事哉?惟东汉窦元妻《古怨歌》"茕茕白兔,东走西顾。衣不如新,人不如故"四语音长节短,直可上接风诗耳。又唐诗云:"覆舟再收岂满怀?弃妾已去难重回。"亦"遑恤我后"之旨,而意稍决绝,去风人已远矣。诗中叠言新昏,老杜《佳人》一篇"新人美如玉,但见新人笑"叠言"新人",意本此。陈仅曰:"结语'不念昔者,伊余来塈',人生到此,真是不堪回首,然犹望其夫垂念旧情,回心于万一。明皇王皇后宠衰,泣曰:'三郎独记不得阿忠脱紫半臂换一斗麫为生日汤饼耶?'千古弃妇逐臣当同此一哭。"揆向读赵秋谷《弃妇词》,记其中数语云:"出门拜姑嫜,十步一回顾。心伤双履迹,一一来时路。留妾明月珠,新人为耳当。不恨夺妍宠,犹得依君傍。宝镜守故奁,上有君王尘。持将不忍拂,旧意托相亲。"亦颇得《国风》遗意者。"凡民"二句,或谓不合妇人口吻,故《谷风》一诗,当为香草美人之张本。

《诗经》评点有些批语,盲目尊崇《诗经》,认为后世文学创作都不能超越《诗经》的成就,这就未免过于厚古薄今。这种以为今不如古的批语较多,现姑举一例,以观其大概:

(翼总评)徐曰:此诗备尽田猎之始终,后世《子虚》《上林》《长杨》《羽猎》《广成》诸作,虽纚纚数千言,穷工极变,其规模体格不出乎此。(《秦风·驷驖》)

这则批语对于《驷驖》一诗的推崇太过,不符合事实,而且涉及文体不同,缺乏可比性。《子虚》《上林》自有《驷驖》不具备的优点,一味崇古贱近,正被曹丕说中。

第三节　形象批评

形象批评法是指以具体的形象表达抽象的理念,以揭示作品的独特风格。形象批评法的思维方式渊源于对万物同构的泛联系性思维模式,这种思维模式又是通过心物感应或心心感应表现在人们对事物的体认之中。形象批评法的外在特点是直观的形象,评点中所用语句尽量不与被阐释的内容直接发生对应关系,而只是用形象化的语言构造出评点者本人对于被阐释诗境或诗风格的感受相类似的形象或意象,来引起读者的联想,而这种联系是建立在审美经验完整性基础上的。评点者不是从正面去直接说明或讲解诗义、诗境,而是借助形象化的语言,通过读者的形象思维来唤起他们的直观体验。总之,形象批评法强调评点者与原作者之间的心灵对话或情感共鸣,以情感取代理性,以灵悟取代知识,以个性取代历史,以感受取代分析。它只用只言片语的展示来寻求心有戚戚的知音,而不是靠义理的探究来折服读者;它以一言了"万法",而抛却纠缠不清的繁琐注疏;它是评者读诗之大致心得的随意涂写,而不是针对读者刻意准备的讲稿。评者大抵只据一时之己见,而暂时抛却作者立言之旨意;大抵考虑读者的诗意接受,而不太考虑读者理解诗句本意的需求。

印象批评多用于评说诗的风格韵味,但风格韵味最难征实。既然诗之风韵难以说得透彻,所以不妨略作点拨;既然诗之风韵难以讲得明白,所以不妨含糊其辞。含糊其辞而略施点拨,客观上达到一种不加斧凿保全混沌的效果。唯其如此,才更容易留下足够的空间和想象给读者。好处就在于不说破,一旦说破,也就破坏了诗之风韵的完整特性。

形象批评方法原本就是中国文论的传统之一,杜甫就曾用"翡翠兰苕""鲸鱼碧海"来形容优美和崇高两种诗歌的美学风格,杜牧也曾用"流转如弹丸"来形容"好诗"。此后司空图《二十四诗品》更是创造性地用形象化的语言和意境构造了二十四种诗歌的风格。20世纪,王国维对于这种批评方法更有所发展,其《人间词话》云:"'画屏金鹧鸪',飞卿语也,其词品似之。'弦上黄莺语',端己语也,其词品亦似之。正中词品,若欲于其词句中求之,则'和泪试严妆',殆近之欤?"王国维所举的三句词分别出于温庭筠《更漏子》("柳丝长,春雨细"),韦庄《菩萨蛮》("红楼别夜堪惆怅")及冯延巳《菩萨蛮》("娇鬟堆枕钗横凤"),原句都是用来状写女子的各种情感及姿态,而王国维却用以代表温、韦、冯三家的风格,形容得非常精彩。而钱锺书更是把这种批评方法运用到得心应手的程度,如他评李贺诗的风格时说:

长吉化流易为凝重,何以又能险急。曰斯正长吉生面别开处也。其每分子之性质,皆凝重坚固;而全体之运动,又迅疾流转。故分而视之,词藻凝重;合而咏之,气体飘动。此非昌黎之长江秋注,千里一道也;亦非东坡之万斛泉源,随地涌出也。此如冰山之忽塌,沙漠之疾移,势挟碎块细石而直前,虽固体而具流性也。①

蒋石体秉阳刚,然无瘦硬通神之骨、灵妙写心之语,凌纸不发,透纸不过,劣得"皱"字,每如老妪慢肤多折而已。②

以"冰山之忽塌,沙漠之疾移,势挟碎块巨石而直前"这样形象化的语言来说明李贺诗"虽固体而具流性"的风格,可谓恰切得无以复加。而以"老妪慢肤多折"的形象形容钱载的诗,可谓一针见血而又不无诙谐。这样精彩绝伦的例子在钱先生的著作里还有很多,说他是形象批评的顶尖高手毫不过分。

《诗经》评点中运用形象批评法的批语不在少数,这也更进一步证明形象批评法在中国古代文学批评史上的普遍程度。例如安世凤《诗批释》中《小明》"明明上天,照临下土。我征徂西,至于艽野"一段的眉批:

(安眉)清疏简贵,如霜月带星,晴峰竦日,陆士衡所拟十四首庶几家嗣耳。(《小雅·小明》)

"清疏简贵"是对《小明》一诗的风格所作的描述,但到底什么样的风格才是"清",才是"疏"呢?"简"是比较容易明白的,可"贵"又如何理解?为了让读者对这一风格有所把握,必须进一步说明才好。

---

① 钱锺书:《谈艺录》,北京:中华书局1984年版,第50页。
② 钱锺书:《谈艺录》,北京:中华书局1984年版,第194页。

可是，如果用抽象的话语来概括，依然有搔不到痒处的感觉，因为较为细致的风格是很难用抽象语言把握的，不像阳刚、优美这种大致的美学范畴那么容易理解。因此，评点者此处用了形象批评法，用"霜月带星""晴峰竦日"两种形象进行说明，避免了枯燥而干瘪的抽象解说。深秋夜晚的明月是凄清的，而寒星是萧疏的，共同用来作为"清疏"的注脚是恰当的。而晴空万里之下，轮廓分明的山峰竦立在日光之下，简约秀美，有高贵气象，足以形容"简贵"。这样，只用两个形象的情境，就把诗的风格说明了，根本不用辞费。至于本诗到底是否是"清疏简贵"的风格，则可以进一步讨论。又如《采菽》首章眉批：

（安眉）不肯一句道尽，缓缓引出，如千叶碧莲，一层妙似一层。

《采菽》首章为："采菽采菽，筐之筥之。君子来朝，何锡予之？虽无予之，路车乘马。又何予之？玄衮及黼。"这段是写诸侯来朝、天子赏赐的场面。按照《雅》诗的风格，应该直叙其事，但此诗开端两句却写了方筐圆筥采菽忙的情景，是《风》诗起兴的写法。接着又连用两次设问，由问及答，并不是直接铺叙。因此，安世凤说这种写法是"不肯一句道尽，缓缓引出"。为了使读者对这种不同一般《雅》诗的写法更加明了，安氏接着就用了"千叶碧莲"这一意象来说明这种层层揭示的方法是"一层妙似一层"，这样就形象地对此诗层层递进的特点进行了说明。再如刘海峰《诗经读本》中《生民》"实方实苞，实种实褎，实发实秀，实坚实好，实颖实栗"一段的眉批：

（读本眉批）连下十"实"字，累累如贯珠。

《生民》此章五句二十字，每隔一字用一"实"字，总共连用十个，一经诵读，音韵泠然，刘氏以贯珠累累的形象来形容，倒也能得其神。

再如桐城四人评本《诗经》中《采蘋》的眉批：

(桐眉)旧评云：五用"于以"字，有"群山万壑赴荆门"之势。

《采蘋》是一首叙说女子祭祖的诗，其全文曰：

于以采蘋？南涧之滨。于以采藻？于彼行潦。
于以盛之？维筐及筥。于以湘之？维锜及釜。
于以奠之？宗室牖下。谁其尸之？有齐季女。

程俊英、蒋见元两位先生说："此诗连用五个'于以'，一个'谁'，一问一答，气势壮阔，如黄河之水，盘涡觳转；群山万壑，奔赴荆门。至末二句笔锋陡转，忽然表出诗中人物。又如'万壑飞流，突然一注。'(戴君恩《读风臆评》)"这段形容，于客观说明中夹用形象描绘，所用意象又如此一致，可见以"群山万壑赴荆门"这一后代诗歌意象来形容此诗风格，还是非常得当的。而戴君恩的"万壑飞流，突然一注"两句批语，与"群山万壑赴荆门"无疑有异曲同工之妙。

戴君恩的《读风臆评》在各《诗经》评点本中是较多采用形象批评法的，例如：

(戴篇后批)前面连用五"于以"字，奔放迅快，莫可遏御。而末忽接以"谁其尸之？有其季女"，如万壑飞流，突然一注，大奇，大奇。(《采蘋》)
(戴篇后批)浏亮如欲觉晨钟，令人深省。(《螽斯》)
(戴篇后批)首章如游鱼衔钩而出渊，二、三如翰鸟披云而下缀。(《行露》)
(戴篇后批)每章精神都在第二句，下二句却从个里拈

出。细读此诗一过,居然觉山月窥人,涧芳袭袂,那得不作人外想。(《考槃》)

(戴篇后批)绮密瑰妍,如百宝流苏,千丝铁网,使人玩赏不已。(《溱洧》)

(戴篇后批)各章上四句如春水池塘,笼烟浣月,汪汪有致。下四句乃如风起浪生、龙惊鸟澜,莫可控御。细味其语气,当自得也。(《采苓》)

(戴篇后批)"可以"字与"岂其"字紧相呼应。○关河放溜,瞬息无声。(《衡门》"岂其食鱼,必河之鲤?岂其娶妻,必宋之子?")

这七则批语中,运用了万壑飞流、晨钟、游鱼衔钩出渊、翰鸟披云下坠、山月窥人、涧芳袭袂、百宝流苏、千丝铁网、笼烟浣月的春水池塘、风起浪生龙惊鸟澜、关河放溜十一种意象,虽然未必尽与诗相合,但所起辅助说明的效果却是明显的。

第四节 本事批评

所谓诗本事,就是作诗的人因某事而作某诗,即诗背后隐藏的真实事件或历史背景。而本事批评法,就是在批评的过程中寻求诗的本事,明其用事之出处、创作之缘起,目的是使读者更好地领会诗的意义。后世诗话中就有寻求诗本事这样一派,即章学诚所谓"论诗及事"者,最著名的就是唐代孟棨的《本事诗》。[1] 这种寻求诗本事的传统,在《诗经》评点中虽然已退至附庸的地位,难以和鉴赏类甚至论道

---

[1] 丁福保《历代诗话续编》录《本事诗》,列为第一种,虽有学者反对,以为《六一诗话》为诗话之最早者,如郭绍虞《宋诗话辑佚》中也说"诗话之称,当始于欧阳修;诗话之体,也创自欧阳修"。但章学诚所述较能说明诗话之流变,姑从之。

类相匹敌,却也在部分评本中顽强地存在着。说起这种寻求本事的论诗习惯,其源应溯至《左传》,而尤以《毛诗序》为渊薮。以《左传》中较明显的几处为例。隐公三年:"卫庄公娶于齐东宫得臣之妹,曰庄姜,美而无子。卫人所为赋《硕人》也。"又闵公二年:"冬十二月,狄人伐卫……遂灭卫。卫之遗民……立戴公以庐于曹。许穆夫人赋《载驰》。齐侯使公子无亏帅车三百乘,甲士三千人,以戍曹。"又闵公二年:"郑人恶高克,使帅师次河上,久而不召。师溃而归,高克奔陈。郑人为之赋《清人》。"这几处的"赋"字都是"作"的意思,不是引用现成的诗。这里所指明的诗的本事还是非常可信而且有利于理解诗之原旨的。《毛诗序》就多不胜举了。但是本事的求证往往进一步发展为历史索隐。历史索隐与寻求诗本事其实并不一样:历史索隐的特点是"隐"的"虚"的,而本事求证是"显"的"实"的。《诗经》评点中往往有求其本事而至于"索隐"的例子,其特点是强为比附,目的还是为了找出"微言大义"来,其本质是"无中生有"。本来,诗与史的关系很密切,对于某些诗,如果不了解史实,就不能深知事实的环境,也就不能深得诗旨,因此诗本事的探求不为无故。但寻求诗本事如果超出了应有的范围,就会发展成强以附史,刻意索隐诗本事,不惜牵强附会、胶柱鼓瑟,甚至断章取义。这种范围,一方面是指诗歌类型的范围,一方面是指诗歌所具有的可供发掘本事的程度。在《诗经》中,《国风》与《雅》《颂》相比,诗史的成分明显更少,如闻一多所说:"由《击鼓》《绿衣》以至《蒹葭》《月出》,是'事'的色彩由显而隐,'情'的韵味由短而长。"[①]由此大体上可把《诗经》诗篇分为重事和重情两种类型。周裕锴认为:"《诗》三百篇实际上可划分为两种类型的文本:记事性文本和象喻性文本。前者以《雅》《颂》为主,包括部分以赋为主的《国风》;后者以《风》诗为主,包括部分以兴为主的《小雅》。当然,这两种类型文本的划分主要取决于记事和象喻成分所占的比例,并

[①] 闻一多:《闻一多全集·歌与诗》,武汉:湖北人民出版社1993年版。

非泾渭分明,有时毋宁说取决于读者的视角。"①记事性文本以事为主,即闻一多所说的重事一类,类似于后世所说的诗史,较适合于以"论世""逆志"为能事的诗本事阐释方法,而重情类或象喻性文本则不适合此种阐释方法。周裕锴认为:

> 两种不同类型的文本无形之间规定了各自有效的阐释方法。面对记事性文本游刃有余的"论世""逆志"的循环,在解释象喻性文本时却不免方枘圆凿,扞格不通,并往往成为穿凿附会的根源。例如郑玄的诗谱诗笺,在解释《小雅·十月之交》这样有"皇甫艳妻"一类背景提示的文本时非常有效,而在推测《秦风·蒹葭》、《陈风·月出》这类"'事'的色彩由显而隐"的作品时则未必可靠。②

这种批评方法的不当之处往往是泛引经史、巧为附会。当重情类或象喻性文本的诗歌作者无从考证,而且文本中伦理意向和历史因素都淡化甚至隐没时,再以寻求诗本事意图强行阐释时,就会流于强以附史的索隐。这种强以附史的索隐传统在中国诗歌批评中有极强的势力,《毛诗序》已开其端,到清代张惠言为代表的常州词派更是变本加厉,甚至竟在近现代的《红楼梦》研究中发扬光大了。

诗本事类评语在各《诗经》评点本中并不均衡,有多有少,或根本没有。较多者有《毛诗捷渡》《诗经绎参》《诗经辑评》《诗集传》储欣评本等。如《毛诗捷渡》和储欣评本中对《定之方中》所评:

> (捷渡眉)卫于狄乱之后,传称文公务材、训农、通商、惠工,元年三十乘,季年三百乘。此诗言种植树木务材也。凤

---

① 周裕锴:《中国古代阐释学研究》,上海:上海人民出版社2003年版,第58页。
② 周裕锴:《中国古代阐释学研究》,上海:上海人民出版社2003年版,第59页。

说桑田训农也,作宫室内即有通商惠工之事,騋牝之育即三百乘也。

（储眉）卫经更创,全局皆易。而此篇察天时,因地势,观物产,合人和,敦本务,开国规橅,经制毕备,而终之以"秉心塞渊",尤能握本,此非小儒所为。

二者都对卫国在狄人侵扰之后恢复建设的历史略作说明,前者并结合诗句与历史记载相印证,而后者从诗的全局判断诗的作者应是国家的策划者而不会是一介小儒。至于国家政权的变易,则更容易引发评点者做出本事的求证。如：

（捷渡眉）要知沃将夺国,昭公不知。此诗乃晋人设为微词以警悟昭公,使知早计耳。(《唐风·扬之水》)

据《左传》记载,晋昭侯元年(前745),昭侯封叔父成师于曲沃,号为桓叔。昭侯七年,晋大夫潘父与桓叔密谋,作为内应,发动政变。这次阴谋没有成功,桓叔败归曲沃,但昭侯已经被杀死。这首诗大概作于潘父与桓叔密谋之时。此诗作者可能是知情者,于是通过诗歌暗示昭公。而《毛诗序》云："《扬之水》,刺晋昭公也。昭公分国以封沃,沃盛强,昭公微弱,国人将叛而归沃焉。"这种说法是有些牵强的,因为此诗文字如"素衣朱襮"分明有讥讽意,而"白石凿凿""我闻有命,不敢以告人"也分明有暗示的含义。而评点所说"设为微词以警悟昭公"则可信得多。

本事的解说往往伴随着历史的感慨或议论,这种议论往往又是议论政治伦理的内容。如：

（凤城眉）（辑评篇后批）楚平王纳太子建妻,唐明王纳寿王妃,踵卫宣之恶者也。卫宣子伋、寿皆致死；惠公奔齐,

子懿公为狄灭;平王有鞭尸之祸;明皇身窜南蜀,几失天下。淫乱之祸,其报如此。(《新台》)

(翼章评)濛初曰:按左氏云:"齐人使公子顽通宣姜,顽不可,强而许之,生齐子戴公、文公。"宋桓许穆夫人是悉出齐人意,非顽本心,而独诗则剧刺顽,何也?且所生子为诸侯,女俱为夫人,则当时本国与各国,俱恬不为异矣。(《鹑之奔奔》)

评点中涉及本事的,前举几例都是直接道出一类,这种本事的说明大多直接出自己的判断,最多引《左传》证实一下。还有一类本事的说明则有较大的学术论证痕迹,虽然说不上旁征博引,但从逻辑和行文上却比较规整和严密。此类大多是清代的评点,这种风格无疑与清代严谨的实证学风有关。这种评语以桐城派《诗经》评点较多且显著。如:

(桐眉)吴云:司马迁曰:"襄王时戎狄居于陆浑,东至于卫,侵盗暴虐中国,故诗人疾而歌之。《六月》篇同。"(《出车》)

(桐眉)钱田闲云:此诗专为城朔方以御猃狁,而以余力伐西戎,以孤其势,汉通西域以断匈奴右臂,即用此法。(《出车》)

(桐眉)吴云:此亦征猃狁而陈其威棱以风南蛮耳。说者以为南征,非也。(桐眉)又云:此盖北伐振旅,侈陈军威以风蛮荆,刘向所谓"征猃狁而百蛮从"者是也。《毛传》:"言其强美,斯劣矣。"最得微恉。退之《平淮碑铭》仿此意也。(《采芑》)

(桐眉)姚云:《新序》:卫宣公子寿闵其兄伋之见害,作忧思之诗,《黍离》是也。《韩诗》:"《黍离》,伯封作。"陈思王

植曰:"尹吉甫杀伯奇,其弟伯封作《黍离》之诗。"(《黍离》)

中国向来还有一种诗史观,可以作为本事批评法的补充。这种诗史观并非强以附史的那种以诗证史的取向,而是从诗风看出国事兴衰、社会风气。最早见《左传》季札观乐:

> 吴公子札来聘。……请观于周乐。使工为之歌《周南》《召南》,曰:"美哉!始基之矣,犹未也,然则勤而不怨矣。"为之歌《邶》《鄘》《卫》,曰:"美哉,渊乎!忧而不困者也。吾闻卫康叔、武公之德如是,是其《卫风》乎?"为之歌《王》,曰:"美哉!思而不惧,其周之东乎!"为之歌《郑》,曰:"美哉!其细已甚,民弗堪也。是其先亡乎?"为之歌《齐》,曰:"美哉,泱泱乎!大风也哉!表东海者,其大公乎?国未可量也。"为之歌《豳》,曰:"美哉,荡乎!乐而不淫,其周公之东乎?"为之歌《秦》,曰:"此之谓夏声。夫能夏则大,大之至也,其周之旧乎!"为之歌《魏》,曰:"美哉,沨沨乎!大而婉,险而易行;以德辅此,则明主也!"为之歌《唐》,曰:"思深哉!其有陶唐氏之遗民乎?不然,何忧之远也?非令德之后,谁能若是?"为之歌《陈》,曰:"国无主,其能久乎!"自《郐》以下,无讥焉!

方孝岳于此总结道:"总是从长歌咏叹声调之美恶中,领略诗人的思致,和诗人所受环境的影响。""由声调的总衡量,进而考究诗品与诗格,然后上推他的诗潮,下论他的影响。如此,就构成他全部精密的诗史观了。后来人评论诗文,从这里得了许多法门。"[①]这种批评方法虽然有一定的道理,但通过这种方法得到的社会治乱与风习往

---

① 方孝岳:《中国文学批评》,北京:三联书店 2007 年版,第 33—34 页。

往与实际并不相符。所谓历史与逻辑有时并不是统一的,文艺与政治、经济等社会因素之间的联系也并非简单而直接地发生,因此只能承认这种诗史观有部分合理性。此类批评方法在《诗经》研究传统中最为显著的例子是"风雅正变"的理论。所谓"风雅正变"就是把诗歌与国家治乱兴衰和教化联系起来,从《诗经》里硬分出"变风""变雅"一类,这实在是汉代经学教化理念畸形发展的产物。而且"风雅正变"的思想或许就是这种诗史观批评方法的渊源所在,如明代高棅在《唐诗品汇》所阐述的源流正变的观念,就明显受到这种理论的影响。这种批评方法我们权且作为本事批评法的一种补充。在各种《诗经》评点本中,这种批评方式并不多见,如:

> (翼评)沈守正曰:二《南》之诗,赋性极平,纬情极淡,触景而兴,传事而止,意中之语不露,语中之意跃如。盖其时上有德教,下有风俗,礼义烂熟,窍籁自鸣,非若变风变雅,世乖俗薄,谈欢笑并,语怨泣偕,而后归止乎礼义之易见也。

> (牛篇后批)只赞一汲筜女子,去艳羡几何?而久道化成之效,遍见于此。可称工于立言。求其所以,盖必一家有教,而后有淑女,一家有德,而后有贤妇,此万福之源,太平之本也,贾长沙《治安策》,论俗流失,世败坏,归重妇德,意亦如此。备观人世兴衰,则愈知女德之所系者重矣,此《车辖》之诗所为作也。

这种评语非但无助于对于诗篇的阐释,甚至妨碍了读者对于诗篇的正确理解,因此根本没有什么理论的价值,只是教化思想在历史上的一种遗迹而已。

第五节　引申批评

《诗经》评点中的引申批评法，主要是对诗句进行引申议论，达到借题发挥的目的。所议论的内容，主要是哲学、政教、伦理之类的话题，我们可以统称之为"道"。中国古代的传统文学批评，"文以载道"说向来居于压倒性优势。其实，"文以载道"的"道"的内涵是要具体分析、区别对待的。道的概念根据各人的理解而有所不同，有时可以非常宽泛，举凡宇宙间所有的事、物及意识形态都可包括在内。而事实上，道是相对而无定解的，而传统士人们所理解的道，只是"各执一隅之解"而各自道其所道。正如《庄子·天下篇》所说的"道术将为天下裂"，而"天下之人，各为其所欲焉以自为方"。在这个层面上，"文以载道"的观点是有一定道理的。因为文学在客观上包含着现实内容所蕴藏着的思想，人们在解读文学作品时看出它的思想内涵并探求它在各方面的意义也就是必然现象。因此，在文中探求它所包含或隐含的道在某种程度上也是合理的。但是，中国古代对于文中道的探求，主要集中在了"道德"之道和"经世"之道上。

"文以载道"之说，主要是要求以哲学和伦理学来驾驭文学，这自有其合理的一面，但对于文学的独立及发展却会产生不利影响。虽然有不利影响，但起码它还没有取消文学，而在一些偏激的理学家的眼中，文辞只是身心性命的义理之学使用的一种工具，只是外加的东西，除此之外的任何书面使用，都是"害道"的，是要不得的东西。程颐就是这种观点的代表。他曾说：

> 吕与叔有诗云："学如元凯方成癖，人似相如始类俳。独立孔门无一事，只输颜氏得心斋。"此诗甚好。古之学者，惟务养情性，其他则不学。今为文者，专务章句，悦人耳目，既务悦人，非俳优而何？（《二程语录》卷十一）

在他看来，悦人耳目的文与俳优一样都是要不得的，都是玩物丧志的玩意儿。这也可从他对于杜甫的批评看出来：

> 且如今言能诗无如杜甫，如云"穿花蛱蝶深深见，点水蜻蜓款款飞"。如此闲言语，道出做甚？某所以不尝作诗。（同上）

由此，任何美妙的景象在这种理学家的眼里都灰蒙蒙的毫无美感可言，因此，文学也就没有存在的意义了，更不要说文学的独立性了。正是这种观点的影响，使得狭义的道（狭义的道单指道德说教，广义的道则是指一切自然及社会的规律）的解说在传统的文学批评鉴赏中泛滥，甚至连大诗人陆游都曾发出"文辞终与道相妨"（《剑南诗稿》卷三十三）的非理性感叹。正是这种文学观，导致对《诗》的解说往往脱离文学旨趣而旁推义理，甚至为达到推求出诗中义理的目的而不惜断章取义，对于诗的本义则毫无阐明。这种旁推义理的引申批评，最早可推源到孔子。《论语》载有孔子与弟子论《诗》的两件事实，从中可以知道孔子是如何从《诗》中推求出义理来的：

> 子贡曰："贫而无谄，富而无骄，何如？"子曰："可也。未若贫而乐道、富而好礼者也。"子贡曰："《诗》云：'如切如磋，如琢如磨。'其斯之谓与？"子曰："赐也始可与言诗已矣，告诸往而知来者。"（《论语·学而》）

子贡领会孔子之意，懂得了要以学问修养来提高道德境界的义理，并引用了《卫风·淇奥》的诗句表述自己的认识，故而孔子称赞他学《诗》能做到旁推义理，即能"告诸往而知来者"。又：

> 子夏问曰："'巧笑倩兮，美目盼兮，素以为绚兮。'何谓

也?"子曰:"绘事后素。"曰:"礼后乎?"子曰:"起予者商也!始可与言《诗》已矣。"(《论语·八佾》)

"素以为绚"原是说美丽的女子虽淡妆素服也有夺目的光彩气质,孔子引申为修饰的前提必须是被修饰者本身具备好的品质,而子夏体会出以礼修身的前提是自身基本素质的良好。孔子说子夏的阐发启发了他,认为这样学《诗》有益于修养。无论是"绘事后素"的引申还是"礼后乎"的推求,都是断章取义、旁推义理,《诗》的文本本身只是启发义理之思的工具罢了,其最终极的目的,也只是道德教化。

这种旁推义理的解《诗》现象之盛行是到了汉代,可以《韩诗外传》为代表。此书署名陈明的《序》中说:"孔孟每取《易》《诗》中要语推广之,阐幽显微,以尽其蕴。韩婴作《诗传》,凡诗言约旨远者,悉肆力极致,上推天人之理,下及万物之情,以尽其意。"[1]这种阐释习惯对于中国文学批评影响深远,《诗经》评点虽以文学性分析评论为主要取向,但也未能尽脱此种阐释习惯。在很多评点本中,此种评语依然占有较大比重。此种评点举不胜举,窥一斑可见全豹。如《毛诗捷渡》中对于《羔裘》"舍命不渝"的眉批:

(捷渡眉)"命"即天命之性,"不渝"兼利害不动,言有是舍命不渝与见危授命,因谓舍其生命而不改其节也,亦妙。

一句无须解释的话而攀扯上了理学性命的道理,直以诗句为"六经注我"之工具。

以"文以载道"之道为"经世"之道的观点也有较大影响,其代表可推王安石。他在《与祖择之书》中说:

---

[1] 此《序》不见于今中华书局通行本《韩诗外传集释》,此处转引自方孝岳《中国文学批评》,北京:三联书店 2007 年版,第 58 页。

> 治教政令,圣人之所谓文也。书之策,引而被之天下之民,一也。圣人之于道也,盖心得之,作而为治教政令也,则有本末先后,权势制义,而一之于极。其书之策也,则道其然而已矣。(《临川先生文集》卷七十七)

他认为,作为政策法令的文无非是圣人把得之于心的道用文辞表达出来,"其书之策也,则道其然而已矣"。虽然这种观点与理学家的立论不同,但依然把文看成是随意外加的东西,是"末"和"后",而不是"本"和"先"。

无论是坚持"道德"之道,还是坚持"经世"之道,其前提都是要取消文学的独立性。过分重"道",也使得古人不惜挖空心思探寻既成文学作品中"道"之所在,即所谓寻求诗文之外的"微言大义",当这种观念和传统"断章取义""以意逆志""触类引申"等随意主观性诠释的思维习惯结合在一起时,牵强附会得以大行其道。

《诗经》作为最古老的诗歌总集,由于语言的障碍,无疑给后人预留了更多的可以牵强附会的空间。汉代的齐、鲁、韩、毛四家诗说,从留存到今天的文献来看,虽然有许多相异之处,但把一切诗篇都"提高"到政治上的"美刺"的取向却完全一致。这种传统《诗经》学虽说到了明末受到了文学性《诗经》阐释潮流的冲击,但其统治地位却并没有被撼动,这在《诗经》评点著作中就有着鲜明的痕迹,这种痕迹构成了《诗经》评点内容分量极大的一类。在现存的《诗经》评点中,多有寻求诗句中隐含的"道"的议论文字。这些议论,或者反复空谈教化,抉发美刺,或者比附历史,发抒感慨,前者所论即是"道德"之道,后者所论即属"经世"之道,而"道德"之道大都迂腐,"经世"之道大都空洞。如邓翔《诗经绎参》中《有女同车》的眉批:

> (邓眉)《诗序》:"刺忽辞婚失援,至于见逐。"由后以观文姜淫乱,致鲁桓薨于车,忽倘婚之,匪特不得其援,并不得

其死,则当日之辞,未为失也。然异日文姜淫祸,岂能预料,而失大国之援,当下可见,故如是言之。

此种议论即是倾向于政治性的经世之道。经世之道的议论,往往又借了评论历史事件的外壳,往往在总结历史经验中过一把"经世"的瘾。如戴君恩《读风臆评》中对于《秦风·车邻》的总评:

（戴篇后批）"寺人之令",称朕之嚆矢也。及时为乐,阿房宫之滥觞也。秦之不祚,岂必降王既组之日乎？○炀帝迷楼极欲,则曰:"世岂有万年天子？"秦人《车邻》得意,则曰:"今者不乐,逝者其耋。"从来覆亡之路,如出一辙。

诗之主题分明,是出于对生命短暂的无奈而生发的及时享受人生的意愿和态度,却被戴君恩引申到享乐亡国的历史教训中。钩连炀帝,牵扯秦皇,似乎有理,实则无聊。这种观点还只限于传统的荒淫误国的老调。若凌濛初把政权兴衰与诗歌联系起来的论调,则在文学批评中也渊源有自。如其为《车邻》"阪有桑,隰有杨。既见君子,并坐鼓簧。今者不乐,逝者其亡"一章所下的评语:

（翼章评）濛初曰:声歌关乎气运,开国之始而忧耋忧亡,秦祚之不永诗传之矣。

相比之下,钟惺所论就诗论诗,以诗中所显现的光景为所议对象,更觉切题而准确。其曰:

（钟红眉）暴富之家其仆多狎,创主之国其臣多野,此天子之尊必假叔孙通也。

这正如钟惺本人另外一句批语所说:"(钟红眉)写出草昧君臣真率景象在目。"

这种《诗经》阐释除了受先秦"断章取义"模式影响之外,更重要的还是沿袭了汉代今文经学的学术传统。今文经学倾向于政治性,讲阴阳灾变,讲微言大义,往往就原典借题发挥,建立一种"六经注我"的诠释模式。而由于《诗经》多有嗟怨天下灾难的诗篇,在大小《雅》中尤其多,如《节南山》《正月》《雨无正》《桑柔》《云汉》《瞻卬》,容易与现实的治乱兴衰相附会,也最切合言灾异的经学家政治斗争的需要,因此多被经学家引用和解释。其实在具体的《诗经》评点中,所论之道有时不会是单纯的道德之道抑或是单纯的经世之道,二者往往是互相融合在一起的。

关于引申论道,内容大体可分以下几类:

第一,上古历史神秘化。此类尤其受今文经学之谶纬学的影响。如沈万珂、孙鑛、储欣三人对于《秦风·车邻》分别所作批语云:

(翼章评)沈曰:夫子删书,以《秦誓》为殿,知代周者秦也。删《秦风》以寺人之令为冠,知亡秦者寺人也。圣人无不知者,以近怪而不言者。

(孙章评)陡出"寺人"字,绝有阶致,隐然微讽意,可见秦寺人重,后来赵高祸已兆于此。

(储眉)说诗者以为《秦风》首及"寺人之令",孔子盖前知亡秦之必在赵高也。其说太巧。齐有貂,宋有柳,晋有披胥,见《左传》,不谓独秦有寺人也。但开国规橅,借此等事作矜张,终不正耳。《序》云:《车邻》,美秦仲也。《驷驖》,美襄公也。诗言"公曰左之",则公谓襄公,无疑若前为附庸,固不得称公也。

第二,有关礼法道德、伦理纲常之类。如徐奋鹏和邓翔针对《相鼠》一诗分别所批语云：

> （捷渡眉）"无仪""无止"，如何便斥其当死？盖人生天地之间，全凭礼法维植。如荡其身于不检，则只是行尸走肉。故从仪止而说到礼上来，所关自大。
> （邓眉）古圣人作为礼以教人，使人以有礼，知自别于禽兽。鼠为寓兽之最污者，故举以为言。昔子贡以执玉高卑，其容俯仰，决鲁邾二君皆有死道。夫礼身之干，无礼则不能定命，而败以取祸。诗人非徒恶恶之甚，为是急切之言也。
> （邓眉）人留不死之身，将有为也。且人知必死，而欲纾其死，将有俟也。为者及身之事，无礼则有事无成矣。俟者后人之事，无礼则败常乱□□□□人矣。且罔生幸免，尸居余气，何以一日立于世间？故速毙为愈。

再如陈继揆对于《氓》一诗所作批语云：

> （陈篇后批）淫妇到狠狈时，偏看出许多正理，说到许多正论，与烈妇贞女，只争事前事后之别耳。故读此并可讽失节之士。戴评谓"勿作弃妇词看"者是也。詹熊子曰："文人守己，如女子守贞。汉班固才矣，一失身于窦宪，取讥士林。扬子云才矣，一失身于王莽，不齿有道。蔡中郎才矣，一失身于董卓，哆口青史。况柔脆闺阃之巾帼，稍不自检，必为所摈，安能如初之少艾迷欲而终宠眷耶！哓哓悔恨奚益耶？士君子于《氓》诗三致意焉。

第三，有关治乱的历史议论，包括历史经验及教训的总结、历史感慨的发抒。如：

（翼章评）徐曰："靡不有初，鲜克有终。"故曰：行百里者半于九十。言末路之难也。宣王赫然中兴，几复文武之旧，而迨其晚节，竟以鲜终，则"展也大成"之一言，已逆窥而微讽之矣。为此诗者，意亦吉甫之流与？（《小雅·车攻》"之子于征，有闻无声。允矣君子，展也大成"）

（读本眉批）《瞻洛》之颂天子也，专美其能武。《裳华》之美诸侯也，并许其能文。虽一时明良之休，实千古治平之理。从来国家之衰多由君即于安，臣竞于武。君即于安必有陵替之忧，臣竞于武即有震主之患。故下交者利用刚明，上交者宜共柔顺，此立言之所以不同也。（《瞻彼洛矣》）

（储眉）卫经更创，全局皆易。而此篇察天时，因地势，观物产，合人和，敦本务，开国规橅，经制毕备，而终之以"秉心塞渊"，尤能握本，此非小儒所为。（《定之方中》）

除以上三类之外，还有很多议论很难归类，大都是有感而发，体现了评家对于社会人生的关注。如《大雅·板》和《衡门》二诗的批语：

（钟蓝眉）二语古今进言听言通患。（"天之方虐，无然谑谑。老夫灌灌，小子蹻蹻。"）（翼章评）陆曰：以"蹻蹻"当"灌灌"，使老成深虑全没气力。（"匪我言耄，尔用忧谑。多将熇熇，不可救药。"）

（捷渡旁）不必齐姜可以。（捷渡眉）以风约任之造化，以美恶还之世味，而以恬淡养之自心，读此诗，冷了世人多少营求之想。（"岂其食鱼，必河之鲂？岂其娶妻，必齐之姜？"）

陈继揆《读风臆补》中这种难以归类的批语较多，聊举两例，以备观览：

（陈篇后批）与眼前人争黄角绿，只见他不是，怎得开怀日子。抛却眼前境界，将身与古人齐等，省多少罪过，生多少快活。(《绿衣》)

（陈篇后批）国家当起废之交，山林草泽中定有抱天人之略如诸葛孔明者，当局不如旁观之识明，肉食不如藿食之谋远，"浚郊"之三章，即草庐之三顾也。(《干旄》)

第六节　诗法批评

诗法批评，即对于诗的艺术手法的揭示和分析。对于《诗经》文学表现手法的揭示，是《诗经》评点最主要的内容，也是最明显的特点，而且是最受传统《诗经》学者诟病的部分。朱自清说："就一首首的诗说，我们得多吟诵，细分析；有人想，一分析，诗便没有了，其实不然。单说一首诗'好'，是不够的，人家问怎么个好法，便非先做分析的工夫不成。"[1]刘衍文、刘永翔《古典文学鉴赏论·凡例》中云："作者常以'文无定评'之语来拒绝评论家的意见，置批评于不顾。殊不知'文无定法'并不等于'行文无法'；'无法'焉得成文？孟子说：'不以规矩，不能成方圆。'又说：'能与人规矩，不能使人巧。'这才是有法、用法而不为法缚的辩证说明。"[2]评点特点之一是致力于诗歌的"细部批评"，所关切的是"法"的问题。[3]

---

[1] 朱自清：《诗多义举例》，原载《中学生》(杂志)，现据《朱自清说诗》，上海：上海古籍出版社1998年版，第179页。
[2] 刘衍文、刘永翔：《古典文学鉴赏论·凡例》，上海：上海教育出版社1991年版。
[3] 参看龚鹏程：《文学批评的视野》之《细部批评导论》，台北：大安出版社1990年版，第395—409页。

在当下的文学评论中,最缺少,也是最贫乏的地方,就在于对技巧的探讨、分析和评论。因此,在改进和完成新的文学评论方面,评点这一重视创作技巧的批评方式,必将会给我们以很多的滋养。而《诗经》的评点,由于其被批评的是最早的文学经典这一特殊对象,因此有着无法替代的作用和价值。

一 字法、句法的分析和总结

评点中所涉及的"字法""句法",并非定义为"文章语句的构造法"的"语法",而与诗歌的创作技法相关。字句的重要不只在于它们是文章的单位,更在于它们的组合方式。正像同样的砖石瓦块,组合的结果可能是美轮美奂的建筑作品,也可能只是普普通通的贫舍陋屋。刘熙载谓:"少陵《寄高达夫》诗云:'佳句法如何?'可见句之宜有法矣。"①可见诗之句法自古就受到重视。在诗中,字句的精当选择、审慎安排、巧妙组合,既可以准确地传情达意,又可借之形成美妙的音节,产生或高亢或轻柔的韵律,更能直接迅速地引发读者心灵与情感的共鸣。刘大櫆《海峰文集》卷一《论文偶记》云:"音节者,神气之迹也,字句之矩也;神气不可见,于音节见之,音节无可准,以字句准之。"即是借由字句以定音节,由音节以见神气。虽是强调音节,却也可见出字句的起始之功。刘氏此段论述是针对散文而发,于散文尚且如此,更何况诗歌了。

《诗经》评点中涉及字法、句法的批语多不胜数,如:

(钟红旁)四"我"字,倒插句法,奇甚。(《小雅·伐木》"有酒湑我,无酒酤我。坎坎鼓我,蹲蹲舞我")

这里所说的"倒插句法",实际上就是现在语法中所说的主语后

---

① 刘熙载:《艺概·诗概》,上海:上海古籍出版社1978年版,第76页。

置现象。陈奂《诗毛诗传疏》曰:"有酒湑我,无酒酤我,此倒句也。我有酒则湑之,我无酒则酤之。坎坎鼓我,蹲蹲舞我,言我为之击鼓则坎坎然,我为之兴舞则蹲蹲然,亦倒句也。"这种句式在散文中是不多见的,而诗歌中为了押韵的缘故,主语安置到谓语之后,却可以收到韵律和谐的效果,但这种例子并不多见。又如:

(安眉)句法矫健可喜,离哉翻句可以嗣响。(《车舝》"间关车之舝兮,思娈季女逝兮")

(桐眉)旧评云:"匪直"句横插。(《定之方中》)

这两则批语都直接点出了句段出现位置的特点以及在全章中产生的效果,言简而意赅。又如《都人士》首章:"彼都人士,垂带而厉。彼君子女,卷发如虿。我不见兮,言从之迈。"《言诗翼》评曰:

(翼章评)沈曰:各章以"彼都人士"叫起,感慨无穷。徐曰:凡诗二句为节,止是一意。有二句二转者,"胡能有定,甯不我顾""我不见兮,言从之迈"是也。有一句二转者,"谁与?独处""勿替引之"是也。皆句法之变格也。凡诗体不一,缓急异态。或意本直致,而雍容揄扬,朱弦三叹;或意本繁委,而急节短腔,下管偏疾。大约铺张盛美,远调为多;陈叙哀情,促奇独用。因此寻之亦可以尽文章之变,极才人之致矣。

徐氏此段总结了二句一意、二句二转、一句二转三种与内容转折相关的句法,以及诗歌内容对于不同形式及风格的要求,如远调多用于铺张盛美,促奇多用于陈叙哀情,还总结了具体文章做法的技巧,如化直为曲,"或意本直致,而雍容揄扬,朱弦三叹",如以疾驭繁,"或意本繁委,而急节短腔,下管偏疾"。

大部分此类分析句法的评语其实都是很简短的。如：

（桐眉）旧评云：末章婉妙。此句反跌，三句回顾。（《鸡鸣》"虫飞薨薨，甘与子同梦；会且归矣，无庶予子憎！"）

（安眉）文法疏散。（《车辖》）

对于诗中用字的妙处深细体会并加以指明，往往包含了评点者的苦心，这种评点可以帮助读诗者更深入地了解诗的妙处。如安世凤《诗批释》对于《草虫》的评点：

"喓喓草虫，趯趯阜螽。"（安眉）生动。"未见君子，忧心忡忡。亦既见止，亦既觏止。"（安眉）一句作两句，既见郑重，又见欢跃，妙法也。"我心则降！"（安夹）"降"只不忧耳。

"陟彼南山，言采其蕨。未见君子，忧心惙惙。亦既见止，亦既觏止，我心则说！"（安夹）"说"则有喜心焉。

"陟彼南山，言采其薇。未见君子，我心伤悲。亦既见止，亦既觏止，我心则夷！"（安眉）"夷"则并喜亦忘之矣。

除了一则谈到句法的特点之外，其他都是对于炼字法的点染说明。安评分别对加双层圈的"降""说""夷"三字的诗境效果做出了解说，使读者轻松地理解了字意，并体会出三章诗意的不同层次和境界，可谓语简而意赅。如果不是采取评点的形式，而是如现代赏析文章一般唠叨叙说，则意未讲明而读者已生厌烦矣。由此也可见评点这种独特的批评形式的独到之处。又如：

（陈篇后批）一章中两字有呼应，三章中六字有层折，故读重歌叠咏之诗，知风人妙境，句法迥异寻常耳。（《樛木》）

《樛木》三章,句式全同,每章只更换两个字;一章之中,两个字又都是韵脚,互相呼应。如首章:"南有樛木,葛藟累之。乐只君子,福履绥之。"其中"累""绥"二字正是此种句眼所在。同理,第二章的"荒""将",末章的"萦""成",也都是相呼应的韵脚。而三章六字的更换,并非用意反复,而是有层进的关系。通过这样的分析,《樛木》一诗的句法特点就显而易见了。又如《谷风》一章云:"三岁为妇,靡室劳矣。夙兴夜寐,靡有朝矣。言既遂矣,至于暴矣。兄弟不知,咥其笑矣。静言思之,躬自悼矣。"此章有六个"矣"字,有嗟叹无极之感,于此戴君恩与邓翔评曰:

(戴眉)连用数"矣"字俱妙。
(邓眉)六"矣"字历落尽致,前四句二"矣"字令人感叹,中二句二"矣"字令人嗔怒,末四句二"矣"字令人嗟戚,而末一"矣"字,正一篇归结道理,故曰"不可说"。

大多数情况下,字法和句法的分析都是混杂在一起的。如各家对于《著》一诗中一章的评点:

"俟我于著乎而。"(凤城旁)只一"俟"字,隐跃不露。(辑评旁)超脱。(辑评眉)起头著一"俟"字,便见其不迎矣,此作文斩枝叶处。"充耳以素乎而,尚之以琼华乎而。"(戴眉)语最温厚,若其不知也者。句法奇怪,从所未有。(凤城眉)(辑评篇后批)语最温厚,若其不知也者。句法其崛,从所未有。(桐眉)旧评云:句法奇峭。

孙凤城评本和于光华的《诗经辑评》都对首句的"俟"这一首字做了说明,指出其字面之后的含义及其隐约含蓄的效果所在。而戴君恩则指出末句句法的奇特,有三种评本沿袭了他的说法。再如《郑

风·缁衣》一诗,邓翔《诗经绎参》、于光华《诗经辑评》、凌濛初《言诗翼》分别评曰:

> "缁衣之宜兮。"(邓眉)缁衣,君臣通服也。举朝皆缁衣,其实宜之者,曾有几。熟视伊人,乃引声长吟,一"之"字大有神在。"敝,予又改为兮。"(辑评旁)句法婉折。"适子之馆兮,还,予授子之粲兮。"(翼章评)徐曰:上下每两句相连,自为一意,而文义不断。濛初曰:"敝"字、"还"字俱略读,句法奇创,从来读作"敝予""还予"者愦愦。

《诗经绎参》指出了首句"之"字的作用,《诗经辑评》则指出了第二句的婉折特点,而《言诗翼》也注意到了该诗一字句的特点。

也有的同一则批语,把对于字法、词法或句法、章法的说明互相联系在一起。如:

> (胡眉)三"何不"字意不尽同而句法同。末句独变,写出正意,风致嫣然,哀婉兼捻矣。(《何草不黄》"何日不行?何人不将?经营四方")

《诗经》评点在对字法句法的评点中,总结了许多具体典型的字句之法,并以术语概括出来,这样的技法有对起句法、倒提句法等。例如:

> (邓眉)对起句法,秀倩,后世风雅之祖。先有三、四句在心,乃随触而赋,因所见触所未见。(《草虫》"喓喓草虫,趯趯阜螽。未见君子,忧心忡忡")

> (安眉)全用倒提语,剔弄点缀。(《车辖》"虽无旨酒,式饮庶几;虽无嘉肴,式食庶几;虽无德与女,式歌且舞")

类似的批语还有很多,大抵如此,不再一一列举。

二 篇章结构的分析和总结

《诗经》评点对于篇章结构往往用力较多,究其原因,大概一方面是出于创作的自觉,古代文人大都有过诗歌创作的经验,《诗经》毕竟也是诗歌,因此,评点《诗经》必然注意结构问题;另一方面评点者都处于科举的教育背景中,对于八股文这种特别重视结构的文体都有过刻苦的训练,注意到结构的分析也是习惯使然。现存各种《诗经》评点本都涉及结构问题,而且数量庞大,姑举几个例子略作说明:

> (陈篇后批)诗不论近体、古风,皆要知起承转合之法。以《三百篇》论之,即如此诗,则第一章首二句是起,三、四句是承;第二章是转,第三章是合。以后凡一篇有起承转合,一章有起承转合,并一句亦有起承转合者,可从此类推矣。(《关雎》)

起承转合本是时文写作中对于结构的要求,这种结构法对诗歌的创作和批评产生了很大影响。《关雎》首章,前二句是兴,兴这种修辞法,后世又称作"起兴",朱熹所谓"先言他物以引起所咏之物也",那么兴自然有"起",也即发端的含义。从这一点上,批语所说"首二句是起",倒也不错。首二句既然是"起",三、四句是"起"引起的,自然也可说是"承"。第一章既然说到淑女是君子的好配偶,第二章又写君子求淑女不得,自然是"转"。而第二章之后又写求得后的光景,则称其为"合"亦无不可。如果这样解释的话,批语用"起承转合"来分析《关雎》全诗的结构,也是有些道理的。又如《氓》第四章"淇水汤汤,渐车帷裳",安世凤《诗批释》批曰:

> (安眉)此与末章皆方叙情,又插入景物,玲珑缥缈,转

换惊人,《西厢》传奇中多得此法。

对于诗中这两句景物描写,王先谦《诗三家义集疏》曰:"此妇更追溯来迎之时,秋水尚盛,已渡淇径往,帷裳皆湿,可谓冒险,而我不以此自阻也。"[①]王氏只指出这两句景物描写是回忆,其实这两句对诗境的氛围营造也非常关键,因为描写当初的情景,正表现了一开始的一意孤行,这与当下的痛悔心情形成强烈的反差,可以说是一种结构上的倒叙法。安世凤感觉到了叙述中插入景物描写是一种巧妙的结构方法,并以《西厢记》的类似结构方法来加以说明,是有道理的,只可惜没有进一步分析。

类似的结构法的总结或提示还有很多,再举数例,以观其大概:

(戴篇后批)一、二为三章立案也,何等步骤。"乃如"四句,语意森凛。(《蝃蝀》)

(桐眉)旧评云:皇皇大篇,极难收束。"九月肃霜"以下句句用韵。颂美作收,声满天地。(《七月》)

(陈篇后批)前后上下,分配成类,是诗家合锦体。(《何彼秾矣》)

三 具体诗法的总结

有些评点对于诗法的分析未必真是诗人匠心所在,但仍不妨看作是创作上值得借鉴的发现。由于这种具体而微的诗法太多,今择其要举数例略作说明:

① 千里来龙到头结穴法

[①] 王先谦:《诗三家义集疏》,北京:中华书局1987年版,第296页。

(翼章评)濮初曰:张惶军容,终以饮至,诸人聚饮,举重一人,如此章末句,是千里来龙到头结穴。(《六月》)

② 以物纪时法

(钟红眉)诗以物纪时,妙笔,后人不能。(《小雅·杕杜》)

③ 呼应法

(陈篇后批)首章"嗟"字、末章"吁"字,诗家前后照应法。(《卷耳》)

④ 语半见全法

(邓眉)美公侯之能敬也。诗明言公侯之事,美夫人即美公侯也。祭取备物,举蘩以见其余,诗人语半见全,用意每可于不言悟。诗言夫人诚敬耳,而公侯之诚敬可知,非文王之雍宫肃庙,不能刑于寡妻,非公侯能法穆穆之文王,不能致夫人夙夜在公之敬。而一时卿大夫之执事有恪,又可推矣。(《采蘩》)

⑤ 烘云托月法

(邓眉)刻画"敬"字颇难,曰"肃肃穆穆",曰"有严有翼",恒词也,无可写于被处。写举首容而全身想见,亦巧于著笔者也。再以旋归之祁祁托醒,即《乡党篇》之出降一等逞颜色一样解数,且不咏服被,止向正祭之前后写,亦烘云

托月法也。(《采蘩》)

⑥ 随触而赋法

(邓眉)对起句法,秀倩,后世风雅之祖。先有三、四句在心,乃随触而赋,因所见触所未见。(《草虫》"喓喓草虫,趯趯阜螽")

⑦ 分比开合法

(邓眉)三章四句,溯前事作大开;□章四句,述今情作大合。以二章分为开合之势,始见兹诗。后人分比开合法本于此。(《击鼓》)

⑧ 急脉缓受之法

(邓眉)上章四韵,文气甚足。起二句拓开吟唱,此急脉缓受之法。"女子善怀"一句,写尽天下古今痴怨,根株下句一解,谓己非其类也。暗具开合纡徐为妍,末韵昂起卓荦为杰。(《载驰》"陟彼阿丘,言采其虻。女子善怀,亦各有行。许人尤之,众稚且狂")

⑨ 暗渡陈仓法

(邓眉)上章"匪来"一转,"匪我"再转,此章"不见"三转,"既见"四转,每转愈灵,收韵直落。"以尔"二句夹叙夹议,是暗渡陈仓法。此时情急如画,贼之默默,春之荡荡,如巫臣之尽室以行。(《氓》"乘彼垝垣,以望复关。不见复关,泣涕涟涟。既见复关,载笑载言")

⑩ 反兴法

(邓眉)葛藟施条枚,累樛木,扳援而上,吾无怪焉。兹平铺在河浒,应各庇本根,今乃自别枝条,自离根本,一何可慨。此是反兴。(《葛藟》"绵绵葛藟,在河之浒")

⑪ 先做后点法

(邓眉)徒以颜称,则其仪其德,未堪举述也。"将翱"二句,是先做后点法,若移"彼美"句置先,则了然矣。(《有女同车》"有女同车,颜如舜华。将翱将翔,佩玉琼琚。彼美孟姜,洵美且都")

⑫ 连上起下法

(安眉)连上起下之法。(《桑扈》"之屏之翰,百辟为宪。不戢不难,受福不那")

⑬ 见骥一毛法

(桐眉)方存之云:古人文字简洁,只是用见骥一毛之法。(《采蘩》"于以采蘩?于涧之中。于以用之?公侯之官")

⑭ 反形法

(桐眉)旧评云:首章、末章均用反形法。(《鸿雁》)

⑮ 以撇为补法

(陈篇后批)末章"秉心"句一篇之主,恰点得如许超忽,可悟文家以撇为补之法。(《定之方中》)

其他如"加倍法""倒句法""约字法""一字法""降一格衬托法""进一层翻剥法""两路推详法",不一而足。

四 修辞的揭示和总结

南宋、金、元、明、清时期,"中国修辞学发展的标志,突出的是评点之学。……钱锺书先生指出这类评点是中国修辞学的一个特点"。[①]《诗经》评点中涉及的修辞,多为文艺性修辞。明、清两代的《诗经》评点,结合《诗经》作为诗歌源头的初创特点,对于《诗经》中修辞艺术也多有揭示、阐发和总结。

在《诗经》的修辞中,比、兴的大量运用是其语言艺术的一个特点。"在《诗经》的修辞中,比兴可谓其最突出的修辞手法。须知《诗经》在表现上的好处,恰好并不在'比兴'的'偶见'而在于'比兴'的常见和多见。"[②]《诗经》评点中涉及"比兴"的地方很多,尤其是"比"。如孙鑛于《鹤鸣》批曰:

(孙篇前评)通篇皆比喻,立格固奇。

批语虽然简单,却点出了《鹤鸣》一诗最突出的艺术特点,即通篇

[①] 周振甫:《中国修辞学史》,南京:江苏教育出版社2006年版,第251页。
[②] 刘衍文、刘永翔:《古典文学鉴赏论》,上海:上海教育出版社1991年版,第311页。

运用比。关于这一特点,向熹《诗经语言研究》分析道:

>   《鹤鸣》是劝告王朝最高统治者应当任用在野贤人的诗。《诗序》:"《鹤鸣》,诲宣王也。"《郑笺》:"诲,教也,教宣王求贤人之未仕者。"但通篇只用隐喻,不说出"求贤"的正意,形成一篇风格特殊的诗。首章"鹤鸣"二句比喻贤者虽隐居在野,但声明在外,大家知道。……"鱼潜"二句比喻贤者进退不常。……"乐彼"三句比喻朝廷要尊重贤者,黜退小人。"树檀"喻君子,"萚"喻小人。……"他山"二句以琢玉比喻治国。……全章四个比喻句意思各有侧重,合成一体,国君必须举贤任能的意思自然明白。①

由此可以看出,孙鑛所谓"通篇皆比喻"的批语道破了《鹤鸣》一诗的修辞特点。又如:

>   (捷渡眉)以蜉蝣为比,正以其呈象貌于一时,而难保余生于长久。玩细娱而忘远虑者,正是如此。"心之忧"正忧其忘远虑也。(《蜉蝣》)

此则批语,不仅指出比之所在,还进一步说明了以蜉蝣为比的深意。又如《候人》一诗的评点:

>   "荟兮蔚兮,南山朝隮。"(捷渡眉)小人得志所以失位。"三百赤芾"即"荟""蔚""朝隮"之象,惟小人有此象,季女斯以之饥矣。"婉兮娈兮,季女斯饥。"(捷渡旁)以物比小人,以人比君子,妙哉诗也。(桐眉)旧评云:末章变调,一篇归

---

① 向熹:《诗经语言研究》,成都:四川人民出版社1987年版,第380页。

宿。妙用比体。

以虹霓来比喻新官颐指气使的气焰,在屈原手中得到继承,成为后来较为固定的比法。在《诗经》中,虽然比显而兴隐,但二者往往是难以截然分开的,评点中也往往连带说及。如:

(牛章评)比物点衬鲜泽。此以扶苏兴狂且,以荷花兴子都也。(《淇奥》)

(桐眉)旧评云:通篇无一字腐,得法在用兴、用比、用形容咏叹。(《淇奥》)

(安题下批)当是隐士之诗。全篇皆比。首章以匏兴济,比士之当审势。二章以济兴雉,比士之当待求。三章以归妻比士之当俟时。四章以涉比士之当择主。意味隽永,脉络更周贯。如三比一赋,成何文法?(《匏有苦叶》)

除连带评说之外,单纯讲兴的也不少,如:

(陈篇后批)燕鸿往来靡定,别离者多以此起兴,如魏文帝《燕歌行》:"群燕辞归雁南翔,念君客游思断肠。"谢宣城《送孔令》诗"巢幕无留燕",老杜诗"秋燕已如客"是也。(《燕燕》)

除比兴之外,《诗经》评点中还涉及许多修辞格,以下略举几种,以见一斑:

(孙章后评)首章整然,是排体,唯以呼应见势。次章乃活泼有姿态。(《无羊》)

此处所说"排体"即今天修辞学所说排比。又如《墙有茨》首章云:"墙有茨,不可扫也。中冓之言,不可道也。所可道也,言之丑也。"安世凤批曰:

(安眉)先设后解之法。
(安眉)一申便觉洗发焕然。

所谓"先设后解",即是设问修辞法,而"一申"即对于提问的自答。又如《祈父》一诗共三节,每节发端都呼"祈父",抒写诗人不平之气。评点云:

(通论旁)三呼而责之,末始露情。
(钟红眉)三呼祈父,已见其不聪矣。

此处姚际恒和钟惺都指出了此诗呼告修辞的作用。又如:

(陈篇后批)托鸟言以自诉,长沙《鵩鸟》之祖,后人禽言诸咏之滥觞也。应玚诗"孤雁鸣云中"亦宗此意。(《鸱鸮》)

鸟能言而自诉,自然是拟人修辞的运用。又如:

(牛章评)土国即城漕,复文,一虚一实耳。(《击鼓》)

批语中明言"复文",所谓"土国"即"城漕","城漕"即"土国"也。在《诗经》的各评本中,涉及修辞处多有,虽然没有科学的解释和界定,但已透露出修辞理论的自觉。

第五章
明代《诗经》评点肇始期

明代的《诗经》评点集中在晚明时期。孙鑛、钟惺、戴君恩的评点对后世的《诗经》评点有极大的影响,属于原创肇始阶段。本阶段的《诗经》评点大都带有反拨传统《诗经》经学的倾向,以文学的态度对待《诗经》,对于《诗序》《毛传》《朱传》等旧说是驳斥多于采纳,注重章法结构的概括总结、字法句法的点明指出、艺术手法的揭示分析、风格特征的阐述描绘。此时期的《诗经》评点为之后的《诗经》评点定下了基调,是本书的研究重点所在。明、清两代《诗经》文学方面的研究成绩之所以多归于评点一派,肇始期的《诗经》评点功不可没。

虽然迟至明代晚期才出现《诗经》的评点著作,但并不代表之前没有零星的对于《诗经》作品的评点。道理其实很简单:明朝是诗文评点、戏曲评点、小说评点等的繁盛时期,除了批点手抄本的流传,雕版刻印技术也普遍应用到这类书籍之上,所以评点的批评方式已经深入人心,那么可以设想,除了那些完整流传的《诗经》评点稿本和刻印本之外,必然会有一些不完整的随意为之的《诗经》评点发生。即便是一个普通的文人,在读《诗集传》或《诗经大全》的时候,按照中国人的读书习惯,都有可能一时兴之所至,随手在天头、书侧或文字之上随手批抹,写下阅读感受。那么这种情形也是《诗经》评点的范畴,而这种现象只可能比现在已知的《诗经》评点版本出现的时间更早。如果以笔者所见最早的《诗经》评点本即安世凤《诗批释》的问世作为

《诗经》评点出版的时间上限,那么《诗经》评点史论及的《诗经》评点源头应该还要早。《诗批释》刻印于明万历二十九年(1601),《诗经》评点的出现要比1601年早很多,因为一种事物从出现到成熟要经历一段时间,而从《诗经》的随意点评批抹到成熟的《诗经》评点作品的正式刊刻,这中间经历的时间应该不会太短。这一点是研究者需要注意的。

另外,《诗经》评点的出现,在《诗经》传播史上可以算作一个大事件,使得《诗经》从经学的神坛走下来,扩大了读者圈,并为《诗经》的解读注入了一股灵动之气。黄霖先生在《〈诗经〉评点与〈诗经〉传播——以晚明时期为中心》一文中概括了《诗经》评点在《诗经》传播上三个可注意的价值和意义:"一、《诗经》的评点冲破了经学的大门,满足了人性审美的生命体验。""二、《诗经》的评点迎合了学子的需求,提供了仕途进取的实用门径。""三、《诗经》的评点丰富了批评的样式,适应了不同层次的接受需要。"①因此,可以这样说,《诗经》评点的出现,是《诗经》研究史和传播史上的一个大事件,它的意义是多方面的,毕竟,这是《诗经》研究史上一种崭新的形式。正如黄霖先生所说:

> 晚明的《诗经》评点为《诗》学研究闯出了一条新路。尽管它们还或多或少地与"以经解《诗》"的传统有着千丝万缕的关系,尽管从一开始到整个清代都承受着巨大的压力,一批正统文人总是将它归入"钟、谭论诗之门径"(《〈复庵诗说〉提要》),认为"纤巧佻仄","其于经义,固了不相关也"(《〈读风臆评〉提要》),但还是有一批有识之士乐此而不疲。②

---

① 黄霖:《〈诗经〉评点与〈诗经〉传播——以晚明时期为中心》,《吉林大学社会科学学报》2013年第53卷第1期。
② 黄霖:《〈诗经〉评点与〈诗经〉传播——以晚明时期为中心》,《吉林大学社会科学学报》2013年第53卷第1期。

因此，《诗经》评点在晚明出现以后，陆陆续续出现了很多水平较高的《诗经》评点本，形成了一股不大不小的潮流，这一潮流和传统经学的《诗经》研究两水分流，却又交错呼应，使得《诗经》研究呈现出新的面貌。

第一节 《诗经》评点初始

早期的《诗经》评点，主要有安世凤《诗批释》、孙鑛《批评诗经》、钟惺《评点诗经》、戴君恩《读风臆评》，以及黄廷鹄历代诗歌选评本《诗冶》中涉及《诗经》的评点部分。考虑到钟惺和戴君恩二人《诗经》评点成绩突出且对当时和后世影响较大，本章将列专节论述。而安世凤、孙鑛和黄廷鹄《诗经》评点在成绩和影响上相对来说都弱一些，因此合并在本节一起论述。

一 安世凤《诗批释》

安世凤《诗批释》是目前所见最早的《诗经》评点著作。此书未见著录，也未见学界提及。笔者所见《诗批释》现藏复旦大学图书馆，共四卷，订为四册。撰者署名安世凤。明万历二十九年（1601）商丘安氏原刻本。

此前，学界一般认为是钟惺或者孙鑛开启了《诗经》评点的风气，主要是因为没能发现刊刻年代更早的《诗批释》。认为钟惺是《诗经》评点开启风气者首推周作人。周氏云："能够把《诗经》当作文艺看，开后世读诗的正当门径，此风盖始于钟伯敬。"[1]除周作人外，陈广宏也认为，"同样具有某种开拓性意义的还有钟惺对《诗经》的评点，它开启了以文学家手眼解经的风气，在大胆撼动经学权威的同时，亦将

---

[1] 周作人：《秉烛后谈》，见钟叔河编：《知堂书话》，石家庄：河北教育出版社2002年版，第19页。

他们那种主观主义的鉴赏批评发挥到了极致"。① 从影响上来说,的确是钟惺《诗经》评点更加引人关注,但实际上,钟惺并不是真正"开启了以文学家手眼解经的风气"的第一人。钟惺《诗经》评点本目前所见者全部为明泰昌元年(1620)所刻(详见本章第二节"钟惺评点《诗经》版本及主要馆藏分布情况一览表")。单从时间来看,现存最早的钟惺《诗经》评点本比孙鑛《诗经》评点本晚了十八年。

而郭绍虞先生则把孙鑛作为开启评经风气的人物。② 刘毓庆也认为:"从现存资料看,他(孙鑛)是用评点诗文的方法评点《诗经》《尚书》等经书的第一人。"③孙鑛《诗经》评点本《孙月峰先生批评诗经》有明万历三十年(1602)天益山三色套印本,《四库全书总目》存目类有著录。据孙鑛自作《诗经小序》,是书当成于万历三十年(1602)之前。而《诗批释》刊刻于万历二十九年(1601),比孙鑛的《孙月峰先生批评诗经》还早一年。

《诗批释》始撰时间无考,但据书前《诗批释自序》"予姑识之以告世之同予之学者,时癸巳二月舟中。刻既成,则辛丑六月也"可知,评点结束时间为万历二十一年(1593),比刻成时间万历二十九年(1601)还要早八年,所以孙鑛评点经书,至少在"十三经"之一的《诗经》上不是最早的开风气者。也就是说,安世凤的《诗经》评点活动发生在16世纪末叶,而孙鑛、钟惺等的《诗经》评点活动则发生在17世纪初叶。

关于《诗批释》的作者安世凤,正史无载。安世凤,字凤引,河南商丘人。万历十一年进士。任户部主事,谪山西解州同知,迁浙江嘉兴府通判。有《燕居功课》《墨林快事》(见《民国商丘县志》卷六)。

---

① 陈广宏:《竟陵派研究》,上海:复旦大学出版社2006年版,第362—363页。
② 参见郭绍虞:《中国文学批评史》,天津:百花文艺出版社1999年版,第263—264页。
③ 刘毓庆:《从经学到文学——明代〈诗经〉学史论》,北京:商务印书馆2002年版,第300页。

关于《诗批释》的撰述过程,安世凤在《诗批释自序》中称"间尝指其精诣批而释之,不觉盈袠"。《自序》还申述了评点《诗经》的缘由即"为批之义";书后有识语,交待了自己对原稿"删之又删,或既录而复涂,或已镂而更削,今所存可二十之一"的情况,并声明了对于朱熹《诗集传》的尊崇。

从样式来看,《诗批释》已经具备了成熟的评点体例。《诗批释》共分四卷,《风》《小雅》《大雅》《颂》各一卷。每卷各篇先列篇名,有三十篇,篇名下有题下评。然后是诗歌正文,分章节排次。天头处有眉评,经文行间有旁批,有少量章节末尾处有小字双行夹批。点为单顿点,圈有单圈、双层圈、豆形圈。这些版刻样式无疑都是文学评点的典型形态。文学评点自南宋初具规模,至明清而极盛,成为一种流行的大众文化批评形式。在中国古代文学批评的诸种形式中,评点可算是一种在最大程度上以读者为本位的批评形态,评点之发生、兴盛,根本原因在于评点的传播价值。所谓评点的传播价值,大致表现为内外两端:就内在形态而言,表现为评点本身在欣赏层面对读者阅读的影响和指导作用;就外在现象而言,是指评点对作品传播和普及的促进。评点之所以利于传播,不仅揭示了所谓的"篇法、章法、句法",化难为易,更重要的是将自己的感悟直接传递给读者,使读者在阅读时,借助评点传达的信息,能更快进入艺术作品的情境,产生共鸣。这也可以说是评点这种批评方式能够在古代社会风靡开来而且历久不衰的一个重要原因。在这方面,《诗批释》作为目前所知最早的《诗经》评点的尝试,在化难为易、启发读者方面,正体现了评点的优长,对于《诗经》在文化层次较低的人群中传播起到了促进作用。

《诗批释》全书以眉批为主,评语简短有致,纯是评点家法,不像评点与章句及高头讲章混杂的《毛诗捷渡》那样啰嗦。如《豳风·七月》"五月斯螽动股,六月莎鸡振羽。七月在野,八月在宇,九月在户,十月蟋蟀入我床下"一段之上眉批云:"(安眉)一物叙得磊落动荡。"简短却颇能抓住写作要领。

第五章 明代《诗经》评点肇始期

　　《诗批释》的圈点与评语结合密切，不像一些评本那样评语与圈点处关系松散甚至毫无关系。关于在评点这样的批评方式中圈点的好处，清初唐彪曾说：

> 凡书文有圈点，则读者易于领会而句读无讹，不然，遇古奥之句，不免上字下读而下字上读矣。又，文有奇思妙论，非用密圈，则美境不能显；有界限段落，非画断，则章法与命意之妙不易知；有年号、国号、地名、官名，非加标记，则披阅者苦于检点，不能一目了然矣。①

　　唐彪提到的这四种圈点的妙用在《诗批释》中都有体现，而于第二点"文有奇思妙论，非用密圈，则美境不显"尤为突出。观《诗批释》全书，凡有圈点处必有相关评语。圈点有圈有点，基本原则为密点和连圈都表示好句和关键句，并用的时候，圈的比点的更重要或更好，这样就使"美境"显露无遗了。套圈（即双层圈）和逗点圈点明关键字，与炼字有关，且多有一句评语针对几处圈点的情况，如《樛木》第一章"累"字、第二章"荒"字、第三章"萦"字之下都有一逗点圈，眉批只有一条，是针对这三个动词用字而发，云"用字法"。再如《芣苢》二、三章分别有"掇""捋""袺""襭"等字，眉批一句而兼论之，曰"细密而自然"。

　　《诗批释》以指点诗歌的艺术特色为务，间或涉及诗的本旨，主要从文学的角度对《诗经》进行简要的诠释，也偶尔加以简略考证，用以疏通文字。

　　安氏对于诗中用字的妙处体会尤其深细，可以帮助读诗者更深入地了解诗的妙处。如《草虫》：

---

① ［清］唐彪：《家塾教学法》，赵伯英、万恒德选注，上海：华东师范大学出版社1992年版，第63页。

"喓喓草虫,趯趯阜螽。"(安眉)生动。"未见君子,忧心忡忡。亦既见止,亦既觏止。"(安眉)一句作两句,既见郑重,又见欢跃,妙法也。"我心则降!"(安夹)"降"只不忧耳。

"陟彼南山,言采其蕨。未见君子,忧心忡忡。亦既见止,亦既觏止,我心则说!"(安夹)"说"则有喜心焉。

"陟彼南山,言采其薇。未见君子,我心伤悲。亦既见止,亦既觏止,我心则夷!"(安眉)"夷"则并喜亦忘之矣。

这里安评分别对加双层圈的"降""说""夷"三字的诗境效果做出了解说,使读者轻松地理解了字意,并体会出三章诗意的不同层次和境界。

安氏评点虽然主要为眉批和少量夹批,着眼点主要在于诗之技法,但也有三十篇诗有题下批语,主要分析诗义,所持观点大都陈腐,未脱经学藩篱。如《行露》:

(安题下批)露未晞而行,则为露所沾。礼未备而嫁,则为非礼所辱。比也,非赋也。女子岂有早夜独行之礼乎?行音"杭"。角鸟喙两旁坚处,所引靡物者也。雀实有角,但角微。鼠实有牙,但牙微。男实有家,但不足耳。是以贞女不肯早嫁,如夙夜而行者也。"角"如字,非角也。夫角岂穿屋之用乎?况鼠自有牡牙,何得言无?

强调礼,赞美贞女,腐儒之态已显露无遗。另一方面,对于诗篇的解题并不据汉、宋,而出以己见,表现出《诗经》评点不再尊《序》或尊朱的普遍特点。如《大雅·假乐》一篇:

(安题下批)此诗因分章不定,故异说纷然。《集注》分章得矣,然尽以后二章为"称愿"子孙之辞,于义似太迂,而偏于音亦太闿缓而不成章。详诗意,首二章是以德而受子孙之福,后二章是以德而受臣工之福。义似稍长,音节亦相应。至于两"率由"之相类,不过一时命辞之偶同,不足据以定义也。"不解"句亦指臣,与"不怨"句同看。

重视艺术分析是《诗经》评点的特质之一。那种"坚执'文无定法'和'文无定评'的观点实际上是否定了总结的指导意义,须知有总结而后可以谈突破"。① 对于章法,所下批语也分析得有见地,能抓住主要的特点,稍作点明。如《野有死麇》首两章:

"野有死麇,白茅包之。有女怀春,吉士诱之。林有朴樕,野有死鹿,白茅纯束。有女如玉。"(安眉)错综章法,作赋似长。但以见其非礼,不必实有此物也。

安氏指出此错综的章法"作赋似长",意即此两章乃是叙事的手法,且列举"麇""鹿""白茅""朴樕"等物以铺排、似赋的写法,与其他抒情诗之特点不同。这真是点出了诗句特点所在。而顺带一提的是,他讲"不必实有此物也",实在是暗合了现代人的见解,包含了诗歌创作之艺术虚构,即艺术的真实不必实有其物。其实以铺排名物见长的汉赋,虽然所列举者令人目不暇接,但多数也只是出于文章辞采的考虑,而并非全为实有。

无论是在评点涉及面的深广度上,还是评点用语本身的风格上,《诗批释》都已经显示出评点的完备性和成熟性。从广度上说,《诗批释》的评点涉及了诗歌的语言风格、艺术手法、用字用词、句法章法等各方面。如《泉水》一篇的评点:

---

① 刘衍文、刘永翔:《古典文学鉴赏论·叙例》,上海:上海教育出版社1991年版,第3—4页。

"毖彼泉水,亦流于淇。有怀于卫,靡日不思。"(安眉)意思简淡而有(苛)抑之情。娈彼诸姬,聊与之谋。(安眉)生意。

"出宿于泲,饮饯于祢。女子有行,远父母兄弟。问我诸姑,遂及伯姊。"(安眉)郑重。

"出宿于干,饮饯于言。载脂载辖,还车言迈。"(安眉)想象之语,少陵多用此法。遄臻于卫,不瑕有害?

"我思肥泉,兹之永叹。思须与漕,我心悠悠。驾言出游,以写我忧。"(安眉)反复凄断,全在末章,令人神飞心折。(安夹)"肥泉""须""漕",用得错落。

前三条评语无论是"简淡""苛抑"还是"生意""郑重",都是在谈风格,虽然简短却准确;第四条评语说到"想象之语",以杜诗常用手法来加强说明的力度,六字胜过长篇大论;第五条评语与谋篇收结章法句法相关,而最后一条评语则点出字法精彩所在。虽然这六条评语都很简短,也说不上面面俱到,但艺术特点的主要方面倒也基本涉及,在广度上略称完备,而这只不过是一首诗的评语所体现出来的。

至于评点的深度,《诗批释》也已经突破比附牵强的表面章句注解,而是深入到诗歌的文学性核心,透过表面,直探本质。朱东润先生在《诗心论发凡》一文中说:"读诗者必先尽置诸家之诗说,而深求乎古代诗人之情性,然后乃能知古人之诗,此则所谓诗心也。能知古人之诗心,斯可以知后人之诗心,而后于吾民族之心理及文学,得其大概矣。"[1]而《诗批释》的核心价值,即其中所蕴含的此种"诗心"。安世凤在评语中探求诗的文学核心,深入而不晦涩,浅出而不肤廓;评点语言精炼而不滞重,随意而不率易,参差错落,详略得宜。

安氏对于《氓》一诗的看法,与以往都不同,如此诗首章两条

---

[1] 朱东润:《诗三百篇探故》,昆明:云南人民出版社2007年版,第101页。

批语：

（安眉）"蚩蚩"二字最妙，非鄙之，乃今所谓赤心也。
（安眉）直写胸臆，不事藻缋，而疏莽高雅之中时露旖旎之态，真杰媰人也。

《序》云："《氓》，刺时也。宣公之时，礼义消亡，淫风大行，男女无别，遂相奔诱。华落色衰，复相弃背。或乃困而自悔，丧其妃耦，故序其事以风焉。美反正，刺淫泆也。"而这里一反认为"蚩蚩"乃贬词的旧解，谓"蚩蚩""乃今所谓赤心"，径直称赞诗中的男主角氓为赤心之人了。即便大略同时或稍晚的《诗经》评点，也没有如此转变。如钟惺称"（钟夹蓝）淫妇人到狼狈时便看出许多正理，说出许多正论，与烈女贞妇只争事前事后之别耳"。这其中包含了多少偏见和蔑视。而安氏对于妇人的评价则具革命性，竟称其为"杰妇人"。而钟惺则形成鲜明对比，称其为"小人"，他说："（钟红眉）妇人合不以正，未有不见轻于夫者。千古失足之人枉作小人，为后人鉴，悲哉！然使后人能鉴，无许多小人矣。"凌濛初的态度也是极端蔑视，乃云："（翼章评）濛初曰：故自郑重，自是淫奔老手。"而陈组绶于此章批语所持观点也是指责为主："（副墨眉）一送一期，总是妇人致意处，即是妇人失身处。〇《谷风》及此俱是弃妇诗，一正一邪，俱道尽妇人心事。"储欣则依旧承袭朱熹之说，称其为"淫妇"，云："（储旁）若以淫妇身为得度者，即现淫妇身而为解说。"但以今天的观点来重新加以评判，安世凤与钟惺等人的观点相比，则高下立判。可以毫不夸张地说，安氏之思想已在此一民主自由方面走在了时代的最前列。

对于诗之艺术风格、艺术效果及诗句精彩处，安氏多有点明，此类评语几占总数之一半。如"（安眉）爽峭而声似迫"（《山有枢》），"（安眉）卒章少变，便觉和缓"（《山有枢》），"（安眉）嫋嫋余音"（《椒聊》），"（安眉）宛转遒紧，玲珑可想"（《羔裘》），"（安眉）直述胸臆，不事文饰。亦无事文饰,而自极酸楚"(《鸨羽》),"(安眉)调高气逸,迥出霞表""(安眉)有情无色,令人可想而不可捉"(《蒹葭》),"(安眉)凄婉恳至,可为流涕""(安眉)形容就死情状堪怜"(《黄鸟》),"(安眉)豪气儵然,江楫易筑,不足为壮"(《无衣》)。由评点具体诗句而不忘上升到带有规律性的总结,如"(安眉)劳而不怨耳,征戍诗多如此"(《小戎》)。

《诗批释》的评点语言本身风格简练、晓畅而有文采,如《河广》评语:"(安眉)咫尺万里,八极衽席。凝眺之思,耿耿不收。"四句虽然简短,却两两相对,恰似四言短诗,整炼而有情致,颇有《诗品》《文赋》风采。

至于个别论断没有客观的考证,而仅以辞气判定,略显主观,乃其缺点。如《秦风·小戎》一诗,《毛序》以为"美襄公也。备其兵甲以讨西戎,西戎方强而征伐不休。国人则矜其车甲,妇人能闵其君子焉"。《毛序》称此诗为妇人所作,虽然有反对者如方玉润认为此诗乃秦襄公怀念出征将士的诗,但终嫌证据不足。安评却根据诗的第一章以下几句"小戎俴收,五楘梁辀,游环胁驱,阴靷鋈续,文茵畅毂,驾我骐馵"的行文断定为"必非妇人作",云:"(安眉)综理精详,细大毕举。而雄雅典丽,情致斐亹,必非妇人作也。盖作诗者为道其家人之思,见其民劳而不怨耳。征戍诗多如此。"此处认为女子不具备"综理精详,细大毕举"的概括力,也不具备"雄雅典丽,情致斐亹"的文笔,这在现在看来当然是一种带有性别歧视的偏见,而仅因此偏见,从而断定"言念君子""厌厌良人"这样的口吻为男子代言体,就明显是一种主观而武断的推理。

安氏对于比兴之意,在《旱麓》一条批语中提出了新意。其曰:

> (安题下批)此诗前后五章皆言文王以岂弟获福,何俟于祭而后介,且文王之世尚未定用骍牡。盖凡诗之法多取物连类,附以正意则为兴,不附以正意则为比。此章以享祀

诚敬之必受福比君子岂弟之必干禄,正与玉瓒、黄流、柞棫、民燎同意。但彼兴而此比耳,必非言文王以祭而受福也。

所谓"正意则为兴,不附以正意则为比"虽未必正确,但在众说纷纭的比兴解说中,倒也聊备一说,以供参考。

综上所述,《诗批释》是加于《诗经》文本之上的成熟的评点,它对于《诗经》评点的繁兴,无疑起到了发凡起例的开创作用。对于《诗经》的评点,洪湛侯先生认为,明代"一些为科举所用的评点本,无意中却启示了从文学角度论《诗》的途径","采用评阅八股时文的方式来评点《诗经》……虽然有不少都有纤仄、琐碎,流于形式的缺点。但其中也有一小部分能够把握住作品的艺术特点。"①由此我们可以说,文学评点作为一种批评方式,虽然有它的不足,但优点也是毋庸置疑的。它毕竟具有一种独有的完整而细密的赏析评论的特点,不论是各种符号标记还是短长随宜的评语,都得到了社会的公认,也经过了长期的历史考验。这种成熟而又具有民族语言及文体特色的批评方式应用在中国文学的源头与经典《诗经》上,起到了他种批评方式所没有的效果。而《诗批释》之于《诗经》评点,即具筚路蓝缕之功。

总的来看,《诗批释》的主要特点是以批评的随意性取代笺注的严肃性,以句法的点拨和分析取代本意的探讨,以艺术的鉴赏取代语词的训释,不太留意于史实的钩沉和本事的索隐。尽管由于经学传统的惯性使然,安世凤的评点还不能完全摆脱语词的训释和"微言大义"的寻求,也偶或掺杂着史实的钩沉和本事的索隐,但总体上以文学的鉴赏、艺术的分析为要务。对读者来说,随意点染、启发人意,没有笺注的繁琐拉杂,也没有讲章的陈腐面孔,因此具有较强的亲和力。《诗批释》在传统经学弥漫的时代,能细致入微地从文学鉴赏的角度评析诗篇的内容思想,揣摩诗篇的语脉命意,进而把握诗篇的总

---

① 洪湛侯:《诗经学史》,北京:中华书局2002年版,第445页。

体风格,体味诗人的意图,并对诗篇的绝妙之处进行一番品味圈点,为以后出现的《诗经》评点著作起到了一个好的开端示范作用,无论是在《诗经》研究史还是文学批评史上,都有其难以泯灭的价值。

二 孙鑛《批评诗经》

《批评诗经》,又题《孙月峰先生批评诗经》,四卷,明孙鑛撰,冯元仲参。明万历三十年(1602)天益山三色套印本,《四库全书总目》存目类有著录,所据乃江苏周厚堉家藏本。复旦大学图书馆、北京师范大学图书馆、辽宁省图书馆、苏州市图书馆均有藏,《四库全书存目丛书》(经150)据此本影印。另有明溪香书屋刻明卢之颐编《合刻周秦经书十种》本,三卷,国家图书馆藏。除以上两种刻本外,另有两种手写过录本。一种题名《诗集传》,是钱仪吉、钱泰吉兄弟以清同治五年(1866)金陵书局刻本为经文底本手录辑评而成。批语绝大部分以朱笔写于天头,除有限几则批语为钱仪吉署名自作以外,其他均录自孙鑛《批点诗经》。此本现藏复旦大学图书馆。又有题名《毛诗故训传》的手写过录本,也署名钱仪吉、钱泰吉批,且卷首有"徐德培过录翁叔平录本"字样。此书以《毛诗故训传》同治十一年(1872)刻本为经文底本,计三十卷,一函六册,有"笃甫""徐德培印"二章,现藏北大图书馆。考其批语,与复旦大学图书馆所藏评本相同。

以上提到的几个版本,以第一种为最善。此书由陈继儒、秦舜昌、王思任、黄道周、冯元飏、倪元璐等十九位晚明学者校雠。卷首有冯元仲等人的《诗经叙文》,以及孙氏于万历壬寅年(1602)四月巳未自作《诗经小序》一首,故是书当成于万历三十年前。据《叙文》可知,今本乃"儿辈得公副本抚刻以传",且"将诸复句异韵"删去,故而,时至今日看到的是冯元仲"夫子删定后"之面目。书凡四卷,卷一"国风",卷二"小雅",卷三"大雅",卷四"颂"。每篇题下"摘序首句,标于各篇之上",并表明章数、句数,以小字录之。其后在低三格的位置,部分诗篇有篇前评,另起一行顶头录入诗句原文,诗句相应天头位置有眉批,也是小字以别。诗句右侧有圈点,诗句章句后低三格录有章评。

孙月峰(1543—1613),名鑛,字文融,号月峰,以号行,余姚横河镇孙家境村(今属浙江省慈溪市)人。万历二年(1574)以会试第一名(会元)授兵部主事,不久改为吏部文选郎中。万历十九年后改任左佥都御史、山东巡抚、刑部右侍郎、兵部右侍郎等职。万历二十二年总督辽蓟军务,兼经略朝鲜。万历三十二年十月,任南京右都御史,进兵部尚书,并加太子太保,参赞机务。著述有《(万历)绍兴府志》五十卷(与山阴张元忭合纂)、《书画跋跋》六卷。更重要的是,孙月峰用其毕生精力,批注百家,自成一家之言。据《孙月峰先生批评礼记》书前所附《孙月峰先生评书》目录,其所评有《诗经》四卷、《书经》六卷、《礼记》六卷、《周礼》《左传》《国语》《国策》《刘向样定战国策》、六子(老、庄、列、王、荀、杨)、《评史记》《评史书》《评韩非子》《评公羊传》《评经》《今文选》及《朱订西厢记》等多达四十余种,均产生过很大影响。身后有《孙月峰全集》十二卷风行一时,并且流传至今。

关于孙鑛《批评诗经》的研究,笔者所见,有《四库全书总目》相关提要,又有蒋见元、朱杰人《诗经要籍解题》相关提要。郭绍虞《中国文学批评史》列《孙鑛评经》一节,虽未单说《批评诗经》,但交代评经成因,自然包括在内。袁震宇、刘明今《明代文学批评史》,洪湛侯《诗经学史》,新疆师范大学胡淑冰硕士学位论文《孙鑛〈批评诗经〉研究》,台湾政治大学侯美珍博士学位论文《明〈诗经〉评点》相关章节,华东师范大学龙向洋博士学位论文《明清之际文学评点研究》相关部分均有涉及。

孙鑛对《诗经》进行评点,体现了他法古宗经的观点。郭绍虞认为孙氏评经是"一时代学术思想兴趣转移"表现出来的"一时风气"的代表,关于评经风气的形成,他解释道:"清代人对于六经看作都是史,那么明代人也不妨把六经看作都是文。六经皆文,所以不妨加以批评。这正是明代学术自然的趋势,所以能成为一时风气。"[1]其动因为两个方面:一为受茅鹿门"宗经"主张的影响;一为"七子"复古文论的影响。这自有其合理的成分,但最精彩的莫过于最后一段:

> 明人于文,确是专攻。任何书籍,都用文学眼光读之。所以以唐诗的手法读《诗经》,而《诗》之味趣更长;以《史》《汉》的笔路读《尚书》,而《书》之文法愈出。以视唐、宋人之于诗文,或偏于讲关键,讲式例,或偏于讲道德,讲经济,确是更高一着。然而眼光只局限于文章,毕竟所得有限。月峰《与赵梦白论文书》云:"念古人虽广搜博取,然所得力者不过一二种,若子厚之于《国语》,永叔之于韩文,明允之于《孟子》皆是也。"(《月峰集》九)所以他也想得此等一二部以涵咏讽诵之。他的目的,只想对于经书涵咏讽诵之后,而于文事方面有所得力。[2]

此段有两点值得注意:第一,明人以文学眼光读书,是孙氏评经的前提;第二,"于文事方面有所得力",是孙氏评经的目的。这也就是说,孙鑛宗经法古的着眼点是文学,而不是儒教本身,即以古代经典作为文学创作的典范进行学习。所以名义上的宗经,实质上是跳出经学圈子的表象。以文学眼光读书,是孙鑛跳出经学圈子自当具有的眼光,也是万历时期士人思想颇少束缚的表现。说他评经之目的是为有所得力于作文,乃是就其"为我"的方面而言,除此之外,其实还有"为他"的方面,那就是通过向最古老的经典学习,以期达到对当时文坛救衰振弊的功效。孙鑛评经的时代(万历二三十年间),正当七子派末流盛行(后七子骨干之一王世贞〈1526—1590〉才刚去

---

[1] 郭绍虞:《中国文学批评史》,天津:百花文艺出版社1999年版,第263—264页。
[2] 郭绍虞:《中国文学批评史》,天津:百花文艺出版社1999年版,第263—264页。

世),公安派正处于形成阶段(万历二十四年,袁宏道作《叙小修诗》,标志公安派文学理论初步形成),唐宋派也尚未衰歇(唐宋派最后的梁柱茅坤(1512—1601)尚在世),而孙鑛的评经活动正是为了对三派进行调和。他说:"自宋以来,谈理者必绌辞,辞家亦反报之,良吏节士亦然。而辞家又复分为两:一执有,一矜舍筏。余尝私自命,当为居间舌人。"(《唐元卿三稿序》)这"居间舌人"的自居正说明了他调和的动机。孙鑛开始步入文坛时正值王世贞活动后期,因此起先颇受七子派的影响。后来他对于七子派末流剿袭剽窃、虚假空洞的风气有所不满,认为导致这种流弊产生的原因在于不能真正贯彻复古的原则,同时又不满公安、竟陵的"乱道",于是在肯定七子派提倡学习汉魏盛唐之说的复古基础上,进一步提出宗经的主张:"丁亥以后,玩味诸经,乃知文章要领惟在法,精腴简奥,乃文之上品。……弟则谓:惟三代乃有文人,惟六经乃有文法。周尚文,周末文盛,万古文章,总无过周者。"他认为自己通过学习玩味"诸经",才知道了"文章要领惟在法",从而认为唯"精腴简奥,乃文之上品"的六经"乃有文法",可以效法学习。而经典既然没有人说不好,那么七子派和唐宋派都可以进行效法,也就没有门户之争了,公安派、竟陵派的"乱道"也可以借此而纠正。所以,他评经的目的即在于揭示六经的文章之法而示人以学文的途径,同时又调和了文坛中令他不满的各派文学理论之争执,这两种目的正是他评经中"为他"的一面。①

对于孙鑛的评经做法,清代人持批评态度的居主流。《四库全书总目·孙月峰评经十六卷》提要云:"经本不可以文论,苏洵评《孟子》,本属伪书;谢枋得批点《檀弓》,亦非古义。鑛乃竟用评阅时文之式,一一标举其字句之法,词意纤仄。钟谭流派,此已兆其先声矣。今以其无门目可归,姑附之《五经总义类》焉。"四库馆臣代表了主流

---

① 参考袁震宇、刘明今:《明代文学批评史》,上海:上海古籍出版社1996年版,第501—505页。

思想,他们认为经书是不能用论文的方式和态度来评论的,经书无往非是,无论思想还是笔法都是楷模,不能论其优劣。如果加以评点,则非"古义"所在,一如谢叠山批点《檀弓》,费力不讨好。甚至没有门目可以归类,只能勉强归为"五经总义类"。

但对其评经持赞成乃至赞赏态度的也并非没有,如现在发现的几种转录孙评的清人书籍笔墨正可证明,这也说明了风气的转移,是正统观念所无法全部控制的。在论及孙鑛之作《批评诗经》及其成就时,冯元仲在为本书所作《诗经叙文》中说:

> 余窃怪古今博士家言,徒向注脚中研讨,而于经,章法句法字法割裂倒颠,沉埋蒙障,如盲混夜循墙而走乎不旦之途,置趾与颠,移眸在鼻,无处视其本来面目。则宋人闻有以训诂解诗而诗晦。今人以时文说诗,而诗亡也。月峰孙公,举《诗》《书》《礼》鼎足高峙,点注判断,把搔抉剔,无入不微,无出不悍,其于诗人之神情骨髓,须麋眼目,无不照以容成,刿以青腴,贯以电影。其气严冷,不为世混,其骨孤峭,不随世,不媚世,不俯仰世。其标置如老吏断狱,一字不可增减。此吾夫子删定后,第一神剂霞浆也。

冯氏认为,古人说诗,都不得要领,未得真谛。唯独孙月峰探骊得珠。其评点《诗经》"笔如椽""咳唾如珠玑",评点方式有"点"有"注",评点对象无微不至,并施加自己的"判断"评析,力求把握诗人的精神,"即古无二矣"。

综观孙氏评语,多是针对该诗全篇主旨的评断,其次是对诗作总体艺术风格或诗法技巧的分析,以及情感体悟的鉴赏。形式上有眉批、章评、总评。总评又分篇前评和篇后评,凡116则。其中篇前评112则,篇后评4则。总评是对于全诗主旨、风格等整体性的评论。眉批也并非每篇都有,是对于局部细化了的评论。该书大多都有章批,是在一章或多章之后的评论,章评也并非篇篇都有。

孙鑛对于《诗经》主题的观点偏于朱熹《诗集传》的看法而不满于《小序》的论断。为了验证《小序》的"难通","因摘《序》首句,标于各篇上,用以相证"。

孙鑛说《诗》,对汉儒经学的附会以及宋儒理学的臆说,有所拨正和废弃,而其文学性阐释,比朱熹所代表的观点又向前了一步。孙评以文学赏析的视角解析"诗三百篇",尽量舍弃经学面孔,这正是其可贵处,这在"诗经学"的研究历史中,虽然说不上最早,却因为他的影响大过安世凤《诗批释》,也确实起到了开风气的作用。

关于对《郑笺》的拨正,可以《关雎》篇前评为例,其曰:

>(孙篇前评)后妃指定太姒说,似无据。不如只泛作王者之配解,于义为长。并举淑女君子,自是傍人语。第后两章则是代君子辞耳。此自是当时文人所作。以其辞指笃至而不失正,故以王者之配当之。《郑笺》谓后妃求贤女与共职,固大裨阴教,第恐于性情不近。

《郑笺》于此诗"窈窕淑女,寤寐求之"一句笺曰:"言后妃觉寐则常求此贤女,欲与之共己职也。"其实此诗不论是哪种解释,都可以断定诗之主人翁为一男与一女的事,不可能是身为女性的后妃为自己的丈夫寻求另一女子而作此诗。孙鑛于此有感,所以认为这种说法"固大裨阴教,第恐于性情不近"。也就是说虽然有助于伦理教化,但恐怕于人之真实性情有所违背。

孙评于诗篇的结构布局以及行文变化方面比较注意,于分析中往往探骊得珠。如:

>(孙篇前评)全只述事谈理,更不用景物点注,绝去风云月露之态。然词旨高妙,机轴浑化,中间转折变换,略无痕

迹,读之觉神采飞动,骨劲而色苍,真是无上神品。(《大雅·文王》)

此则评语从正面称赞《文王》这首诗在叙事谈理方面的"高妙"。但为什么没有风云月露之类的景物点注衬托,而只有毫无形象的正面说教,却能不使读者厌倦呢? 其首要原因正在于此诗的"机轴浑化",即布局严整,一方面表现在颂德的同时以殷商的臣服为衬托,文势有波澜而显曲折;另一方面表现在首尾以天命相呼应,将"万邦作孚"的气氛渲染得十分庄重。而次要原因则为"中间转折变换,略无痕迹",即指此诗所用的独特修辞方式"蝉联格",也就是章与章、句与句之间,文字相互衔接,前后照应,产生了语意连贯、音调和谐的独特效果。比如第二章末两句为"凡周之士,不显亦世",则紧接着的第三章首两句为"世之不显,厥犹翼翼",上下同字相连,句意相关,过渡自然。正是这种"略无痕迹"的"中间转折变换"之蝉联格的运用,加上全诗的布局,才有了"读之觉神采飞动,骨劲而色苍"的效果。

再如《大雅·皇矣》一诗,虽然是《诗经》中最长的一篇,但却井然有序,布局也见匠心。孙氏于此诗评曰:

(孙篇前评)长篇繁叙,规模闳阔,笔力甚驰骋纵放,然却有精语为之骨,有浓语为之色,可谓兼终始条理。此便是后世歌行所祖。以二体论之,此犹近行。(《大雅·皇矣》)

程俊英、蒋见元《诗经注析》认为此则评语很中肯,分析说:"诗中如'皇矣上帝,临下有赫','乃眷西顾,此维与宅','维此王季,帝度其心','帝谓文王,予怀明德'等句,都是所谓'精语',构成了全诗的主题和骨架,使得诗人歌颂的人物虽多,但'受天命而得天下'的精神始终不散。另外,如第二章的前六句,第六章的前七句,以及第八章的前十句等等,即孙氏所谓'浓语'。诗人以生动的排比,细致的叠词,将周人艰苦创业的场面写得如绘如见;将文王'一怒而安天下之民'的声势和周军的强大无敌渲染得如身历耳闻。精语立骨,浓语设色,交互参差,全诗的形象就分外丰满了。"①通过两位先生对于这段评语的分析,我们可以看出,孙鑛以"有精语为之骨,有浓语为之色"的概括是非常精当的。

孙鑛的评点还往往能够抓住诗篇总的特点,并加以精当概括,如:

(孙篇前评)气格闳丽,结构严密,写祀事如仪注,庄敬诚孝之意俨然,有境有态,而精语险句,更层见错出,极情文条理之妙,读此便觉三闾《九歌》微疏微佻。(《小雅·楚茨》)

《诗经注析》在引用此段评语之后说:"孙氏的评论,道出了以祭祀为主题的《雅》诗的共同特点,它们同清新秀丽的《风》诗在格调上是有明显区别的。同《雅》诗中所谓'变雅'的怨愤峻刻也不相同,从而我们可以体会《诗经》风格的丰富多彩。"②

孙氏评点于诗篇的风格也多有阐明,如其对于《大雅·召旻》一诗风格的描述:

(孙篇前评)音调凄恻,语皆自哀苦衷中出,匆匆若不经意,而自有一种奇陗,与他篇风格又别。淡烟古树,入画固妙,却正于触处收得,正不必具全景。

此则评语说及《召旻》的风格为"音调凄恻""匆匆若不经意",自

---

① 程俊英、蒋见元:《诗经注析》,北京:中华书局 2005 年版,第 776 页。
② 程俊英、蒋见元:《诗经注析》,北京:中华书局 2005 年版,第 656 页。

是允当,不难理解。而说其风格与他篇不同,"而自有一种奇陗",却在七字句的运用上见出,所谓"维昔之富不如时,维今之疚不如兹","今夜日蹙国百里",这种七字句在众多四言诗中,确实显得独特奇峭。

孙氏评点不但能于大处的整体结构给予总结概括,于小处之精彩往往也能恰到好处地点明。如他在《大雅·公刘》第二章"何以舟之?维玉及瑶,鞞琫容刀"处评曰:

> (孙章评)于相地之时,却叙述剑佩之丽,似无涉紧要,然风致正在此。

《公刘》第二章此三句,在叙述公刘忙于相地的当口,出人意外地转而描摹其剑佩之丽,这种描写正所谓闲笔涉趣,轻轻一点,更使得人物形象鲜明而丰满,故而孙鑛点出"似无涉紧要,然风致正在此"。

后世对于《诗经》,往往持一种奉若神明的态度,盲目迷信,交口称好,能指摘其缺点的,少之又少。而孙鑛则从实际出发,态度比较客观,对于《诗经》的个别不当,即不加隐讳地指出,这是难能可贵的。例如:

> (孙章后评)"嚣嚣"字终觉与无声相碍。大抵此四句微属痕迹。(《车攻》"之子于苗,选徒嚣嚣。建旐设旄,搏兽于敖")

《车攻》最后一章明说"之子于征,有闻无声",说明此次田猎人马严整有序,毫不嘈杂,所以评点说"无声",而倒数第二章说"萧萧马鸣,悠悠旆旌。徒御不惊,大庖不盈",正是写肃静光景的名句。所以此章中用"嚣嚣"是不合适的,孙鑛此处的指摘可谓不谬。

然而,孙鑛诗学思想终未能冲破明代复古派的樊篱,其是古非今的文学倒退观,仍有明显的局限与缺陷。这表现在过于强调《诗经》的艺术经典性。但他的评点能够较早地从文学的角度揭示诗篇的文学特点,其影响又在安世凤《诗批释》之上,其价值不容忽视。

三 黄廷鹄的《诗经》评点

黄廷鹄,又名京廷,字澹志,云间(今上海市松江区)人,万历三十七年举人。其"通家眷弟"徐祯稷所撰《诗冶叙》谓其"以澹志先生之才之学之识,不获然藜太乙、珥笔石渠,仅仅令粤溪、佐京兆,宦辙蹇连,望三湘而迨,而先生情澜冲粹,绝无牢骚悱恻况瘁无聊之感",并说他"三仕三已",可见他曾在粤溪、京兆等地做过官,第三次做官应在湖南范围内,但却没有顺利上任。其著作还有《希声馆集》《黄氏先懿录》。

《诗冶》二十六卷,明崇祯九年东善堂刻本,中列诗人诗十八卷,文人诗八卷。时间跨度自上古以迄六朝,可以说是一部较大型的唐前诗歌选本。《诗冶》共选《诗经》四十篇进行评点,分为二卷,题为《诗人诗·四诗》。其中有《国风》十八篇(依次为《关雎》《卷耳》《小星》《燕燕》《简兮》《硕人》《河广》《伯兮》《缁衣》《清人》《郑风·鸡鸣》《齐风·鸡鸣》《蟋蟀》《小戎》《蒹葭》《横门》《东山》《七月》),《小雅》五篇(依次为《鹿鸣》《采薇》《鹤鸣》《大东》《甫田》),《大雅》十篇(依次为《文王》《绵》《棫朴》《思齐》《皇矣》《灵台》《公刘》《卷阿》《烝民》《韩奕》),《颂》七篇(依次为《清庙》《思文》《敬之》《駉》《泮水》《那》《长发》)。全书只有篇后总评,没有眉批和旁批,评点形式相对简单。而于所选诗题下或引《毛传》,或引《序》,用以解题。

徐祯稷《诗冶叙》说到黄廷鹄的评点时,谓"其说诗也,不泥古,不矜时,不为格束,不为事障,不为理学拘牵,不为声调沉溺,悉取复古迄六代诗而上下胪列之,创立位置,缉荟披芳,溯厥源流,幽玄自赏,辟铸金然,赤浊黄白青白之气尽而真金出焉"。说他"不泥古,不矜时""不为理学拘牵",主要反映在他没有把《诗经》作为独立于诗歌之外的圣经来对待,也没在理学设定的框子里盘旋,而是把它和历代的此类诗歌放在一起同样对待,以同样的方式点评,这说明了他的态度是纯粹文学审美而超出政治伦理说《诗》传统的。但是由于黄廷鹄"宦辙蹇连",而"绝无牢骚悱恻况瘁无聊之感"(徐祯稷《诗冶叙》),所以他对于诗歌情感之态度,比较倾向于温和一类,"故其所嗜赏,大都平中温厚,不怒不怨,抑亦其性情神理所叶契然耳"。这正符合了温柔敦厚的诗教传统。

对于朱熹《集传》,明代读书人往往是奉为圭臬的,但黄廷鹄却没有受其束缚,而是有自己独立的思考。如他说:

> (黄评)《朱传》诚明好恶,又缚定诗句也。只累累然陈其象,而形容变幻,口不可得而言。(《小雅·鹤鸣》)

一方面指出朱熹《诗集传》对诗句产生了束缚影响,又肯定其对于伦理好恶的阐明,说明他对于诗歌的道德因素还是有所看重。

黄廷鹄对于传统经学的突破还体现在他的诗学观上。他论诗重"性情",于其自作《诗冶叙》中称:

> 诗人自有个中一种气韵,其笑言神态、饮食梦寐,无非是诗者,甚是。为悁为畸,而不可为俗子;为轻为狂,而不可为学究;为穷为悴,而不可为至宝。丹如松泉之吻,与烟火之肠盖别矣。要之于性情为近,而其诗得比兴居多。

他认为诗人可以"为悁为畸""为轻为狂""为穷为悴","要之于性情为近,而其诗得比兴居多"。这种性情,存在于诗人的"笑言神态、饮食梦寐",凝结为诗人的气韵,发于言,则"无非是诗者"。由此出发,他反对以学问为诗的文人之诗,称:

自文人之诗与诗人之诗混,而粗豪组织之词杂然并作,盖多儒生之书袋而乏风人之性情。诗道大受魔障。间有佳者,亦能为赋,而浅于比兴,工于言内而索然于言外。

此处所说"文人之诗",即其词多捃扯前人词句,加以"粗豪组织",改头换面。这样的诗只工于言外,只在语言形式上做足工夫,求其言外韵味却索然,缺乏"风人之性情",而"浅于比兴"。这种观点明显是对中晚明诗歌复古思想的反拨,或与当时的反复古论调如公安派提倡性灵有所关联。在具体的诗篇评点中,这种重性情的倾向也有所显露。如:

(黄评)乐府《天马》,杜诗《咏马》,写权奇灭没至矣。诗人则曰"秉心塞渊,騋牝三千",曰"思无邪""思马斯徂",故曰诗以道性情。(《鲁颂·駉》)

(黄评)只就人情上形容,后两章略说作人纲纪人处,有水月镜花之味。(《大雅·棫朴》)

具体到对于《诗经》里四十篇诗的评点,则多数为引用前人语,句前注明名姓。如:

(黄评)孔子评:《关雎》乐而不淫,哀而不伤。(《周南·关雎》)

(黄评)延陵季子评二《南》曰:美哉!始基之矣,犹未也,然勤而不怨矣。(《召南·小星》)

统计所引前人语共二十八则,其中孔子三则,季本(延陵季子)五则,严华谷三则,杨慎、《毛序》、文中子、吕东莱、张京元、范淳夫、王世贞、《书大传》、范处义《诗补传》、沈守正、《国语》、《乐记》、陈绎曾、欧

阳子、崔铣各一则。而黄氏本人所自言,则于句前加"评"字以标别。如:

> (黄评)评:不言义不可往,含旨凄恻。(《卫风·河广》)
> (黄评)评:从御朝常规又进一步,妙。○末句深情宛转。(《秦风·鸡鸣》)

黄氏自己所下评语,总计三十八则。数量虽少,内容却不乏可观之处。其评语无头巾气,无理学语,无注疏语,纯是一派文学感悟与艺术分析结合的评法,奕奕然甚具灵性。其纯任感悟的如:

> (黄评)国家之事,有不可胜悲者,止说别离之情,言外隐痛。(《邶风·燕燕》)
> (黄评)"维天"以下,如谵如痴,致更凄楚。《离骚》《天问》之祖。(《小雅·大东》)
> (黄评)本是一幅击壤图,添多少景趣活泼。(《大雅·灵台》)

言"言外隐痛",言"如谵如痴",言"不可胜悲",言"致更凄楚",言"景趣活泼",都是从感受上言,皆为于无迹可寻处发为言说。

其对于诗之结构和语言运用效果的分析如:

> (黄评)倐说天,倐说人,倐说本朝或前代,排荡莫测。○又评:典型语,理窟语,而发以咏叹感慨,不者便板俗。○陈思王《赠白马》二章以下用此篇法。(《大雅·文王》)

黄氏此则评语完全是从诗篇布局和语言方面进行评说。按《文王》一诗,没有任何景物的衬托,只是一气叙事、颂德与说教,即"典型语,理窟语,而发以咏叹感慨",但读来却不板俗,原因何在? 其实正是结构方面安排得成功。此诗说天说人,空间转换,说本朝之事,又间以殷商臣服之前代事,文势有曲折有波澜,不显单一枯燥,加之首尾照应,章与章、句与句之间互相衔接,正所谓"排荡莫测"。最后评语又稍稍点明篇法与后世之影响,对此诗结构提点得还是比较恰当的。

黄氏评点对于诗中作法妙处及特点的揭示,除结构之外,还涉及许多不易为人注意之处,一经点明,豁然开朗。而此类评语占多数。如:

(黄评)见弃意都含蓄,且不出"德"字,只举浅浅者,怪叹在言外。○次章写生手,觉神女洛妃烦矣。○末章六用叠字,古诗"青青河畔草"篇本此。(《卫风·硕人》)

(黄评)柳下依隐,东方陆沈,气味千载。○《楚辞》"沅有芷兮澧有兰,思君子兮未敢言",祖末章法。(《邶风·简兮》)

(黄评)于古公事详矣。文王,只写他气焰精采,却不言文德。忽下四"予曰"字,兴象错落。(《大雅·绵》)

(黄评)蔼然和气,只琴瑟上点出。末规诫更深,却自风韵。(《郑风·女曰鸡鸣》)

(黄评)德之奥妙,著不得语言,却从渊源处及事上、人上,历历咏叹,令人咀绎想象。(《大雅·思齐》)

(黄评)若颂若规,深于诱掖。而凌空隐约,更秀于《公刘》篇。○全诗不为不多矣,政尔车马所用处,旋唱忽收,令人彷徨自得。(《大雅·卷阿》)

(黄评)忽插亲迎一段,又说到相攸燕誉处,风流淡宕。○吉甫作雅,乃自称其风如风,然不长于比兴。(《大雅·韩奕》)

综观其评，颇具灵性，用语选词与成熟的普通诗歌评点风格上几无差别，虽然着语不多，但可发人灵窍，难能可贵。遗憾之处是所评篇数太少，于读者未为餍足。

第二节 《诗经》评点的"诗活物"说
——钟惺《评点诗经》

在所有的《诗经》评点著作中，若说到评点之精、影响之大、流传之广，则非钟惺的《评点诗经》莫属。钟惺（1574—1624），字伯敬，号退谷，竟陵（今湖北省天门市）人，万历三十八年进士，官至福建提学佥事，有《隐秀轩集》。钟惺关于《诗经》的著作，除评点《诗经》外，还有《古名儒毛诗解》二十卷、《诗经图史合璧》二十卷总目一卷、《诗经纂注》、《诗经备考》（署钟惺、韦调鼎撰），另外还评点过《韩诗外传》十卷。①

一 版本情况

目前所能见到的钟惺所评《诗经》主要有如下三种系统：

第一种题名《诗经》，又分两个版本。其一为单行本三卷，为明泰昌元年（1620）吴兴凌杜若刊朱墨套印本，一函三册，藏复旦大学图书馆，应为原刊本，书中又有佚名手书朱墨批点。其二是明卢之颐编、溪香书屋合刻《周秦经书十种》本（共二十八卷，其中《诗经》三卷），现有两部：一部藏浙江图书馆，书中有清佚名批注；一部藏国家图书馆（十二册，存二十七卷）。

---

① 钟惺有关《诗经》的其他著作版本情况：
《韩诗外传》十卷，[汉]韩婴撰，[明]钟惺评，明刻本，四册。
《古名儒毛诗解》十六种二十四卷，[明]钟惺集，明季拥万堂刻本，六册。
《诗经图史合璧》二十卷总目一卷，[明]钟惺撰，明末刻本。
《诗经备考》，[明]钟惺、韦调鼎撰。

第二种也题名《诗经》，四卷，小序一卷，明钟惺评点。明泰昌元年（1620）闵刻三色套印本，五册。复旦大学图书馆、国家图书馆分馆、上海图书馆、中国人民大学图书馆、北京师范大学图书馆、辽宁省图书馆等均有藏。前四册有评点，第五册为《小序》，无评点，书前有凌濛初序，书后有凌杜若"题识"。白口，上下单边。正文半叶八行，行十八字。正文黑色，评点有红、蓝两种。红笔眉批每行五字，蓝笔眉批每行六字。该书红色评点与朱墨套印本钟惺《评点诗经》中的评点除少了个别字句外，基本相同。

第三种题名《新刻占魁高头提章诗经正文》，二卷，明万历四十年壬子（1612）书林敦睦堂张斐刻本，二册。该刻本原只有《诗经》正文，后人在正文之上的天头手录钟惺三色套印本中蓝色评点。国家图书馆有藏。

既然凌杜若刻朱墨套印本早于闵氏三色套印本，三色本之朱色评又与朱墨本之朱色评相同，那么，基本可以断定朱墨本之评点为钟氏第一次评点内容，三色本之蓝色评，即《新刻占魁高头提章诗经正文》所录评语，实为钟氏第二次评点内容。而三色本是把钟氏两次评的内容汇集到一起，并用红蓝两色区分了开来。

为便观览，笔者特列图表，以供读者更清晰地了解钟惺评点《诗经》的版本及主要馆藏分布情况。图表如下：

	题名	卷数	署名	刊刻	册数	馆藏分布
1	《诗经》	三卷	明钟惺评点	明刻本（□□□朱墨批点）	三册	复旦大学图书馆
2	《诗经》	四卷,小序一卷	明钟惺评点	明凌杜若刻朱墨印本	三册	上海图书馆
3	《诗经》	三卷	清佚名批注	明末溪香云屋刻《周秦经书十种》本		国家图书馆、浙江图书馆

续 表

	题名	卷数	署名	刊刻	册数	馆藏分布
4	《诗经》	不分卷,诗序一卷	明钟惺评点	明泰昌元年(1620)闵氏三色套印本	五册	复旦大学图书馆、国家图书馆分馆、上海图书馆、辽宁省图书馆、中国人民大学图书馆、北京师范大学图书馆
5	《新刻占魁高头提章诗经正文》	二卷	无	明万历四十年书林敦睦堂张斐刻本,眉批与钟惺三色套印本中蓝色评点同	二册	国家图书馆

按:钟惺《诗经》评点的版本,据李先耕考证至少有四个刻本:吴兴初刻本、增刻新评本、凌氏朱墨五卷本、稍后之四卷本。参考李先耕《钟惺〈诗〉学著书考》(日本《诗经研究》第21号)

综上所述,目前所能看到的钟惺评点《诗经》版本大抵如此。现存的钟惺《评点诗经》各版本之外,应该还有一种,这从《燕燕》一诗的评点可以考出。

现存三色套印本钟惺《评点诗经》于《燕燕》有这样一段评点:

(钟蓝篇后批)庄姜送陈女,是何等事,何等时,原不是寻常离别之情,曰"泣涕如雨"。

凌濛初《言诗翼》于《燕燕》一篇有这样一段录自钟惺评点的

内容:

> (翼总评)钟曰:庄姜送陈女,是何等事,何等时,原不是寻常离别之情。曰"泣涕如雨",曰"伫立以泣",曰"实劳我心",两人胸中,各有一段说不出来之苦,吞吐言外。"仲氏"一章,似只泛言其作人之好,而不及其他,尤为苦心。

而徐与乔《诗经辑评》以及孙凤城《诗经》评本,于《燕燕》一篇则都有这样一段评点:

> (凤城眉)(辑评眉)庄姜送陈女,是何等事,何等时,原不是寻别之情,曰"泣涕如雨""伫立以泣""实劳我心",有一段难明心事吞吐言外。

三色套印本中的此句蓝色评语,于"泣涕如雨"之后戛然而止,明显不完整,而后三种评本却完整转录,《言诗翼》多出了"曰'伫立以泣',曰'实劳我心',两人胸中,各有一段说不出来之苦,吞吐言外"二十八字,而孙凤城评本和《诗经辑评》都多出了"'伫立以泣''实劳我心',有一段难明心事吞吐言外"一十九字。很明显,现存钟惺《诗经》评点本此段评语相对《言诗翼》所引此段评语少了许多,后半部分缺失,《言诗翼》当另有所据版本。

《诗经副墨》及《言诗翼》两书于《駉》"思马斯才"句有评语曰:

> (副墨眉)"才"字说马,妙。
> (翼章评)钟曰:"才"字说马妙。

这句评语,分别存于《诗经副墨》与《言诗翼》,后者指明为"钟曰",而以移录钟惺批点为主的《诗经副墨》当也是转录自钟惺批本,但这句批语却不见于现存钟惺的两种评点刻本。

在《言诗翼》中,《閟宫》有一段总评,也不见于今之钟批本。评云:

> (翼总评)钟曰:"鲁颂"《駉》《有駜》二篇,不能尽脱风体。《思乐》《閟宫》,春容大篇,渐开后世文笔之端。

又如《郑风·女曰鸡鸣》此类同源评语:

> (钟红眉)离居则勉以知德,相聚则道以取友,如此妇人,良师友也。
>
> (翼章评)钟曰:《雄雉》之诗,离居则勉以知德,《鸡鸣》之诗,相聚则道以取友。如此妇人,良师友也。

凌濛初《言诗翼》所转录之钟惺评语,比起现存钟惺《评点诗经》文本都多出主语,明显优于现存版本,是否凌氏所见为更早版本也未可知。

《言诗翼》另有明言"钟曰"的批语与《诗经删补》上的批语相同,却不见于现存钟惺《批点诗经》。如《小雅·雨无正》"维曰于仕,孔棘且殆。云不可使,得罪于天子;亦云可使,怨及朋友"评语云:

> (翼章评)钟曰:仕途怕怨及朋友的,自是良心,今世亦无几人。又曰:二章似是去者答他日解免之词。先替他说出,使开不得口矣。
>
> (删补眉)怕怨及朋友,仕途上有几人。(删补眉)此下当是去者答他自解之辞,一发替他说出,更开不得口矣,此老吏掬狱手口也。
>
> (钟红眉)怕"怨及朋友",仕途上有几个?

这说明《言诗翼》与《诗经删补》转录钟评有共同的来源,却不同于现存的钟评版本。同样的例子还有《大雅·大明》"使不挟四方"一句评点。《言诗翼》所引钟惺批语与陈组绶《诗经副墨》所引钟批相同,但不同于现存钟惺《批点诗经》:

(副墨眉)"使"字说出威灵。
(翼章评)"使"字说出威灵。
(钟红眉)"使"字甚警,可畏。

再如《正月》"谓天盖高"一章各版本批语相近,却明显为两个系统。为便于观览,罗列如下:

(钟红眉)处乱世自应如此,然使人至此,已是亡国之象矣。
(删补眉)处乱世自应如此,然使人至此,曰是王国之象矣。
(副墨眉)处乱世不得自然,然使人至此,国欲不亡,不可得已。
(翼章评)钟曰:处乱世不得不然,然使人至此,国欲不亡,不可得矣。

《言诗翼》注明"钟曰",自是录自钟惺评本无疑,其评语和《诗经副墨》所录只一字不同,一曰"不得不然",一曰"不得自然",或为刻手误刻。但现存钟惺评点本此则评语却与两书有较大差别,尤其句末,虽然意思相近,但表达方式不同。《诗经删补》所录则与现存钟惺评本相同。这种现象可以进一步证明,晚明时还有一种与今存不同的钟惺《诗经》评本。

还有《言诗翼》所录钟惺批语明显比今本详尽者,如《大雅·卷阿》：

> （钟红眉）此诗大臣告君之体，格非顺美，深婉浑奥典则风雅，不涉一谏诤之气。
>
> （翼总评）钟曰：此诗大臣告君之体，格非顺美，深宛浑大，典泽风雅，读之使人生欢喜心而霍然生悟，不涉一无聊谏诤语气。

由以上诸多例证可推知，钟惺《评点诗经》尚有一种评本，此本或者与三色套印本中的蓝色评点一个系统，或者和三色套印本同样为合刻本，但与现存版本不尽相同。

具体到部分评点内容的著作权归属，也有一些说明的必要。《四牡》总评署名"谭氏云"，却明明都是钟惺红笔评点内容，《常棣》总评中，徐与乔所辑钟惺评本上几句批语，却分别署"谭氏云""钟氏云"。评语云：

> （《常棣》）（辑评篇后批）**谭氏云**：说得委曲深至，要哭要笑，只是一个真。"不如"字，反应前"莫如"。**钟氏云**：读末节见五伦相须之妙。"每有良朋"二句，不要说坏朋友，良朋友实有此时势，如所云"老母在，政身未敢以许人"。

或者谭元春也有评本传世，但到底是谭借用了钟，还是钟借用了谭，却不得而知。徐与乔《诗经辑评》上另有《皇皇者华》的一段总评署"谭氏云"，却为钟评本所无：

> （《皇皇者华》）（辑评篇后批）**谭氏云**："每怀靡及"，千古臣子良箴，下四节从此四字生出。既"每怀靡及"，又诹、谋、度、询，千古臣职，又宁有他？〇四"周"字可思，君道相道不

出于此。"四牡""皇华",皆出一"怀"字,然劳之则曰"岂不怀归",曲体其情也;遣之则曰"每怀靡及",深作其劝也。

而陈继揆《读风臆补》之上也有两段评语与现有钟评本上评语基本相同,而评前却署他人姓氏,具体对照如下:
《大叔于田》:

(钟红眉)看来叔无大志,一驰马试剑轻肥公子耳。其徒作诗夸美,亦不过媚子狎客从吏游戏者,不然,且为曲沃武公矣。看"将叔无狃,戒其伤女",及"我闻有命,不敢以告人",气象大小深浅差多少。

(陈篇后批)**曹嘿雷**曰:"段,一驰马试剑公子耳,美叔者即媚子狎客也。不然,且为曲沃武公矣。读'将叔无狃,戒其伤女'及'我闻有命,不敢以告人',气象大小深浅何如。"猎猎有风云气。看其礜控纵送处,亦觉六辔在手,一尘不惊。

《山有枢》:
(钟红眉)行乐之词,乃以斥苦之音出之,开后来诗人许多忧生惜日之感,末语促节,便可当一部挽歌。

(陈篇后批)**徐退山**曰:"行乐之词,乃以斥苦之音出之,开后来诗人许多忧生惜日之感。末语促节,可当一部挽歌。"

署名曹嘿雷与徐退山,不知何据。徐退山在《清稗类钞》中有记载,为清代人,当晚于钟惺,则可断定徐退山或是引用过钟惺评语。或为陈继揆误写,也未可知。曹嘿雷生平不可考,大约有两种可能:一种是钟惺这两段评语本来就是化用或直接引用曹氏评语,另一种是曹氏化用钟惺评语。古人解经,多有杂撮前人或他人著述而没其姓名之习，晚明尤烈，给后来研究者留下许多困扰，这是一个需要引起注意的现象。

二 "诗活物"说

钟惺《诗经》评点本卷前有一篇著名的叙言，即《诗论》，是钟惺阐述其说《诗》观的总论性文章，其中心论点即"诗活物"说。黄道周在《诗经琅玕例言》中说："竟陵钟伯敬先生以《诗》活物，不事训诂，专慎批点，如老泉评《孟》，叠山品《檀弓》，差为诗人点睛开面。"黄氏此意甚明，即钟惺之所以采取文学评点的形式施于《诗经》之上，而不采取训诂的主流做法，是与钟惺以《诗》为活物的观点联系在一起的。"诗活物"说超出了《诗经》学的范畴，对于整个诗歌评点之学同样具有方法论的意义。

钟惺对于《诗经》的阐释采取了一种开放式的态度，与当今的接受美学理论不无暗合之处。

《诗论》开始即点明此主旨：

> 《诗》，活物也。游、夏以后，自汉至宋，无不说《诗》者，不必皆有当于《诗》，而皆可以说《诗》。其皆可以说《诗》者，即在不必皆由当于《诗》之中。非说《诗》者能如是，而《诗》之为物，不能不如是也。[1]

孔子及其弟子游（子贡）、夏（卜商）之徒解诗，[2]《左传》所载诸侯大夫盟会聘享之赋诗言志，以及汉代今文经学之解《诗》，皆断章取

---

[1] ［明］钟惺：《诗经评点·诗论》，《诗经评点》，明泰昌元年闵氏三色套印本。
[2] 此句可与钟惺《毛诗解叙》所云相发明。《叙》云："何以知之？以孔子引诗，知子贡论贫富而忽引'如切如磋'为证，子夏问素绚而悟及礼后，孔子皆谓可与言诗。夫切磋之诗，美卫武公也，与论贫富何与？素绚，逸诗也，玩其词，亦非为礼而作。二贤何以引之，而孔子又何以称之哉？"

义、牵强附会,与《诗》的本事及本义绝不相蒙,可谓"无当于《诗》",但又未尝不可,"不必皆有当于《诗》"。其根本原因,就是《诗》之为物的本事,即《诗》是活物,决定了无当于《诗》亦可说《诗》。

以今天的研究成绩及成果来看,要复原《诗经》的全部原创意义是不可能的,即所谓"不必皆有当于诗","不必"就是不可能。所以人人都可以用自己的方式和思路说《诗》的原因,就在不可能都与《诗》的本义符合这个事实当中,即所谓"其皆可以说《诗》者,即在不必皆有当于《诗》之中"。当然任何一个说《诗》者,他的解读都会受到主观的诠释角度及其对诗之认知程度的限制,所谓"精者精之,粗者粗之"(《毛诗解叙》),而这在钟惺的观点中其实只是一个方面,另一个方面是作品本身所具有的可无限阐释的内涵空间,即"非说《诗》者能如是,而《诗》之为物,不能不如是也"。这一点,陈广宏概况得比较明了:"而这与其说是历代说《诗》者自身主观条件的差异造成了《诗经》意义诠释的活泛多变,毋宁说是《诗》本身所贯注的天机般宇宙人文精神之大,规定了其为'活物'的性质。"①也就是说,在钟惺看来,《诗经》是自完自足的,具有多重可阐释性,而这并非所有作品所具备的。以我们今天的眼光来看,这种说法也是有一定道理的。譬如《红楼梦》可以无穷阐释,不仅仅是读者接受的问题,也与它本身的"活物"性质相关,其他作品就未必有此效果。这也可以用接受美学的理论来说明。按接受美学的理论,本文和作品是两个概念:本文是作者审美意识借助某种媒介固定下来的符号形式系统和开放式结构,在未经读者阅读以前,正如未被消费的产品不能称为商品一样,不能称为作品;作品是本文符号系统和开放式结构的具体化形态,是经读者阅读后,留存于读者意识中的审美客体。因而,接受美学格外突出了读者的地位和作用。本文的"空白""未定性"只有通过阅读才能成为一种充实和确定的作品。钟惺所说的作为"活物"的诗,其实就是经读

---

① 陈广宏:《竟陵派研究》,上海:复旦大学出版社 2006 年版,第 387 页。

者阅读后留存于意识中的审美客体,这一审美客体具有不确定性和历史性,唯其如此,才能称得上是"活"。作品之所以能活起来,就是因为不同的读者所具有的不同的期待视野必然导致对作品作出不同的解释。而读者不论就其生理存在而言,还是精神存在而言,都是历史性的,因此,作品的本质便成为历史中永远无法完成的读者接受结果的展示,也可以说诗在历史中永远是活的事物,即"活物"。虽然钟惺并没有对"诗活物"说作严密的科学阐释,也缺乏精当的术语来界定,但其理论实质正和接受美学的核心内容一致。除此之外,"诗活物"说还有超出接受美学的方面。接受美学侧重于读者的自由阅读方面,申述对于作品进行不同解读的合理性,是强调接受主体的一种说法。而钟惺的"诗活物"说则侧重于从诗歌文本的本体论角度为"见仁见智"的不同阐释进行申述。钟惺此篇文章中所谓的"活物",是将《诗经》看作一个灵活多变的开放性文本,一个具有派生能力和再生能力的文本,它不断的理解和解释中获得新的生命。因为《诗经》本身意义的多元性和不确定性,使得各家解释一方面"不必皆有当",另一方面又"未尝不合",只要能自圆其说,都算是合理的解释。也就是说,"见仁见智"的现象主要不是由诠释者的期待视野造成的,而主要是由《诗经》文本本身"活"的特性决定的。"诗活物"即诗无定指,即是说诗旨并不固定在具体的情境中,读者对于诗语,都具有想象、联想和比喻的权利。如果强行作出一种解释而"是其意以为《诗》之指归",则是一种绝对化的做法,会对《诗经》的"活"意造成扼杀。

《诗经》的阐释之所以是开放性的,是因为《诗经》作品本身的可阐释空间是极大的,不同的阐释并不妨碍诗的独立完整性,所谓"夫《诗》取断章者也,断之于彼而无损于此,此无所予而彼取之"。[①] 也就是说不同的解《诗》者完全可以从不同的角度、不同的立场赋予《诗》不同的含义,使之成为所谓的"活物",而《诗》依然是《诗》,不会因为

---

① [明]钟惺:《诗经评点·诗论》,《诗经评点》,明泰昌元年闵氏三色套印本。

不同的阐释而变成别的东西。就像一个独立完整的人,尽管不同的人对他有种种不同的看法,或善或恶,或贤或否,或忠或奸,都丝毫不会改变这个人的本来性质和面貌,他自己未必知道这些加之于他身上的种种评价,但他依然是个独立完整的人。而《诗》恰恰也是这样,也应该是这样。因此,"说《诗》者盈天下,达于后世,屡迁屡变,而《诗》不知,而《诗》固已明矣,而《诗》固已行矣。然而《诗》之为《诗》自如也,此《诗》之所以为经也"。①

钟惺认为,无论是《小序》还是朱熹的观点,都不能说就是终极的标准观点,无所谓谁对谁错,都不可尽信,也不可尽废,都有其价值,也都有其不能令人信服之处。汉代人对于《诗经》的阐释,缺点在于往往把一首诗落实到一个本事上,不容有别的解释。所以钟惺这样评价汉代解《诗》者:"汉儒说《诗》据小《序》,每一诗必欲指一人一事实之。"②汉儒如此坐实,那么以朱熹为代表的宋儒又怎样呢?钟惺云:"考亭(朱熹)儒者虚而慎,宁无其人无其事,而不敢传疑,故尽废《小序》不用。然考亭所间指为一人一事者,又未必信也。"③他认为,宋儒虽然不相信汉儒对于《诗》的解释,废《小序》而不取,但是在阐释《诗》义时依然犯了同样的毛病,不敢"传疑",还是局限于"传信",也时不时地把一首诗落实到具体的某人某事。只不过推翻了汉儒的彼人彼事,又树立了此人此事,也没有把《诗》看作丰富的意义体。这样做的结果是,这新的落实了的阐释也往往难以令人信服,乃至于连朱熹的注释也"有近滞者、近痴者、近疏者、近累者、近肤者、近迂者"。④

而天下对于《诗》的态度,普遍都犯了胶柱鼓瑟、非此即彼的毛病,缺乏通达灵活的诗学观,所谓"今或是汉儒而非宋,是宋而非汉,

---

① [明]钟惺:《诗经评点·诗论》,《诗经评点》,明泰昌元年闵氏三色套印本。
② [明]钟惺:《诗经评点·诗论》,《诗经评点》,明泰昌元年闵氏三色套印本。
③ [明]钟惺:《诗经评点·诗论》,《诗经评点》,明泰昌元年闵氏三色套印本。
④ [明]钟惺:《诗经评点·诗论》,《诗经评点》,明泰昌元年闵氏三色套印本。

非汉与宋而是己说,则是其意以为《诗》之指归尽于汉与宋与己说也,岂不陋且隘哉?"①天下人只认一个死理,要么支持汉,要么支持宋,要么支持自己,好像《诗经》就只应该有这三种观点一样。实不知《诗》是"活物",有无穷的可阐释空间,不必坐实。凡是坐实的读者,都是刻舟求剑、守株待兔。只有做到"说《诗》者散为万而《诗》之体自一,说《诗》者执其一而《诗》之用且万,意此《诗》之所以为《经》也"。② 这也是《诗》为"活物"的前提条件。

钟惺一方面重视接受主体,一方面也对创作主体给予了关注。如《大东》评语:

> (钟蓝篇前评)"维南"四语即申上意绝望之词,非又深一层也,然总不宜认真。要知织女诸星终古在天,有周盛时亦曾见之。愁烦之人物物生悲,失望之时处处归咎耳。

所谓"愁烦之人物物生悲,失望之时处处归咎",也是强调主体的情感,不过与"诗活物"说的强调接受主体不同,此处是强调创作主体。但从强调主体性上来说,正是和"诗活物"说相通的一种体现。创作主体在情感强烈的时候最容易触发诗思,也即"兴"之最易奏效的时候。如果诗人一时毫无情感,外物任其如何,也难以"兴"起诗人之诗情。

其实钟惺的此种观点还蔓延到了六经。其《毛诗解叙》云:"六经有解乎? 六经而无解,不名其为六经矣。六经有一定之解乎? 六经而有一定之解,不成其为六经矣。"认为六经都没有一定之解,更何况《诗经》了。具体到诗里的评点,也对此有所反映。如《曹风·蜉蝣》一篇评云:

---

① [明]钟惺:《诗经评点·诗论》,《诗经评点》,明泰昌元年闵氏三色套印本。
② [明]钟惺:《诗经评点·诗论》,《诗经评点》,明泰昌元年闵氏三色套印本。

(钟总红、辑评篇后批)诗有不可解有不必解,然亦有可解且不可不解,如《蜉蝣》"于我归处""归息""归说"是也。今人于不可解不必解者必欲解之,于可解且不可不解者反置之,甚矣,诗之难言也。

此处把诗分作了两种,一种是不可解不必解的,一种是有可解且不可不解的,详其意,大约前者乃"活物"之诗,后者则非是,乃是一种有明确本事及含义的诗。看来诗为"活物",也并不是普遍的规律。

以《诗》为"活物",以《诗》无一定之解,并不能理解成没有任何原则的胡乱解说,而是有所遵循。钟惺在《毛诗解叙》中即提出这一标准曰:"盖孔子取其义理与道通,而事与词非其至也。"也就是说只要合乎逻辑,符合义理,能自圆其说,即不算过分。

亚里士多德似乎说过诗比历史更具哲学性,因为历史"处理的是已经发生的事情,诗则处理可能发生的事情",即诗重视的是一般性和可能性。[1] 而钟惺"诗活物"说就是强调解诗不必坐实,因为诗不是历史,处理的不是已经发生的事情,读者应将精力放在诗的一般性和可能性上。而汉儒解诗恰恰喜欢处处坐实,而且流毒至今。钟惺在那个时代提出"诗活物"说,真可算是通人之解。正如朱自清对于读诗的见解:"可不要死心眼儿,想着每字每句每篇只有一个正解;固然有许多诗是如此,但是有些却并不如此。"[2]"多义中有时原可分主从","多义也并非有义必收;搜寻不妨广,取舍却须严;不然,就容易犯我们历来解诗诸家'断章取义'的毛病。""我们广求多义,却全以

---

[1] [美]勒内·韦勒克、奥斯汀·沃伦:《文学理论》,南京:江苏教育出版社 2005 年版,第 23 页。
[2] 朱自清:《诗多义举例》,原载《中学生》杂志,见《朱自清说诗》,上海:上海古籍出版社 1998 年版,第 180 页。

'切合'为准;必须亲切,必须贯通上下文或全篇的才算数。"①

钟惺论诗见解独到,钱锺书先生指出:"以作诗论,竟陵不如公安……然以说诗论,则钟谭识趣幽微,非若中郎之叫嚣浅卤。盖钟谭于诗,乃所谓有志未遂,并非望道未见,故未可一概抹杀言之。"②如果结合钟惺提出的"诗活物"说的成绩,则竟陵派诗论应在中国文论史上得到更多的关注。

三 关于评语

钟惺"诗活物"说的提出,是为了真正从文学鉴赏的角度解读《诗经》作品张本的。据此,他在评点《诗经》时就采取了《诗归》评点的办法,感必由己,"意有所得,间拈数语",取其有所会心而已,而完全废弃前人之传、笺、疏、注,其指归乃"第求古人真诗所在"。③

凌濛初非常推崇钟惺《诗经》评点,最早刊刻的朱墨套印本即出自凌氏之手。他在此本序言中说:"吾友钟伯敬,以诗起家,在长安邸中示予以评本。领会要归,表章性情,摘发字句,标示指月。为言虽无多,而说诗诸法,种种具备。予读而快心。予不敏,家世学《诗》,得窥一斑,亦曾诠解一二,自享敝帚,不敢示人。今未免气夺大巫,觉我形秽。"推崇之意尽显。

钟惺解诗一空依傍,时有新意,正体现了他的"诗活物"观。他不喜欢道德说教,敢于大胆驳斥以伦理道德附会诗义。《郑风·萚兮》"萚兮萚兮,风其吹女。叔兮伯兮,倡予和女"一章眉批云:

(钟蓝眉)"倡""和"二字明明朋友,何必说到男女上?

---

① 朱自清:《诗多义举例》,原载《中学生》杂志,见《朱自清说诗》,上海:上海古籍出版社1998年版,第181页。
② 钱锺书:《谈艺录》(补订本),北京:中华书局1984年版,第102页。
③ [清]钟惺:《诗归序》,见郭绍虞主编:《中国历代文论选》(第三册),上海:上海古籍出版社1980年版,第213页。

《毛序》认为此诗乃是"刺忽也。君弱臣强,不倡而和也"。今天看来,显然是附会之说。宋、清学者对诗旨众说纷纭,无非是如《毛序》一般忧国刺时之类。朱熹《诗集传》则认为"此淫女之词"。此说一出,后代学者多从之。钟惺对此解释也不满意,因此反驳说"何必说到男女上",并自创新说,谓此诗乃"思友也"。按程俊英云:"这首诗可能是当仲春'会男女'的集体歌舞曲。称叔称伯,显然是女子带头唱起来,男子跟着应和的。而且不止两个人,而是一群男女的合唱。《周礼·媒氏》:'仲春之月,令会男女。于是时也,奔者不禁。若无故而不用令者,罚之。司男女之无夫家者而会之。'说明了诗的社会背景。《左传》昭十六年记载郑六卿饯宣子,子柳赋《萚兮》,宣子认为是'昵燕好'之词,可见《萚兮》的诗旨,在春秋时早认为是女子希望得到亲热的闺房之乐。"[1]如此说确然,则钟惺的解说只是根据自己的主观来断定。虽然不准确,倒也可备一说,反映了钟惺圆活的文学观念。

再如《子衿》总评云:

> (钟总红)坐《青衿》以淫奔,**当加罪一等**,甚矣考亭之故入。止以"挑""达"二字作证佐,刻哉!《子衿》,思良友也。

以"罪加一等"这样严重的话来指责朱熹的还真是少有,而明代是朱熹《诗集传》一统天下的时代,朱熹的观点代表着当时对于《诗经》的主流权威阐释,从这一点就可以看出钟惺比较独立的文学观念,难怪他会遭到后世俗儒的诸般指责。四库馆臣在评价贺贻孙《诗触》时就说:"而其所从入,乃在钟惺《诗评》,故亦往往以后人诗法诂先圣之《经》,不免失之佻巧。所谓楚既失之,齐亦未为得也。"虽说是指责贺贻孙,但以钟惺为反面教材,可见其在拘腐俗儒眼中是什么地

---

[1] 程俊英、蒋见元:《诗经注析》,北京:中华书局2005年版,第242页。

位。而所说《诗触》"以后人诗法诂先圣之《经》",抛开其倾向性来看,倒也没有说错。钟惺评点《诗经》,正是把《诗经》看作和后世诗歌一样的东西,从文学角度进行解读。

钟评的内容,重在探讨评论诗之笔法,而这种笔法的探讨是在把握诗旨的前提下进行的。因为排除了非文学因素的干扰,钟氏在诗的鉴赏和诗法的把握上就往往能搔到痒处。虽然其评语不多,但往往能得其要。如评《葛覃》云:"不外家常恭勤语,说来风雅。"此句评语看似简单,却于简单中含独到见解。因为《毛诗序》对于这首诗的题解是:"《葛覃》,后妃之本也。后妃在父母家,则志在于女功之事,躬俭节用,服浣濯之衣,尊敬师傅,则可以归安父母,化天下以妇道也。"这种观点一直影响着千百年来的解释,而钟惺评语却明显淡化了这种政治教化思想,给人以亲切感,也颇得诗之神韵,对于该诗的鉴赏是有帮助的。评《卷耳》云:"此诗妙在诵全篇,章章不断;诵一章,句句不断。虚象实境,章法甚妙。闺情之祖。"此诗写思妇想象中丈夫登山饮酒之事,想象之事自然是虚,而思妇想念之情境却是真实的,所以用"虚象实境"概括,是允当的。从文学史的角度来看,这是一首最早的闺情诗,自然有源头意义,故曰"闺情之祖"。这是对于诗法的揭示。《蒹葭》一篇,最得风人之致,缥缈惆怅,难以言说,钟惺评云:"心中人,心中事,心中境,无一不备,诗家仙品。"以"仙品"来形容诗中缥缈之致,以三个"心中"来形容对向往之人的企慕,都是合适而准确的。这是对于意境风格的评说。再如《大东》篇,评云:"'维南'四语,即申上意,绝望之词又深一层也。然总不宜认真。要知织女诸星,终古在天,有周盛时,亦曾见之。愁烦之人,物物生悲,失望之时,处处归咎耳。"感物伤情,睹景生悲,这里说的是诗中常见的情感表现艺术。

钟惺《批点诗经》对后世《诗经》评点产生了极大的影响,但长期以来一直没有引起《诗经》学者以及钟惺研究者的充分注意,可谓备受冷落,直到20世纪末,才出现了相关研究文字。至于受冷落的原因,侯美珍博士已经论及。她的博士学位论文有这样一段论述：

> 笔者以为,晚明经书的评点之学,在经学史上是一个特殊现象,与传统采笺注的解经方式,不论是形式或内容上都大异其趣,以往的经学研究者,常不屑或不遑顾及。而研究文学、研究评点的学者,经书非其专攻,又或视评经为经学范畴,故亦甚少留意……①

所论钟惺的《诗经》评点受到冷落的原因可谓一语中的。近几年,钟惺的《诗经》评点及"诗活物"说开始受到学人的关注,这对于《诗经》的研究、钟惺的研究、竟陵派的研究乃至晚明诗学的研究都会助益良多。

第三节　《诗经》评点的文学审美情境与技巧
——戴君恩《读风臆评》

戴君恩《读风臆评》在《诗经》评点的历史上占据着非常重要的位置。它是《诗经》评点产生以来的又一部成熟之作。此书脱离了政教伦理的说教,摆脱了经传注疏的附庸形式,纯以文学的观点评说《诗经》,具备了《诗经》评点独立而完整的特征。它不仅得到当时一些文学思想先进之士的欣赏,而且不断被后世转抄流传,影响仅次于同时代出现的钟惺《评点诗经》。

一　撰述、刊刻及研究现状

《读风臆评》不分卷,明戴君恩撰。有明万历四十八年庚申(1620)乌程闵齐伋朱墨套印本,《四库全书总目》存目类有著录,复旦

---

① 侯美珍:《晚明诗经评点之学研究》,台湾政治大学博士论文,第15页。

大学图书馆、首都图书馆、北京大学图书馆、辽宁省图书馆、无锡市图书馆、安徽省博物馆均有藏。中国国家图书馆善本特藏部藏本标注为："明戴君恩撰，万历四十八年闵齐伋刻朱墨套印本，清丁丙跋，九行十九字，小字双行同，白口，四周单边，不分卷《读风臆评》。"《四库全书存目丛书》(经61)据此本影印。

戴君恩，生卒年不详。《四库全书总目·诗类存目》之《读风臆评》提要云："明戴君恩撰。君恩字仲甫，长沙人。嘉靖癸丑进士，官巴县知县。"《明清进士题名录》则云戴君恩乃万历四十一年癸丑进士，注云"湖广岳州府澧州民籍"。《大清一统志》卷287所载则稍详："戴君恩，字紫宸，澧州人，万历进士，历工部主事，督修永陵有功。奢酉之变，监军讨平之。历官都御史，巡抚山西，计讨贼王纲等三百人。"《四库全书总目》所记戴君恩中进士的年份为嘉靖癸丑年(1553)，而《明清进士题名录》与《大清一统志》所记为万历癸丑年(1613)，两种说法相差一甲子。据闵齐伋跋语可知，与戴君恩当时同事的闵齐伋二哥的岳父次氏抄录《臆评》稿并交给闵齐伋刊刻的时间是万历四十八年庚申(1620)，那么戴氏在《读风臆评自叙》中称戊午参加蜀闱，当是万历戊午年，即万历四十六年(1618)。如果按《四库全书总目》所说戴氏中进士是在嘉靖癸丑年(1553)，那么此时与参加蜀闱的时间相距就有六十五年，这是违背常理的。而如果按《明清进士题名录》与《大清一统志》所载戴氏中进士是在万历癸丑年(1513)，则此时与他参加蜀闱相距五年，较合情理。因此，戴君恩中进士的时间应为万历四十一年癸丑(1613)。

《读风臆评》是戴君恩对《诗经》"国风"部分本文进行评点的著作。此书卷首有戴君恩很短的一段自叙：

> 戊午蜀闱，予受事帘以外多暇。然予性故纷驰不耐暇，闱中束于禁，既鲜缥缃之携可以醒发心眼，而(檡)蒲六博之务又所弗习，卒何以销此清昼？爰检衣箧，得《国风》半部，

展而玩之,哦之咏之,楮之翰之,嗟夫!

卷末还有刊刻者闵齐伋的一段简要跋语《书戴忠甫读风臆评后》:

> 先生之以臆读风也,亦恰中人臆,似无臆外之奇,独是千古陈言,一朝新彻,乃大奇耳!戊午之后,我仲兄翁次氏承乏监试蜀闱,遂得与先生朝夕焉。而读其所以读风者,火齐不夜,枕中可得而秘与,是宜广其读以与"三百篇"同不朽矣。乌程闵齐伋。

由此两段记录可知,戴君恩于万历四十六年戊午(1618)参加四川乡试的(监考)工作,工作间隙闲暇之余,取《国风》加以点评。点评完成后,同僚借阅,并录了副本,交与闵齐伋。齐氏为广其传,乃刻印此书,刊刻时间为万历四十八年庚申(1620)。

关于戴君恩及《读风臆评》的关注度呈上升趋势,目前的研究已有一些,如刘毓庆《戴君恩的"格法"说与〈读风臆评〉》,汤伟嘉《戴君恩《读风臆评》评介》,日本汉学教授村山吉广著、东京研文出版的《明代戴君恩の诗经学》,郑月梅《戴君恩以〈臆〉论〈诗〉的特色》,中国台湾大学诗经研究课题集《明戴君恩《读风臆评》之诗话性质探讨》,以及龙向洋博士学位论文《明清之际诗经评点研究》中的相关评述。

二 关于评语

戴君恩的评点偏重于分析诗的文学审美情境和文学技巧。《四库全书总目》云:"是书取《诗经·国风》加以评语,又节录《朱传》于每篇之后。乌程闵齐伋以朱墨版印行之。纤巧佻仄,已渐开竟陵之门。其于经义,固了不相关也。"周作人从相反的角度看待这段含贬义的评语,他说:

《四库提要》的贬词在我们看来有些都可以照原样拿过来,当作赞词去看,如这里所云于经义了不相关,即是一例。我们读《诗经》,一方面固然要查名物训诂,了解文义,一方面却也要注重把他当作文学看,切不可奉为经典,想去在里边求教训。不将三百篇当作经而只当作诗读的人,自古至今大约并不很多,至少这样讲法的书总是不大有,可以为证,若戴君者真是希有可贵,不愧为竟陵派的前驱矣。①

清代四库馆臣崇尚正统,重说教轻文艺,乃时代局限使然,因此,有些时候,《提要》褒之,今当贬之,《提要》贬之,今当褒之,正周氏所谓"《四库提要》的贬词在我们看来有些都可以照原样拿过来,当作赞词去看"。《臆评》不仅如《提要》所云"于经义了不相关",更有甚者,其行文中多有对于与经义相关者大加揶揄讽刺甚且嘲笑之处,如周氏所说"戴君似很不满意于朱注,评中常要带说到",②并举两例以为证。其一为《王风》"有兔爰爰"章下云:

"有兔"二语,正意已尽,却从有生之初翻出一段逼慼无聊之语,何等笔力。注乃云,为此诗者犹及见西周之盛云云,令人喷饭。

其二为《桧风》"匪风发兮"章下云:

"匪风"二语,即唐诗所谓"系得王孙归意切,不关春草绿萋萋"。注乃云"常时风发而车偈,顾瞻周道,中心怛兮,多少含蓄"。注更补王室之陵迟,无端续胫添足,致诗人一

---

① 周作人著,钟叔河编订:《知堂书话》,北京:中国人民大学出版社2004年版,第713页。
② 周作人著,钟叔河编订:《知堂书话》,北京:中国人民大学出版社2004年版,第713页。

段别趣尽行抹杀,亦祖龙烈焰后一厄也。

敢说朱熹的注解"令人喷饭""续胫添足",甚至与嬴政焚书之祸相提,"亦祖龙烈焰后一厄",其不迷信的独立精神与思想实在难得,亦由此可见晚明思想之解放程度。相比较而言,清代《诗经》评点中就很少这样大胆的言论。

戴君恩评点《国风》的特点是一空依傍,以"臆"评诗,即不受以往权威人物解释《国风》的观点约束,以意逆志,使"千古陈言,一朝新彻"(闵齐伋《书戴忠甫〈读风臆评〉后》)。戴君恩认为《国风》一百六十篇乃是"天地自然之籁"(《读风臆评自叙》),是大自然之景触发了诗人的情感,所谓"俄而有景,俄而景与情会,酝涵郁勃",于是引起诗人的歌唱,"而啸歌形焉"(《读风臆评自叙》)。既然诗歌创作是这样的一个产生因由,那么,一切不符合诗歌创作实际的牵强附会的索隐和政治伦理解释都是可笑的。不论解读者才有多高,学问有多大,如果脱离了对诗意的感知,就会产生偏差,因为学问来自"耳目见闻,大率依傍物耳。才有依傍,即有制缚"。学问又来自传习,而"传习惟谨,何暇出乎域中"(《读风臆评自叙》)?而诗歌是文学的,文学笼天地于一瞬,挫万物于笔端,不是学问能够限制的。所以,即便当时最大的权威、博学的朱熹也同样难逃诗灵的揶揄,所谓"诗如有知,宁不揶揄竹素间耶"(《读风臆评自叙》)?因此对于诗的体认,要抛开学问,以"臆"感知,"惟臆也,不受制缚,时潜天,时潜地,超象罔,时入冥涬。夫欲破习而游于天也,则莫如臆矣"。所以戴君恩评《国风》诗篇,"蔑舍紫阳(朱熹),以臆读,以臆评,以臆点沵断画",以此达到和诗人最大程度上心灵与情感的沟通共鸣。

通观《读风臆评》所有批语,有对整体构思的揭示和品鉴,有对具体章法、句法的分析和赏赞,都颇中肯。分别举例如下:

(戴眉)"溯洄""溯游",既无其事,"在水一方",亦无其人。诗人盖感时抚景,忽焉有怀,而托言于一方,以写其牢骚邑郁之意。宋玉赋:"廓落兮羁旅而无友生,惆怅兮而私自怜。"即此意也。 婉转数言,烟波万里,《秋兴赋》《山鬼》伎俩耳。(《秦风·蒹葭》)

批语所云"既无其事""亦无其人",揭示了诗歌中企慕情怀的一个特征。自《蒹葭》以来,古人爱情诗多表达一种不确定的、无具体对象的高级情感。诗中所渴慕的所谓伊人,多为理想中的梦中情人,或把现实中遇到的自己较倾心的某一女子加上理想的光环,附加上心目中虚拟偶像的种种特征,作为歌咏的对象,而不必定有其人。除此表象之外,这些爱情诗的深层还表达了一种对一切美好思想的苦恋和精神企慕,一种对某种人生境界的渴望与追求。追求的方式则是一种可望难即、欲求不遂的悲剧式的企恋,即"忽焉有怀,而托言于一方"。这种品鉴,可谓得诗之神理。

又如《陟岵》一诗的评点:

"陟彼岵兮,瞻望父兮。父曰:'嗟!予子行役,夙夜无已。上慎旃哉!犹来无止。'"(戴眉)借父母口词,写自己心事,是提胎夺舍乎?大奇。

"陟彼屺兮,瞻望母兮。母曰:'嗟!予季行役,夙夜无寐。上慎旃哉!犹来无弃。'"

"陟彼冈兮,瞻望兄兮。兄曰:'嗟!予弟行役,夙夜必偕。上慎旃哉!犹来无死。'"(戴眉)如此便了,更不转到自己身边,妙绝!

第一条评语是从整体构思立意入手,指出通过想象父母在家中记挂自己、谆谆叮嘱的话语来表达自己对亲人的想念,这是所谓提胎夺舍的手法。这种分析是到位的。在后世诗词中,这种表现手法并不少见,明明属于怀人之作,却不写自己如何思念对方,相反,却大书特书对方如何思念自己;但恰恰不言己之思念,而愈见己之思念之深、怀人情笃。钱锺书先生在《管锥编》中列举了徐干《室思》、高适《除夕》、韩愈《与孟东野书》、刘得仁《月夜寄同志》、王建《行见月》,以及白居易、孙光宪、韦庄、欧阳修、张炎、龚自珍等的多首诗词佳作,以证明与此篇的"机杼相同,波澜莫二"。① 不敢说后人的这种手法都是从学习《诗经》而来,但这种怀人之作的创格影响并滋养了历代无数诗家,却是大有可能的。因此,戴氏在此揭示出来这种提胎夺舍的手法,的确颇有见地。第二条评语从章法上指出其作法之妙。照一般作意,在写了父母想念自己的言语之后,必定要转到自己如何思念父母上来,而此篇却偏不如此,而是继续写兄长嘱咐自己的话语,然后戛然而止,余味无尽。戴评用简练的话语点出这种章法上的妙处,可见其品赏之独到。于此也可见出戴评对于篇章结构的分析,能引人发现《诗经》篇章的章法句法之妙。再如《魏风·园有桃》:

"园有桃,其实之殽。心之忧矣,我歌且谣。不知我者,谓我士也骄。'彼人是哉!子曰何其?'心之忧矣,"(戴眉)复一句,益见其忧。"其谁知之?"(戴眉)一转,又生一境。"其谁知之,"(戴眉)叠一句又妙。"盖亦勿思!"(戴篇后批)他人于"心之忧矣,我歌且谣"意无余矣,此却借"不知我者"转出一段光景,而结以"盖亦勿思",有波澜,有顿挫,有吞吐,有含蓄。

此诗评语不仅通过眉批于重叠、转折之处点明精彩,还在总评中总结转折的原因及效果。评论精细而不忘全局,颇益读者赏玩。

周作人所说"唯二人(此处指戴君恩、陈继揆)多引后人句以说

---

① 钱锺书:《谈艺录》(补订本),北京:中华书局1984年版,第113页。

《诗》,手法相同,亦是此派之一特色",①是指《读风臆评》与《读风臆补》多用以诗评《诗》的历史批评法和比较批评法。《臆评》以诗评《诗》的评点是晚明所出《诗经》评点诸书中第一个较多也较丰富者,虽然其他评点者也用此种方法,如安世凤、孙月峰、钟伯敬、徐奋鹏,但戴君恩在此方面最突出,既多且妙。如:

> 诗贵远不贵近,贵淡不贵浓,唐人诗如"嫋嫋城边柳,青青陌上桑。提笼忘采桑,昨夜梦渔阳",亦犹《卷耳》四句意耳,试取以相较,远近浓淡孰当擅场?(《周南·卷耳》)

在融融的春光里,采桑女子神情恍惚若有所忆,手提空篮,忘记了采桑,原来她在思念从军的丈夫。张仲素这首《春闺思》用意与《卷耳》的确相似极了,但风格显然不及《卷耳》淡远。不过《春闺思》的秀美意象及因果倒装所产生的鲜明诗境也自有所长。把两者进行比较,真是有禅读者。再如:

> "退食自公,委蛇委蛇",分明画出朝廷无事光景,犹唐诗"圣朝无阙事,自觉谏书稀"意也。(《召南·羔羊》)

朱熹《诗集传》云:"南国化文王之政,在位皆节俭正直,故诗人美其衣服有常,而从容自得如此也。"这种理解分明没有摆脱汉人解诗处处拘牵王化政治的思维定式,怪不得戴君恩说:"从羔羊素丝见他节俭,遂执定节俭正直对看,不知'羔羊'二句但指其人耳,真皮相可笑。"且不管《羔羊》作者主观意图如何,其客观上是写出了太平日久、大夫优游自适的形态。岑参《寄左省杜拾遗》:"联步趋丹陛,分曹限紫微。晓随天仗入,暮惹御香归。白发悲花落,青云羡鸟飞。圣朝无

---

① 周作人著,钟叔河编订:《知堂书话》,北京:中国人民大学出版社2004年版,第714页。

阙事,自觉谏书稀。"也是描写朝廷无事、大臣悠闲光景。所以二者相比对说明,倒也并不牵强,比起朱熹的理解,应该是灵活而实事求是得多了。

唐诗:"紫禁香如雾,晴天月似霜。云韶何处奏,只是在昭阳。"又:"监官引出暂开门,随例趋朝不是恩。银钥却收金锁合,月明花落又黄昏。"景物不殊,恩怨自别。(《召南·小星》)

虽然对于《小星》所写为何人历来意见不一,但此处连用张仲素《思君恩》和杜牧《宫词二首》其二来印合《小星》中之情景,意境还是比较相似的。

(戴眉)"死别已吞声,生别常恻恻。"(《邶风·击鼓》"于嗟阔兮,不我活兮;于嗟洵兮,不我信兮")
老杜《垂老别》诸作便可不读。(《邶风·击鼓》)

此二条评使读者的思维由《击鼓》一诗跳跃到杜甫的凄怆诗作,倒回头来再读《击鼓》,就能强烈感受到其作为征战诗所含有的生离死别带给人们的刻骨之痛。类似的还有:

(戴篇后批)"匪风"二语即唐诗所谓"系得王孙归"意,切不关"春草绿萋萋"。注乃云"常时风发而车偈顾瞻周道,中心怛兮,多少含蓄"。注更补伤王室之陵迟,无端续胫添足,致诗人一段别趣,尽行抹杀,亦祖龙烈焰后一厄也。(《桧风·匪风》)
"寥落悲前事,支离笑此身。"(《卫风·氓》"三岁为妇……躬自悼矣")

"盈盈一水间,脉脉不得语。"(《卫风·河广》)

"安边自合有长策,何必流离中国人。"(《王风·扬之水》)

"相逢方一笑,相送还成泣。"(《郑风·遵大路》)

"空馆相思夜,孤灯照雨声。"(《郑风·风雨》)

《白头吟》《长门赋》。(《郑风·萚兮》)

《少年行》《塞下曲》。(《秦风·无衣》)

后七条批语直接引用后世诗句或仅列出相关诗歌题目,不加任何按语,却极贴切,胜过繁言赘语、长篇讲解。

还有以后世诗歌与《诗经》诗章相比较者,借后世诗篇某方面的逊色体现《诗经》所达到的难以企及的艺术高度,倒也符合实情。如:

顾况《日晚行》无此淡远。(《王风·君子于役》)

"有敦瓜苦"四句,老杜"夜阑更秉烛,相对如梦寐",差堪伯仲。若王建"家人见月望我归,正是道上思家时"以观"鹳鸣于垤,妇叹于室"二语,便露伧父面孔。

《静夜思》《玉阶怨》,殊不如也。

个别评语在以诗证《诗》的同时,不忘指出前人权威注解之不确处,因为借助了形象的说明,所以给人以驳斥有力之感。如:

《黍离》而后周无君矣,《中谷》之慨其《离骚》"美人"之悲乎?注却实认凶年饥馑室家相弃之作,是当与追蠡尚禹声者同一姗笑。其音节亦似《离骚》。(《王风·中谷有蓷》)

明是有情语耳,孟郊:"欲别牵郎衣,郎今到何处?不恨归来迟,莫向临邛去。"正此意也。注乃以为弃妇之诗,觉直遂无味矣。

关于《蒹葭》一诗的主题历来众说纷纭,《毛序》认为:"《蒹葭》,刺襄公也。未能用周礼,将无以固其国焉。"这样的解释,即使不是谬论,也过度牵强,难以自圆。今人大多以为这是一首抒写思慕、追求意中人而不得的诗。而下面这则评语是这样说的:

> "溯洄""溯游",既无其事,"在水一方",亦无其人。诗人盖感时抚景,忽焉有怀,而托言于一方以写其牢骚邑郁之意。宋玉赋:"寥廓兮羁旅而无友生,惆怅兮而私自怜。"即此意也。婉转数言,烟波万里,《秋兴赋》《山鬼》伎俩耳。(《秦风·蒹葭》)

"既无其事""亦无其人",解诗不坐实,其实就是最善解诗者,宋玉诗句虽未必与《蒹葭》作者同一种惆怅,但与《山鬼》"若有人兮山之阿"却真是相似,一在水一在山,同一思慕之情。

戴氏论诗,比较注重诗歌具体创作手法的总结,并利用若干术语加以点染。如有翻空法、退一步法、关锁法、倒法、反振法、以客代主法、转折法、提胎夺舍法、伸缩法、前后呼应、由虚入实、反复咏叹、节节相生。这些术语,当然并非戴氏独创,而是当时时文和诗歌评点的常用语,是评点形式成熟的标志。其实此类术语,也对当时及后世小说、戏曲评点产生了影响,并在通俗文学评点家金圣叹、张竹坡、毛宗岗等人手中得到了进一步发扬。

姚燮曾这样评价戴君恩评点《国风》:"善矣哉明荆南戴忠甫之读《风》乎!咏叹之,淫佚之。味其辞则低徊之,往复之;寻其旨则优柔之,厌饫之,浃其心。始也导窾而入,入泂穆也,懔懔乎迎也,继也,引绪而出,出绵纡也,怡怡乎揭也,今所传《读风臆评》是也。以意逆志是为得之,戴君恩其得之矣。"(《读风臆补序》)如此多的褒扬之词,无非是说一点,即认为戴君恩真正体会并标举了《国风》各诗篇的文学之美与艺术情味。

第六章
明代《诗经》评点发展期

在肇始期《诗经》原创评点如孙鑛、钟惺和戴君恩的影响下,晚明又陆续出现了一些《诗经》评点,这些评点著作相比肇始期的原创著作,质量明显下降,或因袭抄录前者,或跟八股诗文评点混杂在一起,或与经学相缠绕,缺乏原创精神和独立思想。这一方面与明朝最后几年的风气相关,也跟评点自身的不成熟有关。《诗经》评点一出现就呈现的光明之势一下子就黯淡下来。

第一节 带有科举烙印的《诗经》评点

由于受科举制度的影响,有些《诗经》评点难免会带有为士子应试服务的程墨痕迹,这一点在徐奋鹏《毛诗捷渡》和陈组绶《诗经副墨》中尤其明显。不观内容,只就其书名中的"捷渡""副墨"字眼,也可大约得其用意。

一 徐奋鹏《毛诗捷渡》

徐奋鹏(1560—1642),字自溟,号笔峒、笠叟、檠薖硕人等,江西临川人,主要活动于晚明万历、天启、崇祯年间。康熙四年《抚州府志》卷之二十二《人物考·文苑》曰:

徐奋鹏,字自溟,临川人。父国㙇,嘉靖间明经选。鹏年十八,每试冠军。汤若士、谢九紫先生并为鹏发声誉。讲道授徒时常苦《毛诗》《朱传》烦简不齐,至学者昧比兴之旨,订为《删补》一书,授梓金陵。言者议其擅改经传,请治罪。比达御神庙阅之,谓此书不悖《朱注》,有功《毛传》,事遂寝。部议欲征鹏入内校书,以忌者沮抑不果。然自是鹏名著四方,裹粮问业,屡填户外。著有《古今治统》二十卷、《古今道脉》二十卷、《辩俗》十卷、《怡愵集》十卷。他所纂述皆一时纸贵。学宪骆公日升、陈公懋德咸欲上其书于朝,而鹏春秋已高,无意当世。年八十二卒,学者称为笔峒先生。

他幼承家学,精研《诗经》,于十五岁时即在"遍搜古今谈《葩》义者,又断以己意"的基础上,著成《说诗晤言》一书(《徐笔峒先生文集》第八部《内讼》)。十几年后,徐奋鹏就以此书为教材,给长子授课,且根据孩子的特点,边讲边改,有人见其子"所读之经甚简便易记,亦易解,且不诡于紫阳原旨,于是竞为抄录而去"(同上),远近学子纷纷"裹粮问业,屡填户外",而书坊商人见有利可图,也来求其付刊,徐奋鹏"固辞"不得,就同意付梓。书将刻成,书商又请"翰阁名公"作序,本书则题名《诗经删解补注》。书初印成,即有人以此书"擅改经传"为罪名向官府举报。一直到神宗皇帝亲自过问,说"此书不悖《朱注》,有功《毛传》,事遂寝"。关于《诗经删补》一书,将在下节"明末的《诗经》辑评"论述,此处从略。

徐奋鹏的《诗经》评点著作,现存《毛诗捷渡》四卷,全称《新镌笔洞山房批点诗经捷渡大文》,有明天启中金陵王荆岑刻本,六册,复旦大学图书馆有藏。此本朱墨套印,每页居中分上下两栏,上栏眉批,墨色;下栏经文及旁批等,经文墨色;旁批及圈点为朱色。

《捷渡》的评语极多。其中《雅》《颂》诗的评点相对《风》诗的评点更多,密密麻麻,文字数量为经文数倍。有些地方借用了前人的评点或评论,如《山有扶苏》"不见子都,乃见狂且"之眉批与钟惺此处评语一字不差,即"(钟蓝眉)(捷渡眉)'不见子都'二语,要知一字不是正说方妙"。显是《捷渡》录自钟评。

再如《氓》之第三节眉批,虽字句不完全相同,但明显采用了钟惺的评语,现列两人评语如下:

> (钟夹蓝)淫妇人到狼狈时偏看出许多正理,说出许多正论,与烈女贞妇只争事前事后之别耳。
> (捷渡眉)淫妇人前狼狈时偏说出许多正理正论,与烈女贞妇只争事前事后之别耳。

除个别字词有所修改外,其他基本一样,疑为在钟评上略加改动而成。又如同篇"三岁为妇,靡室劳矣。夙兴夜寐,靡有朝矣"一段眉批:

> (钟红眉)此妇人其始非奔,亦复何减《谷风》勤劳也。
> (捷渡眉)此妇人其始非奔,则其勤劳亦不减于《谷风》。

此条评语在徐氏的另一著作《诗经删补》上和钟评一字不差。又如《子衿》"纵我不往,子宁不嗣音"之批语:

> (钟红眉)"纵我不往"二语,言不必拘于往来之常也,与《木瓜》同意。
> (捷渡旁)言不必拘于往来之常。

《捷渡》此处评语显系截自钟评。也有增改自徐氏本人所撰之《诗经主意约》的,如评《郑风·大叔于田》曰:

（捷渡眉）此连上篇皆是私情相誉。首节方猎而夸其才力之勇，二节当猎而夸其射御之精，末节无事而夸其整暇之能，有以无伤作主者亦好。

明万历丙辰刊本《诗经主意约》则云：

首节方猎而夸其才力之勇，二节当猎而夸其射御之精，末节无事而夸其整暇之能。

另外，《捷渡》有若干条评语为徐奋鹏记录两个儿子徐春盛与徐春茂的话，用"盛儿云""茂儿云"在句首标出，往往较为精彩，其中尤以徐春盛的为多。从中也可看出他对儿子的赞赏之情。鉴于他的两位儿子所作评语不多，今把《国风》中他们的评语共十一则罗列如下，以观其全貌：

（捷渡眉）盛儿云：云"如之何哉""展如之人兮，邦之媛也"，首末呼映自在，两"如"字相映明白。（《鄘风·君子偕老》）

（捷渡眉）盛儿云："五之""六之"，或者谓大夫下贤已五次、六次矣。（《鄘风·干旄》"良马五之""良马六之"两句）

（捷渡眉）盛儿云：总是天成自然之美，非孳孳假人为之情状也。（《卫风·硕人》"手如柔荑"一节）

（捷渡眉）盛儿云：当此时，天下一大昏寐之境，又安容得英雄豪杰于展布显其聪明，故云云。（《王风·兔爰》）

（捷渡眉）盛儿云："云何不乐"，则似有忧矣。"云何其忧"，则似非乐矣。曰"我闻有命，不敢以告人耳"，此正相映之意也。（《唐风·扬之水》）

（捷渡眉）盛儿云：必百岁之后归于其居，其意正以其生

前之"独处""独息""独旦"也。(《唐风·葛生》)

（捷渡旁）盛儿云：末二句当作一句意读，谓从来治世，未见君子而以令寄寺人也，以寺人之令行恐不久于昌也，故末云"其亡"。(《秦风·车邻》)

（捷渡眉）盛儿云：惟其为"百夫之特"，故人肯百其身以赎之，下二节效此。(《秦风·黄鸟》)

（捷渡眉）盛儿云：玩通诗大意垂重在王上，是民心未忘王也，正其浸周泽也。而其负勇处则染秦风耳。(《秦风·无衣》)

（捷渡题下批）盛儿云：通诗不必苦求解，只是一"汤"字。(《陈风·宛丘》)

（捷渡眉）盛儿云：君胡为株林，说是从夏南耳，然"匪适株林，从夏南"也，盖别有所欲从者在也。"匪适"七字作一句读下，而其从母之意在言外，此说果胜。(《陈风·株林》)

综上所述，《毛诗捷渡》虽是徐奋鹏个人著作，却也参考了当时及前人的《诗经》著作，但所引用与化用，也能代表他本人的观点，故而并不影响对于徐氏评《诗经》的整体论断。

此书往往在每首诗之前都有一针对全篇的眉批，提纲挈领。如《燕燕》起首眉批："（捷渡眉）庄姜与陈女，此别不比他别，乃终身之诀；此送不比他送，乃千古之恨。故泣涕劳心内寓有子亡感伤一段在中，但不可说出。"于交待作诗背景的同时标出"此别"与"此恨"的特殊性，使读者对于诗中所寓之强烈情感有所体认。这种篇首眉批的模式还往往用"通章在……上见"或"通章重一'……'字"来领起。这样的批语往往还具有点明关键词句、解题及感想议论的性质。如：

（捷渡眉）通章美意，全在"百两"上见。众女之从，乃之子之无妒忌专宠处，故言鹊巢而鸠居，形嫡归而媵同也。从

来说诗者谓女有德宜有百两之盛仪,果可谓鸠宜鹊巢乎?(《召南·鹊巢》)

(捷渡眉)**通诗重一"齐"字**,而"采"而"盛"而"湘"而"奠",皆有齐之心所尸,而为之者故未叫明。此有齐之季女也,以季女而能齐王,其事非彼文王之化耶?(《召南·采蘋》)

(捷渡眉)**通章在"勿伐""勿败""勿拜"上见爱之愈深**,此是爱人而及其物,非是因物方思其人。(《召南·甘棠》)

(捷渡眉)**通章在"谓行多露"**,见其不妄从之初心到"亦不女从"时,是终不为多露所沾。(《召南·行露》)

徐氏称全篇为"通章",称我们习惯上所说的各章为"节"。所以凡有"通章""此章"处皆指全篇。

对于诗旨的抉发是《毛诗捷渡》评语的主要内容之一。如于《唐风·采苓》评曰:

(捷渡眉)每句采物之喻而叠言之,乃设以形容谗言之往来重复景象也。隰有苓,说在山上去采,此言然否?故人为是言无遽信而然之。

马瑞辰云:"秦诗言'隰有苓',是苓宜隰不宜山之证,《埤雅》言蓂生于圃,何氏楷又言苦生于田,是三者皆非首阳山所宜有,而诗言采于首阳者,盖故设为不可信之言,以证谗言之不可听,即下所谓'人之伪言'也。《笺》谓首阳山信有苓,失之。"① 徐氏早于马瑞辰而已疑《笺》说,诚有先见之明。而"人为是言无遽信而然之"与"设为不可信之言,以证谗言之不可听"可谓所见略同。

---

① [清]马瑞辰:《毛诗传笺通释》,北京:中华书局 1989 年版,第 357 页。

但《捷渡》中显露的道德思想并不与晚明重性情的思潮同步,而是谨守正统道德,表现在对于礼法的卫道情绪。综观全书,可以看出徐奋鹏还受着到传统经学的较深影响。虽然他对于传统的经学解释有怀疑有推翻,但仍习惯于在经学所限定的框子内思考,不能完全跳出以伦理政治言诗的思维框架,这与他所持的超世文学观不甚相合。如《氓》的起首眉批与第二节眉批:

> (捷渡眉)此诗前叙相奔之事,后极悔恨之意,然止怨所托之非人,不悔所从之非正,此其为淫妇之诗。
>
> (捷渡眉)"秋以为期",则非"桃夭"之会;"来即我谋",则非媒妁之言;"乘彼垝垣",逾墙相从类也;"以尔车来",有愧于迎轮之礼多矣;"以我贿迁",有愧于结缡之仪多矣。宜其见弃。

此段细致地寻找出诗中女主人公成家之前有违礼法的各项证据,并以"宜其见弃"这样的狠话谴责,评者卫道的面目清晰可见。其实以今天的眼光来看,诗中女主人公只是一个受害者,应该得到同情。从她"泣涕涟涟""载笑载言"的率真表露,我们可以看到她柔情的可爱;从她"靡室劳矣""夙兴夜寐"的尽心持家,我们可以看到她勤俭的可敬。难道这样的人就活该被抛弃吗?应该谴责的是男子,而卫道者却一味苛于女而宽于男,真是迂腐可厌。

又如《蒹葭》眉批云:

> (捷渡眉)此诗以为思淫,则秦无冶游之习。以为思贤,则秦无乐善之风。以为如汉高之思猛士,然猛士乃功名意气人也,安得言水一方?予想或是周之逸民避秦而不肯就者,如桃源类也。

他反对此诗解释上的"思淫"说,并不是从反对传统道德观入手,而是从地域风俗考察,即他认为秦地无"思淫"之诗,他地有之。他也反对"思贤"说,不是从反对以政治说诗的弊病入手,而是从秦国政治状况入手,即他认为秦国无"乐善之风",他国有之。最后,他看到的不是人类普遍的对思慕之人的企慕情怀,而是"周之逸民避秦而不肯就者"之诗,实在是愚不可及。

徐奋鹏曾评点《西厢记》和《琵琶记》,观其中所评,绝非胶着礼法之腐儒。其文学观念又先进于当时,接近后世的纯文学观念,但对于《诗经》却依然比较保守,盖《诗经》为经学元典之一,他受传统经学思想之影响,不以《诗经》为单纯之文学,这与他的超世文学观念并不冲突。

《捷渡》对于某些字句的解释往往不据前人训释而轻心臆断,附会其义。如《北风》"北风其喈,雨雪其霏。惠而好我,携手同归。其虚其邪,既亟只且"其眉批云:

> (捷渡眉)"其虚"谓尚可虚居其位;"其邪"谓尚可与邪人共事。果且虚邪,岂能好我哉?好我,非徒言相好之人,盖当此时,当自爱而朋友相恤,故云云。

对于"其虚其邪"的训解,《毛传》云:"虚,虚也。亟,急也。"《郑笺》云:"邪读如徐。言今在位之人,其故威仪虚徐宽仁者,今皆以为急刻之行矣,所以当去,以此也。"《正义》云:"《释训》云:'其虚其徐,威仪容止也。'孙炎曰:'虚、徐,威仪谦退也。'然则虚徐者,谦虚闲徐之义,故《笺》云'威仪虚徐宽仁者'也。但《传》质,诂训叠经文耳,非训虚为徐。此作'其邪',《尔雅》作'其徐',字虽异,音实同,故《笺》云'邪读如徐。'"《朱传》云:"虚,宽貌。邪,一作徐,缓也。"今人云:"其,语助词。虚,舒的假借字。邪,鲁、齐《诗》作徐,邪是徐的假借字。虚邪,叠韵,即舒徐,缓慢而犹豫不决貌。"①按此段之义正如《朱传》所云:"言北风雨雪,以比国家危乱将至,而气象愁惨也。故欲与其相好之人去而避之,且曰:是尚可以宽徐乎?彼其祸乱之迫已甚,而去不可不速矣。"相比之下,《捷渡》的解说云"虚尚其位""与邪人共事",真是毫无根据的望文生义。再如《采菽》一诗中"乐只君子,天子葵之"两句,其中的"葵"字是"揆"的假借,有"度"或"估量"的意思,此两句即指天子能评价诸侯的才德。而《捷渡》则批曰:"葵心向日,君心犹日也,君之赤意相照,故曰'葵'。"不仅望文生义把"葵"解作向日葵,还附会出君明臣忠的滥调来,实在无趣。

在对于《毛序》的态度上,《捷渡》也有盲从的地方。如《豳风·伐柯》"是一首写求婚方法的诗。诗人以伐柯比喻娶妻。《毛序》认为此诗是'美周公也',实在牵强得太过分。无论后人怎样曲为解释,没有哪一说是令人信服的。此诗首章四句与《齐风·南山》全同,由此看来,很可能是民间的歌谣,经文人加工后选入《国风》"。②《捷渡》也沿袭《毛序》的观点,把此诗与周公强拉在一起,认为:"(捷渡眉)此是东人于周公追其始之难见,而幸其今之得见意。二节不平重,重在下节得见之喜上,讲中切不可入三监等,盖此乃公之不幸也,人为公讳,故特此咏云云。"再如《豳风·狼跋》,"《毛序》以为'美周公',但后人觉得章首以老狼跋胡疐尾的窘丑之态起兴,紧接着却歌颂周公的进退得宜,未免不伦不类"③,而《捷渡》依然承《毛序》之说以阐发之,云:"(捷渡眉)此见周公之处变犹常,总由其心事光明,故已有以自信而仪自安重,亦有以见谅于人而誉自不瑕。(捷渡眉)公负扆临朝,上为宗社,下为生灵,此所大美处,竟以是得疑谤,公舍之不辨,居东以避之,所谓妙也。"又如关于《祈父》一诗,《毛序》云:"《祈父》,刺宣王

---

① 程俊英、蒋见元:《诗经注析》,北京:中华书局2005年版,第113页。
② 程俊英、蒋见元:《诗经注析》,北京:中华书局2005年版,第428页。
③ 程俊英、蒋见元:《诗经注析》,北京:中华书局2005年版,第432页。

也。"《郑笺》云:"此勇力之士责司马之辞也。"《序》与《笺》都认为此诗是宣王时代作品,但朱熹不以为然,《诗集传》云:"《序》以为刺宣王之诗,说者又以为宣王三十九年,战于千亩,王师败绩于姜氏之戎,故军士怨而作此诗。……但今考之诗文,未有以见其必为宣王耳。"以今天的见解,朱熹的怀疑是有道理的。《捷渡》于此诗评点曰:"(捷渡眉)通诗在'胡转'上见其非宜,重在撤王之卫上语,呼司马意在责王。"其中"呼司马"即透露出与《郑笺》"责司马"相合的迹象,而《笺》与《序》一致,则此处徐氏承袭了《序》的说法。在明代,朱熹《诗集传》几乎一统天下,而朱熹此处观点也确实有见地,但徐氏依然遵从《序》说,可谓盲从。

除去以上缺点,徐氏也有不少从文学本位出发的评点,此类评语较有价值。徐氏善体人情,从本文出发悬揣作诗之人所处之情境与所持之心情,每每真切。如:

(捷渡眉)通诗说水景处多,想是在川上徘徊,感悟悲秋凄迷景状,而切伊人之怀。(《秦风·蒹葭》)

(捷渡眉)此节是夫妇相遇之喜,妙在"叹"而待,待而至,两相知,两相慰,喜可知也。"有敦瓜苦"数句是故园风景。三年之中,在吾意中,三年之外,在吾目中,尤在吾意外。可感慨,尤可忻幸。(《豳风·东山》)

(捷渡眉)每室家思夫之情,惟当归未归之时为独切,故王者体而言之。将归而望,望极而疑,疑极而决,皆意中往来之之情如此。(《唐风·杕杜》)

点出诗句重点字词所在,并简要不烦地说明这些关键处之所以为诗之重点的缘由,是《捷渡》的另一重要内容。如《二子乘舟》眉批:

(捷渡眉)其伤伋与寿之遇害,在"泛泛"字与"影"字、

"逝"字、"害"字见。所云"景"者,正谓其形影莫凭,故"养养"以志疑。所云"逝"者,正谓其去不复还,故以"有害"以志忧。是涵愁不可明说出待贻事。

徐氏《诗经》评点中也开始像钟惺、戴君恩一样以诗评《诗》。此类评虽也不多,仅有几条,但品味诗句情致意趣,倒也较为可观,如:

> (捷渡眉)"日之夕矣"句连上带下,予玩此句极有可味,唐诗"月明花落又黄昏",无限情致在此处。(《王风·君子于役》"日之夕矣")

虽然月明花落比起"日之夕矣"是增加的意象,但二者的情致却是相同的,而且用此增加了意象的诗句来说明"日之夕矣",无疑丰富了读者对于此四字的心理感受。再如:

> (捷渡眉)所谓"有约不来过夜半,闲敲棋子落灯花"。(《陈风·东门之杨》首章)

《东门之杨》是写男女约会久候不至的诗。首章为:"东门之杨,其叶牂牂。昏以为期,明星煌煌。"此章以写景为主,前二句写所约之地点,后二句写所约之时间。借景物烘托情感,表现出一种期待的心理。"有约不来过夜半,闲敲棋子落灯花"是南宋赵师秀《约客》中的名句,把一种等待的心情表达成如许诗意的画面。二者都是物象烘托心情,前者以明星,后者以灯花,不约而同都是闪亮的物象,表达的又是相似的心情,果然意境可通。也有以他诗阐释句意的,如:

> (捷渡夹)每末句正是"安得山中千日酒,酩然醉到太平时"句意,作欲死看,固哉!(《王风·兔爰》)

《兔爰》共三章,每章分别以"逢此百罹,尚寐无吪""逢此百忧,尚寐无觉""逢此百凶,尚寐无聪"结尾。《毛序》云:"《兔爰》,闵周也。桓王失信,诸侯背叛,构怨连祸,王师伤败,君子不乐其生焉。"《郑笺》于此句云:"我长大之后,乃遇此军役之多忧,今但庶几于寐,不欲见动,无所乐生之甚。"虽然毛郑之说并没有错,但解释得呆板,倒是方玉润解释得恰切:"无吪、无觉、无聪者,亦不过不欲言、不欲见、不欲闻已耳。"(《诗经原始》)而"安得山中千日酒,酕然醉到太平时",正是幻想中一种满足"不欲言、不欲见、不欲闻"心理的诗意的方式。引此句作解,立刻使得《兔爰》的主题及情感明白透彻,比起欲死不欲生的说法,自然圆活许多,毫无胶固之感。

虽然徐奋鹏的评点非常细致,但以诗评《诗》不过仅此几条,可就是这有限的几条,也能大略体现他论《诗》看重文学性的一面,这无疑与他走在时代前列的超世文学观有关。

《诗经捷渡》在《诗经》评本中不算上乘,而且还带着科举用书的痕迹;有些评点既像诗篇的文学解析,又像啰哩啰嗦的串讲。还有,它把页面一分为二的版式也类似高头讲章。总之,它还不能算是成熟的《诗经》评点。

二 陈组绶《诗经副墨》

《诗经副墨》不分卷,明陈组绶撰,有明末光启堂刻本,一函八册,现藏复旦大学图书馆,《四库全书存目丛书》经71所收即据复旦本影印。另有梅墅石渠阁刻本,藏中国社会科学院文学研究所资料室。

陈组绶(?—1637),字伯玉,号伊庐,明南直隶常州府武进(今江苏省常州市)人,崇祯甲戌进士,官兵部职方司主事。曾于崇祯九年(1636)编成《皇明职方地图》三卷。

《诗经副墨》第一册无正文,依次有《序言》《凡例》《参正友人名录》《读诗二十四观》《诗经副墨通考》《删诗总论》《赋比兴总论》《大小序总论》《乐歌总论》《诸家总论》《国风副墨》《十五国风次》《二南副墨》《邶鄘卫风副墨》《王风副墨》《郑风副墨》《齐风副墨》《魏风副墨》《唐风副墨》《秦风副墨》《陈风副墨》《桧风副墨》《曹风副墨》《豳风副墨》《二雅副墨》《小雅副墨》《大雅副墨》《三颂副墨》《周颂副墨》《鲁颂副墨》《商颂副墨》。第二至八册为正文。全书除《参正友人名录》及《读诗二十四观》版刻为宋体外，均为写刻。据牌记右上"伊庐手授"四字，可知版刻乃据陈组绶手书上版。

此书体例比较特别，每篇先列经文而无篇名，经文之后，皆低一格并列《集传》《小序》之文，而以《集传》居《小序》前。然后为"章意"（以一篇为一章），即全诗总说，其次为"节意"（以一章为一节），即对于该诗每章的解说。经文和"章意""节意"的文字都有圈点，经文用双圆圈，"章意""节意"文字用单圆圈或中空逗点。天头处有眉批而量少，其位置在"章意""节意"文字之上而不与经文对应，即眉批不在诗正文上方，而在分析文字段落的上方，绝大部分是针对诗经正文的，也有一些是针对解析文字的。

眉批多有漶漫难辨处，中有一些杂采前人论诗语句，而以采自钟惺《批点诗经》者最多。"章意""节意"乃讲义类名目，为制艺而作，等于是把高头讲章由经文上方挪到了经文之后，多迂腐陈套之说，虽然如此，却又有采自前人评点著作的句子，也以钟惺评点为最多。

《四库全书总目》该书提要云："其每章诠解，则循文敷衍而已。卷首《凡例》有曰：'诸说虽精，或于制义未当者，吾从宋。'是其著书之大旨矣。"

第一册实为全书总论部分。《序言》《凡例》《读诗二十四观》最能反映陈氏《诗经》文学观。《序言》开篇即云："诗，雅言也，声歌畅于性情，义蕴通于传序，犹蒢飞谐辩于博物，风谣正变，合于《春秋》。"此句从声歌、义蕴、博物、风谣四个方面对《诗经》的性质和特点作出了界定：首先，所谓"声歌"，肯定了《诗经》是"畅于性情"的诗歌，这符合今天《诗经》之文学性质的基本定位；其次，所谓"义蕴"，指出《诗经》的原意已较难知晓，但可以通过《传》《序》来获得，这是就内容来讲；再次,所谓"博物",是说《诗经》可多识于鸟兽草木之名,提供当时名物方面的知识;最后,所谓"风谣",是说《诗经》具有"观"的作用,即能够借诗以观民情,诗之"正变",反映了政治的兴盛和衰替,可以与《春秋》所载参看,具有史的价值和功能。这种对于《诗经》的概念,相对来说还是比较符合实际的。接着,《序言》又从接受的角度指出"言诗之难",有"以不慧解之之难",也有"以慧解之之难"。人不慧而难于解诗自不必言,聪慧而难于解诗则原因何在?盖因其虽然聪慧,却难免"泥体失意,泥声失志",比如只停留于诗句的表层含义,终究不能探明诗之"旁见侧出"的"义类宏深",从而"死于句下",把诗义看死。那么怎样才是正确的读诗之法呢?《序文》总结道:"于《诗》则曰'以意逆志',是千古说诗法。"但以意逆志到底是怎么回事,后人往往难以把握。《序言》以禅为喻作了较详细的阐述:

> 私尝谓学诗如参禅,中有宿物。虽萌智果,堕落见闻,妙义现前,不相关对。岂知屠沽儿立地作佛,只缘空灵,顿得了义?钻它故义,三百奚为?夫诗后有序,序后有传,传后有诂,诂后有笺,笺后有疏,疏后有正义,正义后有集注,各自以其意言诗,而诗人性灵噫籁,日以其所习之训词,所便之格调,所易索之字句,归之墨守,丧其自然。后人两字推敲,百千锤炼,古体近体,绝样安排,作"三百篇",当又何如?不暇求其一溉诗肠,平白如话,而比之他经百子,一例学究解说,诗安得不亡?古今人情性既同,旷然灵合,极英武人,乃极骚艳;极骚雅人,亦极慷慨。垓下重瞳,邺中父子,非"三百篇"后高调绝伦者乎?必按律以征声,诋铄舟而得剑?人尽有"三百篇"于胸中,人尽有"三百篇"于舌端眼底。余自受经来,每疑有韵之言,无与帖括。诗一言而已,演之千百言则支;诗一字而已,幻之比偶属类则浅;诗永言永志,反之填词以悦人目则□;诗成声合调,限之格律行数

则肤且滞。虽然，神而明之，存乎其人。人试以诗说《诗》，先去一制艺死法，嘿参诗人活法。譬善射者，贯虱洞甲，非不巧力也，而贾坚射牛，能令不中？一矢拂脊，一矢磨腹，裂龟落毛，上下如一。夫必中，死法也；不必中，活法也。"三百篇"中，一事之激越，一声之转变，一字之顿挫生活，自出眼光，静中寻绎，恍然对其人，忾然闻其声，居有无限灵惊，浮出义上，载歌载舞，如泣如诉，而后乃今悲或以喜焉，忘或以怀焉，纵或以释焉，愫或□乎焉，则说诗而诗在矣。非然，而牵会其文，聚讹其说，诘翔订改，铅不胜（摘），又何如"尊朱"二字足了明（经）公案乎？率天下之慧人而学究之也，则诗难言也。

这篇文字首先提出了"学诗如参禅"的观点，反对"堕落见闻"，主张"缘空灵"而"得了义"。接着批评了历来序、传、诂、笺、疏、正义、集注的"一例学究解说"而丧诗之自然。文章还认为古今人的性情大抵相同，旷然灵合，非只古人有"三百篇"之真性情，今人同样具备。真正的诗，即"有韵之言"，不是用来敲开利禄之门的帖括，而是不被篇幅、比偶、词藻、格律束缚的诗人的自然心声。陈氏接着又提出一个以诗说《诗》的门径，即真正把《诗》当作文学之诗来解说的法则，那就是"活法"，这种"活法"和钟惺提出的"诗活物"说有所不同。钟惺的"诗活物"说在接受主体的能动性和文本自身的丰富的可阐释性两者之间更侧重于后者，而陈组绶"活法"则更强调接受主体即读者的灵心妙悟。这种活法和禅学思想有一定关联。与这种"活法"说相呼应，其评点中即体现了这种重视"自出眼光，静中寻绎"的解诗倾向。如对《卫风·考槃》"考槃在陆，硕人之轴"的"轴"字所作之解释：

（副墨眉）"策扶老而流憩，时矫首而游观。景翳翳以将入，抚孤松而盘桓。"即"轴"字意。

这种解释字意的方法简直就是一种"再创作",虽然恐为经学家所不许,但其对于作品的接受却是一种积极的方式。如果仅仅按照训诂的说法,《诗》的文学意味哪有这样强烈。

《诗经副墨》一书,仅从其名称看,明显是科举的产物,是为应试者提供的参考读本,故而虽然有评点,但评点的篇幅和其他与为时文服务的分析文字相比,少得可怜。其批语有眉批,但眉批不在诗正文上方,而在分析文字段落的上方,绝大部分是针对诗经正文的,也有一些是针对解析文字的。如《陈风·防有鹊巢》有一段对于"防有鹊巢,邛有旨苕"的解析文字:"鹊善相地,安则为巢。苕宜荒地,不戕则旨。中唐有甓,人罕践之则成其美。邛有旨鹝,人莫戕之,则成其文。"上面天头有眉批曰:"(副墨眉)鹝本鸟名,咽下有囊如山绶,具五色,草色似之。"但这种眉批主要以涉及训诂者为主。又如《小雅·斯干》题解云:"此筑室既成,而燕饮以落之,因歌其事。"题解之上有眉批曰:"(副墨眉)落谓与宾客燕会,以酒食浇落之,即□落之意。或曰祭名。"由此可知,《副墨》眉批绝不像刘毓庆所说都是针对诗原文的。既然有些评点是针对《副墨》正文而发,则可知评点是在《副墨》正文写成后添加的。由此还可推断,《副墨》正文虽然与眉批共同刊刻,但二者未必都是陈组绶所作。大概眉批是书商在刊刻陈氏《副墨》时为投时好,在原书上加刻了评点。钟惺等人的评点可以检出,转录的评点,为钟评《诗经》三色套印本上蓝色评语。还有一些则较难考察作者,但也有些评语可以间接推出。如《小雅·节南山》"驾彼四牡,四牡项领。我瞻四方,蹙蹙靡所骋"一章评语和凌濛初《言诗翼》所录徐光启《毛诗六帖》的评语基本相同:

(副墨眉)此即"出门皆有碍,谁谓天地宽"意。

(翼章评)徐曰:所谓"出门皆有碍,谁谓天地宽"也。

大体可以推断,徐光启《毛诗六帖》也是《诗经副墨》的来源之一,但《副墨》上的批语是否直接录自《毛诗六帖》还不能确定,因为此批语在早于《副墨》的凌濛初编撰的《言诗翼》中已有移录。而且,据《言诗翼》和《副墨》所录钟惺批语相同而与现存钟惺《批点诗经》原句不同的情况,可知要么《副墨》录自《言诗翼》,要么两书中钟惺批语所据为共同的底本,此底本与现存钟惺《批点诗经》各版本不同。例证为《正月》"谓天盖高"一章各版本相近的批语。为便于观览,罗列如下:

(钟红眉)处乱世自应如此,然使人至此,已是亡国之象矣。

(删补眉)处乱世自应如此,然使人至此,曰是王国之象矣。

(副墨眉)处乱世不得自然,然使人至此,国欲不亡,不可得已。

(翼章评)钟曰:处乱世不得不然,然使人至此,国欲不亡,不可得矣。

《言诗翼》注明"钟曰",自是录自钟惺评本无疑,其评语和《诗经副墨》所录只一字不同,一曰"不得不然",一曰"不得自然",或为刻手误刻。但现存钟惺评点本此则评语却与两书有较大差别,尤其句末,虽然意思相近,但表达方式不同。《诗经删补》所录则与现存钟惺评本相同。这种现象可以进一步证明,晚明时还有一种与今存不同的钟惺《诗经》评本。

本书评点部分,出发点还算是相当通达的,比如在《凡例》中说:"读《诗》无他法,只讽咏以昌之,一语已尽。试将本文玩诵数周,勿为先入之见,则全诗血脉,宛宛呈露,去寻行数墨者天渊矣。"这种意见反对"先入之见",注重的乃是摆脱经传思想束缚的灵性感知,这跟评点重感触轻说教的特点是一致的。

第二节　明末《诗经》辑评

《诗经》评点在明代虽然出现较晚,且为数较少,但孙鑛、钟惺、戴君恩的评点影响较大,辑录三人评语为主的辑评本的出现,正是此一影响力的明证。笔者所见明代辑评有四家,现分别简述之。

一　凌濛初《言诗翼》

《言诗翼》,全称《孔门两弟子言诗翼》,明末凌濛初辑撰。此书所见版本有三种:明崇祯抄本,不分卷,五册,藏复旦大学图书馆;明崇祯夕佳楼原刻本,七卷,二册,藏复旦大学图书馆、上海图书馆;明崇祯三年(1630)乌程凌氏刻本,七卷,附诗传一卷,藏北京大学图书馆。《四库全书存目丛书》据上海图书馆藏崇祯刻本影印。

凌濛初(1580—1644),明代小说家,字玄房,又字稚成,号初成,别号即空观主人,或即空居士,乌程(今浙江省湖州市)人。崇祯初年以副贡生授上海丞,官至徐州通判。因仇视李自成领导的起义军,献《剿寇十策》,后为起义军所困,忧愤而死。其所编著的短篇小说集初刻、二刻《拍案惊奇》广为流传,后人称为"二拍"。凌氏《诗经》研究著作除《言诗翼》以外,还有《诗逆》四卷(此书系科举考试辅助书籍[①])、《诗考》一卷、《圣门传诗嫡冢》十六卷等。除此之外,凌氏还著有《国门集》一卷、《国门乙集》一卷,并编有《合评选诗》七卷、《陶韦合集》十八卷。

值得注意的是,凌氏刻本《言诗翼》"豳风"卷只有《七月》第一章,其余阙如,推测大概是由于脱漏散佚造成的。

《言诗翼》每篇之前先列诗题,再列"子夏序"(《诗传》)、"子贡传"

[①] 凌濛初对自己的这一著作也自称"为举业发者",见《孔门两弟子言诗翼》凌濛初所作凡例,云"若为举业发者,则他说书充栋,即不佞亦别有《诗逆》之辑"。

《诗序》),又以《诗传》《诗序》次序不同,复篆书《诗传》冠于卷首。此传、序即所谓"孔门两弟子言诗"者。有的篇目《诗序》《诗传》之上天头有眉批,除偶尔转录钟惺评语外,其他俱为版本考订或字义训诂之类。每篇《诗序》《诗传》之后列正文和评点。每篇皆据钟惺《批点诗经》三色套印评本加以圈点。评语除一百二十八则标明"濛初曰"的为凌濛初本人评点外,其余均采自他书。正如其《凡例》中所云:"诸家俱有成书流传,今所摘取者,皆其为诗而阳秋者也。""先于首见处书名,余止从姓,不敢琐赘。至不佞所自缀者,则概以贱名冠之。"如果据其所录"采取诸家姓氏"所列,共有六家:"徐光启,字子先,所著有《六帖》;陆化熙,字羽明,所著有《诗通》;魏浣初,字仲雪,所著有《诗脉》;沈守正,字无回,所著有《说通》;钟惺,字伯敬,所著有《批点诗经》;唐汝谔,字士雅,所著有《微言》。"采录时,凡首次出现者署全名,如"徐光启曰",后面再出现则只署姓氏,如"徐曰"。另有署"无名氏曰"者,《凡例》云:"中有无名氏,乃在长安所得抄本,不知出何人笔,止有《国风》,失去《雅》《颂》,不忍埋没,亦采录之。"实乃戴君恩《读风臆评》,原本无《雅》《颂》。因此,《言诗翼》所采,加上凌氏本人评语,总共八家。而徐、陆、魏、沈、唐五家原本不具评点形态,只因采入《言诗翼》才具有了评点的性质。对于此书体例,《四库全书总目》说"明人经解真可谓无所不有矣",而对其评点,则说"直以选词遣调、造语炼字诸法论'三百篇'",如果不计其贬义口吻,概括倒也准确。

由于《言诗翼》所录格式主要为章评,因此所录分布较零散的钟惺评点在转变为章评时就做了一下加工。如:

"瓶之罄矣,维罍之耻。"(钟红旁)取譬工甚,似亦古有此语。"鲜民之生,不如死之久矣。"(钟蓝旁)二字甚苦。"无父何怙?无母何恃?出则衔恤,入则靡至。"(钟蓝眉)读"靡至"二字,觉穷人无所归语为烦。

(翼章评)钟曰:"瓶之罄矣"二句,取譬工妙,似亦古有此语。"久矣"二字,苦甚。读"靡至"二字,觉"穷人无所归"语为烦。

可以看出,《言诗翼》不仅对分散的钟评做了合并,而且为了与经文照应,做了简要的引用以说明评语所对应的位置。

凌濛初所转录之钟惺评语,比起现存钟惺《评点诗经》文本都多出主语,明显优于现存版本,是否凌氏所见为更早版本也未可知。如《郑风·女曰鸡鸣》评语曰:

（钟红眉）离居则勉以知德,相聚则道以取友,如此妇人,良师友也。

（翼章评）钟曰:《雄雉》之诗,离居则勉以知德,《鸡鸣》之诗,相聚则道以取友。如此妇人,良师友也。

从为数不多的凌濛初本人所撰批语来看,在诗义的揭示上,他对朱熹的一些观点是持反对态度的。如《郑风·缁衣》总评中,就表达了他对朱熹淫诗说的否定看法:

（翼总评）濛初曰:紫阳误认郑声淫一语,遂怀一僻于胸中,故止《缁衣》《叔于田》《清人》之章章可考。及《羔裘》《东门》《鸡鸣》之无语可疑者不能牵合,余悉硬差作淫奔,并《子衿》亦不免,故入于"挑""达"二字,最为冤抑。此诗若非夫子好贤一大证,坐以淫词,语意更近。

这种观点一方面与他对于《序》的认同有关,也与他本身的反礼教思想相关。联想到他的"二拍"中大量宣扬人性合理的短篇小说,则他的这种态度也是很自然的。而对于个别诗篇的诗旨,凌氏提出了不同于前人的论说,值得注意。如《魏风·伐檀》的评语:

(翼章评)濛初曰:河干清涟,正是待价而不求价,其一种超然世外之况,阿衡莘野,尚父渭滨,正自如此,不必定以失志目之。

《毛序》云:"《伐檀》,刺贪也。在位贪鄙,无功而食禄。君子不得进仕尔。"而朱熹一反《毛序》,认为"此诗专美君子不素餐"(《诗序辨说》)。这两种题解在明代都有支持者。而《言诗翼》却提出贤人"待价而不求价"的"超然世外之况"这种说法,充分显示其思想的独立、特出。

除诗旨的解说外,《言诗翼》也注意到了诗艺的探讨,比如对于诗的谋篇布局就有所概况说明。如《小雅·蓼莪》第一、二两章及凌氏评语分别为:

"蓼蓼者莪,匪莪伊蒿。哀哀父母!生我劬劳。
蓼蓼者莪,匪莪伊蔚。哀哀父母!生我劳瘁。"
(翼章评)濛初曰:次章本无异义,然单起则体薄,末以"南山"二章作收亦然,深于诗者知之。

第二章只变幻"蔚""劳瘁"三字,而诗意不变,第三章接写"瓶之罄矣",而诗义递进。照平常理解,会认为第二章是对第一章诗义的重复,但凌濛初指出这种重章写法是为了避免长篇仅以短短一单句领起而导致的单薄无力的弊病,也就是避免"单起体薄"。这如同末二章重章收束全文一样,是为了起结有力不单薄。当然这只适于较长的诗篇。这样论诗,可谓深得作诗三昧了。再如有的评语以某种结构术语来概括诗的结构,这种评法是评点家所特有的,是评点成熟的标志性用语。如《小雅·六月》的评语云:"(翼章评)濛初曰:张皇军容,终以饮至,诸人聚饮,举重一人,如此章末句,是千里来龙到头结穴。"此类评析结构布局的评语还有一些,但大都与字句的评点混杂在一起。

四库馆臣称《言诗翼》的评点"直以选词遣调、造语炼字诸法论'三百篇'",单从客观作法上看,说得还是比较恰当的。凌氏的确比较注意于"选词遣调、造语炼字"上论诗,如《鄘风·蝃蝀》末章章评云:

(翼章评)濛初曰:忽变文用四"也"字,大奇!开后来门户。"也"字上仍用韵,亦古法。

又如于《郑风·缁衣》评曰:

(翼章评)濛初曰:"敝"字、"还"字俱略读,句法奇创。从来读作"敝予""还予"者愦愦。

除对于结构及字句的关注之外,偶尔还涉及语言风格的概括。如:

(翼章评)濛初曰:通诗警劝最勉,意气慷慨,而语境仍自芊绵,的似贤媛之语。(《郑风·女曰鸡鸣》)

还有些评语,比较注意艺术效果的揭示,此种评论,往往使读者心生甚得我心之感。如:

(翼章评)濛初曰:"如晦",如月晦日也,写黑暗之状如昼,且以两字变叠字,作末章,便觉不板。诗家之法,其妙可以意会。(《郑风·风雨》)
(翼章评)陆曰:念之则不须论到德音,岂可谓无如兄如弟,情态婉绝悲绝。 沈曰:以初嫁取怜之事终之,不独情景凄绝,亦有危动新婚意。 濛初曰:末二语即所谓"弃置今何道,当时且自亲。还将旧来意,怜取眼前人"也。今词曲亦有"想旧人昔日曾新语",以此作收,不特情凄然,亦復语凛然而韵铿然。(《邶风·谷风》)

(翼章评)濛初曰:"莫赤匪狐""莫赤匪乌",便是黑风吹入罗刹鬼国光景。满眼异形,描写惨极。(《邶风·北风》)

统观凌氏所撰评语,大类如此。其评语总计一百二十八则,为数不多,这或许是他已经采辑了太多他人的精彩评论,自己再想出新就比较困难的缘故。联系他在见到钟惺评点之后所发"气夺大巫"(凌濛初《钟惺评点诗经叙》)的话,可以见出,他的这些评语已经是知难而上的成绩了。

二 张元芳、魏浣初《毛诗振雅》

《毛诗振雅》六卷,明张元芳、魏浣初著辑。有明天启四年(1624)版筑居写刻朱墨套印本。藏复旦大学图书馆、清华大学图书馆、北京师范大学图书馆等处。

张元芳,明神宗万历四十年(1612)举人,四十七年(1619)进士。潜心研究性理之学。曾任鲁府审理,参与镇压白莲教事宜,后调任巩昌府推官,官至吏部主事(据倪景泉《蓟州先贤录》)。为魏忠贤心腹崔呈秀女婿。曾任大兴县丞,纂修《顺天府志》。

魏浣初,字仲雪,常熟人。万历四十四年丙辰进士,曾为广东提学参政,官至布政司参政。有《四如山楼集》。另有《鼎镌邹臣虎增补注魏仲雪先生诗经脉讲意》,也为科举用书。另外,魏氏还评点过《琵琶记》《西厢记》《宝钗记》(一名《七红记》)、《八黑剑丹记》等,现有明崇祯古吴陈长卿刊《新刻魏浣初先生批点琵琶记》《新刻魏仲雪先生批点西厢记》。据黄霖先生讲,其《西厢记》评点多抄录前人旧作。

该书半叶八行,行十四字,白口,四周单边,版心下刻"双桂轩藏板"。三截版,上截为"举业简捷主意",即旨在为应试服务的高头讲章;中截为《诗经》经文及其"旁注",旁注内容分两种,一为"增补上截正解",一为"训释本文字义";下截为"名公批评文法",即辑录的评点。

此书的性质是科举参考用书。其下截所谓"名公批评文法",实为照本全录钟惺《批点诗经》初评本,即全部闵刻三色套印本《批点诗经》之蓝色评语。

关于本书的研究,有夏传才、董治安主编《诗经要籍提要》之"明代著作存目提要九十六种"中的《毛诗振雅》提要以及刘毓庆《从经学到文学——明代〈诗经〉学史论》相关部分。需要指出的是,两者都把下截所录钟惺的评语错当成了张、魏本人的评语而加以论述。

三 陈鸿谟《诗经治乱始末注疏合抄》

《诗经治乱始末注疏合抄》,旧抄本,藏北京大学图书馆,未见著录。陈鸿谟,字圣谋,福建人,生平未能考知。书中称"皇明",又称"我明",则其时代大致应属晚明。

该书不用传统《风》《雅》《颂》分类格局,并打破原有的诗篇排列次序,根据诗篇所反映的政治内容与历史情形,将三百篇划分为十四卷。如卷之一为"盛周开创圣君治略",卷之二为"盛周圣后内助治略",卷之三为"周公辅治相谟",卷之四为"盛周宗庙祭祀祖先之诗",卷之五为"盛周祭宗庙而燕父兄乐歌"……卷之十二为"列国治略",卷之十三为"列国治乱始末",卷之十四为"商颂五篇载商家功德"。很明显,陈氏是利用《诗经》来总结历史教训和治世经验。"诗三百"在他的眼里,不过是它产生时代政治治乱的形象图解。这种倾向其实从其书名也能看出端倪。在诗篇的讲述评论中,该书往往涉及朝政的腐败、流寇的作乱、边疆的危机等问题,并联系现实,引申发挥,投注自己的政治理想和感慨。

至于各诗的评点部分,实为辑录前人及时人的评点和文学性诗论。其引录较多的,为戴君恩《读风臆评》、安世凤《诗批释》以及钟惺和孙鑛的《诗经》评点,而非评点部分则引有陆化熙、姚承庵、邓潜谷、杨新等人的论《诗》著作。必须指出的是,该书在转录安世凤《诗批释》和戴君恩《读风臆补》时虽未注明出处,但核对后可发现基本忠实于原著,而转录钟惺的评语则多加修改,或补衬,或删减,或改头换面。而刘毓庆先生的《从经学到文学——明代〈诗经〉学史论》在论述该书时,把这些辑录自他人著作的评语统统归于陈氏本人加以论述,是不合适的。

四 徐奋鹏《诗经删补》

《诗经删补》,全称《采辑名家批评诗经删补》,署"徐笔峒先生著"。清文奎堂铜板刊本,羊城天禄阁梓行,一函四册。笔者所见为复旦大学图书馆藏本。此书删补朱熹《诗集传》的笺释内容,并对"诗三百"每篇作评点,主要有眉批和篇后批,也有几处旁批。用纸为很薄的竹纸。单框,眉批用单线与正文及《朱传》隔开,眉批就印在专设的高二厘米的眉框里。《雅》《颂》卷首页有"监本"字样,但刻印质量极差,与一般刻印质量高的监本不同。批语多有漶漫不可辨识处,又错别字极多,正体字与俗体字大量混用。

据牌记上方边框之上所刻"采辑名家批评"六字,可断定书中批点系采辑而成。再详细考察所有评语,会发现大部分录自朱墨套印本钟惺《评点诗经》上的评语,其他批语则大多难以确定具体来源。又据第一页所题写"笔峒徐奋鹏著、帝卿杨居广编次、仲雪魏浣初、仲敬钟惺全较"等字样,则其评语的来源除钟惺评语外,还有魏浣初著作中的评论,而所采用的著作,实为魏浣初的《诗经主意约》。

值得注意的是,评语中确有少量徐氏本人的手笔,如《君子于役》中"日之夕矣"一句的评语:

(删补眉)"日之夕"句连上带下,玩此句极有可味。古诗云"月明花落又黄昏",无限情致在此处。

相比《毛诗捷渡》中此处的评语,除少两字外,基本相同。《捷渡》评语为:

> (捷渡眉)"日之夕矣"句连上带下,予玩此句极有可味。古诗云"月明花落又黄昏",无限情致在此处。

其他出自《毛诗捷渡》的评语还有如《君子阳阳》之"君子阳阳"一句的评语:

> (删补眉)不曰"洋洋",不曰"扬扬",而曰"阳阳",见丈夫阳明气胜也。
> (捷渡旁)"阳阳"见君子阳明气胜。

又如《硕鼠》"谁之永号"眉批:

> (捷渡眉)歌此诗即是"永号"。"谁之永号","谁"字可味。
> (删补眉)歌此诗即是"永号","谁"字可味。

可以断定,徐奋鹏最初作《诗经删补》本没有评点。复旦大学图书馆所藏此清刻本上之评语,系后来书商翻刻时加上去的。

徐奋鹏作《诗经删补》的初衷,据他在《诗经删补》的《笔峒子自叙》中所说,乃是有感于"间尝见咿唔者苦句读之繁,玩味者歉意义之缺",有心便利学童,故作此《删补》。而后来差点招来杀身之祸,则是他始料未及的。至于删补的具体作法,他自己也有说明,乃"于是乎泳之游之,绅之绎之,为之铲其剧蔓,为之补其漏略,为之疏其理脉,为之畅其论说,为之浃其筋髓,为之足其意趣,毫不敢忤其原旨,毫不敢哆其浮靡,直以一生性灵,偕紫阳公寄傲风雅之林"。虽然借重紫阳公朱熹说事,但"直以一生性灵"无疑宣告了实以内心自我为一切铲、补、疏、畅、浃、足之评点工作的立足点。

第七章
清代前期《诗经》评点

李兆禄认为：

　　清代是中国文化集大成的时期，《诗经》学也呈现出集大成色彩。清人从经学、文学两个向度诠释《诗经》，取得了令人称羡的成绩。

　　蒲松龄、储欣、汪绂等以世俗说《诗》，把《诗经》拉下圣坛，还原其世俗本相；姚际恒、储欣等从诗画相通入手，揭示《诗经》与画在审美趣味、带给读者的审美感受等方面的相通之处，以绘画手法、技巧评赏《诗经》艺术手法；对《诗经》"诗之祖"的认识向着细深方向发展，如姚际恒反对空言《诗经》为"诗之祖"，要求结合具体作品作出有针对性的分析。

　　姚际恒，其《诗》学著作是《诗经通论》。他继承朱熹回归文本、寻绎诗意、以人情说《诗》的做法及对《诗经》重要表现手法赋、比、兴的认识，拓展了文学批评《诗经》的途径。"圈评以明《诗》旨"，是姚际恒对中晚明兴起的《诗经》文学评点的重大发展，将《诗经》文学评点推向一个新的境界。他极为重视《诗经》的文法结构，常常予以精彩细致的剖析与赏评。

　　清前期曾一度衰微的《诗经》文学评点在此期也再度兴

盛,表现为评点著作数量大,有 11 部之多;评点形式多样,眉批、旁批、夹批、总评 4 种形式兼备;既有原创评点,又有辑评之作;评点的诗学理论色彩较浓。此期评点的代表作有张梦瀛《葩经一得》、牛运震《诗志》等。牛运震以神韵说等诗歌理论为指导,"会其语妙,著其声情",进一步发展了《诗经》文学评点。①

从李兆禄的论述可以看出清代《诗经》文学性研究尤其是文学评点的大趋势。在明代,由于心学和禅学的沾溉,《诗经》学多有探究内心的自省趋势;而清代,由于乾嘉学风的笼罩,《诗经》学则涌现了许多以训诂、考证擅场的力著;清末今文学的盛行,则又把《诗经》经学引向了《诗经》今文的整理与研究以及微言大义的探求。这是文学之外的学术形势。

清代朴学对于中国学术的发展有不可估量的作用和影响,这是目前学术界普遍认可的。杨东莼认为,朴学的精神在考证,朴学的研究对象为经书,其业绩主要体现在十二个方面:经书的注疏、文字学、音韵学、金石学、史学、地理学、天算学、类书的编纂、丛书的校刊、伪书的辨明、佚书的搜辑、古书的校勘。② 美国学者本杰明·艾尔曼说:"有清一代的学者在'四书''五经'的评价问题上聚讼纷纭。经典仍然是神圣的,但人们开始用新的眼光和策略来诠释它们。17 世纪的中国儒家多少受到耶稣会传教士的影响,开始用自然哲学和新的天文学观点来重估经典,并试图恢复古学……18 世纪经学家的考证语汇,进一步稳固了从以'道学'为代表的宋明义理之风向更具怀疑精神和世俗倾向的实证之风的转向。……总体上,清代经学家认为,宋明'道学'是对'求真'的妨碍,因为它似乎并不鼓励在实证上下功

---

① 李兆禄:《清前中期〈诗经〉文学诠释史论》,山东师范大学 2009 年博士论文,第 1 页。
② 杨东莼:《中国学术史讲话》,南京:江苏教育出版社 2005 年版,第 217—220 页。

夫。……由此,义疏让位于校勘和考证……"①

清代朴学无论是宗经重学的学术思想,还是"实事求是、无征不信"的治学精神和治学方法,都对《诗经》的研究产生了极大的影响(即便在《诗经》评点的领域,也产生了一些影响,如批评方法上大量运用考据之法)。

郑振铎对清代《诗经》学的发展总趋势做了一个比较精辟的总结,他说:

> 清人的《诗经》研究,多宗汉儒之说。毛奇龄对丰坊的伪诗传、诗说加以攻击,而明季崇信伪诗传之风为之一洗。陈启源、朱鹤龄、阎若璩、诸锦诸人对于朱熹的《诗集传》加以攻击,而宋儒之学几于无人研求。其后汉学的研究,渐渐达于高潮的时候。陈奂、马瑞辰、胡承珙诸人,致力于毛、郑之研究。段玉裁、孙焘诸人,致力于毛公传的考索。范家相、魏源、丁晏、陈乔枞诸人,致力于三家遗说的搜获。几至于极盛难继之境。大概他们的汉学研究的进化,可分三级:第一级是拿了毛、郑的学说以攻朱熹。朱熹打倒了,便进而做第二级的运动,拿了毛公的传来攻郑玄的笺。郑玄打破了,便又进而做第三级的运动,拿了齐、鲁、韩的遗说,来攻毛公的传。
>
> 当时的说诗者,差不多都是不能自外于这个潮流的。只有最可注意的姚际恒、崔述和方玉润三人未被卷入漩涡。但在这个潮流中,他们的见解,却是没有人肯注意的。②

---

① [美]本杰明·艾尔曼:《〈经学·科举·文化史〉自序》,《经学·科举·文化史》,北京:中华书局2010年版,第7页。
② 郑振铎:《关于诗经研究的重要书籍介绍》,《小说月报》1927年中国文学研究专号。

清代《诗经》评点承继明代《诗经》评点重文学轻经学的路数，涌现出一批较有价值的著作。若考察传统视域下的《诗经》经学研究如何向现代视野下的文学研究转向这一命题，必不能避开清代《诗经》评点这一重要环节，而这一环节在目前学界关于《诗经》的研究中却是非常薄弱的。

虽然清代《诗经》评点总体上延续了明代《诗经》评点以文学阐释为主的特点，但由于受到不同时代诸多文化因素的影响，清代《诗经》评点还是呈现出一些不同于明代《诗经》评点的特点。首先，清代的《诗经》评点留存至今的版本虽然较明代为多，但独创性却不如晚明时期，主要表现在辑评本和转录本增多，而此两种形式的评点本又多以抄本形式出现，这也说明评点这一解读形式的通俗性，使得《诗经》评点的传播频率有所增强；其次，清代《诗经》评点总体质量良莠不齐，有的继承了明代评点独立思考和侧重文学的倾向并有所发展，有的则在观念上趋于回归传统《诗》学；再次，清代的《诗经》评点不再像晚明《诗经》评点那样在较短的历史时段内以密集状态出现，而是以时段分散的状态出现，无所谓高潮与低谷之分。因此，尽管清代《诗经》评点本在绝对数量上多于晚明，但由于历史跨度较大，其兴盛的程度反而略逊于晚明。

清代中后期，大约是受了乾嘉朴学的影响，《诗经》评点也多轻义理而重实学，对朱熹《诗集传》不但少有尊崇，且多有责难和贬斥了。如徐与乔《诗经辑评》就以"妄语""委巷之曲"来形容朱熹对于《诗经》主旨的揭示。

本章主要论述清代前期几种影响较大的《诗经》评点著作，至于中后期的著作，则置于后面两章论述。

第一节　储欣与何焯《诗经》评点

明末较为兴盛的《诗经》评点现象到了清初并未得到延续。在现存的《诗经》评点本中,乾隆之前问世的只有两种,一为储欣评本;一为何焯评本。而何焯的《诗经》评点以批校训释为主,文学性评点内容较少。可见这一时期的《诗经》评点呈现出冷清的局面。

一 储欣《诗经》评点

储欣的《诗经》评点为手批本,现藏复旦大学图书馆,查各种官私综合性书目及《诗经》类专门书目均未见著录。此本以崇祯十四年毛氏汲古阁所刻《诗集传》为底本,加朱笔手批圈点。此书正文之前目录缺失,正文首页钤有"高氏吹万楼所藏善本书""葩经至宝""瀚海珍藏""梅花庵所藏书画印""汪鱼亭藏板书"等藏书章。版高17.6厘米,宽27厘米,白口,无鱼尾,左右双边。圈点全以朱笔为之。圈点方式有点有圈;圈有圆圈、三角圈,而后者较少。评的方式有眉批、旁批,而以眉批数量居多。批语共计1410条,其中眉批均针对《诗经》经文而发,旁批则既有针对经文的,也有针对朱熹注文的。卷首空白页有署名莲友的题识,记载了自己得到此书和收藏此书的情况,兹录于下:

> 《诗经储批》四册,此胡文恪公家藏本也。闻五经俱全,惟此经有两部。戊子秋,承又山公曾孙名如渊,与余交最善,赠礼得此,如获至宝,不胜爱惜,而珍赏之,因识其原委如是。莲友。

"莲友"其人,今难以查考,不知为谁。此段题识之侧另有浮签一纸,夹在书叶中,其上也有一款署名吹万居士的题识,对莲友题识和收藏过程中所钤印章的名号做了鉴定。题识云:

> 按胡文恪当为胡高望,清鱼亭则为汪宪千陂振绮堂主人也。梅花庵不知何人。庚辰四月十九日得诸朱君惠泉手,价卅元。吹万居士记。

"吹万居士"即清末南社耆宿、著名藏书家高燮。从这两条题识可知,此书原系乾隆朝榜眼胡高望家藏本,后辗转流传,最后由吹万居士高燮从朱惠泉手中购得。后高氏吹万楼藏书大量流入复旦大学图书馆,此书即其一。复旦大学图书馆此书目录卡片上所署"储欣批点",系从高氏吹万楼图书目录转抄而来。高氏由何得知此书为储欣批点,已不得而知。

储欣(1631—1706),字同人,号在陆,学者称在陆先生,江南宜兴(今属江苏)人。生平事迹见《清史列传》卷七一《文苑传二》、储大文《存砚楼二集·在陆先生传》。储欣少孤,好读古书。尝偕弟及萃友八人,时称"八俊",后又广之为十二人,订约为学,寒暑不辍,历七八年。自称于"先秦、两汉、司马氏、班氏,暨唐宋诸大家诸书,多所成诵"(《札杨明扬》)。储氏是当世有名的古文家,所为古文,谨洁明畅,有唐宋家法,大致近于苏轼文风,常自称"为文深入敢战,有时言人所不能言"。其作文宗旨见其自作《蜀山东坡书院记》。姜宸英谓其"自南渡后,此道浸绝,今乃得之宜兴储氏,诗五言雅淡,可追唐风"。储氏教子多方,及门多达者。储氏于康熙二十九年中举,时年已六十。康熙三十年试礼部,未揭榜而归。康熙三十二年,馆于鹾商,或嘱以夤缘,毅然拒之去,杜门著书以终。著有《春秋指掌》三十卷、《前事》一卷、《后事》一卷、《在陆草堂文集》十卷、《诗集》二卷。尝编选《唐宋十家文全集录》(含《昌黎全集录》八卷、《习之全集录》二卷、《河东全集录》六卷、《外集录》一卷、《可之全集录》二卷、《六一居士全集录》五卷《外集录》二卷、《老泉全集录》五卷、《南丰全集录》二卷、《栾城全集录》六卷、《临川全集录》四卷、《东坡全集录》九卷),于明代茅坤所选唐宋八大家之外,增唐代李翱(习之)与孙樵(可之)二人,书出,风行海内。[①] 又编

[①] 常恒畅认为此书"在文体分类学上具有重要价值,其合'分体''归类'于一体的'两层分类法'对中国近代文体分类学影响深远"。见常恒畅:《储欣及其〈唐宋八大家类选〉》,《学术研究》2013年第4期。

选评点《唐宋八大家类选》十四卷。乾隆编选《唐宋文醇》,即以此二书为蓝本,重加改订,有些地方仍引用储欣评语。此外,还选辑《左传选》《公羊传选》《谷梁传选》《国语选》《国策选》《史记选》《西汉文选》。今所见储氏《诗经》评点却未见著录。

本书评点有与钟惺第一次朱笔评点《诗经》内容相同的评语若干条,可断为储氏对于钟惺评点的转录。还有少许评语与乾隆年间陈继揆所著《读风臆补》相同,情况则较为复杂。如:

(储本旁批)如此突兀,值得一惊。(陈本眉批)第二句突兀,值得一惊。(《旄丘》"何诞之节兮")

(储本旁批)八字《北风图》。(陈本眉批)八字《北风图》。(《北风》"北风其凉,雨雪其雱")

(储本旁批)以"宽绰""戏谑"写道学,此诀无人晓解。如此用意,发人多少聪明。(陈本眉批)以"宽绰""戏谑"写道学,此诀无人晓得,发人多少聪明。(《淇奥》)

(储本旁批)奇思妙绪,起灭无端。(陈本眉批)"谖草"二句,奇思妙绪,起灭无端。(《伯兮》)

(储本旁批)仪一之根。(陈眉)仪一之本。(《鸤鸠》"鸤鸠在桑,其子七兮。淑人君子,其仪一兮;其仪一兮,心如结兮")

由于储欣所处时代远较陈继揆所处的晚清时代为早,而陈氏《读风臆补例言》所列参考书籍中并没有储欣之作,因此大致可断定这部分评语系转引自相同之他书。之所以这样判断,还因为二书的评点中也有明确表明录自同一出处的。如:

(陈本眉批)巾帼中有须眉。辛宪英云:军旅之间可以济者,其唯仁恕乎?千载有两。(储本旁批)真大学问老世故。辛宪英云：军旅之间可以济者，其惟仁恕乎？千载有两。(《雄雉》"百尔君子，不知德行。不忮不求，何用不臧")

此处二人的评语中都标明了"辛宪英云"的字样，出处相同自不待言。另外，二者均未标明出处的批语，也不排除陈氏转录了储欣批语的可能。纵观储欣评点《诗经》的全书，除极少一部分评语系转录自他处之外，其余都属于储氏原创。

观全书评点，可发现储欣对于汉宋《诗经》学并不专主一家，比较灵活。他以《诗集传》为底本进行评点，也可说明他对于《朱传》较为看重。而其中对于《朱传》的纠正则证明他在《诗经》的研究上兼取汉宋两派，并不盲信《朱传》，属于为数甚多的调和派。比如他会在有《朱传》的天头处把那些与《朱传》意见不同的《小序》或《郑笺》的内容录出，以示区别。如《菁菁者莪》第一章之后朱熹有阐述诗旨的一段话，云："此亦燕饮宾客之诗，言菁菁者莪，则在彼中阿矣。既见君子，则我心喜乐而有礼仪矣。或曰以菁菁者莪比君子容貌威仪之盛也。"储氏大概认为此说还不全面，就在此处天头上录出《小序》的内容，以资补充："《序》云：'乐育才也。君子能长育人材，则天下喜乐之矣。'"有时也有明显欣赏《朱传》的评论。如《小雅》之《鹤鸣》首章《朱传》有解说云：

此诗之作，不可知其所由，然必陈善纳诲之辞也。盖"鹤鸣于九皋"，而"声闻于野"，言诚之不可掩也；"鱼潜在渊"，而"或在于渚"，言理之无定在也；"园有树檀"，而"其下维萚"，言爱当知其恶也；"他山之石"而"可以为错"，言憎当知其善也。由是死者引而申之，触类而长之，天下之理，其庶几乎？

储评对此大加赞赏云："此诗读《朱传》意味无穷，汉唐诸儒皆不得解。"虽然储评词语有夸张之处,但朱熹的解说也的确精彩。朱熹成功地借助诗句发挥了他的理学观念,而且很有辩证意味,显示了古诗阐释空间的可能性,因此也就难怪储欣对其倍加推崇了。我们透过储氏的指点,反观朱熹的观点,就能更容易理解《朱传》此处的思想性,进而更加叹服《诗经》的魅力。而对于朱熹动辄以淫奔加诸诗的做法,储氏则强烈反感。如:

（储眉）《序》云:"思君子也。""不寁故"者,柳下惠云:"何必去父母之邦?"孔子去鲁迟迟,吾行又云:"'故'者,无失其为故。"皆此意也。硬坐以淫奸,有何趣味?（《郑风·遵大路》)

虽然他认为《序》的解释并不高明,但对于朱熹的解题同样不满意。又如:

（储眉）《序》云:"思君子也。"此诗笔墨间毫无妖气,而硬坐以淫奔。与其杀不辜,宁失不经,或可容居间人解释讨饶否?（《郑风·风雨》)

这种说法就比较激烈了。他从笔墨间即行文中判断诗意并无朱熹所谓"淫奔",这种依据本文解诗的出发点无疑是正确而可贵的,而且可以看出他相信男女之间的思慕也有可以肯定的一面。但下一句"与其杀不辜,宁失不经",却也只是一个让步的态度,即"不经"总比冤枉人要好一些,允许"不经"的前提是为了避免"杀不辜"。这种对"淫奔"之说的反诘不是从观念出发,即不是以伦理对伦理,而是从文本出发的。不过,如果诗中有淫奔"妖气",他依然是要毫不客气地对待的。

储欣对于毛、郑观点虽然多有采纳,但对于其中不准确的地方也多有否定。如《小雅·角弓》一诗有"老马反为驹,不顾其后"句,《朱传》解曰:"言其但知谗害人以取爵位,而不知其不胜任。如老马惫矣,而反自以为驹,不顾其后,将有不胜任之患也。"联系上下文来看,这种解释是比较客观的。但毛、郑解说却大相径庭,储氏批语于是在天头摘录进行比较:

> (储眉)毛公解"老马"句云:"已老矣,而孩童慢之。"郑云:"幽王侮慢老人如幼稚,不自顾念。后至年老,人之遇己亦将然。朱昂、周翰同在禁林,为少年所侮,昂曰:'莫侮我,我亦终留与君。'正此说也。"

此处明显以幽王时政比附,失之牵强,因此在诗句旁特加旁批:"(储旁)如毛解甚鲜。"明显反对毛、郑观点。

储欣也有许多儒家学者共有的推崇古德的心理。如《小雅》之《六月》有段眉批:

> (储眉)中兴将材以周宣时为第一,皆贤圣之俦,千古罕有。而宣王自将英谋伟略于博大精深中,浑涵一切,有天地阖辟气象。汉祖唐宗止堪北面,亦为自古中兴贤主第一。

这也未免太过,《六月》诗中只描述了一行出师的情景,储氏竟能从中看出周宣王的"英谋伟略",实在牵强。

储欣在读诗并加以评点时,有时会由于诗句触动了自己的心弦,引起了内心的共鸣,他便借评点发一感慨,可谓借他人之酒杯,浇自己之块垒。比如《小雅》中《頍弁》一诗最后一章:

> 有頍者弁,实维在首。尔酒既旨,尔肴既阜。岂伊异人?兄弟甥舅。如彼雨雪,先集维霰。死丧无日,无几相

见。乐酒今夕,君子维宴。

《朱传》曰:"霰,雪之始凝者也。将大雨雪,必先微温,雪自上下,遇温气而搏,谓之霰。久而寒胜,则大雪矣。言霰集则将雪之侯,以比老至则将死之征也。故卒言'死丧无日',不能久相见矣,但当乐饮以尽今夕之欢,笃亲亲之意也。"盖此章本是出于对生命易逝的忧虑,带有浓重的感伤情怀和及时行乐的意识。储氏于此章后半有旁批云:"(储旁)人生中年以后,须发白,齿牙脱,皆先集之霰也,言之慨然。"相对朱熹平和的解说语气,储氏的感情无疑起伏激烈了许多。

储评对于诗篇尤其是较长的诗篇喜欢分析其行文结构,而且有些分析确实言简意明,使读者面对长而难懂的上古之诗豁然开朗。如《大雅·韩奕》一篇的眉评:

(储眉)首章、二章入觐受命,正文三章出饯,其事已毕,忽展波澜作娶妻二章,奇丽无匹。古人文字不肯寥寂如此。末章收归职贡,仍入正文作结也。

如此,既理出了本诗的结构,又对这一结构形式进行了评价。孙月峰此处评点为:"(孙篇前评)大体闳壮,然细玩更自清妙。"相比之下,觉储评更具体形象,于读者也更加有益。

储评中比较多的还是对于诗句的赏析式点评,这种点评多运用形象化的语言或者赞叹的语气,使人能够觉察到评点者对于所评诗句的喜爱之情。如《韩奕》中韩侯娶妻一段,诗云:"百两彭彭,八鸾锵锵,不显其光。诸娣从之,祁祁如云。韩侯顾之,烂其盈门。"储氏于旁批曰:"(储旁)诗亦如火如荼,烂如云锦。"只此一句,就把诗歌用词造句的热烈,以及风格的绚烂形容了出来。还有大量的赏析式评点,除了对《诗经》文本的内容进行评论之外,尤其用力于对具体细微的艺术手法及语言运用的分析。其中有对用字炼字的分析,如:"(储旁)何等大雅,'友'字亦新甚。"(《伐木》)有对句法的分析,如:"(储眉)'我姑'句,加一倍写法。"(《卷耳》)也有对结构的点明,如:"(储旁)忽作问答语结。二句笔势奇绝。"(《采蘋》)还有对章法的评点,如:"(储眉)首章将采而未有之词;二章方采而其所之词;三章既采而收归之词。通篇绘出一'乐'字,读之悠然神往。"(《芣苢》)更有对全篇总的评价,如:"(储眉)通篇皆预必之词,致由花而实、而叶,略有次第。"(《桃夭》)这些批语虽有琐碎之嫌,但其文学取向的意图却是毋庸置疑的。

对于《诗经》的艺术成就,储欣评语虽时有拔高之嫌,但也不乏持平之论;对于《诗经》的不足处也偶尔道及,并不一味迷信。如《小雅》之《南山有台》第四章之旁批:"(储旁)复而不厌者,诗也。然如此篇颇畏其冗,变换数句,亦无大意味。"此说不无道理。《诗经》中的重章叠唱,本有结构上的优点,给人以一唱三叹的回环曲折之感,但以两章或三章相叠为宜,像《南山有台》多至五叠,只改变个别字词,诗意并未递进,的确是繁冗了一些。对于这种缺点,储氏于《凫鹥》首章旁批又一次作了说明:"(储旁)此系圣经,本不敢妄言。窃谓'三百篇'中亦有应酬人事之作,如此诗及《小雅·南山有台》,语复意不多,实难识其佳处。"指出《诗经》虽为神圣经典,但也存在应酬无聊的作品。这比前一条批评显然更重了些。这种敢于怀疑经典的言辞虽然只是一鳞半爪,但在崇尚"四书""五经"之风气极盛的清代前期还是非常可贵的。

需要注意的是,在评点的内容上,储氏没能完全避免以考据、义理代批评的毛病。此外,其评点有时明显表明了他对于政治教化的极大关心。如:"(储旁)'悔'者,被化之始;'歌'者,被化之终处。正其被化之实也。"(《江有汜》)这种出身道学的评点家所沾染的通病对于评点这种文学批评形式来说,应该是一种掺杂和淆乱,不利于评点在文学批评形式领域的健康发展。

另外,对于诗的艺术韵味的体会,储氏也有见不到之处,如《陈风

《月出》原本一唱三叹,情思婉妙,他却说"(储眉)《陈风》如此等数篇,了无意致"。这也可以看出储氏倾向于"有意义"的诗篇,对于纯粹抒写婉妙情思的作品并不欣赏。

储氏既以文章家之身份涉足《诗经》评点,其价值取向及关注点自异于一般经师之《诗经》注疏,而颇近于近世之文学观念。加之储欣早年以制艺文章名闻江南,则其于诗之结构的重视更是显而易见。储欣评点《诗经》,上承明末孙月峰、钟惺、戴君恩,下启牛运震、姚鼐、刘大櫆,在《诗经》从经学到文学的转向流程中无疑是很重要的一环,而其评点自身的文学批评价值也不容漠视,有待于进一步研究和阐释。

二 何焯《诗经》评点

何焯精于考订,其校笺批点诸书之文,由后人及门生编辑而成《义门读书记》,中有《诗经》评点五卷。《义门读书记》现有乾隆十六年六卷本、乾隆三十四年五十八卷本、光绪六年重修五十八卷本。今依光绪六年重修本略加论述。

何焯评点诸书都是以彩笔手批其上,所谓"义门读书,丹黄并下,随有所得,即记于书之上下方以及旁行侧里"(《义门读书记凡例》)。何氏的《诗经》评点稿本已不可见,现在见到的含有《诗经》部分的《义门读书记》的最早刊本是乾隆三十四年(1769)五十八卷本。此本刊刻时就已经删去了所有各种作品的正文,原因是"卷帙既多,本文不能全载",只能是"故全刻用经疏之例,仅标章句,兹亦依其旧"(《义门读书记凡例》)。可见其批语本来都是手写在诸书相应位置上的,诸书在经过何氏的批点之后,其面貌从形式上符合圈点评语附着于作品文本的标准。这一点也可从现存何焯评点《文选》的刊印本看出。虽然现存版本已删去《诗经》经文,但不能抹杀此书曾经是标准评点著作的事实,因此此书《诗经》评释校正部分仍是《诗经》评点之一种。

何焯(1661—1722),初字润千,后字屺瞻,晚字茶仙,江苏苏州人。何焯的先世在元代元统间以"义行"旌门,他便取"义门"二字名书塾,学者因称义门先生。

何焯的《诗经》评点,内容是评议序、传、笺具体内容之得失,校正并训释个别字词,指示行文脉络,评析句段要旨,皆能洞达文辞旨趣。今举两例以观其大概。如《绿衣》的批语:

> 三章　《朱传》以女为君子,最难通。以"丝"为妾之少艾以治,为君子嬖之,欲与下章相对,而甚乖疏。《笺》云:"先染丝后製衣。""製"作"制"。

先是指出《朱传》的疏漏,然后校正了《郑笺》刻本中的用字,于诗的艺术毫无评价分析。再如《常棣》批云:

> 二章　言他日族葬于原隰之间,惟此兄弟也。
> 六章　"具"字不必说到生死。唐王维诗"遥知兄弟登高处,遍插茱萸少一人",可与此诗对看。

此处于诗义的阐发之外,以王维诗句发明"傧尔笾豆,饮酒之饫。兄弟既具,和乐且孺"一章的情境,颇能得其意旨。但这种略具文学视角的评语只有聊聊几处而已。综观何氏对于一百五十八首诗的批点,大致都如首例,严格说称不上文学评点,其性质更接近于批校。不过由于其符合了《诗经》评点的体例,因此,略作以上介绍,以存其目。

第二节　牛运震《诗志》和李九华《毛诗评注》

一　牛运震《诗志》

牛运震(1706—1758),字阶平,号真谷,晚号空山先生,山东滋阳人。生平事迹见《清史稿》卷四七七《循吏二》、《清史列传》卷七五《循吏传二》、孙星衍《平番知县牛运震墓表》。民国间,蒋致忠撰有《牛空山年谱》,收入《民国丛书》第四编第89册。另有兰州大学进东艳2007年硕士论文《牛运震传略》。牛运震,雍正十一年进士,乾隆元年召试博学鸿词,不遇。历官甘肃秦安、平番知县,居官不延幕友,事必躬亲,平冤狱、兴农业、除虎患、设书院,民颂其德,上官异其才。为忌者弹劾罢官,贫不能返乡,留主皋兰书院。及归,有走千里送至灞桥者。归后闭门治经学,历主晋阳、河东两书院。牛氏著作涉及经学、史学、文学、金石学等领域,著有《空山堂文集》十二卷、《史论》二十卷、《易解》四卷、《春秋传》十二卷、《金石图》二卷、《诗经》评点著作《诗志》八卷。除评点过《诗经》以外,牛运震还评过《史记》,有《史记评注》,收入清嘉庆空山堂刊本《空山堂全集》(第19—24册)。但收录时为节省成本,只录评语,未收《史记》原文。

《诗志》原稿未刻印前是在李光地《诗所》之上施加评点而成,就其空白之处随手著录,每章经文的批语没有一定次序。① 牛运震去世后,其子牛钧对其评点进行编订,把批语附于每章经文之后,而列其总批注于篇目之后,付梓前乃定名《诗志》。牛运震原先并不打算命名此书为《诗志》,而是把这个名字赋予另一本计划撰写的书。这本计划中的著述打算模仿陆玑《草木鸟兽虫鱼疏》和王应麟《诗地理考》,写成以考据为训诂的体例。据其子牛钧在《诗志》例言中所说,牛运震是在评点完《诗经》之后,打算再撰写这本估计是受到考据风气影响的著作的,牛钧原文云:"初稿既定,更欲仿陆氏、王氏之书详为考核,别著《诗志》一编,然有志未逮也。"既然计划"未逮",则牛氏身后碰巧有刻印的机缘,其子牛钧于是就把《诗经》的评点书稿标目为《诗志》付梓了。有人质疑他这一做法,认为评点毕竟不是揭示诗

---

① [清]牛钧《诗志例言》云:"是编原著于李厚庵先生《诗所》,就其空白之处随手著录,前后次序无定也。"

人之志的。面对这一质疑,牛钧如此认为:首先,"文以载道,非文,义将安属",讲究文义是达志的准备工作,即"舍文辞而志奚以逆哉",所以基于文辞表达的评点是有其价值的,它的终极指归并不与以意逆志相悖;其次,虽然欧阳修说过"六经不可以文论"的话,《诗经》也属于经,那么也不应该被看作一般的文章来对待,"盖谓六经宏深,不专在文辞之工耳",但是,"若屏文法而别求之,则诗人之语脉转晦。苟失语脉,又安所得义蕴邪",也就是说,即便是经书,如果抛开了文法,也就失去了语脉,失去了语脉,经书的义蕴就很难理解,而评点就是要寻出经书中的语脉;再次,"然则读诗者涵泳于章法、字法、句法之间,会其声情,识其旨归,俾诗人温柔敦厚之旨隐跃言表,庶几得诗人之志矣",通过评点点明的章法、字法、句法,读者认真玩味涵泳,就会通过诗歌的声情进入意蕴之中,诗人隐藏在温柔敦厚背后的情感和诗旨也就明晰地从隐到显体现在语言的表层之上了,那么,也就能最终达到诗人所作诗的最初之"志"了。基于此,这本《诗经》评点最终被定名为《诗志》。这是关于书名。

至于该书的体例,由于刻印方便的缘故,其评点形式相对牛运震原稿已经简化。据牛钧的《诗志例言》,该书本有旁批,有眉批,编订后也都编次于各章之下,随其章句之前后而标明某句某字以提示,这样一来,所有原来的眉批和旁批都变成了章评和总评,评点形式相对单一了。原稿本于经文精粹之句旁加密圈,使读者醒目,编订后也依原圈刻入。原稿本经文列目,原分《南》《豳》《雅》《颂》,牛钧"未能深悉其义",故"列目分卷仍依《诗所》原本"(牛钧《诗志例言》)。

《诗志》为牛氏评点《诗经》之作,《续修四库全书总目提要》以及《诗经要籍提要》中也均列入。此书有嘉庆五年(1800)空山堂刊本及嘉庆二十三年(1818)刊本,均系《牛空山全集》之一种。书前有序,落款为"嘉庆戊寅春正月宛平陈预书于济南官廨"。序之后为牛氏之子牛钧所作《诗志例言》,落款为"嘉庆五年岁次庚申立冬日男钧谨识"。另有清代双清仙馆抄本,其例言及落款与刻本相同,同样交代了付刻情况,正文格式也都一样,系过录刻本而成。清道光年间又有《重订空山堂诗志》田氏刻本八卷,读法一卷。此重订本是经由山东人田昂删节过的本子,删节原因是"惟是书非经运震手订,原刻不免粗率"。田氏一方面"删节繁冗",一方面"并于其中数篇有所附益"(田昂《序》)。《续修四库全书》收有《重订空山堂诗志》影印本。民国时,又有贺葆真重刊本,所据底本为空山堂刊本。

《续修四库全书总目提要》称《诗志》之评点,"既于经旨无所发明,亦非解经正法,而以此求之诗人之意,失之陋矣"。[①] 这实在是一种偏见。实际上,牛运震持说,"既不为汉人穿凿之谈,亦不作宋代凿空之论"(陈预《牛空山先生全集序》)。直承明代《诗经》欣赏派评点风气,注意诗旨章法句法,会其语妙,著其声情,梳理其批语,明显受到钟惺《批点诗经》的影响。《诗志》中几次引用钟惺《批点诗经》中的评语,并标以"钟氏曰"字样,便是受了钟惺《诗经》评点影响的明证。如于《秦风·黄鸟》一诗批云:

"谁从穆公",呼得惨痛,钟惺所谓若为不知之词,悲之甚也。

但《诗志》并非一味邯郸学步,牛运震与前辈孙鑛、钟惺相比,还是有自己独到见解的。"顾《诗》之章法、句法、字法,虽有孙月峰、钟伯敬诸评本,犹非因文见义也。先君子(牛运震)是编于《诗》之章句,间会其语,妙著其声情,因而识其旨归,又于前注之未安者正之,未备者补之。"(牛钧《诗志例言》)看来牛运震对于前人的注解,并非全盘弃置不用,而是加以查考订正修补,提出自己的见解,所谓"于前注未安者正之,未备着补之"。这和孙鑛、钟惺评点完全不关注疏相比,稍

[①] [清]纪昀等:《续修四库全书总目提要》(第 37 册),北京:中华书局 1993 年版,第 753 页。

多了一分学者的气息。

牛运震解诗,不主一家,多所取法,而又主要从诗之本文出发,对于前人论诗观点,多有纠正。如《小序》认为《秦风·蒹葭》"刺襄公也。未能用周礼,将无以固其国焉",《诗志》于此篇总评云:

> (牛篇后批)国风第一篇飘渺文字。极缠绵极惝恍,纯是情不是景,纯是窈远不是悲壮。感慨情深在悲秋怀人之外,可思不可言。萧疏旷远,情趣绝佳,《序》以为刺襄公不用周礼,失其义矣。

这种纯以审美眼光来解《诗》,相对《小序》可笑的牵强附会,其差别真不能以道里计。再如《唐风·葛生》,《朱传》认为"妇人以其夫久从征役而不归,故言葛生而蒙于楚",《诗志》则云:"拙厚惋恻,绝妙悼亡词。以为闺思之诗,便没却诗人用意处。"除此之外,像"《朱传》失之"之类的话语不胜枚举。

对于以诗评《诗》之比较论诗方法的运用,《诗志》趋于频繁而成熟。全书以诗评《诗》的地方有几十处,较之明末几种评本,可谓大宗。如:

> 从月出落想,奇。宋玉《神女赋》其少进也。"皎若明月舒其光"似本于此。"舒",舒迟也,一"舒"字极得妇人妙态。汉武《李夫人歌》"翩何姗姗其来迟",此即"舒"字之旨。(《月出》)

用后世一句诗来解释《诗》中一字,似为创格。以训诂解字,机械而妨害诗意,以诗句解字,却有难言之妙。

评点中还注意了生活真实与艺术真实的区别。如:

"临穴惴惴",写出惨状。三良不必有此状,诗人哀之不得不如此形容尔。　三良从死,何与彼苍事,怨得不近情理,正妙。(《秦风·黄鸟》)

所谓"诗人哀之不得不如此形容"正说出了文学创作与历史记述的不同性质所在;"不近情理"却"正妙"也是文学手段的魅力所在,所谓"安知理之所必无,情之所必有也"。

《诗志》对于诗的具体创作手法比较重视,对此多有总结,如加倍法、倒句法、约字法、一字法、降一格衬托法、进一层翻剥法、两路推详法,具体例证如:

(牛章评)起二语,如闻如见。"踊跃"二字,写出无知得意。 "土国城漕",衬笔是加倍法。

(牛章评)添出仆痛,是加一倍写法。(《卷耳》)

(牛章评)"崇朝其雨",犹言其雨崇朝也,倒句法。(《蝃蝀》)

(牛章评)"赫如渥赭",作酒容解,此倒句法也。(《简兮》)

(牛章评)日月关愁苦人何事?仰面伸诉,无聊之极。"乃如之人",不忍斥言,却自厌绝。 "古处",约字法,厚在末二句。(《日月》)

(牛章评)"特"之训"匹",以相反为义,亦一字法。(《鄘风·柏舟》)

(牛章评)惠有大于木瓜者,却以木瓜为言,是降一格衬托法。琼瑶足以报矣,却说匪报,是进一层翻剥法。(《木瓜》)

(牛章评)"舍旃舍旃",谓舍之以为无苓而不采也,此是两路推详法,旧解误。(《采苓》)

《诗志》于诗篇的风格也多有概括和描述。如：

（牛篇后批）极要眇流丽之体，妙在以拙峭出之。　调促而流，句聱而圆，字生而艳，后人骚赋之祖。（《月出》）

这种描述往往还涉及整体风格、调的风格、句的风格、字的风格，以及这种风格对于后世创作的影响。总之，无论是对具体诗法的重视程度，还是对具体风格的细化描述，都显示了与以往评点相比更为具体详尽的特点，这也是评点话语发展成熟的一种表现。

《诗志》也少许存在一些酸腐可厌的评语，对无聊的教化观念应声附和，实在没有什么价值。如：

（牛篇后批）只赞一及笄女子，去艳羡几何？而久道化成之效，遍见于此。可称工于立言。求其所以，盖必一家有教，而后有淑女，一家有德，而后有贤妇，此万福之源，太平之本也，贾长沙《治安策》，论俗流失，世败坏，归重妇德，意亦如此。备观人世兴衰，则愈知女德之所系者重矣，此《车辖》之诗所为作也。

综而论之，《诗志》出现于康乾之世，延续了晚明主要以文学观念评《诗》的流脉，所论多有可观之处，其价值还是应该给予充分重视的。

二　《诗志》的转录本——李九华《毛诗评注》

《毛诗评注》三十卷，李九华撰，铅印本。

此书音韵本李恕谷之《诗经传注》（今佚），注释用毛、郑，间采清儒。每章后之评语乃转录牛运震《诗志》而来。

《续修四库全书总目提要》第37册第753页云：

毛诗评注三十卷　　排印本

李九华撰。九华，蠡县人。《自序》言：八岁时受《毛诗》，稍解其意，未之深究。然自是即喜读诗歌，把卷吟哦，意若有会，则于篝灯夜读时，戏仿鸟兽草木之图形以自嬉，古代之都人士女，亦每以意绘之，虽未能工肖，而兴之所在，不稍厌倦。后读汉宋以来经学家言，而尤膺服于李恕谷先生之诸经传注，是书音韵，一本于恕谷先生之《诗经传注》，注释则用毛、郑，亦间采清儒之说。每章之后，冠以评语，然以后世评诗文之法评《诗》，殊嫌庸腐，如评"关关雎鸠"章云："先声后地，有情，若作'河洲雎鸠，其鸣关关'，意味便短。"又云："'窈窕'二字形容淑女，说尽矣，却又不尽，妙。"又评"翘翘错薪"云："玩后二章'之子于归'，此亦所谓'窈窕淑女，君子好逑'也。'不可'云云者，即所谓'求之不得'也，托兴甚远，言外自有'德音来括'之意，讲家滞于'不可'二句，即解为难于以私，夫见色而欲于以私者，小人之心也，于之不可又作艳羡，小人或亦有之，而有此远慕深情乎？"全书之评皆类此，既于经旨无所发明，亦非解经正法，而以此求之诗人之意，失之陋矣。

很明显，这则提要认为《毛诗评注》章后之评语乃李九华所作，而经过笔者检核，实际上该书评语除屈指可数的几条外，乃全部移录乾隆时山东人牛运震《诗志》中的评点。《毛诗评注序》中明言"惟望世之学者，以《毛传》析其意，以《诗志》窥其旨"，又言"今辑评注"，又云"窃比于述而不作之旨"，分明交代了不是李九华本人所作，而是"辑"，是"述"。正文中不管注释或是评语，每条皆注明出处，如《诗序》《毛传》《郑笺》《孔疏》等，而每条评语之后，除个别出自他处的条目外，都注明"诗志"二字。因此，即便没有把《毛诗评注》和《诗志》进行比勘，也可以发现前者不是李九华本人所评。

《诗经要籍提要》"民国著作存目提要八种"之《毛诗评注》云：

> 毛诗评注　三十卷　李九华撰
> 李九华，河北蠡县人。《自序》谓八岁受《诗》，自是喜读，吟哦若有所会；篝灯夜读，时而戏仿鸟兽草木及都人士女图形以自娱。此书音韵本李恕谷之《诗经传注》（今佚），注释用毛、郑，间采清儒。每章后之评语，则用评诗文之法《评诗》，如评"关关雎鸠"章："先声后地，有情，若作'河洲雎鸠，其鸣关关'，意味便短。"又说："'窈窕'二字形容淑女，说尽矣，却又不尽，妙。"又评《汉广》"翘翘错薪"章："玩后二句'之子于归'，此文所谓'窈窕淑女，君子好逑'也，'不可云云'者，即所谓'求之不得'也，托兴甚远，言外自有'德音来括'之意。"等等，与传统经学之经旨不同，可见清末民初说《诗》酝酿变革。有排印本，《续修四库全书》著录。

此则提要沿袭了《续修四库全书提要》的纰缪，也把《毛诗评注》章后牛运震的评语定为民国李九华所作，以致从实际为乾隆年间的著作中得出"可见清末民初说《诗》酝酿变革"的错误结论来。因此，如果"说《诗》酝酿变革"，也不在民国初年，而是民国之前一二百年的事情。

第八章
清代中后期《诗经》评点

清代中后期的《诗经》评点总体质量良莠不齐,有的继承了明代评点及清代前期独立思考和侧重文学的倾向并有所发展,如陈继揆《读风臆补》;有的则趋于回归传统《诗》学观念,如《诗经恒解》。而占主流的,还是传统经学与文学批评的交融形态,如《诗经绎参》《诗经通论》。

第一节 陈继揆《读风臆补》

陈继揆《读风臆补》是在戴君恩《读风臆评》的基础上增补而成。《读风臆补》十五卷,光绪年间宁郡述古堂刊。牌记"光绪庚辰岁开雕板藏拜经馆"。书前有姚燮《序》、徐发仁《叙》、戴君恩《读风臆评原叙》《例言》、目录后陈继揆本人所作说明,书后有《总评》和《题后》。

经文不录诗题,只录正文。徐发仁《读风臆补叙》云:"加评于戴评之后,或注以经,或取诸史,或采汉魏六朝及唐宋以下诸家诗以疏通证明之。孟子曰'以意逆志,是谓得之',戴君逆诗以臆而诗意明,陈子补《臆评》之评,而戴评之意尤明,而风人作诗之志愈益明。"关于《读风臆补》的体例,书前《凡例》有具体细致的说明,为详明起见,兹引录如下:

一,原本于别句处用点兼用圈,文章妙处用密点密圈。今原本所密加圈点者不敢损,其未圈点而别有可赏者则增圈点之,非敢逞私资咏叹也,若别句则用单圈而已。

一,原本于诗旨所在及字法精妙处俱用"•",今字法精妙者改用(双连圈、三连圈)以别之。大旨所存则仍旧也。分段用〇〇〇〇〇〇亦照原本,但亦有增无减耳。

一,尾评、眉批俱照原评低一字。旁批不妄参者恐贻混珠之诮也。惟《国风•七月》戴公不赞一词,故旁批亦为之补缀焉。然戴公原评所不及者,通《国风》中亦有六十六篇之多,另列风次逐一注明。

一,引用书籍自钦定《诗经传说汇纂》外如《读诗记》《诗总闻》《诗集传》《诗缉》《续读诗记》《诗说》《诗经义疏》《诗经疑问》《诗义通释》《毛诗稽古编》《世本古义》《诗所》《朱子诗义补正》《诗类考》《毛诗写官记》《初学辨体》《毛诗日笺》《诗正解》《毛诗名物图说》《诗序广义》《瑶嬛体注》《诗经精华》《毛诗序说》《诗缉补义》等书凡数十种,皆经学也。只采其引证诗赋及有关文妙者,稍涉训诂,不敢屡入,故《郑笺》《孔疏》鲜所取焉。外此若《骚经》《易林》《文心雕龙》《昭明文选》《通志》《困学纪闻》《升庵外集》《诗法火传》《诗学指南》《艺苑卮言》《艺林粹言》、顾氏《日知录》、《选诗论定》、宋元来各家诗话及汉魏六朝唐宋元明迄国朝诸家诗,偶得一二,即为引证,最后得鄞邑前辈陈余山大令仅《诗诵》一书,乃未刊本也,颇多采入,以为是书之一助云。

一,引用俱详姓氏,惟眉批概从省文。其总批之略姓氏者,因有参数家言为一条,并有非原书本旨而第借用其语者。更有得之耳闻目见,时久或忘其出自何人何书者,掠人之美则蒙岂敢。

一,评语用圈点取醒目也。其有关诗学源流及开后人作诗法门者则用△以别之。

《臆补》目录后说明云:"眉批、旁批、总批统计二万数千言。出自戴评者五千余言耳。揆所补不啻四倍焉。"这接近三万字的批语,除了自己所撰写的以及引用自《凡例》所列举的其他著作的以外,还有来源于前人的评点。说《读风臆补》与前人评点也有关系,这可从个别评语与其他评本中评语的相似或相同处判断出来,即如《凡例》中陈氏所说"更有得之耳闻目见,时久或忘其出自何人何书者"。

细考其批语,有来自钟惺《诗经》评点的,如《何彼襛矣》"曷不肃雝?王姬之车"一句眉批:

(钟蓝眉)(辑评旁)"肃雝"即在车上看出,微甚。(陈眉)"肃雝"只在车上看出,微甚。(凤城旁)二字即在车上看出,微甚。

《读风臆补》《增订诗经辑评》、孙凤城评本三者此处批语明显同出一源,即钟惺对于《诗经》的第一次评点,也就是三色套印钟惺评本之蓝色评语。再如《鹊巢》"维鹊有巢,维鸠居之"两句的批语:

(钟旁红)至理。
(钟红眉)悟此二语,省得多少心力,落得多少受用。
(删补)悟此二语,省得多少心力,落得多少受用。
(凤城眉)起二语至理,悟此,省得多少心力,落得多少受用。
(陈眉)首二句至理,悟此,省得多少心思。

此处虽不全同,但因袭之迹明显,虽然进行了个别词句的改动。钟惺评语明显是此句的来源,而孙凤城评语则既有和钟评相似处,也有和《臆补》相似处。孙氏晚于陈继揆,则可怀疑《臆补》也是孙凤城评点的参考之一。还有个别批语注明了"钟伯敬曰"的字样,如《君子于役》批语云:

(陈篇后批)钟伯敬曰:"'不知德行',深得妙。'苟无饥渴',浅得妙。然愈浅愈深。"

还有引自钟惺批语却于批语前注明他人名姓的,如《大叔于田》的批语:

(钟红眉)看来叔无大志,一驰马试剑轻肥公子耳。其徒作诗夸美,亦不过媚子狎客从吏游戏者,不然,且为曲沃武公矣。看"将叔无狃,戒其伤女",及"我闻有命,不敢以告人",气象大小深浅差多少。

(陈篇后批)曹嘿雷曰:"段,一驰马试剑公子耳,美叔者即媚子狎客也。不然,且为曲沃武公矣。读'将叔无狃,戒其伤女',及'我闻有命,不敢以告人',气象大小深浅何如。"
猎猎有风云气。看其馨控纵送处,亦觉六辔在手,一尘不惊。

把来自钟惺的批语归属曹嘿雷,不知何因。还有把录自钟惺的批语归为徐退山的,如《山有枢》批语:

(钟红眉)行乐之词,乃以斥苦之音出之,开后来诗人许多忧生惜日之感,末语促节,便可当一部挽歌。

(陈篇后批)徐退山曰:"行乐之词,乃以斥苦之音出之,开后来诗人许多忧生惜日之感。末语促节,可当一部挽歌。

以上是录自钟惺评语的大体考察,其他批语,除录自钟惺的以外,还有疑似采用魏浣初的。如:

《草虫》(翼总评)魏曰:未见之忧,一节紧一节,既见之喜。亦一节深一节,虽叙离别之苦,而又不失和平之气,真是盛世之诗。 又曰:**采薇蕨而伤悲,正所谓"忽见陌头杨柳色,悔教夫婿觅封侯"者是也。**然当时未必登山,亦未必采物,只是形容时之久,而物类皆变,昆虫草木已改其初,以志伤悲之念。

(陈篇后批)**采薇蕨而伤心,正所谓"忽见陌头杨柳色,悔教夫婿觅封侯"也。**若杜审言诗"独有宦游人,偏惊物候新",则与诗意相对照矣。

加粗部分几乎全同,而《言诗翼》中的"魏曰"部分又是采自魏浣初的《诗经脉讲意》,则陈继揆评点《诗经》时参考过魏浣初的著作是完全有可能的。还有少数得自徐奋鹏的《诗经》之评点,如:

(捷渡眉)"日之夕矣"句连上带下,予玩此句极有可味。古诗云"月明花落又黄昏",无限情致在此处。(删补眉)"日之夕"句连上带下,玩此句极有可味。古诗云"月明花落又黄昏",无限情致在此处。

(陈篇后批)"日之夕矣",犹唐人云"月明花落又黄昏",有无限感慨。

《臆补》眉批还有许多与储欣评本中评语相同者,暂不能确定孰为先后。兹列数条于下:

(陈眉)巾帼中有须眉。辛宪英云:军旅之间可以济者,其唯仁恕乎？千载有两。（储旁）真大学问老世故。辛宪英云：军旅之间可以济者，其惟仁恕乎？千载有两。（《雄雉》"百尔君子，不知德行。不忮不求，何用不臧"）

（陈眉）第二句突兀，值得一惊。（储旁）如此突兀，值得一惊。（《旄丘》"何诞之节兮"）

（陈眉）八字《北风图》。（储旁）八字《北风图》。（《北风》"北风其凉，雨雪其雱"）

（陈眉）以"宽绰""戏谑"写道学，此诀无人晓得，发人多少聪明。（储旁）以"宽绰""戏谑"写道学，此诀无人晓解。如此用意，发人多少聪明。（《淇奥》）

（陈眉）"谖草"二句，奇思妙绪，起灭无端。（储旁）奇思妙绪，起灭无端。（《伯兮》）

现在论及《读风臆补》者，尚无人指出此书与前人著作之关系，此处只是略举几处，虽不能明确追溯源流，却可以看出评点多有参考其他著作这一事实。另外，《臆补》大量明确引用了他人对于《诗经》的论述，引用句段之前标明"某某曰"字样。被引句段，或单独成段，或与陈氏本人语句合为一段，比较随意。这种注明引用他人著作的批语有六十处之多，其中注明"陈仅曰"一人的就有十七处，而注明引用严华谷著作的有十处，注明"姜白岩"的有六处。陈仅语出自《诗通》；严华谷即严粲，其语出自《诗缉》；姜白岩即姜炳璋，其语出自《诗序广义》。至于其引用情况，下面略举两例，以明其大概：

（陈篇后批）开口著"偕老"二字，一语刺骨，诗中之史笔也。吕氏曰："一章之末，云'子之不淑'，云'如之何'，责之也。二章之末，云'胡然而天也，胡然而帝也'，问之也。三章之末，云'展如之人兮，邦之媛也'，惜之也。辞益婉而意益深矣。" 姜白岩曰："《容斋随笔》谓元微之《连昌宫词》有讽规,胜白居易《长恨歌》。然乐天深没寿邸一段,盖得孔子答陈司败意。诗人刺宣姜,终未尝直言其事,是篇讽刺尤婉,此其所以为忠厚之至。" **陈仪**曰:"此篇与《硕人》两诗,均形容君夫人服饰仪容之盛。《硕人》诗典重庄严,除'大夫夙退,无使君劳'二句外,不著一语。此诗迷离吞吐,除'子之不淑,云如之何'二句外,亦不著一语,而庄姜之贤而可闵,宣姜之淫而可刺也,已是全身活现,读者于言外得之。化工在手,岂周昉士女图所能仿佛耶?" 后两章逸艳绝伦,若除去"也"字,都作七字读,即为七言之祖。(《君子偕老》)

(陈篇后批)通诗极口赞扬,意在语外,只章首各加"猗嗟"二字,神妙欲到秋毫颠矣。**华谷**谓:"变风之体有全篇首尾托诸他词,乍读之茫然不觉,所谓但中间泠下一二语自然使人默会者,再讽咏之,方见得自'猗嗟'而下句句称美处,节节是叹息不满处,辞不迫急而意益深切矣。" 通篇三"则"字下得尖酷,如此用虚字何异虐使草木。(《猗嗟》)

陈继揆认为读《诗》主要靠意会,而不是繁琐的笺注,他在《读风臆补》目录后的识语中对于《诗经》笺疏提出了批评。他说:"故诗可意会而不可以言传。何则? 传之于言,笺疏愈烦,性情愈晦;会之于意,性情既通,笺疏可废。"而评点正是读诗时"会之以意"的批评方法,故而评点与笺疏各不相侔。这也是陈氏这么推尊戴君恩《读风臆评》评点《诗经》的方式以及为其补评的原因所在了。

周作人曾盛赞戴君恩《读风臆评》:"若戴君恩者真是希有可贵,不愧为竟陵派的前驱矣。"接下来他认为后世还有姚际恒、郝经、陈继揆可与相比:"清代的姚首源著《诗经通论》,略可相比。郝兰皋以经师而能以文学说《诗》,时有妙解,亦是难得。今知咸丰中尚有陈君,律以'五百年一贤犹比膊也'之言,可谓此《诗》学外道之德亦不怎么孤了。"①且抛开周作人对于姚、郝二人的评价不谈,单看他对陈继揆的评价,认为是"五百年一贤犹比髆也",可以说至为推崇。至于"诗学外道",在这里并非否定以文学说《诗》的价值,而只是相对于传统以经说《诗》的所谓"正道"而言的。其实以周作人"纯文学"的观念,戴氏、陈氏以文学说《诗》才应该是《诗》学正道,传统正道反而是"外道"。衡以今日之文学观,普遍以《诗经》的本质为文学,也正验证了戴、陈的《诗》学才是真正的正道。陈继揆在《读风臆补》目录之后的识语中就说过:"《诗》之为经,夫人知之矣。然而以'经'读《诗》,不若以'诗'读《诗》之感人尤捷也。"这就是评点家重视《诗经》文学特质的明证,这在崇经学轻文学的古代无疑是一种宣言。它向当时的治《诗经》者宣称:把《诗经》当作诗来读,才能更快捷地在读者和诗人之间架起"心心相绍"的桥梁。

至于陈继揆《读风臆补》的特点,周作人认为同戴君恩《读风臆评》基本相同。他说:"《臆评》对于《国风》,只当文章去讲,毫不谈到训诂,《臆补》亦是如此。"②这在陈氏《读风臆补例言》中亦可见到明证。《例言》云:"凡数十种,皆经学也。只采其引证诗赋及有关文妙者,稍涉训诂,不敢屡入,故《郑笺》《孔疏》鲜所取焉。"明确声明了"只采其引证诗赋及有关文妙者,稍涉训诂,不敢屡入",这跟周作人所讲的"对于《国风》,只当文章去讲,毫不谈训诂"完全一致。周作人总结了《读风臆补》的两个特点。其一为与《臆评》相同者,也是《诗经》评点派所共有的,即"唯二人多引后人句以说诗,手法相同,亦是此派之一特色"。③ 此即前文提到过的以诗评《诗》法。以诗评《诗》的批评方法在《臆补》中得到了大量应用,虽然这种比较批评法在其他《诗经》评点本中都存在,但都不如此书数量之多、运用之繁,这种评语在此

---

① 周作人著,钟叔河编订:《知堂书话》,北京:中国人民大学出版社 2004 年版,第 713 页。
② 周作人著,钟叔河编订:《知堂书话》,北京:中国人民大学出版社 2004 年版,第 713 页。
③ 周作人著,钟叔河编订:《知堂书话》,北京:中国人民大学出版社 2004 年版,第 714 页。

书中几乎占到三分之一,可以说《读风臆补》是以诗评《诗》的集大成者。《臆补》中的以诗评《诗》,既能做到以易解难,以显彰隐,考镜源流,又能启发读者灵思,深入把握诗之命意、体格、意境、风格等文学之妙境。如:

> (陈篇后批)陈仅曰:起语极豪,下文乃步步怨恨,声声决绝,可以知其故矣。老杜《兵车行》全篇体格从此脱胎。
> 王仲宣诗"从军有所乐,但问所从谁"即二章首句意。"爱丧其马",唐人所谓"去时鞍马别人骑"也。"执子之手,与子偕老。""握手一长叹,泪为生别滋。"更令人不堪卒读矣。
> 唐人诗"醉卧沙场君莫笑,古来征战几人回"即"不我活"意。"可怜无定河边骨,犹是春闺梦里人"即"不我信"意。(《击鼓》)

此则批语以《击鼓》与杜甫《兵车行》一诗相比较,指出前者对后者的源头意义,继而分别引用五句耳熟能详的后世诗句来发明《击鼓》诗句,起到了传统训释难以达到的效果。

其特点之二,即"陈君别有一特色,为前人所无,即对于乱世苛政之慨叹",并列举了几个例子以为证:

> 如《王风》"有兔爰爰"章下云:"极沉痛刻酷之作。"又云:"安得中山千日酒,酩然醉到太平时。"《魏风》"十亩之间兮"章下《臆评》云:"读此觉后人招隐词为烦。"陈君则补评云:"桑园可乐,风政尚佳。后世戈矛加于鸥鸟,征徭及于鸡犬,并野亦不可居矣。至曰闲闲,曰泄泄,往来固自得也,亦实有黜陟不知、理乱不闻意。"又《硕鼠》章下云:"呼鼠而汝之,实呼汝而鼠之也,怨毒之深,有如此者。"又云:"纥干山头冻杀雀,何不飞向生处乐',即'适彼乐土'意。'谁之永

号',姚承庵谓即'哀哀寡妇诛求尽,痛哭郊原何处村'也。"《桧风》"隰有苌楚"章下云:"宋琬诗云:'寄与武陵仙吏道,莫将征税及桃花。'又是一意。及诵'桑柘废时犹纳税,田园荒尽尚征徭'之句,更不禁凄然叹息也。"①

至于此一特点的形成,盖由于"诗人生于东周,陈君以至不佞读诗时皆在清末,固宜有此叹息"。② 陈继揆所处时代为晚清衰世,故于描写乱世民生艰难,抒发哀痛无助情绪者尤易引起共鸣,故而多叹多悲。周作人生于清末民初之乱世,于陈氏所感亦有戚戚之怀,故而多愁多感,所以他"小时候读《诗经》,苦不能多背诵了解,但读到这几篇如《王风》'彼黍离离''中谷有蓷''有兔爰爰',《唐风》'山有枢',《桧风》'隰有苌楚',辄不禁愀然不乐。同时亦读唐诗,却少此种感觉,唯'垂死病中惊坐起'及'毋使蛟龙得'各章尚稍记得,但也只是友朋离别之情深耳,并不令人起身世之感如《国风》诸篇也。兴观群怨未知何属,而起人感触则是事实,此殆可以说是学《诗》之效乎?今得陈君一引申,乃愈佳妙,但不知今人读之以为如何"。③

注重《诗经》艺术手段的总结,善于抉发《诗经》对于后世诗歌作法的源头意义,也是《读风臆补》的一个特点。对有些诗中作法,阐发精微,不能尽兴,则推及流脉,使此一作法对后世影响的线索呈现目前,类似一些诗话的作法。如《邶风·柏舟》总评:

(陈篇后批)此诗以《离骚》例之,则作仁人不遇看较有味。仁和龚鉴曰:"《离骚》云:'众女嫉余之蛾眉兮,谣诼谓

---

① 周作人著,钟叔河编订:《知堂书话》,北京:中国人民大学出版社2004年版,第715页。
② 周作人著,钟叔河编订:《知堂书话》,北京:中国人民大学出版社2004年版,第716页。
③ 周作人著,钟叔河编订:《知堂书话》,北京:中国人民大学出版社2004年版,第715—716页。

余以善淫。'非郝氏所谓托贤女以自鸣者之一证乎?"阎百诗云:"朱庆余作《闺思》一篇,献之水部郎中张籍云:'洞房昨夜停红烛,待晓堂前拜舅姑。妆罢低声问夫婿,画眉深浅入时无?'此若掩其题,岂知是以生平就正于人之作。窦梁宾以才藻见赏进士卢东美,东美及第,为喜诗云:'晓妆初罢眼犹矉,小玉惊人踏破裙。手把红笺书一纸,上头名字有郎君。'此若掩其姓名,有不以为妇喜夫登第之作乎?诗有难辨如此,吾欲诵以质晦翁。"《易林》:"泛泛柏舟,流行不休。耿耿寤寐,心怀大忧。仁不逢时,復隐穷居。"正与《序》同。

《诗经》比兴手法对于后世比兴传统的深刻影响,及此手法的发展情况,在这段批语中都有涉及,虽不是严密的解说,但也充分说明了《诗经》在比兴手法上的开创意义。《读风臆补总评》还有对于《诗经》总体艺术手法特点的总结,并点明其对于某些后世诗歌创作手法的源头意义和指导意义之所在。如:

> 诵诗难,诵风诗尤难。陈余山谓:"风诗一路旁说泛说反说譬说借说,直赶到末句,轻轻一拍,令人自悟。后人《咏史》《感遇》诸诗,法皆从此出。并有只以一字点睛者,草草读过,直不知其命意所在矣。"

陈书对于诗的用韵尤其注意,于评语中多有论及。如《行露》总评云:

> (陈篇后批)《易林》:"厌浥晨夜,道多湛露。濈衣濡襦,重不可步。"正用此首章意。 首章起用"露"字,末用"露"字,古人不忌重韵也,凡汉以下亦然,如《陌上桑》《焦仲卿妻

作》等篇,其重韵有不可枚举者。顾亭林谓初唐诗最严整,而卢照邻《长安古意》云:"刖有豪华称将相,转日回天不相让。意气由来排灌夫,专权叛不容萧相。"亦用二"相"字。若必字同义异,方可重用,则此诗之二"相",固无异义也。即二"露"亦何异哉。 诗中叠句叠韵二种体裁各异,不可以一律论。此诗后二章叠韵,老杜《花卿歌》:"人称花卿绝世无,既称绝世无,天子何不唤取守东都。"句法从此出。五言之作,此篇已有滥觞。

此段批语分别以《陌上桑》《焦仲卿妻作》、卢照邻《长安古意》、杜甫《花卿歌》等诗为例,说明叠韵这种诗歌用法没有刻意避忌的必要,这在《行露》一诗已经有了先例。如果过于恪守后世诗律规范,则在某种程度上是对自然之诗的一种损害。此段批语总体上是对《诗经》影响及后世诗歌用韵情况的一种提示。再如:

(陈篇后批)五句成章之诗,有连句隔句用韵者。后世七言如晋《并州歌》、唐《田使君歌》体本此。(《小星》)
(陈篇后批)此诗第二章上二句"弥""鷕""盈""鸣",下二句"盈""鸣""轨""牡",两句中具四韵,交互为叶,千古创格也。(《匏有苦叶》)

《小星》的批语讲了此诗的隔句用韵情况及其影响,《匏有苦叶》的批语则指出了此诗交互叶韵的情况,并强调了它的开创意义。
《臆补》之赏析文字亦可观,如:

(陈篇后批)通篇俱在诗人观望中着想。"曷不"二字宛然道路聚观,企踵盱睎,相顾叹赏之语。 前后上下,分配成类,是诗家合锦体。(《何彼秾矣》)

> （陈篇后批）燕鸿往来靡定，别离者多以此起兴，如魏文帝《燕歌行》"群燕辞归雁南翔，念君客游思断肠"，谢宣城《送孔令》诗"巢幕无留燕"，老杜诗"秋燕已如客"是也。其曰"燕燕"者，古人重言之，亦犹《汉书》童谣云"燕燕尾涎涎"耳。"燕燕"二语，深婉可诵，后人多许咏燕诗，无有能及之者。山阳潘德舆曰："《六一诗话》谓谢景伯'池馆无人燕学飞'不如'空梁落燕泥'也。予谓不然，薛道衡句诚天然风韵矣，然宋诗如景伯语，又何少也。必取佳句而排挤之，则薛句能如'燕燕于飞，差池其羽'否耶？读'颉之颃之'句，觉'无数蜻蜓飞上下'便是老杜拙句。""瞻望弗及，伫立以泣"，送别情景，二语尽之，是真可泣鬼神矣。张子野短长句云："眼力不如人，远上溪桥去。"东坡子由诗云："登高回首坡陇隔，惟见乌帽出复没。"皆远绍其意。（《燕燕》）

需要指出的是，《臆补》中也有明显受到谶纬说《诗》影响的迹象。如：

> （陈篇后批）秦先世以牧马起家，子孙以有马开国，及指鹿为马，又以不辨马亡天下。诗言马，又言寺人，亡秦之谶已兆于此。（《车邻》）

给《诗经》的语句披上神秘色彩的外衣，这种观点无疑是非常荒谬的。但是这种不够客观的批语在此书中毕竟是极少的，综观全书批语，精彩者居多，偶尔出现的瑕疵，无碍于它在《诗经》文学研究上的贡献。

第二节　邓翔《诗经绎参》

《诗经绎参》四卷,清邓翔撰,孔广陶等校订。有清同治六年(1867)孔氏刻朱墨套印本。由于刻印日期距今较近,故存世数量较多而易见,仅笔者所见,就有复旦大学图书馆、国家图书馆、安徽大学图书馆等所藏。此书半叶九行,行二十三字,小字双行,行亦为二十三字。白口,四周双边,单鱼尾,牌记题"同治丁卯孔氏藏板"。

邓翔,生卒年不详。据《诗经绎参》自序及湘乡蒋益澧所作之序,可知其字巢甫,广东南海人,有《知不足斋诗草》十卷,《易经引参》十卷。

据书前《自序》:"予读二书,每有疑义,必旁加札记,或参以见解,积数十年遂成卷帙,至庚戌、辛亥,已两度脱稿矣。"由此可知,此书乃作者数十年读《诗》所写札记积累而成,初步成书乃在道光三十年庚戌(1850)和咸丰元年辛亥(1851)之间。之后,"迨己未(1859)、庚申(1860),寓砚杨溪书屋,再加参订,计成《易经引参》十卷、《诗经绎参》四卷"。最后迟至同治三年(1864)才得以刊刻。

此书卷首依次有蒋益澧《序》、邓氏《自序》以及《义例》十二条。《诗经》正文及注解仿朱熹《诗集传》格式,唯变注解为集解,如其《义例》所云:"此篇引注,皆云'集解'。诸家之说兼从所长,不参己见,内有更损益字句,其大旨亦仍原书之意,断不掠美,惟鄙见所及,则加另圈按字别之。"评点只有眉批一种格式,俱在版框之上天头处,行数不拘,行十字。圈点及句读标点为红色,眉批上亦有圈点。

本书评点细致,篇幅较多,多原创而少因袭。谈诗旨处过于迂执,论诗法时多活络,可作为《诗经绎参》总的特点。

邓翔道德伦理思想比较陈腐,这可以从他的评点还透露出卫道的陈旧面目来说明。如《野有死麇》批云:

(邓眉)"怀春"不作实讲。何由知其怀春？特诱之者强诬之，所以敢于施其诱也。且女纵怀春，亦非可妄诱。尔非自命起士耶？尊以起士，使知自重，使之知耻，顾名而思义，况女不是怀春。下章云"有女如玉"，贞白之操，令人可敬。

除了邓氏本身的道德思想作怪之外，还因为其对于诗旨的理解都以《小序》为准。他不但盲目从《序》，而且变本加厉，如《匏有苦叶》，陈子展先生说："《匏有苦叶》，显为女求男之作。诗义自明，后儒大都不晓。诗写此女一大侵早至济待涉，不厉不揭；已至旭旦有舟，亦不肯涉，留待其友人。并纪其顷间所见所闻，极为细致曲折，歌谣体杰作也。"①而《序》则云："刺卫宣公也。公与夫人并为淫乱。"《绎参》则进一步说：

(邓眉)无定见者，其后必身名俱败。苟文若有才而从曹，安能为之惜哉？舟子未有不招人涉者，特涉不涉在卬自主耳。不责宣公而转责宣姜，亦文笔所必至。

附会卫庄公和宣姜之史事已见其固陋不通情事，而即便说到庄公与宣姜事，把越理之事归罪宣姜为主、庄公为次，更是本末倒置，毕竟庄公强占赴婚儿媳庄姜是主动的。邓氏此处便舍本逐末，谴责庄姜，还说什么"舟子未有不招人涉者"，这和《红楼梦》中贾母为贾琏通奸开脱所说的"哪个爷们年轻时不是馋嘴猫似的"同一口吻。传统道德中男人通奸的事实无罪，而女人怀春的念头有罪，此种人性的扭曲何其可恶。邓氏还有盲目忠君思想，如《墙有茨》一大段：

(邓眉)君父之过，耳可得闻，口不可得言。家丑不外传

---

① 陈子展：《诗经直解》，上海：复旦大学出版社1983年版，第102页。

也,谓言之不丑者非人也。事有始末不详,不能究其实者,败德溯自先公,诋斥太多,非嫌更仆难竟也。且辱非直犹丑而已也。轻薄者以为嗤笑,忠厚者引为鉴戒,彼津津读之也,直辱我耳,我尚可自辱乎? 人之无良,我以为君,辱何如乎?《广汉》志在自警,故以"不可"二字收放心。《墙茨》意在忧世,故以"不可"二慨国乱耳,用末二句反喝,弥觉繁醒。

为昏君辩护,宣扬愚忠,竟然说"君父之过,耳可得闻,口不可得言",真是到了顽固不化的地步。虽然《绎参》存在着以上迂腐之处,但有时对于诗旨的解说,也颇能搔到痒处,使不太易解的诗句,让人一看即明。如于《雄雉》批云:

> (邓眉)妇宜雌伏,夫则雄飞。耿介文明,自负当垂翅于青冥,安能鹨居闲闼耶?"泄泄",众多貌。奋飞气盛,不当以舒缓言。投笔事戎轩,与众同行,泄泄然也。曰"我"、曰"自",皆妇人自谓。始也,君子从役,妇或勉以功名。迨后居行暌隔,始悔其初,曰"自诒伊阻"。唐诗云:"忽见陌头杨柳色,悔教夫婿觅封侯。"盖本于此。

《诗经绎参义例》云:"六义兴象渊微,作诗者之心,或专有所指,千百世下安能入其心而印合之? 言在此,意在彼,则又理可参观,或不必尽泥以求也。"此种观点颇合于西方接受美学对于读者的强调。接受美学认为读者的期待视野、文本的召唤结构、读者与文本的互动是对文本的开拓性诠释,古人所谓"作者未必然,读者何必不然"也是这个道理。而邓翔所云"作诗者之心,或专有所指,千百世下安能入其心而印合之""言在此,意在彼"同样是强调读者的作用,而不是作诗者。作诗者的本意固然有所指,但与后世读者的心境、情感、思想等主观意识未必能够达成一致,那么,读者就可以进行发挥性理解,从诗文本的"言在此"跳跃到读者语境世界的"意在彼"。因此,如果从这方面来看,邓翔的观点算得上是比较通脱而先进的了。

但是,虽然"言在此,意在彼"的命题自有其价值,但也应看具体情况。邓翔在具体评点发挥中,往往夹杂了太多穿凿附会的意见。如《芣苢》眉批:

> (邓眉)三章十二句,四十八字,而"采"字凡十三,"芣苢"字凡十二,"薄言"字凡十二,"之"字凡六,余异义者五字耳,而叙情事委曲了如,天下之至文也。此乐府"鱼戏莲叶东"四句所本。不可无一,不能有二。诗统言"物阜民康,取用无禁",特借《芣苢》为言,一切人材、地宝、物畜皆赅焉。纣世无贤材,喻采卷耳者不盈顷筐;周世多贤材,喻采芣苢者可盈襭袺。襭之云者,贤才既入彀,勿弃之为他人用也。

一方面他对《芣苢》词句层叠的手法加以赞赏,并联系到乐府"鱼戏莲叶东"进行比较说明;但另一方面,他却把《卷耳》申发到纣世无贤才,把《芣苢》申发到周世多贤才,实在是穿凿。而这种穿凿把诗中有画的意境也给破坏了。

《绎参》中还大量运用《易》来解《诗》,也可以说明邓氏说《诗》喜欢穿凿这一特点。邓氏喜欢借助《易》理来阐释解说《诗经》所涉及的天道、人情、物事,这大概源于他对《易》的熟稔吧。[①] 书中眉批多处以《易》解诗,如:

[①]《诗经绎参自序》称:"五经之辞,意不尽于辞中者,惟《易》与《诗》,故绎之而愈出。予读二书,每有疑义,必旁加札记,或参以见解,积数十年遂成卷帙。"又称:"时孔少唐方为予梓《知不足斋诗》前十集,而余心注系,尤在《诗》《易》二经。"由此可见,邓翔对于《易经》和《诗经》是熟稔的。

（邓眉）以色事人者色衰而爱弛。"缔兮绤兮""凄其以风"，庄姜所以怨也。即不必恩情中绝，而服久则斁，人情然也。后妃岂预此虑乎？《易》"咸"卦之后即继以"恒"，夫子序之曰："夫妇之道，不可以不久也，故受之以'恒'"。此则曰"服之无斁"，其深知文王、太姒之合德者乎？（《周南·葛覃》）

（邓眉）驽马不能历险而致远，犹卷耳不足以济饥。方今世路崎岖，应驾骐骥。在《易》"明夷"之卦，纣居"上九"爻，以文王为"六二"，明夷之主率叛国以事商，方将拯以马壮，而乃拘于羑里。不置周行，所用非人，是犹弃骐骥而策驽骞，胡有济哉！虽有善御之仆，无如之何。此所以张目长吁，望文王早出囚狱，庶延商家之祚，启周家之祥也。（《周南·卷耳》）

（邓眉）《易》"履"之训曰"柔履刚"，言以兑妾履乾刚也。在"归妹"初六曰："归妹以娣，跛能履。"则以兑妾履震刚。故此三章言"福履"，皆谓妾也。君子谓"乾震震"为喜乐，乾为福也。所福者在履也。"归妹"初象曰"吉相承"，言"绥之"也。"履"之上曰"大有"，庆言之也。（《周南·樛木》）

（邓眉）妾媵多而后生育繁。《易》言"鼎颠趾"，"得妾以其子"，故《樛木》之后继以《螽斯》。（《周南·螽斯》）

《周易》思想作为我国传统儒道文化的哲学基础，以自然为准则，统摄万象，自然可以借用来分析《诗经》作品，比如闻一多先生就曾以《易》理来解释《诗经》中的作品。如他讲解《郑风·山有扶苏》：

……象征式的思维方法可说是中国人的特点。我们的观念总是一正一反、一阴一阳的。象征的作用就影响到我们重形式，甚者流于形式主义。《诗经》（歌谣）的"兴"体，都是象征式的诗。

《易·兑卦》："兑"为泽，同时又为少女。《艮卦》："艮"为山，又为少男。——这与这首诗以"山""隰"（即泽）象征男、女相同。

《左传》昭公元年引用《周易》（非今之《易经》）："女惑男，风落山。""风"相当于"女"；"山"相当于"男"。而《易经》"巽"为"风"，为"长女"。——"山"象征男，正与此诗相同。①

虽然邓翔以《易》解《诗》没有闻一多先生所达到的学理高度，但思考的方式却是一致的，因此这种独具一格的解诗方式倒也不应抹杀。但以《易》解《诗》时如果脱离了诗歌艺术本身，就容易流为神秘甚至荒诞。这种方法很类似西汉时盛行的纬书中以五行解《诗》的方法。试以若干则《诗纬》对《诗经》的阐释为例：

《十月之交》：百川沸腾，众阴进；山塚摧崩，人无仰；高岸为谷，贤者退；深谷为陵，小临大。②

《大明》在亥，水始也；《四牡》在寅，木始也；《嘉鱼》在巳，火始也；《鸿雁》在申，金始也。

卯，《天保》也；酉，《祈父》也；午，《采芑》也；亥，《大明》也。卯酉为革政，午亥为革命，神在天门，出入候听。③

孔子曰：《诗》者，天地之心，君德之祖，百福之宗，万物

---

① 刘晶雯整理：《闻一多诗经讲义》，天津：天津古籍出版社 2005 年版，第 24 页。
② ［清］陈乔枞：《诗纬集证》卷一《诗推度灾》，见《纬书集成》，上海：上海古籍出版社 1994 年影印版，第 1153—1154 页。
③ ［清］陈乔枞：《诗纬集证》卷二《诗汜历枢》，见《纬书集成》，上海：上海古籍出版社 1994 年影印版，第 1153—1154 页。

之户也。①

虽然八卦与五行并非一物，但作为解《诗》的工具性却是同一的，神秘色彩都比较浓厚。

邓翔注重《诗经》的艺术层面，即《诗经》的诗祖源头意义、"文笔变幻"、言外之意、"精神结聚之处"、雅诗的风格等，这在《诗经绎参》的具体评点中表现得较为突出。这些观点于其书前《义例》表达得最为集中。

关于《诗经》的源头意义，冯氏《义例》云："'三百篇'乃六经中有韵之文，《赓歌》而后，诗之祖也。后来名句多从此夺胎，寻绎自当会悟。"即邓氏认为"三百篇"是后世诗歌的创格之作，对后世诗歌的创作具有发凡起例的作用和意义。

关于"文笔变幻"，邓氏认为以"读《诗》当别有会心"的方式才能领悟。邓翔读《诗》即"以冯天闲读《左传》之法读之，觉其文笔变幻，每为拈出，一似别开生面也"。所谓冯天闲读《左传》之法，即清代文人冯李骅评点《左传》的方法。冯李骅评点《左传》之书名为《左绣》，系与陆浩同编。冯氏评点《左传》专论文法和主题思想，颇有时文分析的味道。邓翔用冯氏读《左传》之法读《诗》，强调的是《诗》的艺术技巧和文笔变幻之美，在清代经学之林中不登大雅之堂，但以今日观点来看，却是文学的正途。

另外，邓氏强调《诗》的言外之意，说："风人之旨，用意隐微，断不在于言中。其所激射者，或在旁面，或在反面，或在歇后语。悉心以求，正如分阴阳天色看贝，五色十光，闪烁不定。"贝壳是固定的，但看贝壳的时间变化了，贝壳的美丽之处也就变了。这其实也是在强调诗的多义性和文本的召唤结构。

---

① ［清］陈乔枞：《诗纬集证》卷一《诗含神雾》，见《纬书集成》，上海：上海古籍出版社1994年影印版，第1153—1154页。

关于"精神结聚之处",是说"一篇诗如一篇文字",一篇文字即文章有其结构,结构能使立意精神体现得恰到好处,而结构的处理有赖于段落纽结处的段落字句处理,即"何章何句何字,再四吟绎,可得八九"。这种文章上的吟绎方法,用在诗篇之上也完全可以。其实在《诗经》评点中,这种评点是相当之多的,一方面是由于《诗经》文学性接受的发展,一方面也是受到了时文品评风气的影响,利弊都有。

对于"雅诗"的风格之揭示,邓翔的评点内容颇为新颖。他说:"风、雅、颂三体,风断无颂体,颂断无风体,惟雅之肃穆者或如颂,委婉者或如风,叙事叙词,遂多体格,平奇浓淡,各出手眼。"由此出发,他在眉批中作了许多概括和提示,这种分析对于读者认识《诗》三百零五篇的各种风格是有所帮助的。

具体到一首诗或某一句诗的评点,多有对于其独特艺术手法的分析,发他人所未发,跟其他评点家有所不同。首先,邓翔在这方面不惜笔墨,分析所用篇幅一般较他家评点为长;其次,艺术手法的各个方面都能涉及,比较全面。如《击鼓》"死生契阔,与子成说。执子之手,与子偕老"一段的评点:

　　(邓眉)白香山《长恨歌》"在天愿为比翼鸟,在地愿为连理枝"二句,抉此意而文之,亦呕心血语也。
　　(邓眉)三章四句,溯前事作大开;□章四句,述今情作大合。以二章分为开合之势,始见兹诗。后人分比开合法本于此。

前一段用以说明此句对后世诗歌创作的影响,后一段分析章法结构,指出分比开合法的开创性。此外,字法、句法的例子也非常多,如:

>（邓眉）两"是"字急起相迎之词，两"为"字并力合作之词，语若合璧，意若联珠。归重"服之无斁"句，诗之正旨，末章托足耳。（《葛覃》）
>
>（邓眉）亦对仗句法起。（《汝坟》"遵彼汝坟，伐其条肄"）

对于诗的艺术技巧，邓氏也不乏总结之处。如《卫风·谷风》第二章眉批云：

>"行道迟迟，中心有违。不远伊迩，薄送我畿。"（邓眉）上章未露见弃字样，二章起句竟说被弃而行，平岗引脉，突起奇峰，竦人瞻仰。"不远"二句接写，亦匪夷所思，弃而仍送，以送为弃，真颊上添毫之法。又第二句写悒悒情怀。"谁谓荼苦？其甘如荠。"（邓眉）前四句正赋情事，中忽昂起物喻，虚写情怀，又是用加倍写法。文笔之妙，洵莫以加。"宴尔新昏，如兄如弟。"（邓眉）妇之见弃，无他缘故，只为燕尔新昏，忍而为此。下章、末章再三言之，溯祸根也。

相比钟惺、陈组绶等的片言只语，邓评算是详细多了。仅此一段，就总结出三种作法，为"平岗引脉，突起峰峦""颊上添毫之法""加倍写法"。仔细体味，果能启人心智。

对于章法的解析比较详细，如于《泉水》一诗批云：

>（邓眉）自首章发兴，第三四句出"思"字，二章接写思往日，三章思今日，作势滚滚而来，至"遄臻"句顿住，与上"有怀于卫"句相应，关锁最紧，束势极□，而以"不瑕有害"句扫之，许多疑阵，到此都化烟云，炼局奇创。"不瑕"一纵，"有害"一擒，语添活而意更圆。

于诗法中注意到了声音的作用,如于《击鼓》"于嗟阔兮"批云:

(邓眉)以"于嗟"二字曼声发叹,起笔摇曳取神。

又如于《蝃蝀》批云:

(邓眉)起处二字成句,二句成韵。次章亦然。'蝀''东''隮''西',音节完亮,与《史记》载《祝田词》"瓯窭满篝,污邪满车",又"断竹续竹,飞土逐肉"句调正同。

由于《绎参》的眉批篇幅相对较大,因此往往能综合几种批评方法,兼及几点内容于一段之中。如《泉水》中第一节的眉批:

(邓眉)如山川出云,姗绕摇扬而起。言水尚知归,地难缩短也。"亦"字见深情。《柏舟》章"亦泛其流",正兴也;此章"亦流于淇",兼反正两兴。唐诗"人心胜潮水,相送过浔阳",又从此诗翻出一步。

此段涉及诗中字法、起句、修辞(正兴、反正兴)等几种艺术手段,批评方法上运用了形象批评法、比较批评法(以诗评《诗》)、历史批评法(诗句流变)等,而且各种内容和方法又有机融为一体。如"亦"字的字法又涉及"反正兴"这种修辞格;以诗评《诗》既是一种比较批评法,又涉及历史批评法;说起句特点这种句法内容又以形象批评法处理。由此可见邓氏的批评风格。在关注诗句的修辞方面,邓氏分析也较准确。如《大雅·绵》"乃立皋门,皋门有伉;乃立应门,应门将将;乃立冢土,戎丑攸行"的评语:

(邓眉)三"乃立"句调。二、四句皆顶一、三句末二字转入。而第六句忽变句法,甚有姿致,妙,不平板。三"乃立"皆太王所建置也,并前数章观之,其勤劳若此。

此处可以看出,邓氏注意到了顶针的修辞格。再如同诗"肆不殄厥愠,亦不陨厥问,柞棫拔矣,行道兑矣。混夷駾矣,维其喙矣"的评语:

(邓眉)此章两"不"字,下章两"厥"字;此章用四"矣"字,下章用"予曰",恰似对仗双收。

所谓"对仗双收",即是此章与下一章相对应的广义修辞法,即结构的修辞。

另外,邓氏对于《诗经》用韵的技巧也有所点明。如《大明》的批语:

(邓眉)首章紧注文王、武王发脉;二章溯文王所由生;三章正诠文王;四、五、六章写太姒,与二章写太任详略不同;六章溯武王之生,则曰"笃生武王",知天命所集也;七、八章写武王天命之集。一章两韵,互用隔句叶,开唐末章碣"江南地尽吴江畔"一首平仄押韵之格。

此处指出了《大明》一诗用韵的独创性。再如《绵》首章的批语:

(邓眉)凡四句、六句为章者,必二、四句押韵,此章偏二、四句不韵,是又变格。

(邓眉)观首三句如此起韵,知其述世德之长。

此处则指明用韵的新变及其用途。这些用韵的细微处,一般都是读者不容易注意的地方。

再有,邓氏于诗章的评点中会不时露出八比文评选的习气。如《大雅·绵》"乃召司空,乃召司徒,俾立室家"一句的评语:

(邓眉)起用两"乃"字,配上章成调。"俾立室家"与前"未有室家"相应。

可见古人作诗为文,极重呼应,这与八股兴起,起承转合的习气是分不开的。

除此之外,邓氏评点中还有对于诗篇内部逻辑关系的提示。如《棫朴》的评语:

(邓眉)始曰"辟王",颂宜为君也。次曰"周王",实指伊人也。终曰"我王",亲之也。

这明显是对诗篇内部递进逻辑关系的提示。

值得一提的是,邓氏有时会对相关诗篇进行对比。如《云汉》《崧高》《烝民》《韩奕》。又如《瞻卬》中对比《关雎》的女性观。这些都是能够引发读者联想的有益思考。

综观邓氏的评点,可说是文学性内容与议论发挥内容参半。其价值所在,乃前者而非后者。后者多迂腐,且往往离题。但作为以《易》评《诗》的罕见著作,在《诗经》研究史上应该引起学界的重视。

第三节　"独立思考派"的《诗经》评点

姚际恒的《诗经通论》与方玉润的《诗经原始》自 20 世纪受到学

者重视并被夏传才冠以"独立思考派"①以来,相关研究已经不少。研究者多把二者联系起来研究,一方面是因为后者对前者的观点有所继承发展,一方面也是因为二者都对《诗经》进行了突破前人的独立思考,所获颇丰。基于此,本节把二者放在同一节介绍。而胡璧城的《诗经》评点,是单纯的评点著作,虽不能与姚、方著作相颉颃,但与其评点部分性质相仿,故附于后,略加论述。

一 姚际恒《诗经通论》

《诗经通论》,清姚际恒撰。有道光十七年丁酉(1837)韩城王笃刻本,王铁琴山馆藏板,板框高18厘米,页十行,行十六字。又有1927年双流郑璋覆刻本。目前的通行本是中华书局1958年排印本,此本根据顾颉刚1920年代校点本重印,当时校点所据底本即王刻本。王刻本原书有题"增"字的数条,多和姚氏本人意见不同,可能是刻书者王笃的手笔,也可能是未刻前别人传抄时所加而误刻进去的。

关于此书成书、刊刻、流传、整理情况,侯美珍博士有简当的论述,为读者一清眉目,酌录如下:

> 依其自序此书成书于康熙四十四年(1705),然当时未刊行,道光年间韩城人王笃才将家藏的《诗经通论》抄本付梓,于道光十七年(1837)刊刻于四川督学署。由于同治年间方玉润(1811—1883)得到姚际恒《诗经通论》,并将此书部分观点引入《诗经原始》中,至民国初年,胡适借由《诗经原始》得知有《诗经通论》,才动员人力寻找。《诗经通论》因得到胡适、顾颉刚诸人的眷顾,声名大噪,民国十六年,有郑璧成覆刻韩城王氏刊本;民国三十三年,有《北泉图书馆》丛书本;顾颉刚的点校本也在一九五八年出版,至今共有《诗

---

① 夏传才:《诗经研究史概要》,北京:清华大学出版社2007年版,第152页。

经通论》的古籍及点校本共十种。①

细按《诗经通论》共十八卷，其中，《国风》八卷，《小雅》四卷，《大雅》三卷，《周颂》二卷，《鲁颂》《商颂》一卷。又卷前有《诗经论旨》《诗

---

① 侯美珍：《晚明诗经评点之学研究》，台湾政治大学博士论文，2004年。对于《诗经通论》的研究，现在已有很多，现把部分所见论著罗列于下，以资参考：

陈柱：《姚际恒诗经通论述评》，《东方杂志》24卷7号(1927年4月10日)，第51—59页，收入《清儒学术讨论集》第一集上册，上海：商务印书馆1930年版，第1—24页；

何定生：《关于诗经通论及诗的起兴》，《国立中山大学语言历史学研究所周刊》9卷97期(1929年9月4日)，第1—12页；

何定生：《关于诗经通论》，《古史辨》第三册，北平：朴社1931年版，上海：上海古籍出版社1982年版，第419—424页；

顾颉刚：《诗经通论序》，《文史杂志》5卷3、4期合刊(1945年4月)，第89—90页；

江九：《〈诗经通论〉简评》，《光明日报·文学遗产》第250期(1959年3月8日)；

詹尊(糴)：《姚际恒的诗经学》，新加坡南洋大学硕士论文，1979年；

胡念贻：《〈诗经通论〉简评》，《关于文学遗产的批判继承问题》，长沙：岳麓书社1984年版，第277—279页；

吴培德：《姚际恒的〈诗经〉研究：〈诗经通论〉读后》，《云南教育学院学报》1991年第4期，收入《诗经论集》，昆明：云南大学出版社1993年版，第62—67页；

简启桢：《姚际恒及其诗经通论研究》，台北：全贤图书公司1992年版；

文铃兰：《姚际恒诗经通论之研究》，台湾政治大学中国文学研究所博士论文，1994年；

林庆彰：《姚际恒对朱子〈诗集传〉的批评》，《河北师院学报》1996年第2期，《第二届诗经国际学术研讨会论文集》，北京：语文出版社1996年版，第493—505页；

蒋秋华：《姚际恒对〈子贡诗传〉〈申培诗说〉的考辨》，《第二届诗经国际学术研讨会论文集》，北京：语文出版社1996年版，第506—513页；

赵明媛：《姚际恒诗经通论研究》，台湾"中央大学"中国文学研究所博士论文，2000年；

左川凤：《姚际恒与戴震〈诗经〉研究之比较》，安徽师范大学硕士论文，2003年；

陈景聚：《姚际恒、崔述与方玉润的〈诗经〉学简论》，西北大学硕士论文，2004年；

张海晏：《姚际恒〈诗经通论〉研究(上)》，《燕山大学学报(哲社版)》2004年第4期；

张海晏：《姚际恒〈诗经通论〉研究(下)》，《燕山大学学报(哲社版)》2005年第2期；

左川凤：《论〈诗经通论〉中的艺术性表现》，《淮北煤炭师范学院学报(哲社版)》2005年第2期；

李贺军：《清代〈诗经〉学独立思考派〈诗〉学研究》，河南大学硕士论文，2007年。

韵谱》两篇。《诗经论旨》阐发赋、比、兴之说,论列自汉至明诸《诗》解,论述《诗》韵等,乃撰者治《诗》大纲。《诗韵谱》根据平水韵韵部,将《诗经》三百五篇的押韵情况分为本韵、通韵、叶韵三种类型。此书正文内容除经文外,有注韵,标明赋、比、兴,评点,文字训诂,以及诗旨分析。注韵和标赋、比、兴位置都夹在经文之间,评点为旁批,文字训诂和诗旨分析则置于每篇诗的后面。

姚际恒(1647—约1715),字立方(《四库提要》谓字善夫),号首源,祖籍安徽新安,长期居住在浙江仁和,康熙时诸生,与毛奇龄交好。据《浙江通志·经籍门》载,其著述有《九经通论》《古今伪书考》《好古堂书画记》《庸言录》等。《诗经通论》本是《九经通论》的一种,《九经通论》包括《易传通论》《古文尚书通论》《诗经通论》《春秋通论》《周礼通论》《仪礼通论》《礼记通论》《论语通论》《孟子通论》。其中只有《诗经通论》《仪礼通论》完整保存下来,《礼记通论》散入杭世骏《续礼记集说》,《尚书通论》的二十余条材料收入阎若璩《尚书古文疏证》。《武林道古录》述其著作《九经通论》的缘由曰:

> 少折节读书,泛滥百家,既而尽弃辞章之学,专事于经。年五十,曰:"向平婚嫁毕而游五岳,余婚嫁毕而注九经。"遂屏绝人事,阅十四年而书成,名曰《九经通论》。

除《九经通论》中的《诗经通论》《仪礼通论》两种外,现在留下来的姚氏著作还有《古今伪书考》《好古堂书画记》。

关于此书的创作意图,姚际恒在《自序》中说得非常清楚:

> 自东汉卫宏始出《诗序》,首惟一语,本之师传,大抵以简略示古,以浑沦见该,虽不无一二宛合,而固滞、胶结、宽泛、填凑,诸弊丛集。其下宏所自撰,尤极蠢驳,皆不待

识者而知其非古矣。自宋晁说之、程泰之、郑渔仲皆起而排之。而朱仲晦亦承焉,作为《辨说》,力诋《序》之妄,由是自为《集传》,得以肆然行其说;而时復阳违《序》而阴从之,而且违其所是,从其所非焉。武断自用,尤足惑世。因叹前之遵《序》者,《集传》出而尽反之,以遵《集传》;后之驳《集传》者,又尽反之而仍遵《序》;更端相循,靡有止极。穷经之士将安适从哉?予尝论之,《诗》解行世者有《序》,有《传》,有《笺》,有《疏》,有《集传》,特为致多,初学茫然,罔知专一。

姚际恒认为,为《诗经》每篇解题的《小序》首句,虽然"本之师传",但大都"固滞、胶结、宽泛、填凑,诸弊丛集",只有"一二宛合",而《小序》首句之下的说解"尤极蠢驳"。朱熹虽然"力诋《序》之妄",而实际上却常常阳违阴奉,而且"违其所是,从其所非"。姚氏认为学《诗》者往往在《毛诗序》和《诗集传》之间厚此薄彼,偏执一端,没有自己的见解。在对这些现象进行了批评之后,姚氏提出一个折中的解决方法来对待前人的《诗经》训诂,即:

予以为《传》《笺》可略,今日折中是非者,惟在《序》与《集传》而已。

之所以这样解决,是因为:

《毛传》古矣,惟事训诂,与《尔雅》略同,无关宏旨,虽有得失,可备观而弗论。《郑笺》卤莽灭裂,世多不从,又无论已。惟《序》则昧者尊之,以为子夏作也,《集传》则今世宗之,奉为绳尺也。

他认为训诂"无关宏旨","可备观而弗论",这种态度多少和晚明人重感受轻学问的风气有关。对《郑笺》基本持忽视态度,而《序》《集传》虽然毛病也很大,但还有参考的价值,因此折中二者的观点由此产生。这种不尊《序》也不废《序》、不崇朱也不弃朱的观点反映了他通脱的治学态度。

在对《诗经》的整体看法上,姚继恒认为,《诗经》的影响在诸经之中最大,而解释的难度也最大。

首先,姚继恒强调《诗经》的影响之大,认为"诸经中《诗》之为教独大"。为什么这么说呢?他认为其他诸经一传不在,只有《诗》在后世发扬光大,后世之人作诗无数,诗成了一种文体,对于世道人心有极大的作用。他在《自序》中说:"惟《诗》也旁流而为骚、为赋,直接之者汉、魏、六朝,为四言、五言、七言,唐为律,以致复旁流为靡靡之词、曲,虽同枝异派,无非本诸大海,其中于人心,流为风俗,与天地而无穷,未有若斯之甚者也。"这种阐述在今天看来平常不过,但在姚氏所处时代是难能可贵的,因为他的文体意识和我们当代的文体观念是相合的。他心中"诗"的概念是广义的,符合我们在接受了西方文学理论之后的文体分类法。古人一般只知道诗是诗,词是词,曲是曲,赋是赋,很少有人会把它们看作性质一样的东西。而姚继恒却超前具有了这种意识,因此值得一提。而追本溯源,他认为这都是《诗》三百篇衍生出来的,所以"为教独大",所谓"为教",即影响力。此论不虚。

其次,姚氏强调"释《诗》者较诸经独为难",其原因主要在于释《诗》的"汉人""宋人"和"明人"对于《诗》旨的解释都有偏差,即所谓"予谓汉人之失在于固,宋人之失在于妄","又见明人说《诗》之失在于凿。"固""妄""凿"倒也部分说出了《诗经》阐释史上三大时段的不同特点。因此,释《诗》独难。

在总结了前人释《诗》之难后,他谈到自己研究《诗经》的方法,即"惟是涵泳篇章,寻绎文义,辨别前说,以从其是而黜其非,庶使诗义不至大歧，埋没于若固、若妄、若凿之中"。究其本质，无非"涵泳"二字。主张涵泳并非以姚氏为最早，其实朱熹已经强调过了，而晚明的讲意派和评点派《诗经》阐释者大多有此主张，所以姚氏此论的提出除了说明自己说诗的方法外，其意义还在力图恢复《诗经》的文学性。这种方法在理论上是受到了晚明个性解放思潮影响的。另一方面，姚氏又主张"辨别前说"，也存在着重学问的因素，这似乎又有当时朴学思想的影响。

虽然姚氏努力突出《诗经》的文学属性，但他却不能摆脱传统经学的影响，事实上也不可能摆脱。主流学术对于个人的影响还是不容忽视的，只要经学依然盛行，束缚就会存在。比如解《木瓜》一诗云：

> 《小序》谓"美齐桓公"；《大序》谓"齐桓救而封之，遗以车马器服焉，卫人思欲厚报之而作是诗"。按此说不合者有四。卫被狄难，本未尝灭，而桓公亦不过为之城楚丘及赠以车马器服而已；乃以为美桓公之救而封之，一也。以是为卫君作与？卫文乘齐五子之乱而伐其丧，实为背德，则必不作此诗。以为卫人作与？卫人，民也，何以力能报齐乎？二也。既曰桓公救而封之，则为再造之恩；乃仅以果实喻其所投之甚微，岂可谓之美齐桓乎？三也。卫人始终毫末未报齐，而遂自拟以重宝为报，徒以空言妄自矜诩，又不应若是丧心。四也。或知其不通，以为诗人追思桓公，以讽卫人之背德，益迂。且诗中皆绸缪和好之音，绝无讽背德意。《集传》反之，谓"男女相赠答之辞"。然以为朋友相赠答亦悉不可，何必定是男女耶！

这段话虽然体会出旧说在逻辑上的不合理处，但他自己的解说却仍同样采集《春秋》或《书》中的一些材料来猜想，而猜想范围对于政治伦理说《诗》的传统框架并无突破。

姚氏《诗经通论》虽然以传统形式的训诂、考据、辨正经义与评点并行,但其可贵之处在于不依傍《诗序》,不附和《集传》,能从《诗》的本文中探求《诗》的意旨,从而对《诗经》的内容作了比较实事求是的解释。

姚氏之前的评点,由于受到旧经学的桎梏,囿于成见,往往于诗旨没有创见,虽有一空依傍的,但也多有对不太确信的传统诗旨回避不提的地方。而将诗旨的分析与文学的分析结合为一体,实自姚际恒《诗经通论》始。

今人已有一些对姚继恒《诗经通论》中文学评点的评述。如吾友李兆禄在博士论文《清前中期〈诗经〉文学诠释史论》中提到:

> 他继承朱熹回归文本、寻绎诗意、以人情说《诗》的做法及对《诗经》重要表现手法赋、比、兴的认识,拓展了文学批评《诗经》的途径。"圈评以明《诗》旨",是姚际恒对中晚明兴起的《诗经》文学评点的重大发展,将《诗经》文学评点推向一个新的境界。他极为重视《诗经》的文法结构,常常予以精彩细致的剖析与赏评。[①]

二 方玉润《诗经原始》

《诗经原始》,十八卷,清方玉润撰。有清同治十年(1871)陇东分署刻本,民国四年(1915)云南图书馆刻《云南丛书》本,民国十三年(1924)上海泰东书局据《云南丛书》石印本。目前的通行本是中华书局 1986 年排印本,此本是李先耕据陇东分署本整理点校而成。

---

① 李兆禄:《清前中期〈诗经〉文学诠释史论》,山东师范大学 2009 年博士论文,第 1 页。

第八章 清代中后期《诗经》评点

关于方玉润《诗经原始》的研究,和关于姚际恒《诗经通论》的研究一样,也是《诗经》研究的一个热点。①

方玉润(1811—1883),字友石,一字黝石,自号鸿蒙子,鸿蒙室主人,云南宝宁(今云南省广南县)人。少卓尔不群,然屡次参加乡试均不得中。咸丰十年(1860)曾一度入曾国藩幕,后因军功被曾氏保以

---

① 相关研究论著有:杨鸿烈:《调查诗经原始的著作者的事迹的经过》,《中国文学杂论》,上海:亚东图书馆 1928 年版,第 59—69 页;

杨鸿烈:《方玉润先生年谱》,《中国文学杂论》,上海:亚东图书馆 1928 年版,第 71—93 页;

马子华:《由诗经整理论〈诗经原始〉》,《五华》第 5 期(1947 年 5 月);

张明喜:《向达〈方玉润著述考〉补正》,《昆明师院学报》1981 年第 1 期;

张明喜:《方玉润诗论述评》,《昆明师院学报》1981 年第 3 期;

杨开达:《方玉润在〈诗经〉研究上的贡献》,《云南师范大学学报》1985 年第 1 期;

李先耕:《谈方玉润的〈诗经〉研究》,《求是学刊》1987 年第 1 期;

马子华:《方玉润及其〈诗经原始〉》,《云南文史丛刊》1987 年第 3 期;

吴培德:《方玉润的〈诗经〉研究——〈诗经原始〉读后》,《云南民族学院学报》1988 年第 1 期,收入《诗经论集》,昆明:云南大学出版社 1993 年版,第 93—108 页;

盛广智:《独抒己见、领异标新:浅评方玉润〈诗经原始〉的文学观》,《古典文学知识》1988 年第 2 期;

李家树:《从经学到文学——方玉润〈诗经原始〉读后》,《传统以外的诗经学》,香港:香港大学出版社 1994 年版,第 55—75 页;

孙秋克:《对〈诗经〉研究传统模式的挑战——〈诗经原始〉鉴赏批评发凡》,《嘉应大学学报》1994 年第 3 期;

张启成:《评方玉润的〈诗经原始〉》,《贵州教育学院学报》1995 年第 2 期;

赵庆祥:《方玉润〈诗经原始〉简述》,《西南师范大学学报》1995 年第 3 期;

边家珍:《论方玉润〈诗经原始〉的政治教化思想》,《学术研究》1977 年第 8 期;

肖力:《方玉润〈诗经原始〉的文体学批评视角》,《湖南省政法管理干部学院学报》2002 年第 2 期;

肖力:《方玉润〈诗经原始〉的文学批评方法研究》,湖南师范大学硕士论文,2003 年;

陈景聚:《姚际恒、崔述与方玉润的〈诗经〉学简论》,西北大学硕士论文,2004 年;

李春云:《方玉润〈诗经原始〉研究》,福建师范大学硕士论文,2004 年;

蓝华增:《〈诗经原始〉成败之我见》,《云南民族大学学报(哲社版)》2004 年第 6 期;

李晋娜:《方玉润〈诗经〉研究的民俗学倾向》,《沧桑》2005 年第 1 期;

李贺军:《清代〈诗经〉学独立思考派〈诗〉学研究》,河南大学硕士论文,2007 年。

知县,分发陕西,借补陇州州判。在陇州十八年,卒于任。方氏通经善文,好经世致用之学。一生勤于著述,曾拟刻一部《鸿蒙室丛书》作为自己著作的总汇,并拟目三十六种,然大多未能付梓。其著作除本书外,还有《鸿蒙室文钞》《鸿蒙室诗钞》《星烈日记汇要》《鸿蒙室墨刻》及《风雨怀人集》等。其评点过的作品除《诗经》外,尚有《聊斋志异》《红楼梦》二种。

《诗经原始》是方玉润晚年在陇州撰成的。据本书自序及方氏自撰日记,书成于同治八年(1869)至同治十年(1871)间。

本书凡十八卷,前有同治十年辛未(1871)方氏自序,序后为《卷首》三卷。《卷首上》实为方氏自撰凡例十条及《诗无邪太极图》《大五国舆地图》《大东总星之图》《七月流火之图》《公刘相阴阳图》《豳公七月风化之图》《诸国世次图》《作诗时世图》等;《卷首下》为《诗旨》,乃方氏"集《虞书》以来说《诗》之当理者"而逐条加以按论。卷一至八为《国风》,卷九至十二为《小雅》,卷十三至十五为《大雅》,卷十六至十七为《周颂》,卷十八为《鲁颂》及《商颂》。各卷每篇先列篇名,下有方氏自撰小序。然后是诗正文,不论长短,皆联属而成,不分章节。除有圈点外,还有眉批、旁批及篇后总评三种评点方式。总评之后间有"附录",多引清姚际恒之说并加按语。再后为"集释",乃集各家对诗中文字、名物、制度等的解释。末为"标韵",乃用今韵将诗之韵字标明。每卷结束之处,尚有方氏对此卷各篇的总结。这种体例有两个优点:一是诗篇联属,章节之间没有注释的内容,注疏全部移到诗篇的后面,这样就避免了分章离句这种"令诗不能首尾相贯"的缺点,使读者不会在涵咏诗篇时被中途打断;二是评点、附录、集释、总结相结合,多方面增加读者对诗的深入理解。

《卷首上》介绍编写主旨和体例,《卷首下》之《诗旨》论述了自《虞书》《礼记》至清初各家论《诗》的得失。《卷首上》云:"说《诗》诸儒,非考据即讲学两家,而两家性情与《诗》绝不相近,故往往穿凿附会,胶柱鼓瑟,不失之固,即失之妄。"进而主张"循文按义"以求各诗本旨。

《自序》说他撰写此书"不顾《序》，不顾《传》，亦不顾《论》"（指姚际恒《诗经通论》），唯其是者从而非者正，名之曰《原始》，盖欲原诗人始意也"。清代说《诗》者，无非尊《序》与反《序》两种，双方各有成见，争辩多有偏执的弊病。方玉润的优点，在于摒弃了家法门户之见，能持比较客观的态度，有自己的眼光和见解，正所谓"舍却《序》《传》，直探古人作诗本旨，庶有以得其真耳"（《自序》）。这种"不顾《序》，不顾《传》，亦不顾《论》"的做法，正是基于他"唯其是者从而非者正"的原则。他所采取的这种原则，使得他在分析诗旨时能做到立论平允，时有新见，再辅以灵心妙悟和生花妙笔，发论往往精彩。在方玉润的眼中，古人与今人在本性上是一致的，情感上是相通的，因此，古人之诗如以今人之情思求之，往往中的，所谓"虽不知其于诗人本意如何，而循文按义，则古人作诗大旨要亦不外乎是"（《自序》）。也就是说，诗是人之常情的有感而发，具有一定的普遍性，因此诗不必篇篇有为而作，亦不必篇篇有深微的寄托，有些诗本来就"无甚深意"，如果一定要强作解人，寻求诗中所谓的微言大义，反而失去了诗的本旨。这种态度放在今天虽然并不卓异，但在当时，则无疑是对根深蒂固的传统"美刺"诗教观的极大挑战。

书中所论对象，以《诗序》《诗集传》和《诗经通论》三家为重点，其他诸说有可取者也予涉及，辨其得失。此书的主要特色，在于能够注意阐发诗篇的文学意义，行文也颇有文采。如说《周南·汉广》："终篇忽叠咏江汉，觉烟水茫茫，浩渺无际，广不可泳，长更无方，唯有徘徊瞻望，长歌浩叹而已。"又说《秦风·蒹葭》："玩其词虽若可望不可即，味其意实求之而不远，思之而即至者，特无心以求之，则其人倜乎远矣。"这些解释，用形象的语言描绘出原诗的意境，很有助于对诗歌的理解。

诗后总评是其书精华所在，往往先对前人所尊《序》《传》之牵强观点加以有理有据的驳斥，继而以优美的文笔对诗篇的意境加以描述，极有特色。如《周南·芣苢》一诗的总评：

  《小序》谓"后妃之美",《大序》云"和平则妇人乐有子矣",皆因泥读芣苢之过。按《毛传》云:"芣苢,车前,宜怀妊焉。"车前,通利药,谓治产难或有之,谓其"乐有子",则大谬。姚氏际恒驳之,谓"车前非宜男草",其说是矣。然又无辞以解此诗,岂以其无所指实。殊知此诗之妙,正在其无所指实而愈佳也。夫佳诗不必尽皆征实,自鸣天籁,一片好音,尤足令人低徊无限。若实而按之,兴会索然矣。读者试平心静气,涵泳此诗,恍听田家妇女,三三五五,于平原绣野、风和日丽中群歌互答,余音嫋嫋,若远若近,忽断忽续,不知其情之何以移而神之何以旷,则此诗可不必细绎而自得其妙焉。唐人《竹枝》《柳枝》《櫂歌》等词,类多以方言入韵语,自觉其愈俗愈雅,愈无故实而愈可以咏歌。即《汉乐府·江南曲》一首"鱼戏莲叶"数语,初读之亦毫无意义,然不害其为千古绝唱,情真景真故也。知乎此,则可与论是诗之旨矣。《集传》云:"化行俗美,家室和平,妇人无事,相与采此芣苢而赋其事以相乐。"其说不为无见,然必谓为妇人自赋,则臆断矣。盖此诗即当时《竹枝词》也,诗人自咏其国风俗如此,或作此以畀妇女辈,俾自歌之,互相娱乐,亦未可知。今世南方妇女登山采茶,结伴讴歌,犹有此遗风云。

  这哪里像是在解诗,而几乎成了一种再创作,但这种再创作又紧紧与诗旨相扣,读者读之,于《芣苢》一诗,已完全有深化而形象的理解,字斟句酌的注释,已几乎失去了必要。这种涵泳解诗的方法,使得《序》《传》等传统解释愈发苍白无力。

  方氏踵姚际恒之后,从文学角度论诗,取得了更大的成就。但由于时代的限制,方氏论《诗》仍然受到一些传统经学观点的影响,对《国风》中一些男女言情之诗,作了不少歪曲的解释,如说《召南·野有死麕》的诗旨是"拒招隐"等。《雅》《颂》部分也有不少地方因袭旧

说。除此之外,《诗经原始》还存在一些不足之处。朱杰人先生总结道:

> 《诗经原始》的不足,主要集中在"集释"与"标韵"两部分。方氏治《诗》,训诂非其所长,他的集释多从朱熹,新见不多,朱熹误解处也不能纠正。在音韵方面,他用平水韵来划定《诗经》古韵,显然是不妥当的。①

正因有这些缺点,所以"读者今天看这部书,'集释''标韵'两部分是可以略去的"。② 虽然存在些许不足,但《诗经原始》仍是一部以探明《诗经》本旨为目标,突破了今古文学派的藩篱,完全从文学的角度对《诗经》进行全面诠释的影响较大的笺注评点本,是近代《诗经》学的一部名作。

评点在《诗经原始》一书中不占主导地位,只是起辅助说明的作用,这单从评点的篇幅上就可看出。但方玉润对于评点所持的态度是肯定的,他认为这种批评方式有助于读者欣赏原诗的佳处,"用以振读者之精神,使与古人之精神合而为一"(《卷首上·凡例》)。以这种公允的态度为前提,方玉润对各篇诗都进行了评点,虽然详略不等,但都有可观。

在评点中,方玉润既注重诗歌整体上的艺术特色,又注意到了文学的流变。如《周南·卷耳》一诗的眉批:

> (方眉)因采卷耳而动怀人念,故未盈筐而"寘彼周行",已有一往情深之慨。
>
> (方眉)下三章皆从对面着笔,历想其劳苦之状,强自宽

---

① 曹道衡等:《古典文学要籍简介》,南京:江苏古籍出版社2000年版,第8页。
② 蒋见元、朱杰人:《诗经要籍解题》,上海:上海古籍出版社1996年版,第129页。

而愈不能宽。末乃极意摹写,有急管繁弦之意。后世杜甫"今夜鄜州月"一首,脱胎于此。

这两则评语,不仅为读者指出了《卷耳》一诗全篇在文学表现手法上的应用及其效果,而且将杜甫的诗句拿来比较,指出了对杜甫作诗技法的影响所在。

方氏评点在概括诗歌的艺术特色时,对于章法结构的重视格外明显。如《周南·汉广》一诗的批语:

(方眉)中间插入游女,末忽扬开,极离合缥缈之致。
(方眉)后二章刈楚、刈蒌,乃写正面,仍带定游女,妙在有意无意之间。《汉广》三章叠咏,一字不易,所谓"一唱三叹有遗音"者矣。

《汉广》一诗每章末尾的四句叠咏,将游女缥缈难求的形象、江上迷茫恍惚的景色,以及思恋者内心思慕痴想的情感,都融入长歌浩叹之中,一经吟咏,有烟波满眼、余音袅袅之感,难怪方玉润会说"末忽扬开,极离合缥缈之致""一唱三叹有遗音"。这都是对于章末结构的一种形象概括。又如《角弓》是一首劝告周王朝贵族不要疏远兄弟亲戚而亲近小人的诗,方氏评曰:

前四章,疏远兄弟难保不相怨,而民且效尤,体多用赋。后四章,亲近小人,以至不顾其后而相残贼,诗纯用比,乃篇法变换处。中间以"民之无良"一句绾合上下。

此处指出了此诗结构的特点,并说明了前四章多用赋、后四章纯用比的艺术手法,是完全正确的。类似这种批语在《诗经原始》中比比皆是。

方氏的一些评点往往透露出他读诗的细致和良好的语感。如《采菽》一篇共五章,第一、二、四、五章都以山野之物起兴,如首章的"采菽采菽,筐之筥之",次章的"觱沸槛泉,言采其芹",第四章的"维柞之枝,其叶蓬蓬",第五章的"泛泛杨舟,绋纚维之",都是清新淡雅的山野风物,类乎《国风》起兴句式;而接着记叙"君子来朝""天子所予"的场面,又极庄重华贵,属《雅》诗声口。这种兴句和下文风格迥不相侔的形式,方氏评为"事极典重而起极轻微",真可谓一针见血。这种提点对于读者更好地认识本诗的结构风格是不无裨益的。

方氏评点于诗之比、兴处多有提点,虽无发明,却也可看出他对于比、兴说诗的重视。如:

(方夹)兴起却兼比意。(《关雎》"关关雎鸠,在河之洲")
(方夹)兴中有比。(《桃夭》"桃之夭夭")
(方夹)全诗皆比。(《汝坟》"伐其条枚")

综而论之,虽然整体上看,方玉润的经学思想还相当浓厚,但如果单独把《诗经原始》中的评点剥离出来,便会发现是完全从文学的角度下笔的,这一点是相当可贵的。而且,尽管方玉润的《诗经原始》在评点一派中并不太突出,但由于它的整体成就,其重要性却是不容忽视的。

当然,《诗经原始》还有明显的不足之处。一是文学评点和注解未能在性质上截然划分,导致注解中的按语从内容性质上看是文学评点的内容,但又羼杂在注解体例中没能独立出来,而评点中的评点语又过于简短,未能体现方氏最有文学感悟力的精彩之处。正由于这个原因,我们可以说《诗经原始》是部了不起的《诗经》研究著作,但在《诗经》评点之林中却并非上乘。另一个不足之处是《诗经原始》虽能在当时做到独立于清代《诗经》主流学风之外,但对于前人的一些陈腐旧说依然不敢断然舍弃,正如郑振铎先生所说的那样,"又如方玉润,我们也觉得他有很多新辟的见解,然而,他的书也不大纯粹,许多遗传的旧说还紧紧的黏附在上面"。①

第四节　清末《诗经》评点

清末《诗经》评点目前所见较少,且因袭多而独创少,主要表现在辑评本和转录本大量出现。评点总体质量良莠不齐,有的继续了前人独立思考和侧重文学的倾向并有所发展,有的则趋于回归传统经学。比较重要的有徐玮文《说诗解颐》、张芝洲《葩经一得》,以及胡璧城的《诗经》评点。

一　徐玮文《说诗解颐》

《说诗解颐》②二卷,续一卷,清徐玮文撰。查清代各种官私综合性书目及《诗经》类专门书目,均未见著录。东京大学东洋所有藏。《续修四库全书》有影印本。是书成于光绪九年,但刊刻时间不详。

徐玮文,字植之,常州宜兴人。光绪二年(1876年)参加丙子恩科会试,得贡士第六十九名。殿试登进士二甲第十九名。同年五月(6月3日)改庶吉士。光绪三年四月癸丑(1877年6月9日)翰林院散馆,著以六部部属用。后官粤东太守。

是书成于光绪九年,仅选七十五篇诗加以评说。书前有伍肇龄《叙》、许时中《序》、顾复初《序》、胡薇元《序》、冯秀莹《序》。全书朱墨两色套印,经文用墨色,评点用朱色。题下大都先列《小序》,后列《朱传》题旨,两相参照。其后为诗之经文白文,加以点评,无注疏内容相

---

① 郑振铎:《关于诗经研究的重要书籍介绍》,《小说月报》1927年中国文学研究专号。
② 恩师黄霖先生2012年7月2日来合肥开会,为我带来自日本所拍《说诗解颐》全书,本书相关论述即据此草成。

掺杂。胡薇元《序》称：

> 明朱善撰《诗解颐》四卷，其后季本又撰《诗说解颐》四十卷，既已各出新意，于经解中别为一体。今徐公复撰《说诗解颐》上下二卷以申其旨，盖不必逐诗立义，而偶辟悟解，积千百人所不能得者，一经发明，则剀切而详着。推其意，主于借诗立训，务阐兴观群怨之旨，于诗人意义之所在，必求其本，原以期有裨于人心世道而上较朱、季两家，有其过之，无不及也。

胡薇元从书名联系到明朝朱善的《诗解颐》和季本的《诗说解颐》，认为书名虽然接近，但并不是因袭之作。前二者在明朝是"出新意"的书，勇于突破陈说，"于经解中别为一体"，而徐玮文在这个基础上更进一步，"以申其义"。胡薇元很赞赏徐玮文抛弃前人"逐诗立义"的做法，"偶辟悟解"，有所感有所解则落笔，不去重复叠床架屋的工作。这一点可以从徐玮文只点评七十五篇诗得到验证。

胡薇元还认为徐玮文解诗看重的是"借诗立训""阐兴观群怨之旨"，似乎关注诗的实用和社会功能。但他又说"于诗人意义之所在，必求其本"，似乎也关注诗篇的本意。我们只能这样理解，即徐玮文既能坚持诗的文学原意，又能适当引申发挥，这一点虽显中庸，但避免执于一端，即非经学则文学或非文学则经学的偏重。

胡薇元是清光绪三年（1877）丁丑科三甲进士，比徐玮文晚一年。乾隆时名满天下的大诗人"稚威先生"胡天游即其叔高祖，胡氏几代多读书人，可谓文学世家。胡薇元晚年著有《壶庵五种曲》《梦痕馆诗话》《岁寒居词话》等文学论著，是一位较有文学见解的文人。胡薇元作为晚清有创作经验和理论见解的著名文士，对于徐玮文《说诗解颐》的评价，应该有一定的参考价值。

《说诗解颐》书前冯秀莹所作的《序》见解相当独特，发前人所未发。冯秀莹是清末诗人、文学家,字子哲,晚号握月生,是文学家冯栻从子。咸丰二年(1852)举人,曾任云南恩安知县。晚年主讲四川芙蓉、少城、锦官诸书院。其诗文均有名于世,词尤工。著有《蕙襟集》四十卷。冯秀莹《序》称:"不以意逆志,无得;不善以意逆志,得非所得;善以意逆而逆不及志,仍不能如它经之悉得,故说难。"这种观点可以说发展了孟子"以意逆志"的解《诗》方法。首先,"以意逆志"是继承孟子解《诗》方法,是前提。接着,强调"以意逆志"的效果,呼吁使这种方法落到实处,即通过后天的锻炼而掌握这种解《诗》方法,否则,即便有这种倾向,也未必能达到预期的效果。然后,强调《诗》意义上的不确定性,如果随意以自己的观点去解诗,不尊重诗的原意,那么便不能最终探察到诗人的初衷。

冯《序》又云:"惟诗不然,上存圣作,次贤士大夫,下逮凡庶之能文者,旁见侧出于妇人女子,而寺人、巷伯之类亦杂厕作者间,不独作者名不尽着,即作者时亦不尽审,故说益难。是二难。"冯《序》认为,《诗》的作者不仅仅是圣人,其他如贤士大夫,以至妇人女子、寺人、巷伯等凡庶之人也是作者。除了作者的覆盖面广外,作者作诗的时间和背景也不确定,作者作诗时没有特意留下记录,这就决定了《诗》三百篇的复杂性,也因此注定了诗之意义的难解,给知人论世造成了困难。

冯《序》又说:"窥所及窥,详所可详,**无挟私意争胜前人**,则说经之通病捐。知赋与比、兴不同矣,而为不同也浅。比与兴又不同矣,而为不同也深。**当以意逆志,又不强志以就意**。且知有常人之作,当**协诸常事与常情而不驰骛高远非常之说**,则说诗之颛病亦去此《解颐》一书。"他认为,《诗经》研究者的通病是"挟私意争胜前人",故而解《诗》刻意标新立异。正确的研究应该提倡捐弃私意和争胜心,尽量做到客观;可以阐发自己的一得之见,但不能刻意和前人相悖以显示独特。赋和比、兴的区别是明显的,而比与兴的区别就较深细难明。如果要正确理解,应该"以意逆志",但又不能"强志以就意",即不能强求古人作诗之原意来迁就自己,以自己的生发想象解《诗》而不考虑历史实相往往会流于主观臆断。而且《诗》是平常人的作品,应该从常情常理出发去理解,而不能刻意拔高比附。

冯《序》接着又说:"夫《风》多兴,《雅》多比,《颂》多赋,而仍不可执一也。然而察乎兴者,比与赋端如贯珠,故说《风》者舍兴为说多不合。谓郑、卫必淫,谓忧伤寄托之辞必劳人必思妇,专以赋说《风》,《风》何以异于《颂》哉?先生谓**声淫者志不尽淫,语刺者旨不皆刺,务会其兴而体于寻常至近之情**,斯比与赋、《雅》与《颂》不烦字疏而篇诂,而固已贯通之矣。"冯氏此处从《风》《雅》《颂》的分类上分别总结了此三种不同类型的诗篇在修辞上的区别。即《风》诗多兴,《雅》诗多比,《颂》诗多赋。这种论断较为合乎实际。由此出发,他进一步提出赋、比、兴在《风》《雅》《颂》三体诗中交错运用的复杂情况,不可执一。由此也对郑、卫之"淫"的特点提出了异议,认为这类诗只是比兴,不可坐实认为真是是淫佚之诗。同样刺诗也不能一味看作只有讽刺。这些观点在当时都是通达之见。

以上举例论述了冯秀莹的《诗》学观点,其实也就是徐玮文《诗经》评点的指导思想。另外,伍肇龄和顾复初两人分别所作之《序》并未提出特别见解,此处不作介绍,只略列二人简介以资进一步研究。

伍肇龄,字崧生,邛州(今四川省邛崃市)人。道光二十七年进士,选翰林院庶吉士,散馆后授编修,历任侍讲。重与恩荣宴,赏侍讲学士衔。回乡后主讲成都锦江书院十余年,年八十余卒。工书,善古文词,著有《益州书画录续编》。

顾复初(1800—1893),字幼耕,一作幼庚,又字乐余、子远,号道穆、听雷居士,又号罗曼山人,晚号潜叟,长洲(今苏州)人。学士顾元熙之子。拔贡生,历为吴棠、丁宝桢、刘秉璋幕僚。工诗、古文词,通辞章,擅楹对,工书画,光绪中被推为蜀中第一书家。著有《罗曼山人诗文集》《乐静廉余斋文集》等。

几位《序》作者较一致认为,徐玮文《诗经》评点中有与前人解

《诗》本事有所不同的几个地方,如《凯风》之母氏谓指后母,《有狐》为征妇忧其夫,《无衣》之词、《将仲子》诗为刺庄公之作,《楚茨》一篇言祭之次序与《礼经》合。不管徐玮文的解读合不合理,但见仁见智,敢于提出自己的看法,也是读书有得的表现。

该书批语不拘泥经学义理,对于诗义的抉发,"常协诸常事与常情而不驰骛高远非常之说"。批语还多以形象化语言阐发诗之情境,对于结构的分析每有精当之言,主张诗歌的安排应当"结构完密"。比如《园有桃》篇后批云:

> 以忧国为主。"忧"字从"思"字来。"心之忧矣"以下语凡六转,愈转愈沉挚悱恻,读此二章,胜于《离骚》九十四章。
>
> 闵公时,晋果灭魏,以毕万镇其地,不知此时之燕雀处堂者更作何语?

所谓"语凡六转",其实涉及的就是诗歌的结构问题。另如《陟岵》篇后批:

> 通诗以"瞻望"二字为主,本是己念父母弟兄,却不从自己一面着笔,倒从父母弟兄想他在外之劳苦,至情恻恻,令我黯然。就文情论,是深一层用意法。　狄梁公行至太行,有白云一片停骖,遥望曰:"吾亲舍其下。"久之,云移去,乃怅然就道。与此神情酷肖。宣圣曰:"诗可以兴。"兴于此等篇什也。

这段批语对于诗篇结构的分析可谓独到。《毛诗正义》"我本欲行之时,父教我曰"云云是一种较为僵化不够灵活的理解,徐玮文则认为无论是父母兄弟的话,都是诗中主人公的想象之词,这可与钱锺书《管锥编》意见相参看。《管锥编·毛诗正义·陟岵》:"然窃意面语当曰'嗟女行役';今乃曰'嗟予子(季、弟)行役',词气不类临歧分手之嘱,而似远役者思亲,因想亲亦方思己之口吻尔。"①"据实构虚,以想象与怀忆融会而造诗境,无异乎《陟岵》焉。分身以自省,推己以忖他;写心行则我思人乃想人必思我,如《陟岵》是,写景状则我视人乃见人适视我,例亦不乏。"②对比徐玮文与钱锺书的结构分析,可谓英雄所见略同,都是古代小说结构中所用的"倩女离魂法"。只不过徐氏没有钱氏分析得透彻明晰罢了。

对于结构的分析精当之处再如《东山》一诗的篇后批:

读诗不细寻其分意,何异庸烂八股?多一章可,少一章亦可,中间语意彼此互换亦无不可,古人流传之作断不尔也。予今以四意分别此诗,未敢的以为然,而于首章"悲"字、次章"畏"字稍有着落。四个发端一字不易,在途则一样情景,归家则各自不同,此诗之妙于结构也。

徐玮文对于八股结构的批评此处且不具论,但对于诗的结构之重视程度显而易见。且看他对于《东山》诗的结构分析。他认为整篇四章的发端完全一样,在途中的情景也一样,但归家的描写则各各不同,这是一种非常巧妙的结构,是同而不同、犯而不犯的高超手法,在诗中可起到既整齐又变化的效果。

有时徐玮文对于一首诗的结构关键处进行一个字的术语提示,以提醒读者在这些关节处留意。如《常武》一篇的旁批:

"王旅啴啴,如飞如翰,"(徐旁)离。"如江如汉。"(徐旁)合。"如山之苞,"(徐旁)聚。"如川之流。"(徐旁)散。

---

① 钱锺书:《管锥编》第一册,北京:中华书局1986年版,第113页。
② 钱锺书:《管锥编》第一册,北京:中华书局1986年版,第114页。

"绵绵翼翼,"(徐旁)纵。(徐旁)横。"不测不克,"(徐旁)奇。(徐旁)正。"濯征徐国。"(徐旁)"濯"字妙。(徐眉)此叙征伐时事。

(徐章评)此是八阵图也,从来讲家都未拈出。

所谓"离""合""聚""散""纵""横""奇""正",正是结构方面的技巧,经徐氏点明,整段诗的结构也就大体明晰了。章评中又用"八阵图"来比喻这种结构,正可看出此诗结构的巧妙。

从以上论述可以看出,徐玮文对于诗篇的结构是非常看重的。他在《閟宫》后有本书最后一句批语:"《御纂》煌煌,永昭法守矣。"所谓"永昭法守",引申到作诗中,即强调章法结构,正可以形容徐氏对于结构解读的自觉性。

当然,除了对于结构的解读外,徐玮文也注意到诗歌的意象问题,并且会用画面再现的方式来显示这种意象。如《七月》第一章"同我妇子,馌彼南亩"的旁批云:"鬓插野花,手牵竹马,度阡越陌,迤逦而来。"用读诗时代的语言再现了三千年前的语言所表达出的诗意画面,更让读者感受到了《诗经》之美。

总之,徐玮文《说诗解颐》虽然篇幅较小,但仍不失为清末优秀的《诗经》评点。

二　张芝洲《葩经一得》

《葩经一得》,不分卷,清张芝洲撰。查各种官私综合性书目及《诗经》类专门书目,均未见著录。有道光三十年(1850)何氏梦约轩家刻本。本是为本门弟子讲授之讲义,刊印是为了"家塾中学子之助"(何俊《序》)。

张芝洲,生平据其弟子何俊书前《序》可略知一二。《序》云:"先生官吴县学博,在里中尝主讲雷阳书院。"又据《序》后题款"道光三十年庚戌中秋前一日受业何俊谨序"及《序》中"今先生没已二十年"两句可知,张氏卒于道光十年(1830)。

据书前《例言》所云,该书系何俊据张氏生前手批本《诗经》刊刻。书中每篇前之小引"悉遵《朱传》,有间取《序》说者仍附录之"。经文只存白文,叶七行,行二十二字,有圈点,批语以眉批为主,间有旁批。此书每篇诗题下有批,主要乃截取朱熹《诗集传》而实录之,如《齐风·鸡鸣》。也有引用《孔疏》者,如《齐·东方之日》:"孔疏:明德之君,能以礼化民,民皆依礼嫁娶也。"

该书评语简洁明了,多抉发《诗》之文学意味及艺术特色,正如《例言》所谓"于《三百篇》永言妙旨一以麈谈揭之,非特广经说之趣,亦可为诗学之资"也。

对于一些意象的解读,突破前人。如《魏·蔽苟》眉批:"鱼者,阴物。云雨,水昏冥,淫佚之象也。"闻一多《说鱼》一文写道:"鱼在中国具有生殖繁盛的祝福含义。"[①]因为鱼子多生殖力强。从这一点上看,张芝洲的这种认知和代表现代学术成就的新解释是一致的。

另外,《葩经一得》在一些诗境和结构的解读上也实有可观之处。如《魏·陟岵》第二章评:"思亲之情从对面托出,是加一倍写法,后来诗人多效之。"第三章眉批:"王摩诘所以遥知。"所谓"思亲之情从对面托出",即古代小说创作中的"倩女离魂法",钱锺书先生在《管锥编》一书中有详细的论述。[②] 而所谓"王摩诘所以遥知",意思是说王维《九月九日忆山东兄弟》"遥知兄弟登高处,遍插茱萸少一人"的诗法和此处相似,都是"据实构虚,以想象与怀忆融会而造诗境","分身以自省,推己以忖他;写心行则我思人乃想人必思我,如《陟岵》是"。[③]

张芝洲常借《诗经》之酒杯,浇自己之块垒。如《大雅·桑柔》"国步蔑资,天不我将;靡所止疑,云徂何往? 君子实维,秉心无竞。谁生

---

① 闻一多:《神话与诗》,上海:上海人民出版社 2006 年版,第 105 页。
② 钱锺书:《管锥编》,北京:中华书局 1986 年版,第 113 页。
③ 钱锺书:《管锥编》,北京:中华书局 1986 年版,第 114 页。

厉阶？至今为梗"，张评曰"我欲问之。"

张氏还常以《诗经》为引子，发抒对历史事件或人物的看法。如《大雅·灵台》评："吕氏曰：四章皆述民乐之辞也。"评语还经常点明修辞的技巧。如《小雅·伐木》"有酒湑我，无酒酤我。坎坎鼓我，蹲蹲舞我"的章评："五'我'字倒装顺递，妙如弄丸。"可以对比钟惺评点和《诗经捷渡》的评点。钟评："四'我'字，倒插句法，奇甚。"《诗经捷渡》评："此一节看几个'我'字。"可见对于诗法的点明方面，许多评点家的意见是大致相同的。

对于修辞法的揭示，还有对于暗喻的点明。如《南山有台》一诗的批语：

"南山有台，北山有莱。乐只君子，邦家之基；乐只君子，万寿无期。"（张眉）万寿之言，臣之所以祝君，乃君亦以此祝臣，故曰上下交泰。

（张章评）台、莱贴地丛生，根荄盘固，影得"基"字意。

"南山有桑，北山有杨。乐只君子，邦家之光；乐只君子，万寿无疆。"

（张章评）桑、杨美材，影得"光"字意。

"南山有杞，北山有李。乐只君子，民之父母；乐只君子，德音不已。"

（张章评）杞、李结子垂实，可以养人，影得"父母"意。

"南山有栲，北山有杻。乐只君子，遐不眉寿？乐只君子，德音是茂。

南山有枸，北山有楰。乐只君子，遐不黄耇？乐只君子，保艾尔后。"

（张章评）栲、杻、枸、楰材质坚老，影得"眉寿""黄耇"意。

五处评语中,有四处提及"影得",盖"影得"即暗示之意。经由张芝洲的提示,读诗者就很容易把握这首诗的暗喻修辞方法并进一步深入理解全诗的意旨了。

三 胡璧城《诗经》评点

胡璧城的《诗经》评点以清李光明庄重刊慎诒堂本朱熹《诗集传》为底本,墨笔手批而成,未经刊刻。字体行楷不拘,评语数量少且并非篇篇有批点。点的方式只有字下小圈和字下斜点两种,而以前者占绝大多数。

胡璧城,生卒年不详。

胡氏评点并不盲目尊《序》或尊朱。如《序》谓:"《风雨》,思君子也。乱世则思君子,不改其度焉。"朱熹《诗集传》谓:"淫奔之女,言当此之时,见其所期之人而心悦也。"胡氏则从《序》而反对《集传》,谓:"(胡眉)《风雨》,思君子,不可作淫奔论。"

胡氏在揭示《诗经》对后代诗歌的源头意义方面较为出色。如:

(胡眉)缠绵悱恻,张衡《四愁》所祖,然凄婉逊矣。(《木瓜》)

(胡眉)风致在尘壒之外,渊明所祖。(《十亩之间》)

(胡眉)千古思妇之作不能出此十六字范围。(《硕人》"自伯之东,首如飞蓬。岂无膏沐?谁适为容")

(胡眉)李易安作《声声慢》词,推为绝唱,乃原本于此,古厚转折则非所及也。(《硕人》"河水洋洋,北流活活。施罛濊濊,鱣鲔发发。葭菼揭揭,庶姜孽孽,庶士有朅")

除此之外,胡氏对于字法句法也多有指出以点醒读者。如于《何草不黄》"何日不行?何人不将?经营四方"一章评曰:

(胡眉)三"何不"字意不尽同而句法同。末句独变,写出正意,风致嫣然,哀婉兼捻矣。

虽然胡氏评本中批语数量比较少,也没有明显的特点,但批语文学意味较浓,在经学风气浓厚的清代出现,还是较为可贵的。对于此书的研究,尚未见有人涉及。

第五节　王闿运《诗经》评点

王闿运《诗经》评点,题名即《诗经》,牌记题名曰《湘绮楼毛诗评点》,为民国二十四年成都日新社铅字红印本。此书牌记还有"国立四川大学藏版"字样。

王闿运(1833—1916),原名开运,字纫秋,中年改名闿运,字壬甫(一作壬父),五十岁改字壬秋,署所居为湘绮楼,自号湘绮老人,学者称湘绮先生。王氏以诗文名家,重于当世,为近代文学史上湖湘派领袖。王氏有关《诗经》的撰述除《湘绮楼毛诗评点》外,还有《诗经补笺》。[1] 另外,他还有《唐诗选》批点以及评词著作《湘绮楼评词》。[2] 王闿运为学宗今文经学,终其一生,经学著作凡十余种。

《湘绮楼毛诗评点》卷前有署名秀山王秀荣之《序》。《序》云:"湘潭王先生评点'三百篇',乃其晚年课孙随手笔记。"由此可知,王闿运评点《诗经》,主要是为了指导自己的孙子诵读。正因如此,此书"不著于《湘绮楼丛书》,盖未见之本"。此本之所以刊刻,《序》中也有交代:"酉阳王竹闲昔年以医见知于先生,先生许其能学诗,遂委挚门

---

[1] 参看陈子展:《诗三百解题》,上海:复旦大学出版社2001年版,第531页。
[2] 载《词学季刊》第一卷第二号。《湘绮楼词选序》云:"既坐东洲,日短得长,六时中更无所为,爰取《词综》览之,所选乃无可观。姑就其本,更加点定。余暇又自录精华名篇,以示诸从学诗文者。"

下。自其长孙礼纯移写此本。癸酉,竹闲游成都,适余长四川大学。慨然出示,愿公诸同好,用付刊人。"

此书正文每篇先录《序》文,后录经文,批语均为双行夹评。"就文辞说诗,其节度深浅,莫不各肖其中之所有。而引申鼓言,以逆其志,其所得盖有超于训诂考据之外者。山谷所谓'论诗未觉国风远'也。"(王秀荣《湘绮楼毛诗评点序》)由于王闿运无论在创作方面还是在诗歌主张方面都取得了较大的成绩,因此他评点《诗经》颇能搔到痒处,文辞亦相对佳胜。他的评点比较细致,把诗篇及其夹批通读一过,往往能得诗之神髓。如《氓》一诗的评点:

"氓之蚩蚩,抱布贸丝。来即我谋。送子涉淇,至于顿丘。匪我愆期,子无良媒。"(王夹)言繁词复,叙述特详,抵一篇司马相如自记。"将子无怒,秋以为期。"

"乘彼垝垣,以望复关。不见复关,泣涕涟涟。既见复关,载笑载言。尔卜尔筮,体无咎言。"(王夹)必须用典礼明点作意,不然,便作寻常君臣离合看矣。"以尔车来,以我贿迁。"

"桑之未落,其叶沃若。于嗟鸠兮,无食桑葚。于嗟女兮,无与士耽。士之耽兮,犹可说也。女之耽兮,不可说也。"(王夹)虽是托词,而垂戒千古,抵一篇《苦相篇》。

"桑之落矣,其黄而陨。自我徂尔,三岁食贫。淇水汤汤,渐车帷裳。"(王夹)写丧妻失位,微而显,直而婉,然是陈诗体耳。若五七言亦效此,便成谜语。他文效此,反是谤书也。"女也不爽,士贰其行。士也罔极,二三其德。"(王夹)推心泣血之文,顽不能知此,他人亦不能代作,故决为顽子,文公顽女,许夫人之作也。

"三岁为妇,靡室劳矣。夙兴夜寐,靡有朝矣。言既遂矣,至于暴矣。兄弟不知,咥其笑矣。静言思之,躬自悼矣。"

"及尔偕老,老使我怨。淇则有岸,隰则有泮。"(王夹)《惜誓》《回风》,以此悲怆。"总角之宴,言笑晏晏。信誓旦旦,不思其反。反是不思,亦已焉哉!"

六条批语,涉及言辞的繁简、具体的笔法、诗旨的指点、风格的概括等,除诗旨的判断之外,大都合理。认为此诗是许夫人托词,则是今文经的观点。

王闿运诗文创作方面主张复古,生平沉酣于汉魏六朝者至深。其选八代诗则谓"四言者,兴之偶寄,初无多法,不足用功"(王秀荣《序》)。也就是说他不主张学习四言诗,这倒并不是因为四言诗不好,而是"兴之偶寄,初无多法",即没有可以遵循的法度。但事实上他评点《诗经》还是很注意寻找和总结《诗经》中的创作方法和艺术经验的。如评点中多有对于诗法的揭示和总结:

(王夹)先从夫人发端,是先义后事,史家先论后叙之法。(《关雎》)

(王夹)三句连用,以烦碎见意,是乐府词铺排法。唐人诗云"青丝素丝红绿丝",其枝流也。(《葛覃》)

(王夹)指物托喻,忽入正意。杜诗每拉入先帝朝廷,是此法也。小中见大,易开。古文家恶派不知此是朝聘庙堂本色,而以咏马及大娘,终非其宜也。(《汝坟》"鲂鱼赪尾,王室如毁")

也有对诗的结构进行分析的,如:

(王夹)此以正意在第二章,又专以三章转折而下,乃后以两章分承为两扇,其音洋洋,正合宫音,所谓"乐而不淫,哀

而不伤",盛世和声也。凡诗重言者,正意所重。(《关雎》)

（王夹）三陟,二正一反,掉尾作结,以致丁宁,于文势能使实者俱空。《离骚》曰:"陟升皇之赫羲兮,忽临睨乎旧乡。仆夫悲余马怀兮,子(足卷)局顾而不行。"不独学此回斡,并用此词藻,无人知其沉瀣也。(《卷耳》)

还有对诗的风格进行描述的,如:

（王夹）博丽庄重,于闺房诗一洗儿女脂粉语。后傅元颇效之,以迂为艳,宫体中知此意者便超然霞举,如"狂夫不妒妾,随意晚还家",及"不惜暂住君前死,愁无西国更生香",皆得味外味,小儒咋舌矣。

（王夹）穆如清风。邶人善以雅语叙丑事。(《凯风》)

对于风格的描述,往往也出之以一些印象式简短的批语,如:

（王夹）秾艳旖旎。(《何彼襛矣》)
（王夹）悲深无际。(《邶风·柏舟》)
（王夹）亦忧深而词缓。(《邶风·柏舟》)
（王夹）入木三分,刻挚之语。(《终风》)
（王夹）妍雅和平。(《凯风》)

综观王氏批语,面面俱到,也不乏精彩之处。作为现在能够见到的近代最后一种《诗经》评点,它的语言已经呈现出圆熟的特点。

第六节 桐城派《诗经》评点概况

评点过《诗经》的桐城派文人,今所知有刘大櫆、姚鼐、曾国藩、吴汝纶与吴闿生诸人,而其中以姚鼐的成绩最突出。今就所见吴闿生校辑的桐城五家《诗经》评点本与姚鼐《诗经读本》及所涉及的诸家评点略作介绍。

一 吴闿生校辑桐城五家《诗经》评点本

今见吴闿生校辑的清末(民国)都门印书局铅印本《诗经》,系刘大櫆、姚鼐、曾国藩、吴汝纶、吴闿生五家《诗经》评点本。此书二卷,撰者署名吴汝纶(实际吴汝纶只占一家),一函二册。此书有吴汝纶所辑刘大櫆、姚鼐、曾国藩三家评点,加上自己的评点,应是四家评本。但此本曾出现"闿生曰"字样的批语,则此本付印前曾由吴汝纶之子吴闿生校订增补过。此类标明"闿生曰"字样的评语多与吴闿生《诗义会通》所引相同,那么加上吴闿生的内容,此本也可称作五家评本,今简称桐城评本。

在此本每卷之后,都有一段文字交代了评点的作者和底本圈点情况,应该是吴闿生校订增补时所加的卷后按语。而第一卷《周南》卷后于此之外另有吴氏介绍底本何由觅得之情况的文字,为清楚起见,现录于下:

> 诸家圈点:
> 刘海峰　葛覃篇　葛之覃兮至其鸣喈喈圈　葛之覃兮至服之无斁点　汉广篇　南有乔木至不可求思点　汉之广矣至不可方思圈　吴云:此忘得自何家,称为姚姬传评点本,吾旧藏刘才甫评点本,得自温明叔所者,尽与此本同,然则此刘氏本也,独中记评识语称刘云,似是从姚先生家藏本转录者。
> 姚姬传:……吴云:得姚姬传圈点本于王畏甫所,畏甫得之左氏,余向见方墨卿读本,朱墨并下,与此本大同小异,不识此果姚氏手泽否,俟他日考之,戊寅十二月。

曾涤生：……

吴闿生是清末桐城派大家吴汝纶之子，[1]戊寅为1878年，刘才甫即刘大櫆。笔者于上海图书馆所见并整理之刘海峰评点《诗经》与吴氏所云评本无相同处，想吴氏推断此本为刘氏评本有误，既然云"此忘得自何家，称为姚姬传评点本"，盖归于姚氏似也可能。而其中"评识语称刘云"者，乃姚氏采自刘氏评本者，并非吴氏所说"然则此刘氏本也，独中记评识语称刘云，似是从姚先生家藏本转录者"。此本系吴汝纶得自温明叔处，温明叔即温葆琛，乃姚鼐的弟子。[2]

除桐城派五家评点之外，书中还多有以"旧评云"标明的评语。这种以"旧评云"开头的评语其来源有多家，可考者数家而已。其中疑有姚际恒《诗经通论》或方玉润《诗经原始》，如《卷耳》"陟彼砠矣，我马瘏矣，我仆痡矣，云何吁矣"一章的评语：

（通论旁）四"矣"字有急管繁弦之意。
（方眉）下三章皆从对面着笔，历想其劳苦之状，强自宽而愈不能宽。末乃极意摹写，有急管繁弦之意。后世杜甫"今夜鄜州月"一首，脱胎于此。
（桐眉）旧评云：末章急管繁弦。

评语虽不全同，却基本一致，但不能确证。还有一些评语，则可证为出自戴君恩《读风臆评》，如《邶风·谷风》戴氏评云：

---

[1] 吴闿生，号辟疆，学者称北江先生，安徽桐城人，吴汝纶之子，北洋时期任教育次长、国务院参议，著有《周易大义》《尚书大义》《诗义会通》《古文范》《吉金文录》等，多数由文学社刊印。
[2] 温葆琛(1800—1888)，字明叔，姚姬传的弟子，道光元年举人，道光二年进士，曾主讲南京钟山书院、惜阴书院，著有《春树斋杂著》《春树斋丛说》等。

(戴篇后批)英雄之气,忠荩之谟。(戴眉)慷慨激昂,有中夜起舞之意。

此本"旧评云"则曰:

(桐眉)旧评云:英雄之气,忠荩之谟,有中夜起舞之意。

后者显然是把《臆评》中的两条评语糅合在一起而成。也有些评语当出自钟惺评语,如《二子乘舟》"二子乘舟,泛泛其景"两句的评语:

(钟红眉)只"泛泛其景"一语,便读不得,古人善言如此。
(桐眉)旧评云:只"泛泛其景"四字便读不得。

由例证也可看出吴氏对于旧评的转录不是严谨忠实的。还有个别评语注明来源,此类皆嫁接评点。如:

(桐眉)方存之云:前二章叙始合,"自我徂尔"以下叙见弃,中忽插"桑之未落"十二句,极沉郁顿挫之致。(《氓》)
(桐眉)王士禛云:此诗当是叔段党羽造作。(《叔于田》)
(桐眉)马瑞辰云:"将""相"同字,《尚书大传》"将阳"即"相羊"。(《溱洧》)
(桐眉)戚氏学标云:首句取韵。"南方之原"为闲句。(《东门之枌》"谷旦于差,南方之原")
(桐眉)王引之曰:选,读为撰,具也。(桐眉)钱大昕云:"调""同",以双声叠韵。(《车攻》)

除"马瑞辰云"出现过两次以上外,其他都只出现过一次。其源多非评点,乃嫁接而来,内容以训诂解题为主。

书中间有桐城其他文家的评语,其具体出处则因未注明而不可知。如《采蘩》"于以采蘩?于涧之中。于以用之?公侯之宫"一章有评云:

(桐眉)方存之云:古人文字简洁,只是用见骥一毛之法。

按方存之即方宗诚。[①] 本书第二卷除段首标有"刘海峰""姚姬传""曾涤生"的圈点说明之外,又多出一段段首标有"吴初阅本"的圈点说明。可见所采吴汝纶评语乃是他的初评,那么他应该还有再评。

书中评语全为眉批,凡标明"旧评云"字样的评语,除转录自钟惺、戴君恩等可考者外,其他评语也大多精彩,文学批评性较强。如:

(桐眉)旧评云:通篇止"济盈"二句是刺,余皆以大义讽之,空灵之至。(《匏有苦叶》)
(桐眉)旧评云:见弃之苦就新昏形之,愈觉难堪。(《谷风》"谁谓荼苦?其甘如荠。宴尔新昏,如兄如弟")
(桐眉)旧评云:通篇无一字腐,得法在用兴、用比、用形容咏叹。(《淇奥》)

---

① 方宗诚(1818—1888),字存之,号柏堂,又号毛溪居士、西眉山人、病夫等,安徽桐城人,方东树从弟,二十三岁时曾与戴钧衡、文钟甫一起从方东树达十二年之久,深研程朱理学,是桐城派后期的一位重要作家,曾应曾国藩之召修《两江忠义录》,晚年做过直隶枣强县知县,另有著作《柏堂集》九十二卷、《宦游随笔》二卷、《俟命录》、《志学录》八卷续三卷、《辅仁录》四卷、《春秋集义》十二卷、《周子讲义》一卷、《思辨录记》二卷、《读书笔记》十三卷等传世,其事迹《清史稿》及《清史列传》有记载。张骏《桐城派研究会》有《方宗诚传略》,所言较详。

鉴于各家评点在此本的数量有限,此处仅略作介绍。姚鼐因另有一评点本《诗经读本》,故在下文单独论述。

在桐城五家《诗经》评本中,曾国藩的评点最为简略。

曾国藩(1811—1872),清末湘军首领。原名子成,字伯涵,号涤生,湖南湘乡人。道光进士,官武英殿大学士,一等毅勇侯,谥文正。有《曾文正公诗文集》《经史百家杂钞》《十八家诗钞》等传世。

曾国藩对评点曾做了研究,并提出了自己的看法。他在《经史百家简编序》中说:

> 梁世刘勰、钟嵘之徒,品藻诗文,褒贬前哲,其后或以丹黄识别高下,于是有评点之学。三者皆文人所有事也。前明以四书经艺取士,我朝因之,科场有勾股点句之例,盖犹古者章句之遗意。试官评定甲乙,用朱墨旌别其旁,名曰"圈点"。后人不察,辄仿其法,以涂抹古书,大圈密点,狼藉行间。故章句者,古人治经之盛业也,而今专以施之时文;圈点者,科场时文之陋习也,而今反以施之古书。末流之迁变,何可胜道?①

曾氏一方面首次确立了"评点之学"的科学术语,研究了它的起源和发展,另一方面又称圈点是"科场时文之陋习",并对把圈点"施之古书"的做法表示了否定的态度。

王安定《求阙斋弟子记》卷二十二《文学下》引《曾国藩文集》又说:

> 逮前明中叶,乃别有所谓评点之学。盖明代以制艺取士,每乡、会试,文卷浩繁,主司览其佳者,则圈点其旁以为

---

① [清]曾国藩:《经史百家简编序》,见《经史百家简编》,南宁:广西人民出版社2007年版。

标识,又加评语其上以褒贬,所以别妍媸、定去取也。濡染既久,而书肆所刻四书文莫不有批评圈点。其后则学士文人竞执此法以读古人之书,若茅坤、董份、陈仁锡、张溥、凌稚隆之徒,往往以时文之机轴,循《史》《汉》、韩、欧之文。虽震川之于《庄子》《史记》,犹不免循此故辙。又其甚则孙鑛、林云铭之读《左传》,割裂其成幅,而粉傅其字句,且为之标目,如郑伯克段、周郑交质,强三代之人以就坊行制艺之范围,何其陋与!我朝右文崇道,巨儒辈出,当世所号为能文之士,如方望溪、刘才甫之集,与姚姬传氏所选之古文词,亦复缀以批点。贤者苟同,他复何望?盖习俗之入人深矣。[1]

这段话对评点源流做了进一步的说明,同时对明代茅坤、董份、陈仁锡、张溥、凌稚隆,清代方望溪(苞)、刘才甫(大櫆)、姚姬传(鼐)等评点家提出了批评。

奇怪的是,曾氏实际上是做了大量的评点和句读工作的,曾经评点过的著作有《左传》《孟子》《文选》和《十八家诗钞》《经史百家杂钞》等,这与他鄙视评点的态度很不一致。刘声木《桐城文学渊源考》卷四"曾国藩"条云:"读书必离析章句,条开理解,证据论议,墨注朱揩,为吴汝纶评点诸书之先河。"[2]但桐城《诗经》评本中吴汝纶所录曾国藩的评语却绝无可观,看不出吴汝纶受曾国藩影响的迹象。曾评只是反反复复于一些诗篇之末概以两字,如"可兴""可观""可群""可怨""情韵""趣味""气势""可兴下",基本无甚价值。

吴汝纶的评点相对较多,也更有价值。

吴汝纶(1840—1903),字挚甫,安徽桐城人。少贫力学,清同治四年进士,用内阁中书。曾国藩奇其文,留佐幕府。后调参李鸿章

---

[1] [清]王定安:《求阙斋弟子记》,台北:文海出版社1967年版。
[2] 刘声木:《桐城文学渊源考》,合肥:黄山书社1989年版。

幕。历官直隶深州、冀州知州。光绪十五年起主讲保定莲池书院,二十八年被举荐为京师大学堂总教习,自请赴日本考察学政。归国后不久病故。《清史稿》及《清史列传》有传。其著作现存《桐城吴先生全书》,内含诗集、文集、尺牍及说经著作六种,另有《桐城吴先生日记》《尺牍续编》及点勘古籍多种行世。本文桐城派四家评点《诗经》即吴氏点勘古籍之一。关于他对古籍的评点,刘声木《桐城文学渊源考》卷十"吴汝纶"条说:

> 师事曾国藩,受古文法,刻苦励学。其好文出天性,周秦古籍、太史公、扬、班、韩、柳,以逮近世姚、梅诸家之书,丹黄不去手。治经由训诂以求文辞,自群经子史及百家之书皆章乙句绝,一以文法醇疵高下裁之;其尤者,以丹黄识别而评骘之。①

《补遗》又说:

> 其于古书各有评骘点勘,凡所启发,皆能得其深微,整齐百代,别白高下,而一以贯之;尽取古人不传之蕴,昭然揭示,俾学者易于研求,且以识夫作文之轨范。②

可见点勘、评点是吴汝纶一生学术的重要方面。事实也正是如此,他所点勘、评点的书竟达数十种之多,可谓空前。

吴汝纶《诗经》评点有几个特点。一是多训诂内容。如:

> (桐眉)吴云:《韩诗》:"中冓,中夜也。"(《墙有茨》)

---

① 刘声木:《桐城文学渊源考》,合肥:黄山书社1989年版。
② 刘声木:《桐城文学渊源考》,合肥:黄山书社1989年版。

（桐眉）吴云：《广雅》："读，说也。"（《墙有茨》）

二是好引《尔雅》《薛君章句》及徐璈语以辨明字句，阐释诗义。如：

（桐眉）吴云：《尔雅·释言》："岂弟，发也。"郭注："发，发行也。"（《载驱》"齐子岂弟"）
（桐眉）吴云：薛君《章句》："雄雉，耿介之鸟也。"徐璈云："薛以雄喻君子。"（《雄雉》"雄雉于飞"）
（桐眉）吴云：徐璈谓："此士之审于自处而讽进不以道者。"（《匏有苦叶》）

三是多引用旧籍解说诗的本事。如：

（桐眉）旧评云：止极力赞孟姜，而刺忽意已跃跃言外。"将翱"句，《神女》《洛神》诸赋所祖。（《有女同车》）
（桐眉）吴云：《墨子》："周宣王合诸侯而田于圃，车数百乘。"（《车攻》）
（桐眉）吴云：此亦征狁狁而陈其威棱以风南蛮耳。说者以为南征，非也。（桐眉）又云：此盖北伐振旅，侈陈军威以风蛮荆，刘向所谓"征狁狁而百蛮从"者是也。《毛传》："言其强美，斯劣矣。"最得微恉。退之《平淮碑铭》仿此意也。（《采芑》）

此本所录吴闿生的评点都有"闿生案"字样，共计十四则。姑举一例，以见其大概：

（桐眉）闿生案：舂容大雅，《东都赋》所自出。（《车攻》

"萧萧马鸣,悠悠旆旌。徒御不惊,大庖不盈")

概括诗的风格及说明诗的源头意义,比较准确。

综观桐城派诸人评点《诗经》,成就可以说是参差不齐,这种现象,一方面或许由于他们文学观的差异,另一方面或许是由于文献不足,无法见其全貌。如果要了解吴闿生的《诗经》研究详情,还需研读他的《诗经》学著作《诗义会通》。《诗义会通》是近代很有特色和成绩的《诗经》研究著作,蒋天枢先生说:

> 他在解释《诗》义方面,在一定程度上能够发挥独立思考的精神,不为穿凿附会和繁琐考证的旧说所蔽囿,扩开思路,"以意逆志,察情得理",去探索《诗经》的本来面目(当然,这只是他的主观意图,事实上他很难达到这样的目的)。他这样做,还不是仅凭个人的体会与理解来做说明,而是周详地参考了大批材料,把汉、宋、清解《诗》的重要著作和三家《诗》的异同做过深刻的研究,细致地考虑了历史上对于这些诗篇的较突出的争论,做出自己的小结,这对于读者来说,可以有"驾约御博"的帮助,不只能看到吴氏怎么来解《诗》,同时还能简捷地了解历来有哪些聚讼纷纭的说法。
>
> 吴闿生吸收了乾嘉学派训诂、考证、辑佚工作的某些新收获,把朱熹的工作更加向前推进了一步。就"《诗经》学"史来说,这是遵循解《诗》的正确途径出现的新高峰。[1]

可以看出,蒋天枢先生认为那种不受穿凿附会和繁琐考证蔽囿的《诗经》研究才是正确的解《诗》途径,而这种途径主要是向着《诗

---

[1] 吴闿生:《诗义会通·出版说明》,中华书局上海编辑所1958年版,第1页。

经》的文学性本意靠近的。需要指出的是,1958年中华书局上海编辑所(上海古籍出版社前身)出版了整理本《诗义会通》,整理者蒋天枢先生指出了此书的优点,同时也指出了缺点,这都是实事求是的客观态度,但是,蒋先生整理这本书的时候却删除了一小部分评点。对此,蒋先生在出版说明的最后说了他的理由和对于评点的看法:他认为:"本书注文及案语中偶附有评语,可认为是'八比文'施用评点的一种陋习,由于考虑到对读者理解文理不无小助,故大体保留,仅将其中极少数迂阔芜泛之处删去,特并附为说明。"① 由此可以看出,虽然蒋先生容忍了评点的存在,但主观上还是很轻视这种文学批评"小道"的,因为他认为这种评点是"八比文"科举选评的陋习。时过境迁,当今评点"小术"以进入文学研究的范围,蒋先生的观点局限于时代,其老派学者严谨自持的态度,依然是令人敬佩的。

另,此评本中刘海峰的评语,几乎全是训诂的内容,故不再介绍。

二 姚鼐《诗经》评点

姚鼐(1731—1815),字姬传,安徽桐城人。一字梦谷,室名惜抱轩,世称惜抱先生、姚惜抱。著有《惜抱轩诗文集》《九经说》《老子章义》《庄子章义》等;编选《古文辞类纂》《五七言今体诗钞》《唐人绝句诗钞》等。姚鼐评点过的书籍很多,除《毛诗故训传》外,还有《易经》《周礼》《礼记》《左传》《大戴记》《秦板九经》《庄子》《扬子法言》《李注文选》《唐贤三昧集》《五七言今体诗钞》《古诗笺》《黄山谷全集》《归震川文》等。

姚鼐评点过的书籍很多,跟他的批评观念有关。他认为圈点愈于解说。他在《答徐季雅书》中说:

> 震川阅本《史记》,于学文最为有益,圈点启发人意,有

---

① 吴闿生:《诗义会通·出版说明》,中华书局上海编辑所1958年版,第2页。

愈于解说者矣。可借一部临之,熟读必觉有大胜处。①

"圈点启发人意,有愈于解说",故对"学文最为有益",这是他对归有光评点《史记》的肯定。虽然姚鼐早年充分肯定评点并亲自评点了许多书籍,但晚年对评点的认识则有所改变。他"初刻《古文辞类纂》曾有圈点,晚年则尽去之,以为邻近俗学",②这即是一个例子。③

姚鼐对于《诗经》的评点有两种本子,一种为吴汝纶之子吴闿生汇辑的桐城四先生评本《诗经》(铅印,此书于下段有介绍);一种为后人过录的钞本,题名《诗经读本》,现藏上海图书馆。其评点以后一种本子上所录居多。

先来看桐城五家《诗经》评点本上关于姚鼐的批语。在这个评点本上,署名姚姬传之评语喜引《韩诗》以为对比,多为异文的指出。

姚鼐论文主张义理、考据、文章三合为一,此三者虽是论文,却也适用于概括他对《诗经》的评点。当然,这三合一的主张在作文章中是要求融合无间的,而评点中这三个因素却往往是分离的。这是作文章与评点的不同之处。在他对《诗经》的评点中,既有义理的内容,也有考据的内容,还有专讲辞章文采技法的内容。讲义理的如:

(桐眉)姚云:后二章即屈原《渔父》《卜居》之权舆。(《终风》"曀曀其阴,虺虺其雷。寤言不寐,愿言则怀")

---

① 吴孟复:《桐城文派述论》,合肥:安徽教育出版社1992年版,第99页。
② 吴孟复:《桐城文派述论》,合肥:安徽教育出版社1992年版,第168页。
③ 《古文辞类纂》成书于乾隆四十四年(1779),嘉庆时康绍庸刊刻初稿本附有姚氏评语及圈点。道光时吴启昌、光绪时李承渊重刻姚氏晚年定本。吴刻删去圈点,李刻再恢复。民国十二年(1923)上海广益书局刊行徐斯异、阚家祺、郑家柞、胡惠生等人编撰的《评点笺注古文辞类纂》,广泛搜集清以前以及清代方苞、刘大櫆、姚鼐、梅曾亮、张裕钊、吴汝纶等人对入选文章的圈点和评语,有总批、眉批,并加简注。

讲考据的如：

（桐眉）姚云：《白虎通·谏诤篇》："相鼠，妻谏夫之词也。"（《相鼠》）

（桐眉）姚云：《说文》无"串"字，"串"乃古"贯"字。《明堂位》："崇鼎，贯鼎，天璜封父龟。"郑云："崇、贯、封父，皆国名。"《皇矣》伐崇，混夷已平。崇鼎、贯鼎同称，则串夷为贯夷无疑。（《皇矣》"串夷载路"）

讲辞章的如：

（桐眉）姚云：通篇皆写悲思，迫切之意，非实事也。情绪与《泉水》同，彼以委婉胜，此以英迈胜。（《载驰》）

（桐眉）姚云：以水缓不流喻周弱，不能发召诸侯。（《扬之水》）

但此三种倾向在他的评点中比例并不均衡，观其全部几十条评语，以训诂、考据为最多，几占十之八九，而以义理和辞章为侧重的只寥寥几条而已。因此，从评点的文学特质上来看，姚鼐的评点是五家评本中成绩较小的一家。但是，这种情形在《诗经读本》中却完全不同。

《诗经读本》，不分卷，现藏上海图书馆，查各种官私综合性书目及《诗经》类专门书目，均未见著录。此本无序、跋、题识等说明性文字，暂不能判断具体成书时间。扉页题名"诗经读本"，无作者署名。此书经文和评点均为手写，诗之正文以墨笔抄写，用朱笔圈点，批语则全为朱笔眉批，共计三百一十条。上海图书馆目录卡片所填此书作者为"刘海峰"，而经笔者查考，作者应为姚鼐。

"海峰"系刘大櫆之号。刘大櫆（1698—1780），字才甫，一字耕南,号海峰,安徽桐城人。著有《海峰文集》《海峰诗集》及《论文偶记》,并编选有《八家文钞》《七律正宗》《历朝诗约选》。

《诗经读本》的作者并非刘大櫆的一个证据是,民国吴闿生汇辑的《诗经》评点本(此书由民国都门印书馆铅印发行,较为常见)所录刘海峰的批语无一条与《诗经读本》的批语相同。吴闿生乃桐城文人吴汝纶之子,系桐城一派,所录刘海峰批语当为有据。

之所以定《诗经读本》作者为姚鼐,证据之一为,乾隆年间徐与乔所编《增订诗经辑评》一书中录有一部分姚氏的评语,和抄本《诗经读本》上的批语基本相同。如《有狐》一篇的眉批:

> (读本眉批)"无裳""无带""无服"者之子耳,亦得预彼事而代为之忧,因其言而探其所不言,风人之情得矣。
>
> (辑评眉批)姚氏曰:之子自"无裳""无带""无服",何预伊事?而彼为之忧。因其言而探其所不言,而风人之情得矣。

证据之二为,友人李兆禄发现了一本清嘉庆二十一年周氏刊行的《毛郑诗》,内有转录批语若干,与《诗经读本》批语基本相同。而此书版记旁有两行题识,云"姚惜抱先生圈点本,光绪乙亥,借新城黄襄男本录一过"。此处明确提到姚惜抱圈点及过录所据,当属可靠。

桐城五家评本《诗经》中也有和此抄本上评语相同者。如《君子于役》评语:

> (读本眉批)末句即《汉书》"万里之外,以身为本"之意。
> (桐眉)旧评云:"苟无饥渴",《汉书》所谓"万里之外,以身为本"。

如果"旧评"此条是姚鼐的旧评,那么两个本子上的评语基本相同就不足为怪了。

《诗经读本》之批语全是朱笔眉批,几乎都是文学性评点,与四先生评本上多杂训诂甚不相同。还有一点值得注意的是,朱笔眉批过录本上有一些评语明显是转录前人评点,尤其是钟惺的评点。如《唐风》中《无衣》一篇对于整首诗的评点:

(读本眉批)末世天子久为乱贼之资,此曹操所以终身不废汉献也。

(钟篇后评蓝)末世天子反为乱人之资,曹操所以终身不废汉献也。

两条文字基本相同,只是所加批的位置不同,一为眉批,一为篇后总评。钟惺此条为蓝笔评,这说明姚氏曾见过钟氏的三色评点本或蓝色批语所据单行本。也有少量采录戴君恩《读风臆评》中的评点,但做了一些加工改动。如《召南·羔羊》中的评点,戴评为:

(戴篇后批)"退食自公""委蛇委蛇",分明画出朝廷无事光景,犹唐诗"圣朝无阙事,自觉谏书稀"意也。宋人从"羔羊""素丝"见他节俭,遂执定节俭正值对看。不知"羔羊"二句但指其人耳。真皮相可笑。○合观《芣苢》,想见二《南》朝野气象。

姚评为:

(读本眉批)"退食"二句,分明画出朝廷无事光景,合《芣苢》观之,想见二《南》朝野气象。

从对比中可以看出,姚鼐摘取了戴评的核心内容,化繁复为简洁,却仍不失其大旨。

再有,《兔罝》一篇"肃肃兔罝,椓之丁丁"两句之评语,也可看出姚批与陈继揆《读风臆补》亦有关系。

> (陈眉)眉睫之间如相告语,四季之取却缺郭林宗之识芳容,皆类此。
> (读本眉批)古之才人未有不从敬出者,四季之取却缺林宗之之取芳容,皆在野能敬也,故以"肃肃"发端,夫见深心巨眼。

《诗经读本》批语都是文学性批评,少有间杂训诂的现象。如对《七月》的评点:

> "七月流火,九月授衣。春日载阳,有鸣仓庚。女执懿筐,遵彼微行,爰求柔桑。春日迟迟,采蘩祁祁。女心伤悲:殆及公子同归?"(眉批)诗通首只采桑一事写得春有气、日有影、鸟有声、器有姿、路有经、叶有态、女有情,所谓"诗中画,画中诗"也。
> "四月秀葽,五月鸣蜩。八月其获,十月陨萚。"(眉批)起四句一气通下,势如奔涛声。一句写草,一句写虫,一句写禾,一句写树。而草又有实,虫又有声,禾又有人,树又有风,皆一一传到,真化工也。

读罢评点,使人联想到明媚的春光照着田野,莺声呖呖,背着筐的女子结伴沿着田间小路去采桑,这是一幅多么美好的诗中图画。读者进而对于所评的诗句也有了更深的理解和喜爱。这样的评点对于读者更深切地理解诗句是有帮助的。另外,《诗经读本》批语中多采用以诗评《诗》的方法,如:

唐人"想得家中夜深坐",即"妇叹于室"意。(《东山》)

杜诗"圣人筐篚恩,实愿邦国活",深得此诗之旨。(《鹿鸣》)

书中批语还采用了形象化的语言、对仗的修辞,化枯燥为生动,真有点铁成金之妙。如:

"春日迟迟,卉木萋萋;仓庚喈喈,采蘩祁祁。执讯获丑,薄言还归。赫赫南仲,狁于夷。"(眉批)雪飞雨暗,忽然花媚莺啼。铁马金戈,暮见娉婷猗傩。从来叙名将赫赫之烈,带出美人欷歔之情。笔墨之妙,令人不测。

连用六种意象,两两反衬,鲜明有趣;间用隔句对偶,双双对比,工整流丽。这样的语言,简直像从骈赋中摘出的佳句一般,具有文学的美感,其价值自不容忽视。另外,姚氏对于诗的风格总结尤为用力,此类批语不在少数。如:

首章"汉广"四句写严肃之概,当急读重读;后二章"汉广"四句是咏叹之神,当缓读轻读。(《汉广》)

上用五个"于以"赶下,而以"谁其尸之?有齐季女"收住,截然而止,不啻"群山万壑赴荆门"也。(《采蘩》)

每章各上六句将车马兵甲写得如此绚烂,苏氏织锦有此色泽否?(《小戎》)

"于嗟"一顿,"麟兮"句接得飘忽,又极郑重,中用"于嗟"一声,纡徐之妙。(《麟之趾》)

咏叹淫佚,意味无穷。(《常棣》)

综观以上五例,可知姚氏于诗的风格,多以人之气质感官为其介质。此五例即分别以"神""气""色""声""味"解诗,所谓"咏叹之神""不啻'群山万壑赴荆门'""绚烂""色泽""于嗟""纡徐""意味无穷",分别概括之,无非"神""气""色""声""味"的具体化用。

姚氏的评点,还多有疏通文意者,使隐者显,令晦者明,经他一点,省略处变得意思完整,中断处看出承转有脉。如《秦风》之《权舆》一篇中的评点:

"于我乎"(姚眉)首句藏"始"字在内。"夏屋渠渠,今也每食无余。于嗟乎,不承权舆。"

此诗本意是说一开始的时候,我还住着宽敞的大房子,到如今却连食物也没有节余。可叹啊!不能像一开始一样。但是从原诗句子中却看不出对于一开始这一时间状语的交代,显得文意缺乏逻辑性,而经此处批语略一点逗,指出首句暗含一时间状语("始"字),全章就逻辑顺通多了。句子成分的省略和顺序调整大概是诗歌为了行文方便和形式美的缘故而特意如此,但对于一般欣赏者来说就在理解上有了一定的难度,显得不够顺畅。正如杜甫《秋兴》八首句法多变,没有专家的解读并指出其句式的特点,一般读者是不容易把握的。因此,姚氏的这种点醒是必要的。

总之,姚鼐以古文名家而评点《诗经》,于其中显示出相当强的文学感悟力、鉴赏力,以及对于艺术手法的敏感,并不遗余力地把这种金针度与他人,不啻为读《诗》者的良师益友。后世方玉润的《诗经原始》和陈继揆的《读风臆补》,在《诗经》评点的风格上和姚鼐近似,各有其成就。而相比方、陈二氏之《诗经》评点的声誉甚隆,姚氏批点的《诗经读本》却未能见知于世人,这未免给人以珠玉沉埋之憾。笔者特为披露,期待学界的进一步关注和研究。

第九章

清代《诗经》集评本

清代出现了一些《诗经》集评本,这种现象一方面显示出《诗经》评点的生命力,另一方面也是评点数量众多的必然结果。

第一节　徐与乔《诗经辑评》

清代的《诗经》辑评本中,徐与乔《增订诗经辑评》是较有代表性的一种。其评点杂采诸家,附以己意,而尤以钟惺《诗经评点》及戴君恩《读风臆评》为主。徐氏对于《诗经》的艺术手法进行了详细地梳理总结,对赋、比、兴的独到解说有较高理论价值,应引起《诗经》研究者的注意。

《诗经辑评》凡四卷,乾隆乙未(1775)友于堂刻巾箱本,一函二册。牌记题曰"乾隆乙未冬镌""心简斋编次""友于堂藏板""增订诗经辑评"。首有于光华序,次有徐与乔《读诗》,再次有《朱子序》。目录首页钤印有三:"仓古书库""芋楼""夥楼"。目录后附录《十五国舆图》。正文首页题"昆山徐与乔扬贡辑评,金坛于光华惺介增订",由此可知此书为徐与乔辑评、于光华增订。徐与乔,字扬贡,昆山人,主要活动于乾隆时期,据1992年《嘉定县志》卷二十八《地方文献》载:"醴泉颂石刻,清嘉庆二十年昆山徐与乔撰,前署县赵曾书,勒石吴门,并刻钱侗、赵北岚题识。"则知徐氏嘉庆二十年尚在世。著作除本书外,尚有《经史辨体》《五经读法》等。于光华,字惺介,与徐氏同时,广东金坛人,有《昭明文选集评》等。该书复旦大学图书馆有藏。

该书集评注于一身,皆杂采诸家。评点有眉批、旁批、篇后总评三种。诗题下先列《小序》,次或自加说明,间及朱熹题注。所辑评点,有钟惺《评点诗经》、戴君恩《读风臆评》、徐奋鹏《诗经捷渡》等。辑自《诗经捷渡》的评语较少,且有合并处。如《君子于役》:

"君子于役,不日不月,"(捷渡旁)数往日。(辑评旁)数往日,伤来日。"曷其有佸?"(捷渡旁)伤来日。

除此之外,间下己意。但辑者徐与乔于辑录前人或他人评语却不注明原作者,甚至有时把不同人的评点打乱拆散重新组织。关于本书的研究迄今未见。

书中评语辑自钟评者,既有其蓝笔评语,又有其红笔评语,还有少量陈继揆《读风臆补》中的评语。如于《羔裘》"羔裘逍遥,狐裘以朝"评曰:

(陈眉)八字便写尽。
(辑评旁)八字便写尽。

另有一些评语,并非钟、戴二种所有,但在几种辑评本上却都有,说明在钟、戴、徐三家之外,还有其他来源。如《氓》一篇中"三岁为妇,靡室劳矣。夙兴夜寐,靡有朝矣"一句《诗经删补》眉批为"(删补眉)此妇人其始非奔,亦复何减《谷风》勤劳也",《诗经辑评》旁批为"(辑评旁)其始非奔,亦复何减《谷风》勤劳",可以看出两句基本相同,显系一个来源。但这个来源又不是钟、戴,只能说明另有来源。另有批语系嫁接自前代《诗经》学著作者,大多标出"范曰""吕曰""陆氏曰""朱子曰"等,引文则进行改动。如《何彼秾矣》的一段总评,即改动宋人范处义的《诗补传》而成。但此段实在是典型的经生语言，内容上难以文学评点视之。也有不加标明，径直改录的，如《秦风·车邻》中"有车邻邻，有马白颠"有眉批曰："（辑评眉）两'有'字，见其驾驭一时气概。"此条眉批即出自魏浣初的《诗经脉讲意》。《诗经脉讲意》于此章所论原句为："开口便下两'有'字，见其长驾远驭，凌驾一时气概。"而凌濛初的《言诗翼》于此章也直接移录，只不过按辑录体例于句前加了"魏曰"两字："（翼章评）魏曰：开口便下两'有'字，见其长驾远驭，凌驾一时气概。"

另外偶尔也有署名的情况。如先后出现了几处"义门曰"三字，《秦风·驷驖》总评前有"张壮采曰"四字。除此之外，还有间下己意者。辑者徐与乔于辑录前人或他人文学评点时有时不注明原作者，甚至把不同人的评点打乱拆散重新组织，这都给评点来源的梳理带来了困难。如《芣苢》总评：

（辑评）诗咏化国之日，不言士庶而言妇人，不及织纴而咏芣苢。终篇变换才六字，恍然见庶女于原野，闻其歌声。《诗》所以善于言也。言乐不露一"乐"字，而从容闲适之意可想。《芣楚》《苕华》能得此景象否？此篇作者不添一字，读者不添一言，斯得之矣。

其中采用了钟惺评点：

（钟）此篇作者不添一事，读者亦不添一言，斯得之矣。

钟惺此句评点在《诗经辑评》中一字未改，径行移录，但读者如无读钟惺评点的经验，谅难知晓原作者究为谁属。同时，此段也采用了戴君恩评点：

（戴）通篇言乐更不露一"乐"字。〇看他由采而有、而掇、而捋、而袺、而襭，从容闲适之意可想。〇《苌楚》《苕华》能得有此景象否？

　　把戴君恩的评点和《辑评》中此段相关部分对比一下，可以看出重新组合的痕迹。由此可知，所谓辑评是采取了一种或录或改、或添或减的方式。

　　虽然《辑评》乃是辑录他人评点，极少自己的意见，但选择本身也是一种观点，孰选孰弃之间透露了作者自己的评价标准。钟惺《诗经评点》与戴君恩《读风臆评》历来就被看作是明末最能发现《诗经》文学价值的两部评点著作，以钟、戴二人的评点为主进行辑评，说明辑者徐与乔的观点与此二人的文学趣味大体相近。在《诗经辑评》卷首列有一篇约六千字的《读诗》，乃徐与乔所作，较系统地阐述了他对于《诗经》许多方面的看法，并为读者指点读《诗》门径，既是一篇总序，又类似于一篇金圣叹评点《水浒》书前所列《读法》的文字。通过这篇《读诗》，我们大体可以寻绎徐氏的诗学观念和对《诗经》一些具体问题的看法。

　　第一，徐与乔于诗歌的理解上主张推求诗外之意。他说："盖尝论之，善观诗者当推诗外之意。如孔子、子思善论诗者，当达诗中之理。如子贡、子夏善学诗者，当取一二言为立身之本。如南容、子路善引诗者，不必分别所作之人、所采之诗，如诸经所举之诗可也。"其意乃谓诗歌并非如实录的史传之文章一般非得分别其人其事，诗歌本身之外还有可阐释的空间。由此可知，徐氏很推崇先秦时代的引诗用诗，其态度是很灵活的，也较接近西方近代的接受美学理论，即作者未必然，而读者不必不然。

　　第二，徐氏肯定诗歌的社会作用，认为诗歌可以泄导民怨，鼓励人民作诗可以使国家避免重蹈秦亡的覆辙。他说："圣人为诗，使天下匹夫匹妇之微，皆得以言其上……诗不敢作，天下怨极矣……于是始有匹夫匹妇存亡天下之权。……而大有诗者,正所以维持君臣之道,其功用深矣。"不管他是站在什么角度发出这样的议论,但确实重视诗歌对于社会人心的稳定作用,可谓有见之论。

第三,徐氏强调诗音乐性的审美特性,反对一味穷理尽性以虚无为宗的宋代《诗经》学,强调多识草木鸟兽之名的实学,并大段援引郑樵《通志序》的话,所谓"夫乐之本在诗,诗之本在声","夫诗之本在声,而声之本在兴"。不满于"两汉之言诗者,惟儒生论义不论声,而声歌之妙,独传于瞽"的历史状态,认为有关鸟兽草木的实学,是诗篇的发"兴"之本,故"使不识草木之精神,则安知诗人敦然沃若之兴乎"?

第四,认为《国风》之名晚起,《南》《雅》《颂》是乐名,而《风》不是。现在《国风》除二《南》之外的诗篇都是徒诗,并未入乐。

第五,徐氏尊《序》及《毛传》而贬低朱熹《诗集传》,认为:"按《序》首一句,函括精约,法戒凛然,非经圣裁,何以有此?其下毛公申说,乍读似括略,寻思极得深永之味。夫'三百篇'之高绝千古,惟其寄兴悠远,不读《诗序》,不知作者意也。后儒疑《序》与《诗》不相似,不相似处正宜理会。《诗》所难言正在此。"又云:"读《诗》本古《序》,义理周匝完备,《雅》《颂》各得其所。圣人删《诗》,手泽如新。朱子谓《序》不可信,改从今说。"接着列举了三十五首朱熹改变《序》之诗旨标示的例子,认为按照朱熹的解题是混淆了《小雅》与《国风》的区别、《大雅》与《国风》的区别、《颂》与《国风》的区别,并认为"朱子诋《小序》世代名氏,皆为妄语","朱子改古《序》,只据文辞悬断。……如《序》何其悠远,如朱则委巷之曲耳"。对于朱熹《诗集传》的指斥用到了"妄语""委巷之曲"这样的字眼,可见是非常不满了。而且还批评朱熹解《诗》不懂含蓄委婉、味外之旨,从而拘执死板等弊病,由此也可看出清代乾嘉朴学思想风气的影响。

第六,徐氏提出了"为诗"的原则,即"不微不婉,径情直发,不可为诗。一览而尽,言外无余,不可为诗。美谓之美,刺谓之刺,拘执绳墨,不可为诗。意尽乎此,不通乎彼,胶柱则合,触类则滞,不可为诗"。所谓四个"不可为诗"无非是讲无论是作诗还是解诗都要注意到诗歌的本质应该是微婉含蓄且有言外之意的,切不可只从字面看待,要触类旁通,不可拘执死板。这些看法无疑也是正确的。至于借此说"朱说皆犯此数病",则未免有些偏激。

第七,徐氏用自己的想法解释了"孔子以'思无邪'一言蔽'三百'"的含义。他认为孔子的这个大判断正好符合孟子"不以辞害志"的阐释学观点。虽然《诗经》中有郑卫之音,但"诗多男女之辞,志不专为男女,听其声靡靡,而逆其志甚正。故端冕而听郑卫,皆雅乐也。苟佚欲念起,凡歌舞皆足以丧志"。这就涉及读者接受的层面了,正如对于《金瓶梅》的接受。东吴弄珠客在《金瓶梅序》中如此写道:"读《金瓶梅》而生怜悯心者,菩萨也;生畏惧心者,君子也;生欢喜心者,小人也;生效法心者,乃禽兽耳。"①读者读诗书之前的态度是非常关键的。这是其一。其二,正如张竹坡在《第一奇书非淫书论》中所云:

> 《诗》云:"以尔车来,以我贿迁。"此非瓶儿等辈乎?又云:"子不我思,岂无他人?"此非金、梅等辈乎?狂且、狡童,此非西门、敬济等辈乎?乃先师手订,文公细注,岂不曰此淫风也哉?所以云:"《诗》三百,一言以蔽之,曰思无邪。"注云:"《诗》有善有恶。善者起发人之善心,恶者惩创人之逆志。"圣贤著书立言之意,固昭然于千古也。今夫《金瓶》一书,亦是将《蹇裳》《风雨》《萚兮》《子衿》诸诗细为摹仿耳。夫微言之而文人知儆,显言之而流俗皆知。不意世之看者,不以为惩劝之韦弦,反以为行乐之符节,所以目为淫书,不知淫者自见其为淫耳。②

---

① 黄霖:《金瓶梅研究资料汇编》,北京:中华书局2005年版,第2页。
② [明]兰陵笑笑生:《金瓶梅》,济南:齐鲁书社1991年版,第20页。

这些话本来是用《诗经》来佐证《金瓶梅》的"思无邪",现在正好倒回来佐证了《诗经》郑卫之音的"思无邪"。

第八,也是最重要的,徐氏在《读诗》一文中,对于历来众说纷纭的赋、比、兴阐述了自己独到的看法:

> 赋、比、兴非判然三体也。诗始于兴。兴者,动也。情动于中,发于言为赋。赋者,事之辞。辞不欲显,托于物为比。比者,意之象。故夫铺叙括综曰赋,意象附合曰比,感动触发曰兴。凡诗未有离兴者矣。

在此,他认为赋、比、兴三者并非各自独立的个体,乃是创作过程的不同阶段或方面,三者有机配合形成一体。兴乃是诗人内心有感于外界的触发而产生的诗情。这和钟嵘的"气之动物,物之感人,故摇荡性情,形诸舞咏"非常接近,更加暗合了现代学者叶嘉莹所提出并贯穿于其论诗论词著作中的"兴发的感动"之观点。[①] 这种看法非常有新意,已经不仅只是"起个头""先言他物以引起所咏之词"而已,而是触及了文学创作的内核,突出了情的作用和无心凑合的天然自成性,更加符合创作的实际。这一解释,大大丰富了兴的内涵和兴的作用。相比之下,朱熹对于兴的解释只停留在诗歌创作手法的层面。徐氏指出兴是创作中的情感触发,是创作得以产生的条件,是真正的文学创作必需的过程,所以他说"凡诗未有离兴者矣";赋是把由感发而产生的激荡于胸中的诗情用语言和文体形式表达出来,属于创作的物化阶段;而比则是属于创作构思阶段的,它所要解决的乃是如何使诗情婉曲而不是直露地表达出来,以期收到更好的效果。这样,赋、比、兴三者就构成了完整的创作过程,较科学地解释了文学创作本体。而且这正暗合了北宋李仲蒙的观点。李氏云:"索物以托情,

---

① 参看叶嘉莹:《迦陵论词丛稿》,上海:上海古籍出版社1980年版。

谓之'比';触物以起情,谓之'兴';叙物以言情,谓之'赋'。"①而朱熹的赋、比、兴完全成了修辞手段。既然三者是修辞手段,则具体到一首诗的创作,就不必三者同时全部具备。而如果三者如徐氏所说是创作过程的不同方面,则"凡诗未有离兴者"正说明了赋、比、兴是诗的本质元素,是"六义"之半壁,三者都是任何一首诗中不可或缺的,这应该更符合赋、比、兴被提出的原意。针对《诗集传》"以赋、比、兴分配各篇"的做法,徐氏指出赋、比、兴"三义原非离析",并举了许多例证,进一步证明赋、比、兴的统一性。自宋以后,从朱熹关于赋、比、兴的解释一统天下的情况来看,李仲蒙的观点并未产生多大影响,甚至缺少认同者。而徐氏虽然晚了几百年,却能与其观点相合,这在朱熹观点定于一尊的情况下出现,不论他是否是受了李氏的影响,都是难能可贵的。由此看出,徐氏在对文学本体的思考上已经超出了几百年前的朱子。我们亦可以看出清中期文学理论行进的艰难。

徐氏对于朱熹《诗集传》中关于赋、比、兴的解释直接采取了否定大于肯定的意见,甚至有时是大加奚落。朱子谓"兴者,先言他物,以兴起所咏之事;比者,以彼物比此物"。徐氏针锋相对,批驳云:"不思'先言他物'与'彼物比此物'何别,自知难通,乃谓比有取义,兴不取义,而不知其所谓兴者其实皆比也。"的确如徐氏所说,朱熹的说法把原属创作过程范畴的兴划入了比所属的创作手法范畴,不免前后拘牵,难以自圆其说,这一点说到了本质。虽然朱熹眼中之兴与比并不完全一样,但解说仍然容易使人混淆。

在具体的评点中,徐氏运用实例对他的赋、比、兴观点进行了验证。如《关雎》眉批云:"此具赋、比、兴三义。以后妃之德风天下,赋也;以雎鸠、荇菜兴起,兴也;而雎鸠之和鸣,荇菜之柔顺,则又以为比也。"

---

① [宋]胡寅:《斐然集》卷十八《致李叔易书》,见王应麟:《困学纪闻》,上海:上海古籍出版社 2008 年版,第 321—322 页。

徐氏在《读诗》中独标四"不可为诗"的标准,反映了其对于诗歌创作与鉴赏的观点:

> 不微不婉,径情直发,不可为诗;一览而尽,言外无余,不可为诗;美谓之美,刺谓之刺,拘执绳墨,不可为诗;意尽乎此,不通乎彼,胶柱则合,触类则滞,不可为诗。朱说皆犯此数病。

此段中"为诗"一词,包含较广,有作诗之意,也有读诗之意,因此,这些标准涉及了创作和接受的不同方面。所列第一种标准,强调作诗不可径情直发,要讲究含蓄婉转;第二种标准,要求诗歌要有余韵,不可浅白;第三种标准,说读诗之时不可被美刺传统旧习束缚住,拒绝牵强附会;第四种标准,要求理解要灵活,要把诗当作一种可以触类旁通的"活物"来理解,不能偏执于一解。第一种和第二种关于创作,第三种和第四中则针对理解接受而言。虽然作者没有对这些标准进行进一步阐发,但四者都是紧紧联系诗歌的文学意境内核及审美接受谈的,这对于作诗和读诗无疑都有较大的启发意义。

徐氏又颇能分析诗法,把《诗经》的创作手法总结为十四种,以此说明《诗经》创作手法的丰富多彩:

> 《诗》有咏古而意在伤时者,如《七月》《信南山》《采菽》之类是也。有言乙而意在刺甲者,如《叔于田》《椒聊》之类是也。有托为其人之言寓意者,如《卷耳》《江有汜》《采绿》之类是也。有不明言其失,但叙其人之事,其失自见者,如《氓》之类是也。有篇首见意,后皆托为其人之言者,如《云汉》之类是也。有通章托言,全不露正意者,如《鸱鸮》之类是也。有露一二冷语可思者,如《硕人》《猗嗟》之类是也。有前数章全不露,直至末章方明说者,如《载驰》《有頍者弁》

之类是也。有首露一二语,后全不露者,如《楚茨》之类是也。有辞初缓而渐迫者,如《旄丘》《四月》之类是也。有言轻而意实重者,如《凯风》之类是也。有首章辞意已尽,后数章但变文叠韵者,如《樛木》《螽斯》《黄鸟》《无衣》《绵蛮》之类是也。有前叙事后托为其人之言者,如《野有死麕》《大车》《小戎》之类是也。有首章见意,后数章皆托他人言者,如《荡》之类是也。有前数章反言,至末始见正意者,如《都人士》《隰桑》之类是也。

这种不厌其烦的归类说明,一方面,说明徐氏对于诗法即创作手法的重视;另一方面,也能够看出他对具体诗篇涵咏的功夫和体会的深细。可贵的是,徐氏把这种种表现的方法,统统总结为一条:"皆有悠扬委曲之趣、言外不尽之旨,未有径情直发者。"这实际上就是强调了作诗要讲究艺术的手法,不能过于直白,涉及艺术总的法则,即文必有法。这对于那种"文无定法"的观点无疑具有反拨的作用。坚执"文无定法"和"文无定评"的人实际上是否定了总结的指导意义,须知有总结而后才可以谈突破。因为从最高层次来说,诗文是可以完全无法的,但无法必须从有法开始,为文的规律,也是必须通过必然王国才能走向自由王国。

徐氏评诗看重诗眼,故在每篇他认为最能表现诗旨的句子旁都标明"主句"二字。如《关雎》之"君子好逑"、《葛覃》之"为絺为绤"、《卷耳》之"嗟我怀人"、《樛木》之"乐只君子"、《螽斯》之"宜尔子孙"、《桃夭》之"宜其室家"旁边,都注明了"主句"二字。结合全诗来看,这些句子也的确为各诗主题所在。

《辑评》旁批多有前此原创评点所无者,并且也不为其他转录本所载,疑即徐氏所加。此类旁批一般较短,最少有一个字的,其特点是点明诗之章法、脉络、起承转合,有益于诗的鉴赏,可引起读者对于诗法的关注。如《邶风·谷风》一诗之旁批:

"习习谷风,以阴以雨。黾勉同心,不宜有怒。采葑采菲,无以下体。德音莫违,"(辑评旁)主句。"及尔同死。"

"行道迟迟,中心有违。不远伊迩,薄送我畿。谁谓荼苦?其甘如荠。宴尔新昏,"(辑评旁)一唤。"如兄如弟。"

"泾以渭浊,湜湜其沚。宴尔新昏,"(辑评旁)再唤。"不我屑以。毋逝我梁,毋发我笱。我躬不阅,遑恤我后。"(辑评旁)转笔凄然欲绝。

"就其深矣,"(辑评旁)拓开。"方之舟之。就其浅矣,泳之游之。何有何亡?黾勉求之。凡民有丧,匍匐救之。"(辑评眉)抚今追昔,极低徊往复之致。

"不我能慉,"(辑评旁)拨转。"反以我为雠。既阻我德,"(辑评旁)又转"德"字。"贾用不售。昔育恐育鞫,"(辑评旁)不堪回首。"及尔颠覆。既生既育,"(辑评旁)折。"比予于毒。"

"我有旨蓄,"(辑评旁)直下。"亦以御冬。宴尔新昏,"(辑评旁)三唤。"以我御穷。有洸有溃,既诒我肄。不念昔者,伊余来塈。"

这些旁批确实能使读者在读诗时得到一些提醒,使其能够在入乎其内的同时,亦能够出乎其外,站在客观的角度思考诗人在作诗时的思路和情感脉络。《诗经》里一些较长的诗篇,原本就没有章法上的一定之规,往往瞻之在前,忽焉在后,令人难以琢磨,而这些旁批恰恰就是在努力捕捉这来去倏忽的诗思和诗情,为读者提供一个较为清晰的轨迹,不可如一些斤斤于《诗》之微言大义的经生那样,谓此种说《诗》为无谓。

尽管如此,《辑评》所表明的对《诗经》文学性的关注并非很强,远没到成熟的程度。这可从其体例看出。一方面书中辑录钟、戴二人精彩的文学性评点,并侧重诗法的寻绎,一方面又收录了很多朱熹《诗集传》中从道学角度阐发诗旨的话语,而且在《读法》中大昌《小序》以政治说《诗》的观点,诗题下解说也多有此种倾向,这些都可以说明他对《诗经》文学独立性还是没有完全充分的认识。如《草虫》之后引"朱氏曰"一段就非常明显:

> 朱氏曰:《卷耳》,后妃之思其君子也;《草虫》,大夫妻之思其君子也。尊卑之分虽殊,而家室之情则一。然以行役之久,虽有别离之思,而无怨恨之情,所以为风之正也。

可以看到,辑评人对于朱氏的这种纠缠于后妃君子的说法依然是很赞成的。

对于朱熹的观点,徐氏虽然大加挞伐,但在某些具体的诗篇解说中却也征引朱熹《诗集传》的观点,甚至加以引申发挥,圆其未通者。如《召南·羔羊》的总评:

> (辑评)羔裘以素丝为组,施于缝中以为英饰,其界有緘有缝,其别有紽有緅有总。首章言皮,有毛故称皮;次章言革,毛去而革存也;三章言缝,革蔽而缝见也。缝之突兀,谓之紽;有界限,谓之緘;合而为一谓之总。皆言五者,皮小则合缝多,而用丝烦,只用五,见其皮之大,皮大则贱,表其俭也。"退食自公""委蛇委蛇",分明画出朝廷无事光景,犹唐诗"圣朝无阙事,自觉谏书稀"意也。合观《茉苢》,想见二《南》朝野气象。

此段评语自"羔裘以素丝为组"至"表其俭也",很明显是阐释并发挥了朱熹《诗集传》的说法。《诗集传》云:"南国化文王之政,在位皆节俭正直,故诗人美其衣服有常而从容自得如此也。"朱熹在这里只说在位者节俭,却没能说清楚为什么能从此诗中看出节俭来,而此段评点就给出了能够自圆其说的解释。从"退食自公"至"想见二南朝野气象",是直接摘抄自戴君恩对于此诗的总评。戴氏评点全文如下:

> (戴)"退食自公""委蛇委蛇",分明画出朝廷无事光景,犹唐诗"圣朝无阙事,自觉谏书稀"意也。宋人从"羔羊""素丝"见他节俭,遂执定节俭正直对看。不知"羔羊"二句但指其人耳。真皮相可笑。○合观《茉苢》,想见二《南》朝野气象。

可以看出,徐氏在辑录戴评时故意把原文中间"宋人"至"对看"一句舍弃,舍弃的原因无非是这句话正是批驳朱熹《诗集传》观点的,而徐氏恰恰刚花了笔墨为朱熹的观点作推演。这样做既可以避免前后文的矛盾,又可表明自己的立场。正如上文所说,徐氏依然不能完全摆脱经学思想的羁绊,故而出于经学的思维定式,对于朱熹的某些观点还是认同的。

另外,徐氏所采辑者除原创评点之外,还有少量的非评点《诗经》研究著作中的内容。在引文之前标有姓氏,不标名字,如"范氏曰""许氏曰""张氏曰""辅氏曰",有些可查明具体为谁,但大多无从查考。所录此类,内容大都无关文学,且经学气味浓重。也有个别不署名姓的眉批,观点也比较陈腐无聊,如《有女同车》首章眉批曰:"(辑评眉)'有女',指忽所娶;'孟姜',指忽所不娶。"无非掇拾汉人《序》《传》之余唾,硬是把诗中赞美之女子坐实到公子忽拒娶齐女的史事上去,且强作解人,把"有女"与"孟姜"说成两人。如此解诗,诗的意味和美感几乎被捋扯殆尽!汉人解《诗》好附会的思维定式其惯性之大,由此可见一斑。

另外,徐氏于某些地方也不免大发议论,而其议论则较平庸。如

《皇皇者华》最后一句的夹批云:

> (辑评夹)二"是"字指上二句,一"乎"字呼醒世人。"妻"谓兄弟之妻,"子"谓兄弟之子。人于兄弟,幼未有不相爱者,及长而各妻其妻,各子其子,如室有穴隙,鼠雀风雨侵之矣。仆妾之为鼠雀,妻子之为风雨,甚哉!○人或交天下士而失权于兄弟者,何其能多而不能少也!夫卑暗者,昵亲孥而疏同气;高明者,喜交援而薄本支。盖交接一途,有丽泽之可资,有功名之可共,有声华势利之可窃,其益似倍蓰兄弟。故周公于死丧急难,验兄弟之可仗,而以良朋较论再三致意,最后则云苟非兄弟相合,必不可以宜室家而乐妻孥。抑扬唱叹,有无穷之味焉。盖公于兄弟,处其不幸,宜言之沉痛而深婉也。

总的来说,徐氏既不完全抛弃《诗经》研究中的经学传统,又非常重视《诗经》的文学特质,并在创作和鉴赏两方面呼应钟惺和戴君恩的评点,使得经学思想与文学思想在他身上并行不悖,也算得上是《诗经》走向文学研究道路的一种独特的过渡现象了。

第二节 其他辑评本

在清代,除了徐与乔《诗经辑评》外,还出现了一些《诗经》辑评本,今所见有六种。与徐与乔《诗经辑评》不同的是,这六种辑评本都是写本,未见刊刻。此六种辑评本,很难断定是否有辑评者本人的批语,其来源也不能全部理清,只能分别作大体介绍。

一 孙凤城《诗经》辑评

现存复旦大学图书馆的清代钱澄之所著《田间诗学》,为清康熙二十八年钱氏斟雉堂刻本,是该书最早刻本。此本一函四册,前两册为《国风》,有朱笔评点,但止于《陈风·宛丘》,《宛丘》之后则无评点。据首页所钤"孙凤城读书记"和"田畔居藏书"的印记,可定其评点者为孙凤城。黄山书社 2005 年出版的排印本《田间诗学》就是以此本为底本整理而成的,并参校了相同刻本的金镜蓉批本、文渊阁四库全书本和同治二年桐城斟雉堂藏版重刊《钱饮光全集三种》本。黄山书社排印本收录了孙凤城和金镜蓉的批点。

黄山书社本的《整理说明》称"孙凤城的批点,从诗的艺术角度着笔,很有特色"。其实这种说法的前提是不对的。所谓孙批,不妨说是会评,因为绝大部分批语转录自钟惺《评点诗经》和戴君恩《读风臆评》,而几乎无自己的发明。但也并非由原评本转录,而是从其他集评本上直接过录,因为把它和清代徐与乔《增订诗经辑评》上的评点、《艺香堂诗经集评》上的评点,以及《诗经揭要》上的评点相对勘,就会发现它们大体一致,系来自同一系统。如《鄘风·鹑之奔奔》的评语:

(辑评篇后批)胡安国《春秋传》云:"臣尝谓刘奕:'班固载诸王淫乱事,削之可也。'奕曰:'仲尼于《鹑奔》《桑中》诸篇何以不削?'臣不能答。后问杨时,时曰:'此载卫为狄所灭之因也,故在《定之方中》之前。'"因以是考之历代,凡淫乱,未有不杀身败家而亡其国者。后世献议,经筵不以《国风》进读,殊失经旨。

(凤城旁)考之历代,凡淫乱,未有不杀身败家而亡其国者。后世献议,经筵不以《国风》进读,殊失经旨。

可以明显看出,孙凤城本此段评点,乃是截取了《辑评》本评点的后面两句,同时舍弃了原句中"因以是"这三个与前面相衔接的过渡字。这样的例子还不止一处,而二者的大部分评点是相同的。但是,我们还不能据此就断定孙凤城以《增订诗经辑评》为底本之一,把评

语过录在《田间诗学》上。因为,《辑评》本同样也有截取孙凤城本的现象,如《齐风·南山》中的旁批:

(凤城旁)四"如之何",深思之词,"礼法"二字,穆然凛然。

(辑评旁)四"如之何"发人猛省,礼法凛然。

但也不能单据此种现象断定《增订诗经辑评》以孙凤城评点本为底本之一,尽管后者评点所用的清康熙二十八年斠雉堂本《田间诗学》的刻印时间比乾隆四十年乙未《增订诗经辑评》的刻印时间要早。原因有二:其一,刻本时间和手批评点时间并不能等同,孙凤城在《田间诗学》刻本上的评点时间无法确定;其二,《增订诗经辑评》为于光华增订本,其未经增订的原本时间要更早,徐氏具体评点时间并无交代。本此,我们只能断定孙凤城本和《增订诗经辑评》有一个共同的来源,但这个共同的底本已不可考。如果说它们是各行其是,分别据几种原创评本进行辑录,那么有很多地方是说不通的。虽然它们都具有转录辑评的性质,所录原创评点必然有重叠之处,但是,为什么有很多评点段落连剪辑的地方都完全一样呢?例如《兔爰》一篇中姚鼐和戴君恩的原创评点分别是:

(读本眉批)唐诗"安得山中千日酒,酩然醉到太平时"即"尚寐无吪"意。

(戴篇后批)"有兔"二语,正意已尽,却从"有生之初"翻出一段逼塞无聊之语,何等笔力!注乃云为此诗者犹及见西周之盛云云,令人喷饭。

孙凤城评本和徐与乔《辑评》本对两条评语进行了剪辑改写,而两种本子剪辑改写得完全相同:

(凤城眉)"有兔"二语,比意已尽,却从有生之初写出逼蹙无聊情事。唐诗云"安得山中千日酒,酪然醉到太平时",即"尚寐无吪"之意。

(辑评篇后批)"有兔"二语,比意已尽,却从有生之初写出逼蹙无聊情事。唐诗云"安得山中千日酒,酪然醉到太平时",即"尚寐无吪"之意。

而《艺香堂诗经集评》《诗经揭要》、铁保评本,以及《诗经副墨》上的评点虽然所据原创评点大体相同,但却没有这种剪辑上也相似的情况。

孙氏对于转录的钟评和戴评,每条都或加或减,或并或改。这种转录很不忠实,这大概有两个原因:或是因为他批点《诗经》只是个人兴趣,并没想公之于众,随手转录,没有严肃的动机;又或是他转录时所据钟评和戴评的底本本身已经是文字有许多变动的转录本。在其评语中,也有录自陈继揆《读风臆补》的。如《黄鸟》"交交黄鸟,止于楚。谁从穆公"三句的评语:

(凤城旁)(辑评旁)三呼"谁",若为不知之词,悲甚。
(陈眉)三呼"谁从",若为不知之词,悲甚。

再如《二子乘舟》"二子乘舟,泛泛其景"两句的批语:

(陈眉)舟影波光相上下。(凤城旁)舟影波光相上下。

虽然此本评点大抵属于集评性质,自己创作不多,但这并不能说明孙凤城的批点本没有价值。原因有二。其一,孙批本的有些评点既不是录自钟评,也不是录自戴评,目前还找不到它们的来源,或许就是孙凤城本人所评,这些评点虽然为数不多,却也能给钟评和戴评

以补充。如《邶风·燕燕》最后一章的旁批,就为钟、戴二家评本所无。其评曰:

> (凤城旁)吁之暴,完之死,皆先君所致。而妫以先君之思勖勉庄姜,固是风人敦厚,亦见姜与妫深心。迨妫归陈为外应,石碏之谋,庄姜宁不佐之,不动声色而弑逆伏辜,方不负临歧先君之思一嘱。究其作用,皆从"塞渊""淑慎"中来。

观其所评,自然也认定此诗乃庄姜送戴妫归陈而作。在这一理解的前提下,其议论也倒深入,联系后来历史,指明庄姜没有配合诛逆的内在心理原因,颇有助于理解本诗。

其二,孙批本有的批语虽然分明抄录钟评和戴评,但现存刻本上钟惺《评点诗经》和戴君恩《读风臆评》的有些评点却并不完整,而孙凤城所录却明显是完整的。因此,可据孙评本对钟评和戴评本进行校正。这是孙批本的校勘价值。如《燕燕》第一章"燕燕于飞,差池其羽。之子于归,远送于野,瞻望弗及,泣涕如雨",孙批本眉批为:

> 庄姜送陈女,是何等事,何等时,原不是寻别之情,曰"泣涕如雨""伫立以泣""实劳我心",有一段难明心事吞吐言外。

而此条批语来源于钟惺《评点诗经》的篇后蓝色评语,钟评为:

> (钟篇后评蓝)庄姜送陈女,是何等事,何等时,原不是寻常离别之情。曰"泣涕如雨"。

钟评到"曰'泣涕如雨'"处便戛然而止,显然是不完整的,而孙批相比之下却是完整的,这说明孙氏抄录时所据钟评本此句本来是完整的。结合类似的其他例证可以断定,我们现在所能看到的闵氏三色套印本上钟氏蓝色评点此处确实存在刊落的现象。进一步可推断,蓝色评点曾经有更早于三色本的单行本问世,单行本上的评点与三色套印本上评点虽然同源,但前者比后者完整。

至于孙批对于钟评和戴评或加或减、或并或改的改动可以举例说明。"加法"如《邶风·击鼓》"爰居爰处?爰丧其马?于以求之?于林之下"一章:

(戴眉)心慵意懒之象描写如画。

(凤城眉)此四句,与前紧缓全不相蒙,心慵意懒之象,描写如画。

"减法"如《周南·汝坟》:

(钟篇后评蓝)诗以物纪时,所谓以草木为春秋也,如"条枚""条肄",《摽梅》之"实七""实三",暨之《杕杜》之"有皖其实""其叶萋萋""其叶莫莫",不过就一物之中更易数字,而时序相去,了然移不动,而读者若不觉,想其笔端之妙。

(凤城眉)诗以物纪时,所谓以草木为春秋也,如"条枚""条肄",《摽梅》之"实七""实三","其叶萋萋""其叶莫莫",不过就一物之中更易数字,而时序相易,了然移不动,读者若不觉,想其笔端之妙。

再如《邶风·泉水》,《读风臆评》有评曰:

(戴篇后批)"有怀于卫""靡日不思",诗题也。以下俱借之以描写有怀之极思耳。蜃楼海市,出有入无,诗人作怪如此。若认作实与诸姬谋之,谋之不可而出游以写其忧,则诗为拙手,作诗者为痴汉矣。

孙氏则于第一章上改为眉批云:

（凤城眉）"有怀于卫""靡日不思",诗题也。下俱写有怀之极思。蜃楼海市,出有入无。若认作实与诸姬谋之,不可而出游以写忧,则痴矣。

"并法"如《召南·雀巢》"维鹊有巢,维鸠居之":

（钟旁红）至理。（钟眉红）悟此二语,省得多少心力,落得多少受用。
（凤城眉）起二语,至理,悟此,省得多少心力,落得多少受用。

再看其改。如《邶风·日月》"日居月诸,照临下土。乃如之人兮,逝不古处":

（钟眉蓝）庄姜自处则曰"我思古人",望人则曰"古处",便是一肚皮不合时宜。"顾我则笑""谑浪笑傲""惠然肯来""莫往莫来",未必不由此致之。（删补眉）庄姜胸中有"古处"二字,桓是一肚皮不合时宜。
（凤城旁）有此二字在胸,便一肚皮不合时宜。"顾我则笑""谑浪笑傲""惠然肯来""莫往莫来",真古道,真古道。

除钟惺和戴君恩评点之外,多处评点在暂时找不到来源的情况下,大概可以断为孙凤城自己评点。他本人所评不多,其特点是好发

感慨和议论,不出治乱和道德两事。如在《魏风》一卷末尾所作总评云:

> (凤城眉)魏以勤俭立政,其君至于采莫、采棘,宜其不伤财、不害民,国计裕如,何刺贪者屡也?《伐檀》犹盗臣,《硕鼠》则剥民矣。乃知魏政之俭,非俭也,贪也。盖养财为俭,啬财为贪,龌龊猥鄙,下同负贩,犹为不足,则必嚼民,民尽而国亡矣。《序》:"《魏风》以《硕鼠》终,著魏所以亡也。"亡于无礼之俭,亡于贪也。

这种对于邦国兴亡治乱原因的分析,不无道理,却只是侧重政治说解,与文学了不相涉。但偶尔也有批语说一些疏通文意的话,对寻常读者在鉴赏方面有一定的帮助。如《卫风·氓》中"于嗟鸠兮,无食桑葚"一句的旁批:"(凤城旁)鸠食葚则醉,起下耽女。"虽然读者看朱熹的解释也能明白此处起兴的作用,但此处提示得简洁明了,从文学鉴赏引导的意义上来看,却胜过朱注。

还有的评语能够深入结合名物与诗句的前后关系,标明首句兴义所由来,使那种在创作时代易于理解而今天不易理解的比兴句变得清楚明白起来。如《唐风·采苓》"采苓采苓,首阳之巅。人之为言,苟亦无信。舍旃舍旃,苟亦无然。人之为言,胡得焉"之上有眉批曰:

> (凤城眉)苓生于湿,而曰得自首阳之巅,则其所由来不足信矣。正与"何得焉"结句相照,闻人之言,且勿听信,置之且勿以为然。更考其言何所得,谓徐察其虚实也。

首先从苓这种植物的生长环境入手,从所得非其地的角度指明兴句含有所得不足信的含意。继而结合本章最后一句"人之为言,胡得焉",使兴意更加明显。这种细读深思,是解《诗》者应该效法的。

二　王晋汾《艺香堂诗经集评》

《艺香堂诗经集评》,不分卷,与《艺香堂书经集评》合刊,王晋汾辑录,有清嘉庆二十三年(1818)抄本,五册,前三册为《诗经集评》,后二册为《书经集评》,该书现藏上海图书馆。

王晋汾,号鼎庵,梁溪(今江苏省无锡市)人,清嘉庆时人。

据书前《序》题款"嘉庆二十三年岁次戊寅梁溪鼎庵氏王晋汾识",知此书大约成于嘉庆二十三年(1818)左右。

该书每篇先录《小序》,然后为《诗经》正文。正文之上有眉批,中有夹批、旁批,诗后有总评。眉批全为义疏、训诂,而夹批、旁批及总评则为文学性评点。文学性评点多采自钟惺《批点诗经》和戴君恩《读风臆评》。

该书序言称:"诗宗《小序》,由来旧矣。推崇之者乃以为子夏与毛公合作,曾经圣裁。此亦未免尊之太过。"可知王氏不满于过尊《小序》。他主张孟子以意逆志的说《诗》原则,认为齐、鲁、韩、毛四家应并行,因其"各有师承,且见闻犹古",所以"散佚虽多,而片语单词固不妨于并录"。对于后世诸儒别有解说者,也主张应该兼录以广见闻。故此书杂采诸家以解《诗》,有《小序》、孔子、《折中》《子贡传》《薛君章句》《列女传》《汉书注》《朱注》、张敬夫、陆佃、郝氏、欧阳永叔等,且多训诂,亦有朱熹等人,录于天头及行间。圈点用朱笔,评点用墨笔,有双行夹批及行间批。观评点文字与正文《诗经》文字书法相同,而与眉批解诗和训诂书法有异,而且行间训诂书写所用墨色较轻。双行夹批亦偶录正统解经之作,如《葛覃》最后"归宁父母"下夹批为:"《折中》曰:'事皆禀命,无敢自专。闺门之内,师保通言,乃窈窕之实录,而官礼之明备,已肇其端,此文王太姒所以造周也。'"评语不录评点人姓名。细考其评点,则所录以钟惺、戴君恩、牛运震等人居多,其他不详。

三 无名氏《毛诗揭要》辑评本、铁保《诗集传》辑评本

（一）国家图书馆藏有一部《诗经揭要》，四卷，清乾隆五十四年（1789）刻本，题朱熹撰，实为《诗集传》的解说本。此书钤"长乐郑振铎西谛藏书"章，可知原为郑振铎藏书。定其为《诗经》评点本，是因为此书第一册有大量朱笔圈点批校。

《诗经揭要》原刻分上下两框，下框经文及《朱传》，上框串讲章旨大意。而第一册朱笔批语数量极多，眉批、旁批兼有。字小者多为从经学角度征引各家解说的文字，字大者与孙凤城于《田间诗学》上所录评点、《艺香堂集评》本评语相似，多为过录钟惺与戴君恩二人评点文字，其中钟惺的部分与三色评本同，即采用了钟惺的两次评点。

（二）铁保辑评本。此本题名《诗经》，八卷，实为朱熹《诗集传》，清友益斋刻本（朱墨套印），一函八册，原属海源阁藏书，现藏国家图书馆。

铁保（1752—1824），满洲正黄旗人，清代书家。此书卷首《诗经传序》首页有朱笔眉批一行"丁未四月初一阅始"。正文首页有墨笔眉批一行零一字"九月十四日重理"。由此可知，铁保辑评此书是在丁未年，即1787年，历时五个多月。

铁保批校皆为手书，有朱、墨笔眉批、旁批。朱笔批语俱为采录各家经传注疏；墨笔批语只集中在第一册中，与朱批交错其间。第一册《邶风》之后的半册与后七册绝大多数为朱笔批语。后七册偶尔出现的墨笔批语与朱批性质相同，且不与朱批混杂，当是批书人手头无红笔时权以墨笔相代。第一册《周南》《召南》《邶风》墨笔批语杂乱，大致分两种：一种同朱批，为采录各家经传注疏文字；一种为采录戴君恩等评点，间有戴氏以外者，大致与《艺香堂集评》、孙凤城批本相类似。

四 祝起壮《读冢诗溯》

《读冢诗溯》，旧写本，清代祝起壮辑录，四册，藏复旦大学图书馆。三色，每叶分上下两栏，高度相同。下栏经文，上栏眉批。经文行间有朱笔旁批，文学性较差。上栏批语分章述义，下栏经文每章之后有墨笔小字，乃删减朱熹《诗集传》而成。经文旁批也有出自朱熹《诗集传》的内容，如《关雎》"在河之洲"一句，朱笔旁批云："河北流水之通名。洲，水中可居之地也。"自《召南·采蘋》起，上栏始有朱笔眉批，其内容有引古人著作以释字义的，如"《释文》：锜，三足釜"，也有引录前人评点的，如"孙月峰云：二语虽简，而风致嫣然可挹，盖兼《偕老》《硕人》二诗之胜"。除此之外，还有少量蓝笔批语。另外，也有一些篇章之上并无墨笔批语，如《杕杜》一诗即是如此。

五 何道生《诗集传》辑评本

此本是手批在一部清初函三堂刻朱熹《诗集传》之上的，乃辑录前人著作而成，共八卷六册，题名《诗经》，现藏复旦大学图书馆。

此书有何道生印。何道生（1766—1806），字兰士，或说字立之，号兰士，又号菊人，山西灵石人。乾隆五十二年（1787）进士，官九江知府。工诗，善画山水，著作有《方雪斋集》。

此本版式为每叶上下两栏，上栏标音，包括音调和反切，下栏为《诗集传》内容。手写批注分两色：朱笔写在天头和经文旁边，蓝笔写进注音栏内。朱笔批语远多于蓝笔批语。批语只集中在《周南》前六篇和《大雅》全部，估计是未能全部完成所致。朱笔批语多系摘录历代名家说《诗》之文而成，每段之前注明来源，如"吕氏祖谦曰""朱氏善曰""王氏质曰""辅氏广曰""严氏粲曰""张氏栻曰""欧阳修曰""冯复京曰"，也有不注明出处的，无非陈腐的议论，估计为何道生本人所作，如云："若止以琴瑟钟鼓为乐，其乐易尽，乐其德之有合，则可畅然于天下矣。"蓝笔批语量少亦无可观，无非针对个别字词略加说明，如

"刈、濩,念女红之勤,非自写之也"。另有部分旁批,均为字义的训释,多引《毛传》、刘瑾《诗传通释》、严粲《诗缉》语。此本批注稠密,但文学性批注极少,所引书籍又均常见,因此价值不大。

六 无名氏《诗集传》辑评本

此本是手批在一部清同治五年(1866)金陵书局刻朱熹《诗集传》之上的,乃辑录前人著作而成,共八卷四册,题名《诗经集传》,现藏复旦大学图书馆。

此书天头地角均有墨笔批语,数量极多。批语均录自前人著作,除《关雎》一诗之外,其他各篇先录《小序》,间录《毛传》《郑笺》《孔疏》。其引录各条批语,句前均注明来历,有"某某某云"字样,拉杂记录,累累不穷。而其所录著作,又大都是常见《诗经》经学著作,故此辑评本价值不大。

余论 《诗经》评点的价值

在中国古代文学批评的诸种形式中,评点是一种在最大程度上以读者为本位的批评形态,评点之发生、兴盛,其根本因素在于评点的传播价值。所谓评点的传播价值,大致表现为内、外两端:就内在形态而言,表现为评点本身在欣赏层面对读者阅读的影响和指导作用;就外在现象而言,是指评点对作品传播和普及的促进。评点之所以利于传播,不仅揭示了所谓的"篇法""章法""句法",化难为易,更重要的是将自己的感悟直接传递给读者,使读者在阅读时,借助评点传达的信息,能更快进入艺术作品的情境,产生共鸣。这也可以说是评点这种批评方式能够在古代社会风靡开来且历久不衰的一个重要原因。

总的来看,诗歌评点的主要特点是以批评的随意性取代笺注的严肃性,以句法的点拨和分析取代本意的探讨,以艺术的鉴赏取代语词的训释,不太留意于史实的钩沉,也不致力于本事的索隐。尽管由于经学传统的惯性使然,《诗经》的评点还不能完全摆脱语词的训释和"微言大义"的寻求,也掺杂着史实的钩沉和本事的索隐,但总体上以文学的鉴赏、艺术的分析为要务。虽然不同时代不同评本的侧重不尽相同,对经学的依附程度也有差异,但随意点染、启发人意则是一致的。它没有笺注的繁琐拉杂,也没有讲章的陈腐面孔,因此,具有较强的亲和力。

方玉润于《诗经原始》卷首《凡例》中说及评点的用处云:"古经何

待圈评? 月峰、竟陵久已贻讥于世,然而奇文共欣赏,书生结习,固所难免,即古人精神,亦非借此不能出也。故不惜竭尽心力,悉为标出。既加眉评,复着旁批,更用圈点,以清美眉。岂饰观乎? 亦用以振读者之精神,使与古人之精神合而为一。"冯镇峦在《读聊斋杂说》中谈及评点的即兴特点曰:"作文人要眼明手快,批书人亦要眼明手快,天外飞来,只是眼前拾得。"① 清初唐彪讲评点的好处较多,对于圈点,他说:

> 凡书文有圈点,则读者易于领会而句读无讹,不然,遇古奥之句,不免上字下读而下字上读矣。又,文有奇思妙论,非用密圈,则美境不能显;有界限段落,非画断,则章法与命意之妙不易知;有年号、国号、地名、官名,非加标记,则披阅者苦于检点,不能一目了然矣。②

对于评注,他认为:

> 读文而无评注,即偶能窥其微妙,日后终至茫然,故评注不可已也。如阐发题前,映带题后,发挥某节,发挥某字,及宾主浅深开阖顺逆之类,凡合法处皆宜注明,再阅时,可以不烦思索而得其详悉。读文之时,实有所得,则作文之时自然有凭借矣。③

---

① [清]蒲松龄著,张友鹤辑校:《聊斋志异》(会校会注会评本),上海:上海古籍出版社1978年版,第12页。
② [清]唐彪撰,赵伯英、万恒德选注:《家塾教学法》,上海:华东师范大学出版社1992年版,第63页。
③ [清]唐彪撰,赵伯英、万恒德选注:《家塾教学法》,上海:华东师范大学出版社1992年版,第97页。

朱自清认为:"书中的评,在诗的行旁,多半指点作法,说明作意,偶然也品评工拙。点只有句圈和连圈,没有读点和密点——密点和连圈都表示好句和关键句,并用的时候,圈的比点的更重要或更好。评点大约起于南宋,向来认为有伤雅道,因为妨碍读者欣赏的自由,而且免不了成见或偏见。但是,谨慎的评点,对于初学也未尝没有用处。这种评点,可以帮助初学了解诗中各句的意旨,并培养他们欣赏的能力。"[1]虽然说的是唐诗,但用于《诗经》的评点也非常恰切。至于《诗经》的评点,洪湛侯认为,明代"一些为科举所用的评点本,却无意中启示了从文学角度论《诗》的途径","采用评阅八股时文的方式来评点《诗经》……虽然有不少都有纤仄、琐碎、流于形式的缺点,但其中也有一小部分能够把握住作品的艺术特点"。[2] 由此我们可以说,文学评点作为一种批评方式,虽然有它的不足,但优点也是毋庸置疑的。它毕竟具有一种独有的完整而细密的赏析评论的特点,不论是各种符号标记还是短长随宜的评语,都得到过社会的公认,也经过了长期的历史考验。这种成熟而又具有民族语言及文体特色的批评方式应用在中国文学的源头与经典《诗经》上,收到了他种批评方式所没有的效果。而对于学《诗》之人,不管是对于诗义的理解,还是对于诗艺的揣摩,评点的方式都对其大有助益,具有一定的价值。评点文字本身,不但要总体指出文中的好处何在,令人信服,还要词句典雅,显出评者的文笔水平,所以有时浏览评点形式本身也是一种美的享受,这也算是评点的一点附加价值吧。

但是对于文学评点,即便现代学者也多有轻视者,这其中当然有主流思想与社会风气的原因。自1957年直至"文化大革命"结束后的几年,马克思主义的历史辩证法和阶级分析法在学术领域一统天

---

[1] 朱自清:《唐诗三百首指导大概》,见《朱自清说诗》,上海:上海古籍出版社1998年版,第239页。
[2] 洪湛侯:《诗经学史》,北京:中华书局2002年版,第445页。

下,并被错误地理解和阐述,由此而造成的影响之一便是文学研究重内容轻形式,甚至简单地把注重形式说成形式化。而文学评点侧重的主要就是文学的艺术形式,因此,不仅得不到重视,而且受到责难。其影响在郭绍虞的著作中就有体现。其经过修改的1979年版《中国文学批评史》之六二《评点之学的理论》开篇就说:"如上文所讲,明代文坛也可说是热闹喧天了。然而结果怎样呢?最后的结穴却成为评点之学。我们从这一个历史的教训看来,也就可以知道唯心的观点和纯艺术的论调之为害于文学与文学批评是没法估计的。"[1]而我们反观他1949年前出版的《中国文学批评史》,就会发现这段话是在原来的相关章节之前生硬地添加上去的,原有的一句比较公允的评价却被删除了。此句为:"历史上之所以能形成一时风气,原只是一时代学术思想兴趣转移的表现,本无所谓是非,也无所谓功罪。"[2]

周作人云:"戴陈二君的书却仍有其价值,要读《诗经》的人还当一看,盖其谈《诗》只以文学论,与经义了不相关,实为绝大特色,打破千余年来的窠臼。中国古来的经书都是可以一读的,就只怕的钻进经义里去,变成古人的应声虫,《臆评》之类乃正是对症的药。如读《诗经》从这里下手,另外加上名物训诂,便能走上正路,不但于个人有益,乌烟瘴气的思想的徒党渐益减少,其于中国亦岂不大有利乎!"[3]周氏这里说的虽是戴君恩的《读风臆评》和陈继揆的《读风臆补》,但实在可以推及大多数的《诗经》评点著作,以论断《诗经》评点的独有价值。朱东润说:"读诗者必先尽置诸家之诗说,而深求乎古代诗人之情性,然后乃能知古人之诗,此则所谓诗心也。能知古人之

---

[1] 郭绍虞:《中国文学批评史》,上海:上海古籍出版社1979年版,第446页。
[2] 郭绍虞:《中国文学批评史》,天津:百花文艺出版社1999年版,第259页。
[3] 周作人著,钟叔河编订:《知堂书话·读风臆补》,北京:中国人民大学出版社2004年版,第716页。

诗心,斯可以知后人之诗心,而后于吾民族之心理及文学,得其大概矣。"①而《诗经》评点的最大价值,即其中所蕴含的此种"诗心"。

除了对于文学本质的探求,重视艺术分析也是《诗经》评点的特质之一。那种"坚执'文无定法'和'文无定评'的观点实际上是否定了总结的指导意义,须知有总结而后可以谈突破"。② 由于针对具体作品进行的艺术分析必然会有零散的缺点,于是有一种观点,认为评点太过琐碎,不成体系,基本没有价值。对于这种观点,不妨就用钱锺书先生的下面这段话来反驳:

> 也许有人说,这些鸡零狗碎的东西不成气候,值不得搜采和表彰,充其量是孤立的、自发的偶见,够不上系统的、自觉的理论。不过,正因为零星琐屑的东西易被忽视和遗忘,就愈需要收拾和爱惜;自发的孤单见解是自觉的周密理论的根苗。再说,我们孜孜阅读的诗话、文论之类,未必都说得上有什么理论系统。更不妨回顾一下思想史罢。许多严密周全的思想和哲学系统经不起时间的推排销蚀,在整体上都垮塌了,但是它们的一些个别见解还为后世所采取而未失去时效。好比庞大的建筑物已遭破坏,住不得人、也啖不得人了,而构成它的一些木石砖瓦仍然不失为可资利用的好材料。往往整个理论系统剩下来的有价值的东西只是一些片段思想。脱离了系统而遗留的片段思想和萌发而未构成系统的片断思想,两者同样是零碎的。眼里只有长篇大论,瞧不起片言只语,甚至陶醉于数量,重视废话一吨,轻

---

① 朱东润:《诗心论发凡》,见《诗三百篇探故》,昆明:云南人民出版社 2007 年版,第 101 页。
② 刘衍文、刘永翔:《古典文学鉴赏论·叙例》,上海:上海教育出版社 1991 年版,第 3—4 页。

视微言一克,那是浅薄庸俗的看法——假使不是懒惰粗浮的借口。①

有种观点认为,已经被人遗忘的东西,就肯定没有什么生命和价值了,因此也就没有必要再翻出来整理和研究。其实这种观点是有失偏颇的。历史上有些文献及文学作品的湮没,虽然有经过时间淘洗而销声匿迹的,但也有一些是因为客观因素造成的,如印刷的缺失、文字载体的不易保存、天灾、战争等因素。还有,有价值的东西未必就一定会流传,没有价值的东西也未必一定会被淘汰,历史上人们的选择以今天的眼光来看也未必一定正确。因此,有价值的文学评点一定也有被整理与研究的必要。

综上所述,文学评点是最具中国特色的文学批评形式,它与批评对象紧密结合,主要以读者为本位,引领读者深化对文学作品的理解,其本身具有理论价值。文学评点的随意性、感悟性,及重视艺术分析的特点,决定了它的文学传播价值。

---

① 钱锺书:《读〈拉奥孔〉》,见《七缀集》,上海:上海古籍出版社1994年版,第33—34页。

参考文献

[明]安世凤:《诗批释》,明万历二十九年商丘安氏原刻本
[明]孙鑛:《批评诗经》四卷,又题《孙月峰先生批评诗经》,明万历三十年天益山三色套印本
[明]戴君恩:《读风臆评》,明万历四十八年庚申乌程闵氏朱墨套印本
[明]钟惺:《评点诗经》,明泰昌元年吴兴凌杜若刊朱墨套印本
[明]钟惺:《评点诗经》,明泰昌元年吴兴闵刻三色套印本
[明]凌濛初:《言诗翼》,全称《孔门两弟子言诗翼》,明崇祯三年乌程凌氏刻本
[明]徐奋鹏:《毛诗捷渡》四卷,全称《新镌笔洞山房批点诗经捷渡大文》,明天启中金陵王荆岑刻本
[明]徐奋鹏:《诗经删补》,全称《采辑名家批评诗经删补》,清文奎堂铜板刊本,羊城天禄阁梓行
[明]陈组绶:《诗经副墨》,明末光启堂刻本
[明]黄廷鹄:《诗冶》二十六卷之《诗经》部分,明崇祯九年东善堂刻本
[清]储欣:《诗经》评点本。此本以明崇祯十四年毛氏汲古阁所刻《诗集传》为底本,朱笔手批而成
[清]刘大櫆:《诗经读本》不分卷,清抄本
[清]牛运震:《诗志》,清嘉庆五年空山堂刊本
[清]铁保:评本《诗集传》(只《周南》《召南》部分有批语)
[清]姚继恒:《诗经通论》,清道光十七年丁酉韩城王笃刻本
[清]方玉润:《诗经原始》,清同治十年陇东分署刻本
[清]徐与乔:《增订诗经辑评》四卷,清乾隆乙未友于堂刻巾箱本
[清]王晋汾:《艺香堂诗经集评》,清嘉庆二十三年抄本
[清]孙凤城:《诗经》辑评本。此本以钱澄之所著《田间诗学》清康熙二十八年钱氏斟雉堂刻本为底本手批而成
[清]张芝洲:《葩经一得》,清道光三十年何氏梦约轩藏板

[清]邓翔:《诗经绎参》四卷,清同治六年孔氏刻朱墨套印本
[清]陈继揆:《读风臆补》十五卷,清光绪宁郡述古堂刊本
[清]徐玮文:《说诗解颐》不分卷,清光绪九年刊本
[清]胡璧城:《诗经》评点本。此本以清李光明庄重刊慎诒堂本朱熹《诗集传》为底本,墨笔手批而成
[清]姚鼐、曾国藩、吴汝纶、吴闿生等:《诗经》评点,题名《诗经》,清末都门印书局铅印本
[清]王闿运:《诗经》评点本,题名《诗经》,牌记题名曰《湘绮楼毛诗评点》,民国二十四年成都日新社铅字红印本
[明]陈鸿谟:《诗经治乱始末注疏合抄》,旧抄本。(按:具备评点形式,内容却非评点)
[明]张元芳、魏浣初:《毛诗振雅》六卷,明天启四年版筑居写刻朱墨套印本。(按:此本评点内容全部移录钟惺的评语)
[清]何焯:《义门读书记·诗经》,清光绪六年重修五十八卷本
[清]李九华:《诗经评注》,民国铅印本。(按:评点部分全部转录牛运震《诗志》)
[清]祝起壮:《读冢诗溯》,旧写本。(按:已脱离《诗经》原文,不再具备评点形式)
[清]何道生:《诗经》评点,手批在一部清初函三堂刻朱熹《诗集传》之上,共八卷六册,题名《诗经》。(按:此本系辑录前人评点著作)
[清]无名氏:《诗经》评点,手批在一部清同治五年金陵书局刻朱熹《诗集传》之上。(按:此本系辑录前人评点著作)
[唐]孔颖达:《毛诗正义》,《十三经注疏》影印本,北京:中华书局1980年版
[宋]朱熹:《诗集传》,上海:上海古籍出版社1987年版
[宋]朱熹:《读诗辨说》,四库全书本
[宋]程大昌:《诗论》,丛书集成本
[宋]王质:《诗总闻》,丛书集成本
[宋]严粲:《诗缉》,四库全书本
[明]季本:《诗说解颐》,四库全书本
[明]何楷:《诗经世本古义》,四库全书本
[清]陈启源:《毛诗稽古编》,四库全书本
[清]马瑞辰:《毛诗传笺通释》,北京:中华书局1989年版
[清]魏源:《诗古微》,清经解续编本
[清]王夫之:《诗经稗疏》,四库全书本
[清]朱鹤龄:《诗经通义》,四库全书本
[清]陈奂:《诗毛氏传疏》,北京:中国书店1984年版
[清]牟庭:《诗切》,济南:齐鲁书社1983年版

[清]王先谦:《诗三家义集疏》,北京:中华书局1987年版
[清]吴闿生:《诗义会通》,上海:中西书局2012年版
[汉]司马迁:《史记》,北京:中华书局1959年版
[宋]王应麟:《困学纪闻》,沈阳:辽宁教育出版社1998年版
[明]王守仁:《王阳明全集》,上海:上海古籍出版社1992年版
[明]冯梦龙:《情史》,沈阳:春风文艺出版社1986年版
[明]顾炎武:《日知录》,上海:上海古籍出版社2007年版
[清]张廷玉:《明史》,北京:中华书局1983年版
[清]纪昀等:《四库全书总目》,北京:中华书局1965年版
[清]戴震:《戴震全书》:合肥:黄山书社1995年版
[清]阮元:《十三经注疏》,北京:中华书局1980年版
[清]何文焕:《历代诗话》,北京:中华书局1981年版
[清]姚鼐:《古文辞类纂》,清嘉庆康绍庸刊刻初稿本
[清]曾国藩:《经史百家简编》,南宁:广西人民出版社2007年版
[清]皮锡瑞:《经学历史》,北京:中华书局2004年版
[清]皮锡瑞:《经学通论》,北京:中华书局1954年版
叶德辉:《书林清话》,北京:中华书局1957年版
顾颉刚:《古史辨》,上海:上海古籍出版社1982年版
许维遹:《韩诗外传集释》,北京:中华书局1980年版
朱自清:《诗言志辨》,《朱自清古典文学论文集》,上海:上海古籍出版社1981年版
朱东润:《诗三百篇探故》,昆明:云南人民出版社2007年版
高亨:《诗经今注》,北京:中华书局1980年版
闻一多:《古典新义》,北京:商务印书馆2011年版
钱锺书:《管锥编》,北京:中华书局1986年版
钱锺书:《七缀集》,上海:上海古籍出版社1994年版
钱锺书:《谈艺录》,北京:中华书局1984年版
张西堂:《诗经六论》,北京:商务印书馆1957年版
孙作云:《诗经与周代社会研究》,北京:中华书局1966年版
余冠英:《诗经选》,北京:人民文学出版社1977年版
陈子展:《诗经直解》,上海:复旦大学出版社1983年版
陈子展:《诗三百篇解题》,上海:复旦大学出版社2001年版
向熹:《诗经语言研究》,成都:四川人民出版社1987年版
程俊英、蒋见元:《诗经注析》,北京:中华书局1991年版
夏传才:《诗经研究史概要(增注本)》,北京:清华大学出版社2007年版

叶舒宪:《诗经的文化阐释》,武汉:湖北人民出版社1994年版
李山:《诗经的文化精神》,北京:东方出版社1997年版
姚小鸥:《诗经三颂与先秦礼乐文化》,北京:北京广播学院出版社2001年版
洪湛侯:《诗经学史》,北京:中华书局2002年版
刘毓庆:《从经学到文学——明代〈诗经〉学史论》,北京:商务印书馆2001年版
刘毓庆、郭万金:《从文学到经学——先秦两汉诗经学史论》,上海:华东师范大学出版社2009年版
刘毓庆:《历代诗经著述考(先秦—元代)》,北京:中华书局2002年版
刘立志:《汉代〈诗经〉学史论》,北京:中华书局2007年版
何海燕:《清代〈诗经〉学研究》,北京:人民出版社2011年版
谢建忠:《〈毛诗〉及其经学阐释对唐诗的影响研究》,成都:巴蜀书社2007年版
许志刚:《诗经论略》,沈阳:辽宁大学出版社2000年版
中国诗经学会:《诗经国际学术研讨会论文集》,保定:河北大学出版社1994年版
中国诗经学会:《第二届诗经国际学术讨论会论文集》,北京:语文出版社1996年版
中国诗经学会:《第三届诗经国际学术讨论会论文集》,香港:天马图书有限公司1998年版
中国诗经学会:《第四届诗经国际学术讨论会论文集》,北京:学苑出版社2000年版
林叶连:《中国历代诗经学》,台北:学生书局1993年版
戴维:《诗经研究史》,长沙:湖南教育出版社2001年版
蒋见元、朱杰人:《诗经要籍解题》,上海:上海古籍出版社1996年版
杨合鸣、李中华:《诗经主题辨析》,南宁:广西教育出版社1989年版
寇淑慧:《二十世纪诗经研究文献目录》,北京:学苑出版社2001年版
侯美珍:《晚明诗经评点之学研究》(学位论文),台湾政治大学,2004年
杨晋龙:《明代诗经学研究》(学位论文),台湾大学中国文学研究所,1997年
龙向洋:《明清之际诗经评点研究》(学位论文),华东师范大学,2002年
蔡守湘:《历代诗话论诗经楚辞》,武汉:武汉出版社1991年版
王荣国、王筱雯、王清原:《明代闵凌刻套印本图录》,扬州:广陵书社2006年版
章培恒、王靖宇:《中国文学评点研究论集》,上海:上海古籍出版社2002年版
孙琴安:《中国评点文学史》,上海:上海社会科学院出版社1999年版
谭帆:《中国小说评点研究》,上海:华东师范大学出版社2001年版
周兴陆:《诗歌评点与理论研究》,南京:凤凰出版社2011年版
赵俊玲:《〈文选〉评点研究》,上海:上海古籍出版社2013年版
刘师培:《经学教科书》,上海:上海古籍出版社2006年版

马宗霍、马巨:《经学通论》,北京:中华书局 2011 年版
周予同:《周予同经学史论》,上海:上海人民出版社 2010 年版
徐复观:《徐复观论经学史二种》,上海:上海书店出版社 2002 年版
本田成之:《中国经学史》,孙俍工译,上海:上海书店出版社 2001 年版
许道勋、徐洪兴:《中国经学史》,上海:上海人民出版社 2006 年版
吴富南、秦学顾、李禹阶:《中国经学史》,福州:福建人民出版社 2001 年版
焦桂美:《南北朝经学史》,上海:上海古籍出版社 2009 年版
郭绍虞:《中国文学批评史》,天津:百花文艺出版社 2008 年版
郭绍虞:《中国文学批评史》,上海:上海古籍出版社 1979 年版
郭绍虞:《中国历代文论选》,上海:上海古籍出版社 1980 年版
邬国平、王镇远:《清代文学批评史》,上海:上海古籍出版社 1995 年版
黄霖:《近代文学批评史》,上海:上海古籍出版社 1993 年版
周裕锴:《中国古代阐释学研究》,上海:上海人民出版社 2001 年版
张伯伟:《中国古代文学批评方法研究》,北京:中华书局 2002 年版
蔡景康:《明代文论选》,北京:人民出版社 1993 年版
曹道衡等:《古典文学要籍简介》,南京:江苏古籍出版社 2000 年版
曹聚仁:《中国学术思想史随笔》,北京:三联书店 1986 年版
陈广宏:《竟陵派研究》,上海:复旦大学出版社 2006 年版
洪焕椿:《浙江方志考》,杭州:浙江人民出版社 1984 年版
黄苇:《中国地方志辞典》,合肥:黄山书社 1986 年版
刘声木:《桐城文学渊源考》,合肥:黄山书社 1989 年版
刘师培:《刘师培中古文学论集》,北京:中国社会科学出版社 1997 年版
刘小枫、陈少明:《经典与解释的张力》,上海:三联书店 2003 年版
范文澜:《文心雕龙注》,北京:人民文学出版社 1958 年版
启功:《说八股》,北京:中华书局 1994 年版
商衍鎏:《清代科举考试述论》,北京:三联书店 1958 年版
宋慈抱:《两浙著述考》,杭州:浙江人民出版社 1985 年版
唐彪:《家塾教学法》,上海:华东师范大学出版社 1992 年版
王定安:《求阙斋弟子记》,台北:文海出版社 1967 年版
王国维:《王国维遗书》,上海:上海书店出版社 1983 年版
吴孟复:《桐城文派述论》,合肥:安徽教育出版社 1992 年版
叶嘉莹:《迦陵论词丛稿》,上海:上海古籍出版社 1980 年版
张秀民:《中国印刷史》,上海:上海人民出版社 1989 年版
周心慧:《明代版刻图释》,北京:学苑出版社 1998 年版
周作人:《知堂书话》,北京:中国人民大学出版社 2004 年版

朱保炯、谢沛霖:《明清进士题名碑录》,上海:上海古籍出版社1998年版
[美]勒内·韦勒克、奥斯汀·沃伦:《文学理论》,南京:江苏教育出版社2005年版
刘若愚:《中国文学理论》,南京:江苏教育出版社2006年版

图书在版编目(CIP)数据

《诗经》评点史 / 张洪海著. —上海：上海社会科学院出版社，2017
 ISBN 978-7-5520-2085-4

Ⅰ.①诗… Ⅱ.①张… Ⅲ.①《诗经》—诗歌研究 Ⅳ.①I207.222

中国版本图书馆 CIP 数据核字(2017)第 256096 号

国家社会科学基金青年项目(项目批准号：11CZW021)

《诗经》评点史

著　　者：张洪海
责任编辑：黄飞立
封面设计：周清华
出版发行：上海社会科学院出版社
　　　　　上海顺昌路 622 号　邮编 200025
　　　　　电话总机 021－63315900　销售热线 021－53063735
　　　　　http://www.sassp.org.cn　E-mail: sassp@sass.org.cn
照　　排：南京前锦排版服务有限公司
印　　刷：上海巅辉印刷厂
开　　本：890×1240 毫米　1/32 开
印　　张：11.5
字　　数：297 千字
版　　次：2018 年 5 月第 1 版　2018 年 5 月第 1 次印刷

ISBN 978-7-5520-2085-4/I·263　　定价：66.00 元

版权所有　翻印必究